博士楼

怡红快翠 著

上

当代世界出版社
THE CONTEMPORARY WORLD PRESS

图书在版编目（CIP）数据

博士楼 / 怡红快翠著. —北京：当代世界出版社，
2018.8
ISBN 978-7-5090-1420-2

Ⅰ.①博… Ⅱ.①怡… Ⅲ.①长篇小说－中国－当代
Ⅳ.①I247.5

中国版本图书馆CIP数据核字（2018）第162607号

书　　名：博士楼
出版发行：当代世界出版社
地　　址：北京市复兴路4号（100860）
网　　址：http://www.worldpress.org.cn
编务电话：（010）83908456
发行电话：（010）83908409
　　　　　（010）83908455
　　　　　（010）83908377
　　　　　（010）83908423（邮购）
　　　　　（010）83908410（传真）
经　　销：全国新华书店
印　　刷：北京盛彩捷印刷有限公司
开　　本：880毫米×1230毫米　1/32
印　　张：18
字　　数：355千字
版　　次：2018年8月第1版
印　　次：2018年8月第1次
书　　号：ISBN 978-7-5090-1420-2
定　　价：69.00元（上下册）

目 录

C o n t e n t s

楔子

　　"总有一天，我要把这里夷为平地！"李如意一边向外走，一边忿忿地想。没办法，她目前的生存能力还无法适应博士楼的恶劣环境。作为早在民国时期便已存在的古老建筑，H大的博士生宿舍向来以环境最差、光线最暗和房龄最久闻名于世。正所谓：筚户蓬门，尽显历史悠久；残砖破瓦，饱含岁月沧桑。

　　搬进博士楼的当天，李如意就发现这里的原住民并没有搬走，起码是没有全部搬走。而且对她也并不怎么友好——在她下午离开的时候，它们吃掉了她的半块精油香皂，补偿却只是象征性地在皂盒旁边留下几颗泰国大米一样的东西。从生物学角度判断，那显然是从它们消化系统终端排出的新陈代谢产物。

　　"我讨厌老鼠！"博士就是博士。即便目睹如此惨酷的现实，李如意也并没有像普通女性那样发出令人毛骨悚然的尖叫，而只是异常镇定地收拾好行李，一脚踢开房门，直接搬到办公室去住了。虽然在那里的栖身之地只能是一张躺椅，却也总好过与这群吃掉她半块香皂的生物同居一室。而和李如意同寝的那位室友，只是报到时站在走廊里向内遥望了一眼，就直接选择在校外租房子住了。

世界上最远的距离，不是天上的飞鸟和水里的鱼，而是预期与现实的差距。没到这里之前，李如意本来对前途满怀着无限的憧憬和希望。在地球上唯一一个汉语言文字研究所攻读博士学位，那意味着她已经达到了这个领域的最高研究水平。虽然她对方块文字的兴趣并不比对方块豆腐大多少，但这并不能影响她自己和乡亲们对这一伟大成就的评价——村里第一个博士，就算是在全国最大的西红柿种植基地也是极具震撼力的。"物以稀为贵"嘛，毕竟目前中国的博士在数量上还是要比菜农少很多的。而且由于当地经济高度发达，人们更加注重精神文明方面的比较。她光荣地成为一名文学博士，着实给村里乃至全镇，增添了不少光彩。收到通知书的那天，家里挤满了前来瞻仰博士风采的父老乡亲，据说当时院子里人口密度之大，已堪比当年魔都光大会展中心举办的应届大学毕业生招聘会。在中国农村，人们是分不清拿到博士录取通知书和拿到博士学位证书的区别的，反正都是博士就是了。家里为此大宴宾客，流水席直吃了三天，收了不少红包的同时也消耗了半大棚的时鲜蔬菜和从镇上买来的两口肥猪。这次盛会直到多年以后还为当地很多老人津津乐道，用以作为自己亲历了地方发展的佐证。一位私立中学的校长在申请建房贷款时亦曾

援引此例，用以说明教育产业在促进国民经济发展尤其是拉动内需方面的重要作用，以及教育成果与前期投入之间的正相关关系。

作为事件的主角，李如意在享受成功喜悦的同时多少还有那么一点儿忧虑和不安。原因在于，当她向早一年读博的表姐通报这一消息时，得到的回复却是"恭喜你加入了一个越来越垃圾的群体"。这让春风正得意的她多少有些困惑。虽然她一向佩服那位表姐对客观事物的判断能力，当时却怎么也想不通为什么最高学位攻读者会和垃圾联系在一起。直到她对这一群体有了深入了解之后，才最终对表姐的评价表示了认同。而她和表姐之间的这份邮件也曾在互联网上引起长达一周之久的争论，甚至还引发权威学者做出"博士都是傻瓜"的著名论断。

楔 子

第一章　昊天有成命

在办公室的躺椅上住了大半个月后，李如意无意间得知了一条消息：学校近期会对个别寝室进行调整。这种开学后的调整虽然规模很小，但也在情理之中。总有些学生入学后不在校内住，甚至压根儿就没来报道——这样就空出了一些床位。于是就有了寝室调整的可能。"不管真假，总归去看看情况。"李如意抱着试试看的态度，决定前去宿管科问个究竟。

这一日风和日丽，岁月静好。李如意吃过早饭，按照同学指点的方位直奔行政大楼。从食堂到行政楼大概有十分钟的路程。和魔都其他大学一样，H大的校园里充斥着后信息时代与高等学府独有的文化氛围交织而成的特殊气息。莘莘学子如过江之鲫，或持手袋，或背书包，三三两两地行走于笔直平整的柏油路上。间或有一两辆轿车开过，也只能跟在人群后面缓缓地滑行。道路一侧是各式的店铺，这个时间大都还没开张，门口张贴着各种各样的海报。在这里你几乎可以轻而易举地找到古今中外所有代表性事物。一块"个人消费满58元免费送宽带"的牌子旁边用头号毛笔写着"《东野圭吾全集》《皮特猫》《段注》已到"。再旁边是一个早点摊，不时有学生买点儿茶叶蛋、豆腐干之类的，边走边吃，奔向教室去参悟神圣的人类智慧结晶。

时值金秋十月，绿树繁茂，丹桂纷张。微风过处飘散着阵阵沁人心脾的馨香。李如意走在马路上，看着生机盎然的校园，心里却一点儿也高兴不起来。沿着一条幽静的小路走了一会儿，抬头只见一栋巍峨雄伟的十八层大楼赫然在目。大楼底座是长长的汉白玉石阶，经过大约十分钟的艰难跋涉，她终于攀上阶顶，来到大楼门口。

"真是壮观啊！"李如意第一次为自己身处这样的学校感到自豪。然而还没等心底的赞叹完全平复，李如意就在门口的橱窗里看到了一则让她愤怒的公告：

鉴于部分同学反映的住宿条件问题，学校将于近期对部分寝室进行调整。有意者请于本月 25 日前到宿管科提出申请，学校会根据实际情况对确实存在问题的寝室进行有原则的适当微调。

把这样的公告贴在行政楼门口，无异于给盲人演哑剧，真不知道做出这种决定的人颅腔里到底装了些什么。

进门右转没走几步，就看见一块金底黑字的牌子，上书"宿管科"三个仿宋体汉字。她伸手在门上敲了两下，隔了一会儿，见没什么动静，便轻轻推开房门，走了进去。

正对着房门的是一张深红色电脑桌，桌后坐着一个三十多岁的妩媚女性，面敷重粉，唇涂丹朱，眉黯如黛，头上挽着高高的

　　　　第一章　昊天有成命

发髻，一眼望去黑红白三色极是分明。她正拿着手机在打电话，看到有人进来并没有理会，依旧用不大标准的魔都话在和电话那边轻声聊着什么，并不时发出一阵阵的低笑。李如意不大懂魔都话，而且那人说话的声音很低，就像窃窃私语的那种，所以她只隐约听到"瓦希特勒""农好岗"几个字，又不知道说的是什么，只好站在门口等着。大约等了七八分钟之后，又推门进来了一个男生，看到屋里的情景，也只好站在一边等。桌后女人聊了大约有一刻钟的光景，见他们两个还没有走，终于挂断了电话。恼怒地瞪了他们一眼，好像是对他们偷听了自己说话很不满意。开口问道："你们找谁？"

"老师，我是来申请调宿舍的。"看到后进来的那个男生颇有风度地做了一个"你先"的手势，李如意答道。

"什么原因？"

"我的那间太湿了，里面还有老鼠。"

"还有吗？"

"光线也不好，只有一扇小窗子，还是朝北的……"

"好了，好了，这么啰唆。后勤处同意了吗？"

"没有，学校通知到这里申请的。"

"不行！学校规定，没有特殊原因不得调宿。"

"可是我那间有老鼠啊！"

"有老鼠怎么了？哪间没有老鼠？老鼠又吃不了人，你怕什么？"

"我身体也不好，那间太湿了……"

"怎么那么多废话，告诉你不行了，回去吧！身体不好就申请休学！"说完就不再理她，拖动鼠标对准液晶显示器上的 QQ 游戏图标双击下去。

李如意怎么也没有想到，等了半天居然会遭到这种待遇。刚要再说什么，忽然旁边那个男生叫了起来："老师，我见过你的！"声音中满是欣喜，听起来直如信徒面圣、故友重逢。

那女人听到他声音如此兴奋，不由得将目光从屏幕上移开，向他望了过去。

"那次在大光明电影院，我看见……"

女人心里猛地一惊，镇定了一下，问道："什么电影？"

"是的，没错！那次我坐最后一排……"

女人心里又是一惊。她和校办刘主任每次去看电影都是坐在最后一排的，一来怕别人看到，二来老刘总喜欢在电影院里动手动脚的，坐在最后也方便。

"难道被这小子撞到了？"但多年的偷情生活已将她的神经锻炼得钢铁般强韧，瞬间便已拿定了主意，"我没见过你，快回去吧，别在这儿耽误时间。"

"您当然没见过我啦。当时您正在投入紧张的表演，怎么会见到我呢？"

饶是女人久经沙场，闻听此言却也不禁脸上变色，额角微微有些汗珠渗出。嘴里却兀自斥道："你不要胡说，什么表演？"

　　　　第一章　昊天有成命

"《侏罗纪公园》里那只勇猛无敌的霸王龙，不是你演的吗？"那男生说完就头也不回地走了出去。

女人先是一怔，随即气得脸色发青。想要发作时，那男生已去得远了。屋子里只剩下她和李如意两个人，李如意却还不识趣地侧着头对她上下打量。

"你还不快走，赖在这干什么？！"女人歇斯底里地叫道。

李如意却并不生气，向她凝视了大约五秒钟后，点点头"嗯"了一声，然后以轻微却足以使她听清的声音自语道："果然是的，刚才还没看出来。"说完也转身走了出去。刚出门口就听见玻璃容器坠地破裂的悦耳清音，以及一记足以催金裂石的女性怒吼。

"辱人者人恒辱之"，李如意想起了老爸常说的一句话。

从那以后，"霸王龙"三个字在 H 大不胫而走。提到宿管科某人，人人皆呼"霸王龙"而不名，以至于她的本名反倒没什么人知道了。据说后来因为"霸王龙"三字在 H 大实在太过响亮，几乎已成为工作态度恶劣的女性后勤人员的代名词，为了保护员工并维护后勤部门形象，组织终于在校办刘主任退休之后将她调离宿管科，改去负责校内基础设施的清洁工作。

"真是太形象了，太贴切了。"李如意一边往回走，一边恶狠狠地想。她还是第一次碰到态度如此恶劣的工作人员，同时那男生的表演天赋和联想能力也让她佩服得五体投地。开始听他语气之热切，还以为他是那个女人的崇拜者，没想到后来居然发生了如此戏剧性的变化，这不禁让她再一次对人类的智慧发出由衷的赞叹。虽然调宿不成，但这并不影响一向乐观的她对生活的热爱，尤其是经过刚才那荡气回肠的一幕之后。

她用纯正的美声唱法哼着李慧敏的名曲《你不会有好结果》，迈着轻快的脚步回到了办公室。推门正要进屋，却被一阵扑面而来的异味猛地逼退了半步，她立刻闪到一旁，避开风头，叫道："刘识丁，你给我把鞋穿上！"

刘识丁早上在操场跑了几圈，吃过饭回来见室内没人，正好为自己极度疲惫的双足减负。没想到刚脱下鞋子李如意就回来了，心知她对自己在办公室里脱鞋这一恶行向来深恶痛绝，急忙把刚刚摆脱束缚的双脚又重新装了起来。正襟危坐于电脑前，做学习状，却尴尬地发现显示器上的 Windows 系统还处于正在启动状态，只好站起身来，讪讪地看着满面怒容的李如意。

他和李如意是同一级的博士，硕士阶段师从文字学泰斗顾玉慎的远房师弟许野裁门下，三年苦读，早已尽得名师真传，硕士阶段就连续发表了多篇颇具影响力的学术论文，被同行公认为文字学界一颗冉冉升起的新星。升博时本打算投到裴老门下，后来得知顾先生当年的专业课考题是在《铁云藏龟》中随机抽取一篇，让考生写出全部甲骨文的篆定，并标出该篇在《铁云藏龟》中的具体位置。考虑再三之后，他最终断然决定放弃。原因之一固然是他对文字学经典的认知还没达到这个高度，更重要的是，他得知告诉他这一消息的那个同学自己也报考了顾先生的博士，而顾

　　　第一章 昊天有成命

老每年最多只带一个博士。

后来通过导师推荐，他才屈尊来到了 H 大汉字研究所。由于师出名门，加上自身实力强劲，所以刚来的时候他对这所新学校并不怎么感冒。直到见识过李如意的专业水平之后，他才意识到自己的"学术出身论"观点错得多么厉害。

那时他和李如意都刚入学，导师为了增进师生感情，特地宴请他们这一届的新生和几位老师一起吃饭。席间一干文字学家谈论的话题自然离不开专业。开始时李如意并不怎么活跃，只是不停地将各类食物纳入口中。待到菜足饭饱之后，腾出嘴来的李如意才开始说话。当真博士金口，例不虚开，不开则已，一开惊人。一番见解说得席间众人频频点头，最后几点结论几乎可作为建国六十余年来汉语言文字学发展的精辟概括与总结，不禁让刘识丁佩服得五体投地。当他悄悄打听对面的达人师出何处时，才得知李如意就是土生土长的 H 大文字研究所的硕士。而且，本科还是以同等学历身份考入的，这不禁又让他为自己的浅薄感到汗颜。

从那以后，他就对这个曾经在众多权威面前指点江山激扬文字的同门，充满了敬畏之情。直到有一天，他看到了一篇本领域权威撰写的综述文章时才若有所悟。但那已经是很久之后的事情了，根本无助于改变他在博士就读期间悲壮的"师弟"身份。所以，在李如意面前，他只有俯首帖耳的份。

这时看到李如意脸色阴沉地进来，只好讪讪地搭话道："你回来啦，宿舍换好了吧？"

李如意头天告诉他要去换宿舍，有什么事先帮自己应付一下，是以刘识丁才有此一问。

"没有！"

"不是说……可以换的吗？"

"'霸王龙'不给换！"

"罢王隆？"刘识丁在心里飞速地将自己所知的读音为"罢"的字过了一遍，却怎么也没找到一个可以做姓氏解的，这不禁又让他为自己的无知感到惭愧。

看到他一脸的迷惘，李如意又想起了刚才的情景，脸上肌肉稍微松弛了一些。

见她脸色稍和，刘识丁这才稍放下心，大着胆子问道："那个女的姓巴吗？"

恰巧又一股恶味飘过，李如意皱了皱眉，瞪了他一眼道："不姓，姓什么八，还姓九呢，姓八。"

"你不是说她叫八王龙吗？"

"我说她是'霸王龙'，又没说她姓八！"

"那她到底姓什么啊？"文字学学久了的人多少有些迂，尤其是在碰到自己没听说过的汉字的时候。

看到他一脸虔诚地向自己请教，李如意觉得有些好笑。想到正好可以借机把那个女人的经典绰号公之于众，于是便把刚才宿管科内发生的一幕向刘识丁做了翔实的讲述。

刘识丁这才知道自己无知固然是实，但这回却与此无关，不

第一章　昊天有成命

禁长长出了口气。忧心既去，脑筋也灵活起来。忽然想起一件事，说道："我听说好像有人刚换了寝室，你去问问，或许能帮忙也说不定。"

李如意正为换宿舍的事懊恼，急忙问道："谁？"

刘识丁看了她一眼，慢吞吞地说道："好像是……隔壁思想所的康德。"

李如意本来满怀希望，闻听此言却不禁心下一沉。犹豫了许久，终于慢慢转身走了出去。

眼看她出了房门，刘识丁嘴角泛起一丝若有若无的奸笑。

第二章　如切如磋

进，还是不进，这是个问题。凝望着金底黑字的"思想所"门牌，两种意见在李如意内心深处进行着激烈的斗争。

为了能够得到一块不为鼠辈骚扰的栖身之地，她本来是愿意去同任何人类交流的。但一想到将要面对"H大人类思想研究所"的康德博士，她的内心就充满了恐惧和不安。

康德的热诚、固执和缠夹不清在H大是人所共知的。就连他的导师，中国哲学界赫赫有名的思辨圣主——苏博雅教授，对他也是恐惧殊甚。据坊间传闻，他们师徒二人有一次在办公室里就某一学术问题进行讨论之后，白发苍苍的苏老率先步履蹒跚地走了出来，而康德兀自跟在导师身后，执着地坚持着自己的观点，甚至当苏教授脸色惨白地告诉他自己身体有些不适，下次有机会再说时，他仍然试图以自己独有的离散式无重点思维，对这位古稀老人进行残酷的精神摧残。而苏教授从那以后就坚决地杜绝了一切与康德单独讨论问题的可能性，以免自己早已衰弱的心脏因不堪重荷而产生严重的功能性障碍。康德博士的大名就此在思想所乃至 H 大迅速传开，据说到目前为止，还没有人在和他进行十分钟以上的对话之后仍然能够清晰地组织自己的思维，其杀伤力之恐怖，由此可见一斑。

此刻的李如意无助且彷徨，眼望前方，却不知何去何从。直到今天她才知道，原来世界上最痛苦的抉择，并非仅存在于美食和体重之间。是面对一次康德，还是面对三年老鼠，对她的判断能力同样是一次极大的挑战。一只右手伸出去又缩回来，缩回来又伸出去。脑海之中天人交战，各种念头纷至沓来。从《矛盾论》到《理想国》，从释迦牟尼到费尔巴哈，人类历史上曾经出现过的各种世界观清楚地一一浮现出来，却没有一个能够帮她做出最终的决定。

过了良久良久，正当她准备放弃的时候，门从里面开了。李如意的心猛地悬了起来。若不是前几天修鞋的师傅告诉过她，她脚下那双高跟鞋如果再因奔跑而断裂，将产生不可修复的永久性损伤，她早已拔腿飞奔了。

历史总是于瞬间决定。

李如意当时怎么也没想到，自己的命运就在这一犹豫间发生了天翻地覆的变化。

就在她迟疑的那一刹那，出来的人看清了她："如意啊，怎么不进去？"

不是康德！

李如意高度紧张的神经略略放松了些。"啊，我找……"她

在犹豫着，该不该说出那个名字。

出来的人叫董舟忆，见她神色古怪，不禁有些奇怪，问道："你找谁？"

"我找康德。"人在凝神思考的时候突然遭遇提问，通常都会说实话。可话一出口李如意就后悔了："啊不，我不找他，我找季新捷。"

"康德不在，老季在里面。"董舟忆说完又转头向屋里喊了一声，"老季，如意找你。"然后向李如意点了点头出门走了。

听到康德不在，李如意松了口气，推门进到屋里。

看她进来，季新捷一边打招呼，一边给李如意让坐。他比李如意高了一届，两人是山东老乡，平时相对来往较多。

"找我啊？"季新捷问道。

"啊，没什么事，过来坐坐。"看到康德真的不在，李如意这才放下心来。因为平日里待人真诚，她在博士中的人缘甚好。见她过来闲聊，屋里的几个人都凑过来搭话。尤其季新捷因为听说是来找他的，显得更是热情。

聊了几句闲话，李如意问季新捷："康德呢，怎么没见他？"

"哦，他今天换宿舍，可能回去搬东西了吧。"

听说康德真的换了宿舍，李如意又起了调宿的念头，她实在太渴望能够拥有一个适宜生存的居住环境了。于是问道："你知道他是去哪儿申请的吗？"

"好像是后勤处吧，我还真不大清楚。"

　　　　第二章　如切如磋

"咦，你不是也想换宿舍么，怎么没去？"旁边一个叫李苨希的壮族女生插口问道。她和李如意住在同一层楼，对她的境遇多少有些了解。

"去了，宿管科不给换。"

"你跟她说有老鼠啊，那样的环境让人怎么住！"同为女人，又是本家，李苨希对李如意的悲惨遭遇还是比较同情的。

"没用的，我们有个同学睡觉的时候被蛇咬伤了，都还没换呢。"旁边一个人说道，"你后勤处有没有认识的人，听说隔壁一个人就是找人帮忙，又给他们送了东西才换的。"

于是众人愤然。

在一些大学里，在读学生与后勤部门俨然是一对天敌。不知出于什么原因，后勤部门的人对学生的态度永远那么恶劣，而处于弱势一方的学生则竭尽所能地用各种方法反击，以获得精神上的胜利和满足。久而久之，二者竟成水火之势。这时说到住宿条件，事关切身利益，众人自然群情激愤，齐声痛骂宿管科卑鄙无耻，后勤处祸国殃民。

李如意听到诸博士众口一词群起声讨后勤部门，心情好了不少。但不知为什么，内心却隐隐有些不安之感。女性的直觉告诉她，接下来一定有事要发生。于是她跟众人打了个招呼，准备尽快离开这块是非之地。

谁知刚站起身，就见外面缓步走来一人。但见此人身着一领长衫，长衫下露出半截浅灰色裤子，脚下穿一双厚底布鞋，腰间还挂着一个红漆的葫芦。木讷里带着几分懒散，质朴中透出些许淡漠。形貌清奇，飘飘然大有出尘之致；意态雍容，华丽丽颇具民国遗风。狂放如嵇中散再世，清高似黄药师降临。正乃 H 大人类思想研究所康德博士是也。

李如意一颗芳心顿时如撞鹿般跳将起来。

还没等她说话，季新捷见康德进来，说道："康德，如意有事问你。"说完就躲到了一边。

康德却恍如不闻，慢慢走到近前，漠然看着李如意。

"康德，你找后勤处的人帮忙调宿了吗？"李如意问了她直到现在还深感懊悔的一句话。

康德并不搭话，只是目不转睛地凝视着前方，深邃的双眸仿佛已穿透了时空，正探寻着宇宙最深处的奥秘。过了一会儿，他转头看了李如意一眼，摇了摇头，然后又低下头去，继续沉思。

又过了一会儿，康德才慢慢地开口说道："从真正意义上讲，我并不认识后勤处的任何一个人，也不曾找过该机构的任何工作人员帮忙。所以你刚才问我的问题的答案应该是否定的。但事实上，我确实曾就这件事向宿舍管理办公室的工作人员做了建议和说明，并希望他们可以根据我的实际情况将我安排至另外的房间居住。最终造成了当前我必须于三个工作日内将个人全部物品由宿舍113室移至该宿舍楼250室的结果。但从发展的角度考虑，我目前的状态并非永恒，所以，我无法断定他是不是真的从本质上改变了我的居住环境，也不知道他的行为会对我将来的存在造成什么样的影响……"

他说到这里，李如意心里已经开始万分悔恨地责骂自己，同时将认知范围内的所有侮辱性语言逐一应用于康德身上。

然而康德却并没有什么感觉，继续说道："我不能肯定你是否理解我想表达的真正含意，但我确已将认知范围内自己对你所提问题的答案，以语言交流的方式传递给了你，如果你希望更清楚的了解事实的真相，我愿意在不涉及他人的情况下，将曾经发生过的一切尽可能完整和准确地提供给你，如果你不需要对此事做进一步的探讨和研究，那么我就不必向你陈述得更加详细和具体。无论如何，请你以尽可能简洁但足够清楚的语言将你的意见告知于我，从而使我能够准确地掌握你对此事的真正需求程度。否则一旦你需要更清楚地了解而我却陈述得不够详尽，或者你本不需要而我却在此事上过多的花费了语言，那将会在我们之间造成根本性的误会和分歧。后果如何，以我目前的认知能力实在不能在较短的时间内预见得到……"

他说到这里的时候，李如意实在无法继续控制内分泌系统的严重不良反应，只觉得五脏六腑仿佛都倒转了过来，眼前金星直冒，两耳嗡嗡作响。强自忍耐住身心的剧烈不适，说道："谢谢，我知道了，不用了。"

而康德却根本没有住口的意思，继续说道："不过既然你问到了我，作为一个负责任的人我应该将全部事实告知于你。但至于你是否会据此采取进一步的行动，则与我的言行无关。我之所以会告知于你，并不是因为你会据此而采取进一步行动或者不采取任何行动。而只是我基于现有认知所做出的判断，并愿意为此承担可能出现的后果，如果我没有做好这些准备，那么我就不会向你陈述这些曾经发生的事实。从存在主义的角度出发，世界到底是虚无还是真实这一问题并没有确证的结论，或许它只是我们的认知。而我和住宿也只是你主观意识的部分投影。虽然并非所有人都曾经思考过这一问题，但它依然存在于部分人的思维当中。至于思维是否是客观的存在，这同样也是一个问题……”

在康德大段独白的这段时间里，室内众人竟没一个敢开口的，人人都唯恐一言不慎，惹祸上身。李如意心中一遍又一遍地咒骂着刘识丁，并恶毒地盘算着如何将他上次去见一个机械系的网友时险遭非礼，还被人倒打一耙的糗事，宣扬出去。眼看着康德的嘴巴一开一闭，大脑不知什么时间开启了自动防御机制，不再对听觉系统接收到的任何信息进行分析和处理。

不知又过了多久，觉得有人碰了碰自己，李如意才回过神来，却发现康德已经不在面前了，别的人也都在低头干自己的事，只有李芾希还在旁边。

“啊？康德呢，走了吗？”

“走了。”李芾希拉着她小声道：“去那边说。”

李如意跟着她，走到屋角李芾希的办公桌旁边坐下。

“要不，我跟你换换怎么样？”李芾希压低了声音道。

“啊？”李如意一时没反应过来。

"我说，你愿不愿意跟我换寝室？"其实她和李如意并不是很熟，只是眼看着一个不错的女生因为住宿问题遭受到如此惨酷的折磨，不禁动了恻隐之心。

　　"这……不合适吧。我那间有老鼠的。"两人并不是很熟，而且印象中李蒂希很少和别人有什么接触，好像不是个舍己为人的人。这时主动提出要换寝室，李如意一时间不禁有些狐疑。

　　"没事，我不怕。"李蒂希说的是实话。只是另外还有个原因，她没告诉李如意。

　　"你那位室友会不会有意见啊？"李如意其实是怕和李蒂希同寝的人有什么问题，不然谁会明知道有老鼠还主动要换过去住呢。

　　"应该不会，她人很好的。再说你们还是老乡，你应该认识的。"

　　"谁啊？"

　　"鲁蔚。"

　　"哦。"真是老乡，李如意和她认识，两人关系还不错。

　　"那……用不用跟宿管科说一声？"

　　"我们自己换宿舍，跟他们又没关系。再说跟他们说了还不知道又出什么事，反而麻烦。就说你愿不愿意就行了！"

　　"嗯，也是。那你看什么时候换？"

　　"今天就换呗，我晚上在寝室，咱俩把东西搬一下不就行了。"

　　"好吧，不过要是人家实在不愿意，咱们再换回来啊。"李

如意还是不太放心，总觉得这事来得有点儿突然。

"没问题，你要是觉得不习惯随时可以换回来。不过记得，你欠我个人情哦。"李苨希态度相当诚恳。

"那是当然。"李如意嘴上这么说，心里却还是极为困惑。自己和李苨希非亲非故，她明知道有老鼠还和自己换，人格再高尚也不至于这样啊！只是她很快就无暇再去顾及这个问题了，因为有了一个更大的问题等着她去思考。

　　　　　　　　第二章　如切如磋

第三章　云胡不喜

自华夏有史以来，五百年必有王者兴，其间必有名世者。然凡英雄名世，须得其时，非多事之秋不可。若逢政通人和，国泰民安，四海升平，兵革不兴，任你有通天彻地之能，翻江倒海之功，也只能扫描、识别、复制、粘贴，建立一个大型数据库，来存储一些除自己之外再无人看的信息垃圾。

有了老牌名校这个平台，H大的教授博导们在省市各级申请到的研究项目极多，每个在读的研究生也就有了巨大的工作量。于是一干博士人等，每日里只好坐在电脑前面，鞠躬尽瘁，死而后已，重复着一些对体力和耐力要求极高的机械劳动。

因为换了宿舍，李如意这几日心情大好，工作效率明显有所提高。这天吃过午饭，回到办公室正准备工作，却发现桌上放了一张便笺。

李如意同学：

下午1：00于双教授在报告厅做讲座，学院通知所有党员必须准时参加，我先去了。

落款是刘识丁的独家签名"0丁0"。

李如意看了一眼桌上的字条，一时间不禁怒从心头起，恶向胆边生。本来刘识丁完全可以自己去而不告诉她的，她不知道也就不用去了。可是这个家伙一定要留张字条，把她也拉下水，不禁让她恨得牙根发痒。大凡受到压迫而又不敢反抗之人，多数会将所受不公待遇的怨气转嫁到他人身上，这大概已经成为国人基因无数碱基对当中的一部分，和其他能力一起一代代遗传下来。东北方言对此早有定论，称之为"不恨杀人的，却恨递刀的"。

这种所谓的学术前沿讲座，H大每学期没有一百次也有八十次。今天这个学者，明天那个教授，后天又来个美籍华裔科学家。除了少数报告人名头过响的之外，学生们对多数的讲座是不大感冒的，去听的人自然也是寥寥无几。如此几次之后，考虑到讲座的影响范围和报告人的面子问题，学校便将各学院的出席人数与学院思想政治工作人员的能力和工作态度联系起来。当听学术讲座成为一项政治任务时，其效果如何已可想而知。

身为文学博士，李如意对这种亵渎学术的行为向来极为反感。因为这除了要浪费她宝贵的生命之外，还要侮辱她可怜的智商。然而身为一名党性纯粹的中共党员，对组织的决定当然要坚决执行，于是她转身出门，直奔学院报告厅。

因为来得晚了，报告厅后面几排已是人头攒动，座无虚席。无奈之下，她只好走到中间，找了个靠近过道的位置坐下，静待这无奈且无聊的任务结束。

　　　　　　第三章　云胡不喜

这次来的是近来有"学术快女"美誉的于双教授。于教授凭着在 CNTV"一家讲坛"节目上的上佳表现，以说《孟子》一书红遍大江南北。在这个文化缺失的年代，这种经典庸俗化的行为是极受世人欢迎的。一方面人们对物质享受的疯狂追求导致了精神生活的极度匮乏，而一旦有人以一种所有人都能够听懂的语言来解释经典，就会使人们觉得自己也不是那么无知，从而满足了藏于内心深处那撒旦最爱的原罪，个中情由大抵和唐朝的风尘女子多数自称姓崔，且祖籍清河的原因是一样的；另一方面，由于讲述者的思想水平本就不高，讲述的道理自然也极为浅显，是以广大民众听过之后大有共鸣，进而对讲述者产生极大的好感，于是自然每集必看，看过之后又欢喜赞叹、引为神交。又有一干身份地位知识水平与之相当者，出于各种原因，跳出来大唱反调。或联名致信，或公开置疑，但终因自身能力所限，拿不出什么有说服力的理由。一番折冲之后，反倒扩大了其影响，竟而起到了推波助澜的作用。至于真正见识卓著的学者，一则数量极少，二来也不屑于争论，是以影响微乎其微。于是长城内外，大河上下，自然一片叫座之声。

下午 1：05，于教授端坐台上。端起肩膀，缓启朱唇，开始以略带家乡口音的普通话诠释自己若干年来对儒家经典的研究心得。由于是在 H 大这所以文学见长的学校，因此于教授准备得格外用心，唯恐一个疏忽，给哪位同行耻笑了去。但台下听众的表现却并没有因她的认真而好到哪儿去。除了一部分睡觉的之外，

剩下的多半在玩手机，这使她颇感失望。要知道上次她在旁边理工类的 D 大讲的时候，可是座无虚席的。"文科生的组织纪律性明显不如理工类的。"她一边讲，一边在心里做出结论。

实事求是地讲，这种讲座如果选题得当，说话人的表达能力又足够好的话，当成评书来听是很不错的。近年来成功的例子早已屡见不鲜。奈何她选择的是一部儒家经典，表达能力又相对低下，听众却是熟悉车仁表远胜过陆九渊的当代高校学子，因此一时间台上天花乱坠，台下不知所云。偶尔有几个听得懂的，又觉得太过肤浅，大多数心里都在想："这么简单的道理还用说吗！"

李如意坐在台下，无聊之余，不禁左顾右盼起来，希望能够在众多听众当中寻找出一些可供消磨时间的目标。然而目力所及，在座众人除了低头的，就是睡觉的，一干男生又都垢面蓬头，连个能满足视觉快感的也找不出来。万般无奈之下，她只得做出了和大多数同学一样的决定。

"当代大学生的素质真是需要提高，听个讲座也要睡觉。"她一边想着，一边将身体与座椅之间的接触点往前移了移，把身体调整到一个相对舒适的坐姿，闭上眼睛，以手支颐，也打算休息一下。

即便是在 H 大这个人才辈出的地方，李如意睡觉的本领也说得上是数一数二的。无论何时何地，也不管什么样的外界环境，她只要闭上眼睛，五分钟内大脑皮层就可以处于保护性抑制状态，但同时仍然保持着对外界事物的部分知觉。这一方面固然与她的

第三章　云胡不喜

天分和兴趣有较大关系，但更多的还是由于诸如此类学术讲座等硬性任务的后天培养。

朦胧中她隐约听见一个声音正在讲"唯女子与小人为难养也"这句话，并慷慨激昂地试图说明这里并没有什么性别歧视观念。

"真是一派胡言。"她迷迷糊糊地想。可是说话的人并不理会她怎么想，依然执着地陈述着自己的观点。李如意越听越气，不禁开始骂起那个不懂装懂的家伙。不料那人居然和她争论起来。面对错误观点，她自然不会屈服，凭着她良好的语言表达能力，几句话就将对方说得哑口无言。气急败坏之下，那人竟然抄起茶杯，将水泼到她的脸上。李如意又惊又怒，急忙伸手去擦。一动之下却才惊觉是南柯一梦，然而嘴角下方竟也真的湿了一块。还好没人看到，她抬头看看没人注意，悄悄拿出纸巾擦了擦。

"好险！"因为不确定刚刚是不是有人看到，李如意稍微有些紧张。正襟危坐之后，又偷偷地四下张望起来，想再看看有没有人注意自己。等到发觉刚才神游的人大多也都已经睡着了之后，才略略有些放心。忽然发现旁边一个男生居然在全神贯注地听讲，而且不时地记些什么，李如意不禁有些意外。

"这种东西也有人记，中国大学生的文化水平亟待提高。肯定是理工类的，在追文科的女孩子，搬些回去来向人家炫耀。"她做出了自己的结论。

尽管心下鄙夷，可是出于好奇，她还是往那男生的本子上瞟了一眼，想看看他记了些什么。

哪知道一瞥之下，却不禁吓了一跳。原来那男生写得一手好灵飞经，字体端方正直，隽秀清逸。虽然不大工整，但笔意连绵，却更见一番风致。就好比一个轻功高手展开身形，虽然紧张，却是忙而不乱，挥洒自如。

李如意少时家学渊源，正经练过几年书法，对字体好坏所知甚详。看那男生的笔力，少说也有十几年功底。男生写灵飞经就已经很罕见了，而且这男生居然还是个理工科的，不禁让她大感惊讶，不自觉地点了点头，以示嘉许。

那男生发觉有人在看自己，也抬起头来向这边看了一眼。见李如意面露嘉许，也就回以微笑，点了点头，大概是说"见笑了"，神态颇为儒雅。等看清了对方的容貌之后却微有诧异之色，随即皱起眉头，仿佛在思索着什么。

李如意也觉得眼前这人有些面熟，应该是最近在哪里见过的，一时间却又想不起来。于是飞速地把这几天见过的人都回想了一遍。猛然间灵光一闪，刚要说话，却见那男生双眉一轩，竖起右手食指，做了一个"我想起来了"的手势。

李如意这时也说了三个字："霸王龙！"

二人相视一笑。原来这男生正是惹得"霸王龙"老师暴跳如雷的那个。

由于那天的事给李如意留下的印象实在太深，加之又刚看过那一笔好字，是以她不觉上下打量了他几眼。细看之下，心中却愈发地惊疑不定。

　　只见这男生长得眉清目秀，唇红齿白，端的是一表人才。尤其眉宇之间那股几乎凝成实质的书卷气，只有在国学造诣极其深厚的饱学之士身上方可得见。那是一种真正的"腹有诗书气自华"的感觉，非有二十几年朝夕积累不可。从这一点来看，他多半应该是文学专业的，起码也是个文科类的。但从他身上又见不到文科生共有的那种浮躁和清高，却多了一份让人一见之下就觉得安全放心的沉稳和踏实，这又绝不是一个文科生能够具备的。因此对于这个男生的学术背景，李如意颇感疑惑。

　　读书垂二十载，李如意自认识人不少，但此等人物却还是第一次得见。中文系在读的博士、硕士她大部分都认识，记忆里绝没有这么一号人物。那么他到底是学什么的呢？她不禁对自己的观察和判断能力的不足感到沮丧。一个有如此文学修养的人为什么会记录这种东西，也着实让她百思不得其解。在好奇心的驱使下，她对眼前这个男生迸发了浓厚的兴趣。

　　"你是哪个学院的？"本来这是学院举办的讲座，来听的应该都是文学院的人。但由于不敢肯定他的专业，所以李如意含糊地小声问了一句。

　　不料那男生却并不作答，反而冲她狡黠地一笑，口中说了句："你猜。"

　　这样的反应虽然说不上无礼，但神态却让人觉得大有些挑战的意思，"你猜不着"四个字已经挂在他脸上了。

面对这突如其来的考验，李如意倒是不觉意外，她老早就在想这件事了。心中盘算着，又上下看了那个男生几眼，忽然心中一动，说道："我不光知道你是机械学院的，还知道你叫段枫！"

那男生大惊失色，失声道："你怎么知道？"显然是承认了。

"你猜！"如果世界上真的有报应这么回事，这应该是最快的一次了。

那男生皱起眉头，苦苦思索良久，终于废然长叹一声，摇了摇头，神态郁闷之极，仿佛遭受到什么重大的打击。

李如意看到他这样，心中好笑，只是碍于并不熟悉，也不好说什么。

那男生低头不语，过了好一会才抬起头来，又问了一句："你是怎么知道的？"

李如意并不答话，只是抬手向他胸前一指。

那男生低头一看，方才恍然大悟。原来他胸前明晃晃地别着一枚机械工程师协会的徽标。可是他还是不知道李如意是怎么知道自己名字的。心中疑惑，却又不敢再问，唯恐又犯了什么低级的错误，显得自己智商太低。

倒是李如意大获全胜，志得意满，又见他写得一手好字，心情大佳之际，和他攀谈起来。

"你觉得她讲得怎么样？"李如意问道。

"还好，错误比上次少了很多，看来是用功准备过的。"

"哦，她上次讲你也听了，在哪里啊？"

　　　　第三章　云胡不喜

"上次她在 F 大讲，我刚好去看个同学，所以就去听了一下。"

"结果呢？"

"错误比这次多些。"

大凡中文专业的人，多半都会无故地觉得学理工的人理所当然地应该不懂文学，就好像自己理所当然地应该不懂工学一样。是以虽然李如意也认为台上的人讲得不怎么样，但听他这么一说，还是觉得这个学机械的有些狂妄，心里多少有些不舒服。于是微笑着问道："那你这次是专程来听她的错误的？"

"是的。"

李如意本意是说，既然她讲得这么多错误，那你干嘛还来听。没想到他居然说自己真的是来听错误的，一时间倒也想不出应该再说什么。

那男生看了她一眼，解释道："我上次回来后说她讲得不好，几位中文系的女士不是很同意。于是我和她们打赌，如果这次她讲的错误少于三处，就算我输。"

"哦，那你现在找到几处了？"

"只有一处，她这次的错误比上次少了。"段枫多少有些无奈。

"那你不是要输了？"

"嗯，所以我得认真听。"段枫说着看了李如意一眼，接道，"不如你帮我一起找，赢了我请你喝咖啡，怎么样？"

因为乐于助人，李如意倒是经常会收到这样的邀请。但在她看来，一男一女单独去喝咖啡，那是明显的超友谊行为。所以除了几个至交好友，她通常都是婉言谢绝的。今天眼前这个奇怪的陌生男子居然没说几句话就无礼地要请她喝咖啡，而且还附带条件，即便李如意对他的光辉事迹有所耳闻，却还是觉得他的神智有点儿问题。

不过，李如意还是保持了应有的风度，答道："谢谢，我不喝咖啡的。"

段枫听她拒绝，倒也不以为意，只是点点头道："那我只好自己找了。"说着正襟危坐，又去凝神倾听于双教授对儒家经典的研究心得。

李如意听他说讲座有错，虽然拒绝了提议，却还是认真聆听起来，想看看是不是真的如他所言。一旦全神贯注，一个多小时很快就过去了。李如意一共听到了两处明显的硬伤，一处是在讲"先进第十一"的时候，"子路率而对曰"一句，于教授把"率"解做"轻率"；另一处是把"分庭抗礼"和"分庭伉礼"两个成语弄混了。

"果然有错。"快出门时她一边想着，一边又向段枫那边看了一眼，正瞥见段枫站在那里，望着她的背影若有所思。

　　　　　　　第三章　云胡不喜

第四章　四美具

　　聪明人通常都有着极强烈的好奇心。这一方面使得他们在求知的路上走得比别人更远，另一方面也给他们的生活带来了极大的额外负担。

　　从那天离开讲座会场开始，段枫的心里就一直不能平静。他想不通李如意是怎么知道自己名字的。以后的几天里一直琢磨着这件事，却始终想不出一个合理的解释。对于一个自认聪明的人来说，输得这样不明不白，是个极大的打击，更何况还是输给一个女人。段枫感到前所未有的沮丧和困惑。如果不是接到导师通知说甲方老总要来会谈他负责的项目，这几天一直忙于准备材料无暇分身的话，以他先天性的强迫型人格，很可能直接跑到文科大楼去找李如意问个清楚了。

　　谁知世上的事本就那么奇怪。好比去找一样很久不用的东西，明明前几天还见到的，可要用的时候却怎么也找不着了；等到放弃之后，它自己却又在别处冒出来了。

　　这天下午，会谈准备工作基本宣告完成，连加了几天班的段

枫终于有机会放松一下。晚饭在学校食堂二楼要了一份香菇菜心，一份炒虾仁，又端了一碗酸辣汤。正打算找个位置坐下，忽然发现他这几天来一直魂牵梦萦的那个身影进入了视线——李如意正端着餐盘从前方不远处走过。

"喂，请你……等一下……"他一面语无伦次地乱叫，一面端着餐盘追了上去。

李如意听到背后有人喊她，急忙停下脚步，转过身来。不料刚一转身就看见眼前白光一闪，紧跟着"当啷""哗啦"地一阵乱响，一时间"汤水共鸡汁同溅，平菇与番茄齐飞"。餐盘相碰，各种食物在万有引力和自身惯性的共同作用下发生了大尺度偏移效应，结果直接导致李如意的前襟沾了一堆美食，脚上扣了半只汤碗。

出大事儿了！

李如意万万没有想到，一个再平常不过的转身居然会惹出这样一场飞来横祸。看着面前的这个男人和一片狼藉的衣服，一瞬间百感交集，却一句话也说不出来。侥天之幸，她的涵养功夫甚好，并没有像多数女性那样发出歇斯底里的尖叫。否则以她所能制造的音频和当时的惊恐程度来看，H大河东食堂能否完整地存留下来实在是一件很难预测的事情。

而身处如此险境的段枫却显示出无与伦比的机智和沉着，说了他多年之后还引以为豪的一句话："欸，今天的酸辣汤里有肉诶。"

　　　　　　第四章　四美具

李如意听到这话更是哭笑不得。对一个女生来说，没有什么比刚穿上一件新衣服就被酸辣汤泼到更让人郁闷的了，更何况还是在食堂里。

对着这个给她带来飞来之祸的男人，凝视了足有一分钟后，李如意终于开口问道："你叫我有事吗？"

被看得毛骨悚然的段枫也终于找到了改变尴尬处境的机会，回道："实在对不起……"

李如意并不说话。

段枫只好继续说道："我……有桩事情请教。请问……我能先请教一下你的名字吗？"

"如果你早知道，我就不会被淋到了吧？"

"应该吧，毕竟这汤不常做。"段枫知道，这种时候一味地道歉只能使自己处于越来越被动的地位，所以他尽可能地放轻松。

"神经病。"李如意心里真是这么想的。

"实在抱歉！我觉得自己应该对这件漂亮的连衣裙的清洗工作负全部责任，请问我洗好之后怎么样还给你？哦，对了，还有鞋子也是。"反正衣服也不用他自己洗，陈渝她们还欠他两次。

"不用了，谢谢！"李如意并不领情，扭头向食堂出口的餐具回收处走去。听段枫说完，她顿时觉得脚背上热乎乎的。

"那能告诉我你的联系方式吗，我真诚地希望能为自己的过失做些补偿。"

"我真诚地不用了。"李如意说完就自顾自地走了，急着去

换衣服。

看着李如意消失在门口的背影，段枫心里说不出的懊丧。见到李如意，对他来说算是意外之喜，却没想到弄成了这样的结果。这让他更加深切地体会到了什么叫造化弄人。

万般无奈之下，段枫回到宿舍找来了和他打赌的那四位女士，除了再次郑重向她们宣布自己在"于双教授 H 大儒家经典讲座"中发现的三处知识性错误之外，又以诚恳的态度请求她们践行自己的诺言——每人给他洗一次衣服。对此几位女士倒是没有异议。她们跟段枫打赌本来就是不管胜负的，赢了固然好，输了也不过是给他洗衣服。反正只说要洗，又没说要洗干净，扔水里再拿出来就是了。但段枫后面的要求却让她们大感愤怒。

"帮我打听一个中文系的女博士。那天去听讲座的时候坐在我旁边，穿一件鹅黄色连衣裙，披肩发，戴黑色半框眼镜。还有，她知道我名字。"

女士们一听到这个要求，就在第一时间表示了强烈的不满。

"我靠，姓段的，太过分了吧！你当我们是什么？这种事我才不管，知道也不告诉你。"陈渝身出高干世家，爷爷外公都是解放军南下干部，父母也官至厅级。只是两代人结婚都晚。到了她这一辈，因为基本国策的关系，就只有这么一个独女，自小学习又好，阖家上下爱逾珍宝。二十几年娇生惯养，脾气自然也就比她钟爱的夫妻肺片还辣。

第四章　四美具

"我也不管。"文淑家里世居湘潭，是四个人当中的大姐，语气中带着不容置疑的决绝。

"我倒是想帮你，可惜不认识。"毕月话虽说得客气，但一股酸气已是扑面而来。

"看上人家了就自己去找，这种事情也要人帮忙，真不害臊。"最后一个说话的是苏蕙。

接下来四人以不同地域的方言表达了自己的不满。一时间群雌粥粥，痛斥男子无良薄幸，那架势俨然是一群妻子在数落背着她们出去偷香的丈夫。

段枫看着眼前几位义愤填膺的女性，心中不禁又是好气又是好笑，实在不知该如何应对才好。好不容易趁她们说得口干、稍事休息的时候，才把事情的原委讲了出来。

四人这才知道原来是和人家斗智输了，幸灾乐祸的同时，也多少有些意外。H大能赢段枫的人倒不是没有，但像这样让段枫连怎么输的都不知道的，还是第一次碰到。姓段的平日里自诩聪明，且偏执地认为男女思维方式有异。想不到这次输给了一个女生，四人想都没想就立刻开始了新一轮的语言攻击。

"噢，原来你也有想不通的事啊，少见少见。"陈渝的打击向来是直来直去的。

"你那么出名，别人认识你也不奇怪啦，谁不知道才子段枫嘛，H大最聪明的人。是吧？"毕月喜欢反讽，这次还加了个反问。

"你自己都不知道，我们就更不知道了。"文淑的话总是简

单得让人无法反驳。

"不过那位同学的智商倒是真高，让人好生佩服。"苏蕙对"那位同学"表示发自肺腑的敬佩。

"所以才请你们帮忙啊，这事我得问问清楚。"段枫是真想搞清楚。为了求她们帮忙，只得忍气吞声。

但四人哪肯稍停。不说段枫有求于己，单是斗智输给人家就足以让四人拍手称快了；二则，对于这家伙刚刚叫她们帮忙去找女博士的气还没出够；三来，由于她们严重地限制了段枫的交友自由，是以段枫平日里多半不给她们好脸色看，四人经常在他那儿闹得灰头土脸。逢此千载良机，岂有不用之理。一番高密度打击奚落，直持续了半个小时才算尽兴。

段枫的承受能力也差不多到了极限，索性嚷道："你们到底管不管？！"

四人脸上同时泛起阳光般灿烂的微笑，异口同声道："不管！"说完便一齐起身向外走去。

段枫白受了半天奚落，恨得牙根发痒，却又无可奈何。满腔怒气无处发泄之际，猛然想起一事，急忙冲着四人喊道："回来！！"

四人停住脚步，陈渝转身问道："干嘛？"

"把衣服拿走！"段枫说着拿起一口袋待洗的衣服，塞到陈渝手里。

四人走了好一会儿，段枫的气还没消。他决定明天一早就去文科大楼找那个女博士，实在不行就一个一个房间找过去，直到找到为止。找到后无论如何都要问个清楚，否则自己被这个问题困扰出精神障碍也说不定。科学研究表明，强迫症患者对预期行为要求的迫切程度与拖延时间成正相关关系。也就是说，搁置时间越长，强迫症患者对完成预期事件的需求就越强烈。这一结论在段枫身上体现得尤为明显。事实上许多强迫症患者取得超乎常人的成功，也正是得益于这种病理性执着。

段枫打定主意，心里便安稳了一些。正准备出门去实验室，却收到毕月发来的一条微信消息："晚上 6 点，菁华园。"看来明天不用去了，段枫知道，毕月这个时候发消息肯定和这件事有关。

晚上 6 时许，一袭长裙的毕月如期而至。

同寝四人当中，她和文淑几乎是同时喜欢上段枫的。只是出于知识女性特有的矜持，两人都没有直接向段枫表白。偏偏段枫又是个不解风情的家伙，对优秀女性似乎只愿意欣赏，却从没想过占有。于是一些在他看来绝对符合交往礼仪的行为，其实已经严重地伤害了毕月和文淑的自尊心。然而这蠢货却一点儿也没有察觉，反而还经常以能够恪守传统道德规范为荣。

几次下来，毕月终于崇尚起张爱玲女士的一句至理名言：我爱你，和你有什么相关。但说归说，喜欢却还是喜欢的。只是后来由于陈渝和苏蕙纯粹的恶意攀比行为，终于使得一段可能荡气

回肠的美好爱情变成了闹剧。对此她难免有些耿耿于怀。

"来啦。"段枫帮毕月拉开椅子，又叫道，"服务员，点菜。"

菁华园是 H 大后勤部门秉承学校"自力更生，肥水不落外人田"的指导思想开办的。主要是方便校领导举办餐会，另外也帮助社会缓解就业压力。是以这里的服务员不是领导的亲戚，就是领导亲戚的亲戚。又因为是专为领导就餐服务的，所以对除领导以外的就餐人员的服务态度也就不怎么热情。不过大抵由于价格低廉的缘故，就餐的学生还是很多。这恰好又从另一个方面使得服务人员的态度更加恶劣。因为拿的是月工资，与效益无关，所以对菁华园的服务员来说，没有人来是最好的。而对已经来了的人则能躲就躲，实在躲不过了才过去应付一下。

两人等了半天，终于有一位身着红色旗袍的服务员走了过来，随意问道："点菜吗？"

"嗯。"段枫知道，在这里吃饭，话说得越少就越不容易生气。于是拿过菜谱，要了四菜一汤，三瓶啤酒。通常山东的全部成年女性和部分未成年女性在席间都是要喝酒的，而不喝酒的男性则极受鄙视，这一点大学里请客时一定要弄清楚，否则大有不便之处。

酒过三巡，段枫开口问道："叫我来，有事吗？"

毕月道："没事啊。"

段枫道："那你叫我来干吗？"

毕月道："就吃饭呗，还能干吗？"

第四章　四美具

段枫不禁为之气结。不过他知道，毕月找他来肯定不会单只敲诈一顿饭那么简单，这个时候如果沉不住气，唯一的结果就是让她更大程度地掌握主动权。于是说道："好吧，那你多吃点。"说着自己端起酒杯喝了一口。

幸好毕月对他颇为了解，知道今天自己不说他肯定不会再问了，于是问道："你想不想知道那个女生是谁？"

"哪个女生？"段枫知道，对付毕月这样古灵精怪的人，最好的办法就是装傻。

毕月道："你想知道哪个女生？"

"你不知道吗！"话说到这个份上，段枫没必要再装傻了。

"嗯，那就对了。"毕月这次也很爽快，"她是我们老乡，文字所的博士。我们有次放假回家坐一趟车。"

"哦，那你能帮我问问她不，这事儿我得弄明白。"

"你自己问呗。要不我帮你把她约出来，你们好好聊聊？"

"我跟人家也不熟，聊什么啊。我就想问问她是怎么知道我叫什么的。"段枫生怕毕月又生出什么枝节，急忙表白自己真没有别的意思。

"不熟才聊啊，熟了还有什么好聊的。"任谁也不会相信，兴师动众找人家就为问这么个问题。"你要是不用就算了，反正又不关我事。"

段枫想了一下，道："不用了。"

"真不用啦？"毕月有些诧异。

"真不用了。"段枫抬起头来，眼中满是坚毅之色，"你把她的手机号给我就行！"

毕月气得险些晕了过去。如果不是筷子上的芙蓉鸡片做得实在鲜美，她定当挥手掷将出去，在段枫那件纯白色衬衫上留下难以清洁的污渍。好不容易压住火气，想了一想，道："可以，不过有个条件。"

段枫问道："什么条件？"

毕月道："如果以后你们两个要谈恋爱，她必须得按规矩跟我们比一场。"

段枫道："我找她就是想问问原委，真没别的意思。"

毕月道："你就不用再装了，文淑刚帮你算过，你今年红鸾星动，应在十月西南。依目前的情形来看，她应该就是你的真命天子了。"不知从什么时候开始，这个星球上不吃饭的女人越来越多，不吃醋的却几乎一个都找不到，而不迷信的比不吃醋的还要少。不过大学里多数女生相信的是星座占卜这种外来的西洋算法，而毕月她们平时用的却是中国传统的周易，这一点上还是有高下之分的。

文淑在六爻八卦方面有着极深的造诣，无数次事实早已证明了她占卜结果的正确性。是以段枫闻听此言，不禁有些心虚，问道："比什么？"

"比什么我们来定，反正不出琴棋书画。"

"她要是不比呢？"

第四章　四美具

"要是不比，就是人家没看上你。你还好意思赖着人家吗？"

"那要是输给你们了呢？"

"连我们都不如的人，你想必也不会有什么兴趣吧？"

"嗯，明白了。"段枫点头道，"也就是说，只要你告诉我了，无论她是不和你们比，还是和你们比输了，我都不能和她谈恋爱，是这个意思吗？"

"嗯。"毕月点了点头，眼神极是清澈无辜。

"好，没问题。"段枫立刻就同意了。

毕月没想到他答应得这么痛快，后面想好的那些说辞居然一句也没用上，不禁有些错愕。她们四个认定段枫看上了人家，H大博士本就不多，想找个人并不是什么难事。离开后略一商量，觉得与其让段枫自己找到，还不如这样告诉他，先把他套住再说。她们知道段枫一向诚实守信，说过的话从不食言。只要他答应了，真比起来就算那女博士本领通天，以一敌四也是必败无疑。到时候不管怎么办，主动权都在自己手里。没想到段枫压根就没有这个念头，只是一心想找李如意问清楚那天是怎么知道自己名字的，所以连犹豫都没犹豫，直接一口答应下来。

于是李如意当天晚上就收到了一条让她颇感意外的短信："青青子衿，悠悠我心。但为君故，沉吟至今。"落款是"段枫拜上"。

今天中午刚刚把她新衣服弄脏的男人发了这么一条短信，让她觉得有些怪诞。给一个文学博士发这样的短信，除了实际内容之外，多少还有些考人一考的意思，这一点李如意心里十分清楚。李如意对那一手好字印象颇为深刻，在宿管科又着实帮她出了口恶气，所以她对段枫多少有些好感。

既然人家出了题目，不回总是不好。想了一想，还是回了四句："呦呦鹿鸣，食野之苹。我有嘉宾，鼓瑟吹笙。"

这四句短信一发，饶是段枫自负博古通今，学贯文理，看到之后也不禁为之一呆。他发短信确实有试探一下的意思，想看看这个曾经胜他一筹的女博士到底有几斤几两，也做好了收到任何回复和收不到回复的准备。但却万万没有想到李如意能如此举重若轻地将这一招化解开去。

他发给李如意的四句话，语意极为含混。这四句话既可以理解为向心仪之人表示思念之情，也可以说是朋友之间的牵挂，甚至可以解释为对任何事物的挂怀。因此，个中深意，还要看当事人自己怎么去理解，也有试探对方态度的意思。无论李如意怎么理解，他都不致因此失了面子，也为以后留下了回旋的余地。

没想到李如意的答复比他还要高深莫测。表面上看起来，不过是接着他前面的四句说了下去。这四句按照朱熹在《诗集传》里的说法，原是君王宴请群臣时贤主赞誉嘉宾，宴会气氛和谐。后为曹操移用在《短歌行》里，意思基本与原文相同。这里可以很简单地理解为段枫出了一个上句，她对了个下句，这样中学生之间经常出现的问答。但实际上这四句话用于此处，既可以表示为一位女性对他人的赞誉；也可以解释为告诫段枫，自己已经有

　　　　第四章　四美具

了意中人，让他不要有非分之想。到底什么意思，同样要段枫自己去猜测。

是以段枫接到之后，先是一呆，随后却是一阵大喜。一则是没想到李如意能有如此才思，加之听讲座的时候赢了他一场，先前的一点不服气已经变成了佩服。更重要的一点，李如意才思敏捷，妙对无碍，但千算万算，却没想到一件事情——段枫算准了她肯定没男朋友，不然毕月不会不告诉自己的。于是段枫又发了一条："李君如意芳鉴：前日与君邂逅，胸中疑窦，至今未解。恳盼能得一晤，恭聆达人教诲，不知君意若何。诚惶诚恐，顿首再拜。段枫敬上。"

然而这次等了大半个小时却依然没有收到回复。这不禁让段枫有些错愕，说得好好的，怎么就没消息了。不过好在他一向沉得住气，今天不回或许明天再发就回了。持之以恒——这个科研工作者的必备品格在段枫身上得到充分的体现。想到这里，段枫心中一轻，打开电脑，启动 ANSYS 大型分析软件，继续研究三维两相流场中的能量交换问题去了。

他边做边等，直到后半夜也没收到回复。无奈之下，只好洗漱了去睡。这一觉直睡到第二天日上三竿，却收到项目组师弟的一条短信："甲方老总到，速来。"

第五章　两难并

段枫匆匆赶到办公室，刚一进门就觉得有些不对劲——屋子里的光线似乎比平时亮了一些。开始他还以为是熬夜多了，自己眼睛出了问题。然而等见到萧涵，便立刻知道那并不是自己的错觉，原来世界上真的有光彩照人这么回事。那情形就仿佛某个人反射出的光线要比其他物体更多一些，从而使她看起来比别的东西更加明亮。以至于令观者误以为是她产生了一圈光晕，照亮了周围的事物。

段枫站在门口，向导师打招呼的同时悄悄吸了口气，以平复自己那因意外而明显加快的心跳。却听老板说道："这是段枫博士，纳米中药项目的技术负责人。这位是萧总，我们'纳米中药'项目的合作方总裁。"

"你好。"萧涵见到段枫，似乎微微怔了一下，但随即平复如初，站起身来，微笑着向段枫伸出右手。

"你好。"段枫伸手握了一下，只觉得掌中一阵温软。

见到段枫表现自然，萧涵有些讶异。她早已习惯了成年男性第一次见到自己时通常会有几秒钟的失神甚至手足无措。今天居然接连遇到两个无视自己外表的男人,不禁让她有些意外。那个老教授久历世事,无动于衷也就罢了。眼前这个年轻博士正直血气方刚之际,怎么见到自己也能如此淡定,难道自己已经魅力不再了吗?

其实直面萧涵之后,段枫心中早已如翻江倒海般波澜壮阔,只是多年来的涵养功夫使他看起来行若无事。然而,这并不能平息他内心深处的剧烈起伏。

面前这个女人实在是——怎么说呢,太不寻常了。并不能简单地用"美丽""漂亮""妩媚"或者其他类似的词语来形容她。这是一个妖魔化的经典东方女性。不是因为她美得过分,而是因为她让人一见之下就生出一种虚无缥缈看不清容貌的感觉。古龙说过,一个女人,如果要近看才发觉她美丽,那么她已经不能算是美女。而段枫清楚地知道,眼前这个女人就算让一个深度近视加先天性生理散光的人,在距离一百米以外的地方看,也必然能够断定她是一个美女。然而,即使让一个具有夜视功能的人拿着电子显微镜,在晴朗的正午时分近距离观察,也一定说不清楚这女人到底美在了哪里。事实上,真正的美女是不需要用视觉系统来判断的。那是一种气度,一种风华,一种异于他人的生物电系统。

只要见过萧涵的人,一定不会忘记她的眼睛。那是神话传说

中专门诱人犯罪的女妖的眼睛，能够依照主人的心思不断流露各种带有复杂感情色彩的目光，任何人和这目光一触，便会没来由地产生情绪变化。亮如点漆般的瞳仁仿佛两个深不见底的黑洞，让人一见之下便深陷其中不能自拔。当真一对流波千回百转，摄魄勾魂。见过那双眼睛，段枫终于知道了什么叫"颠倒众生"。他一点儿也不怀疑它具有使成年男性瞬间进入眩晕状态的功能。更要命的是，她眼角眉梢始终带着一抹挥之不去的柔顺婉变，让人一见之下，便不由自主地生出爱怜之意。这样的女人，无论提出什么样的要求男人都很难拒绝。可眉宇间那股清冷之气，又仿佛不食人间烟火一般。那情形就好像观世音菩萨临凡，无论再怎么好看，男人再怎么色胆包天，也绝不会有一个人胆敢生出些许不敬的念头，甚至连血流加速的冲动都不会有。于是她的身上便生出了两种性质和方向截然相反的力场。一边吸引着你不由自主地想要走过去，另一边却又在你面前筑起了一道无法逾越的高墙，让你始终只能在一个不算太远的距离上翘首徘徊。

"尤物"，段枫终于明白了这两个字是什么意思。

来到办公室里不过几句话的功夫，段枫心中却闪过无数复杂无比的念头。正神驰万里、心旌动摇间，却听老板说道："我和萧总已经谈过了。你把项目的进展和具体情况向萧总详细介绍一下，有什么问题，咱们再一起探讨。"老板的声音一如平常，仿佛这个宇宙无敌超级气质美女对他没有任何影响。

"哦，好的。"段枫说着拿出一沓准备好的资料，说道："不知道萧总对这个项目的熟悉程度怎么样，咱们是从头说起，还是捡重点的说？"

萧涵道："我刚接手这个项目，什么都不知道，你看着讲吧。"

段枫道："这样啊，那我就向您详细介绍一下项目情况。"说着翻开那一叠资料，从中找出几张递给萧涵，继续道："这项目本来是去年十月份开始的，合同规定时间是十八个月。按照计划进度，第一阶段的研究应该到四月份完成，这是第一期的研究报告……"

接着便对着报告介绍了研究的具体内容和已取得的一系列进展，最后说到因为资金原因，研究现已处于停滞状态。如果不及时跟进，很有可能为业内同行赶超，到时候功亏一篑，行百里者半九十，前面的工作就算白做了。其实他们在签合同之前便已经做了相当程度的工作，因此第一阶段的研究可以说是先于合同而做的，自然也就不会出什么问题。加之段枫口才甚好，讲起来头头是道，别说萧涵，就算是真正的行业专家到来，也必然会认为研究工作完成得相当出色。

待得段枫讲完，萧涵点了点头，说道："家父不幸猝逝，留下这一堆生意要我照看，实在有些力不从心。你们这东西专业性太强，我暂时还不能决定是不是要继续下去，希望有时间能再向你请教。"

段枫这才知道，原来那个老板死了，怪不得拖了这么久资金还不到账。眼前这女人是那老板的女儿，本来不难猜到。只是萧

涵的气质实在太过骇人，他一上来就把全部精力都放在了对抗心魔上面，因此也就没有余暇去思考两者的关系问题。这时听萧涵这么一说，恍然的同时居然有一阵莫名其妙的失落。他心下感慨，脸上却一如平常，只是点了点头，答应道："好的，没问题。如有垂询，自当奉告。"

萧涵微笑着表示感谢，想了一想，从包里拿出两张名片，给老板和段枫一人发了一张，说道："以后可能还要常打交道，这是我的联系方式。"

段枫双手接过一看，见醒目之处只是简单地印着"萧涵博士／总裁"，一看抬头却吓了一跳，因为那是一个大集团的名字。他万没想到眼前这个比自己大不了几岁的女人会是这样一个大集团的总裁。当初签合同的时候他并没有参与，只是隐约听说了一些甲方的情况，而直接打交道的多数都是集团的一个下属公司。是以他听老板叫萧总，便以为是那公司的总经理，没想到居然是整个集团的总裁。这一信息对段枫震撼程度，绝不下于萧涵的气质和容貌。他怔了大概两三秒钟时间才回过神来，急忙收好名片，又拿出自己的递给萧涵。

萧涵接过名片，嫣然笑道："再次感谢你的介绍，过两天我们再联系。"

段枫又是一阵目眩神驰，只觉得待在这个美女总裁身边实在是一件很辛苦的事情。

老板起身一直把萧涵送出了大门口，又交代段枫再送一送。

段枫知道，从目前的形势来看项目极有可能搁置，老板这样交代是想让自己再争取一下，是以和萧涵边走边聊，一直把萧涵送到停车场，临行时道："无论是学术领域还是经济领域，这都是个极富研究价值的项目。我个人也非常希望能够和萧总合作。"

萧涵看了段枫一眼，微笑道："好的，到时候还要借助你的聪明才智。"

段枫慨然道："没问题，如有需要，我一定会尽我全力。"不知不觉间，他似乎把一件关乎自己前程的大事变成了帮别人的忙。

眼看着萧涵上了车挥手作别，段枫又惦记起昨晚的事。拿出手机一看，居然有了回复。

李如意是今天一早才看到第二条消息的。昨晚给段枫回过消息，就接到了恭喜她加入"越来越垃圾群体"那位表姐的视频聊天邀请。两人多日不见，又共同经历着读博生活，是以话题源源不断，从导师到同门，从食堂到宿舍，直聊到手机电量告罄还意犹未尽。第二天早上开机，才看到段枫的短信。

看过之后，这位文字学博士也不禁暗自赞赏段枫的古文功底，不自觉地对这个曾经对她淋以热羹的男生又多了几分好感。想起那张满是书卷气的斯文面孔，隐隐觉得去见个面倒也不是什么坏事。于是她客气地回复了一条短信，说明自己昨天手机电量用光了，教诲不敢当，如有什么疑问可以互相交流，大家同为H大学子，不必那么客气，这种师生之礼什么的以后可免则免了。如欲见面，可预约时间，条件允许的话自当前去则个。

看到短信，段枫立刻回复到："今晚八点，怒江路上岛咖啡二楼恭候。"语气转变之快，不禁令李如意为之愕然。她没想到段枫的上一条还温文尔雅，这会儿就这么不客气了，好像自己一定会答应似的。有心不去吧，又觉得不大好。从几次接触来看，段枫绝不是这么老实的一个人。一时间搞不清楚他到底是个什么心态，在好奇心的驱使之下，她还是决定晚上去看个究竟。

当晚8时许，李如意一上楼就看见了坐在角落里的那个男人。有些人仿佛天生就是被人注意的，虽然置身于人群当中，但你一眼望去，看见的一定是他。就好像有一层无形的结界，将他与别人隔离开来。其他的人是一群，而他自己是一个，使你一眼就会将他从人群中甄别出来。

段枫看到李如意走上楼来，站起身拉开椅子，微笑着打了个招呼。

"你好。"李如意礼貌地点了点头，一边坐了下来。

"昨天的事真是抱歉，实在不好意思，希望我能帮你把那件衣服洗掉。"其实段枫明知道那件衣服不可能留到现在，他不过是想拿这件事起个话头，毕竟两人共同的话题不多。

果然，李如意马上就证实了他的想法："没关系，我已经洗过了。"

"那怎么好意思呢，我应该对这件事负责的。"段枫知道，

　　　第五章　两难并

在这个人人面临着诚信危机的后信息时代，责任心和上进心已经成为广大有识女性对一名男性进行评判的最重要依据。因为那与她们后半生的幸福直接相关。换句话说，对女人来讲，一个男人只要有本事获得市场上通行的一般等价物，言语粗鲁，不讲卫生，不爱护环境，甚至睡觉打呼噜都是不要紧的，反正人无完人，爱情不需要理由，只要她喜欢就行了。你可以没有慈悲心，没有公德心，没有爱国心，甚至没有同情心，但唯独不可以没有上进心和责任心。没有上进心，就不能创造出更好的物质生活和她一起享受，或只让她一个人享受；没有责任心，就不能给她安全感，让她牢牢把握住你们曾经的共同行为或者是她单方面的主动行为造成的既成事实而有恃无恐地为所欲为。因此，广大男性在女孩子的面前，一定要显示出自己强烈的上进心和责任心，否则一旦留下不良印象，再想改变那就难了。

李如意听过之后果然大是激赏，在这个男人越来越少的年代，居然还有这样有责任心的人，简直和他的书法一样可贵。

所幸天理昭彰，佑护善人义士，她并没有立刻被眼前这个男人的表现迷惑，还是保持了必要的清醒和理智，只是淡淡地说了句："谢谢，不用了。"

这样的反应让段枫也有些意外，心中暗想：看来对面这个女博士比自己预料的还要深沉，须得小心在意才行。

"那这次就当是我赔罪，你要再客气我就无地自容了。"一计不成，自然要瞬间再生一计，思维敏捷本来就是科研工作者必

备的基本素质之一。

"嗯，那好吧。"李如意点了点头。"来都来了"，可以作为接受任何提议的充分理由。看到段枫的态度如此诚恳，现磨咖啡的香气又相当诱人，李如意一边在心里跟自己解释，一边笑纳了段枫的请求。

段枫见她点头应允，心下一喜，抬手叫来侍者："一杯清咖。一杯……卡布奇诺，怎么样？"段枫知道，大多数女生都有功能性选择障碍，所以直接替李如意选了一杯。

不知从什么时候开始，在世俗印象中喝清咖成了凸显品位、个性和格调的一种新式手段。而或许是因为名字起得好，卡布奇诺则成了小资女性的首选。

"好的，谢谢。"李如意心里自然又多加几分，人类女性对能猜中自己心思的男生通常会产生莫名其妙的好感。

"味道怎么样？"咖啡上来后，段枫先喝了一口，强忍着咽了下去。然后尝试去打开局面。

"还好。你平时都喝清咖吗？"

"是啊，喝习惯了。"段枫知道，自己的形象塑造策略起了作用。

李如意忽然想起来一件事，问道："你是怎么知道我手机号的？"

段枫道："像你这么漂亮又有智慧的女生，还不是随便找个人就打听到了嘛。"

这句话虽然有点儿恭维的意思，但段枫说的还真是实话。

李如意心下暗喜，脸上却只是淡然一笑，道："谢谢夸奖，你可真会说话。"

看她情绪良好，段枫喝了两口咖啡，便想解开一直困扰自己的那个谜团，问道："能请教你一个问题吗？"

"请教不敢当，有什么事情大家倒是可以一起研究一下。"李如意已经大概猜到了他要问自己什么。

"那天，你是怎么知道我名字的？"段枫明显有点紧张。

"像你这么优秀又出色的人才，别人想不知道也难啊。"李如意微笑着看了他一眼，目光中透出一丝狡黠。

"啊……"这句话和刚才段枫回答她的句式一模一样，说了基本等于没说，段枫一时不知道该怎么接荏才好。

好在李如意并没有为难他太久，接着说道："其实很简单，你光荣加入机械工程师协会的宣传横幅在文科大楼前挂了好几天，我早就久闻大名，如雷贯耳了。"

原来不是自己智商过低，而是名气太大，这一点倒是从前没想到的。听到这个消息，段枫如释重负般悄悄舒了口气。

这些年他一直埋头专业，业余时间也大多放在了排列方块文字上面，对追名逐利一类的事情连想都没空想。前些天和导师一起完成的一个项目获得了国家科技进步二等奖，一时间学校内外炒得沸沸扬扬，到最后连魔都工程师协会也来邀请他加入。他心里清楚，这些都是老板的安排。从而使他成为魔都工程师协会成立以来最年轻的，也是迄今为止唯一一个没有任何正式工作经验的会员。那天去听讲座的时候刚好穿了入会时的那件衣服，徽标也忘记摘了。没想到却让李如意借此认出了他，造成了他一连几天的困惑。想到这些段枫不禁摇了摇头，原来这世界上的事远不是他所能够认知的。

段枫的表情让李如意觉得奇怪，问道："你好像对这个答案有些想法。"

"没什么，我只是觉得自己对这个世界的认知太肤浅了些。"段枫说的是实话。

"世界本来就是不可知的，更何况人类对世界的认识又一直都是在舍本逐末地进行着。"

"为什么这么说呢？"虽然段枫完全同意这句话，但从一个文字学博士口中说出却让他吃了一惊。

"这一点你应该比我更清楚吧？"

"愿闻其详。"

"好吧，那我们就从头说起。请问人类认识世界的初衷是什么？"

"人类最开始的认识应该是对环境本能的适应。现在的目的当然是在这个星球上更好的生存。"

"那么，人类现在生存得更好了吗？我是说，就全部人类的整体生存状况而言。"

"那要看用什么样的标准去衡量了。"

　　　　　　第五章　两难并

"依你的标准呢？"

"现代科技的发展确实为人类带来了极大的舒适和便利，这是一个不争事实。"

"现代工业技术使人们的生活更加方便。但伴随着工业的发展，废水的排放，空气的污染，辐射的影响，大气层的空洞，直至整个生态环境的恶化。这些却更多地导致了人们的疾病甚至死亡，这不能算是舒适或便利吧？"

"但当代医学的发展也使人类已经能够防治越来越多的疾病，人类的平均寿命有了大幅度的提高。这也是科技发展的结果。"

"医学的发展确实延长了一些人的生命，但仅限于那些有能力承担起巨额医疗费用的人。对于那些一次手术就用去了全部积蓄，甚至连住院费用都无力交纳的大多数中低收入家庭，我们的医学能延长他们的生命吗？不知道现代医学与工业污染带来的危害相比，到底哪个影响更大些？现今人类投入最多、研究力度最大的，恐怕不是如何救人，而是如何杀人吧？"

段枫想起前些天电视上提到的某钢厂附近村庄的居民因为钢厂废渣中的稀土辐射而集体罹患癌症的报道，以及当前世界各国公布的军费金额，只好默然点了点头。

"人类连自己是怎么来的这样根本的问题都没弄清楚，却去研究什么核弹、什么克隆，这样的科技发展了，人类的痛苦和灾难会减少吗？"李如意的微笑在段枫看来俨然是一种嘲讽。

"是的，现代实用科学确实有舍本逐末之嫌，甚至可以说是与人类认识世界的初衷背道而驰的。"段枫不得不承认。

"错误不在科学，而在于人类自身。这么做的根本原因，在于人类自身的欲望。确切地说，是人类对物质享受永不满足的占有欲。"

"不错。"段枫点了点头，没想到自己随口的一句话会引出这么深刻的一个问题。同时也十分佩服眼前这个女人思想的深邃，"你是个睿智而深刻的女人。"

"谢谢，过奖了。思想深刻的女人通常都是不幸的，相反浅薄的就好一些。"李如意似乎并不怎么喜欢这样的赞美。

"也不见得，深刻的女性还是受人敬仰的。好比张爱玲，我周围就有很多喜欢她的朋友。"

"理工类的也喜欢这些吗？"

"当然，越是缺什么就越想要什么，不是吗？"

"嗯，也对。"

于是两个人海阔天空地聊了起来。交流中段枫意外地发现对面的女人有着极其丰富的思想内涵，其目光之犀利，见解之卓绝，直是自己生平所罕见。而李如意则对段枫异乎寻常的表达方式和举手投足间的绅士风度颇为赞赏。于是两人越聊越投机，直到月上中天，才互相加了微信，恋恋不舍地起身离开。

　　　　　　第五章　两难并

第六章　远芳侵古道（上）

　　自从毕月和段枫共进晚餐之后，"H大段枫守护联盟"四人组就一直对段枫的交友情况保持着高度密切地关注。他和李如意相约上岛咖啡并把人家送回寝室的事情自然瞒不过四人。

　　她们四人大学时同住一间寝室，本科毕业又一起考上了H大的研究生，于是便由室友升级为死党。开学不久的一次舞会上毕月和文淑差不多同时看上了被人拉去看热闹的段枫。无奈段枫不解风情，两人又都是心高气傲之人，两次明示暗示无效之后，索性来个釜底抽薪之计，联合两位死党正式宣布成立段枫守护联盟。并派出陈渝作为代表，向段枫宣布：他要找女朋友，必须在她们四人当中挑选，或经由她们同意，否则一律无效。理由也很充分——在这个高校扩招的年代，作为知识女性的一分子，她们有责任保护段枫这样的珍品男人免遭荼毒。

　　开始的时候，段枫并没在意。在这个疯狂的年代，无论发生什么事情都是不足为怪的，更何况是在H大这种地方。可是后来却发现，她们居然真的把段枫当成了自家的私产。一旦有女生接近段枫，便立刻会被告知已经"名草有主"了，而且主人还不止一个。如有不服者，三日内女娲河畔"聆风水榭"比试定夺。比试内容为中国古典艺术，必选题目包括琴、棋、书、画四项，其他的一由尊便。冠冕堂皇的理由，是只有懂得这些的人才配得上段枫——这倒也是实情，段枫的梦中情人也确实是那种传说中的古典美女。但事实上陈渝的琵琶在全国大赛上获过奖；文淑雅擅丹青，12岁就开过个人画展；毕月是围棋业余四段；四人又都是中文系的高才生，文学功底是不用说的。加之以众敌寡，自然可操必胜。大半来者听说以后，便自觉地偃旗息鼓了。少数恃艺应战者，也终因众寡不敌而败下阵去。因此开始的时候比试倒也有过几场，但结果无一例外的都是段枫守护联盟大获全胜。几次之后，便再也无人问津了。

段枫对此也曾经努力抗争过，义正词严地指出她们这种做法严重干预了他的个人生活。但文淑的答复却让他哑口无言："我国宪法规定公民有行为自由，任何人不得干涉。"言下之意，你和谁交往我们不管，我们和谁比试你也管不着。至于比试后人家愿不愿意和你交往是你和她的事，更加和我们说不着。于是四人便实至名归地成了段枫在H大的异性交往监护人。

这次眼看着又有异族入侵，四人自然同仇敌忾，众志成城，摩拳擦掌，秣马厉兵，做好了再一次捍卫自己的主权和领土完整的准备。

"我问清楚了，他和那个女博士在上岛喝完咖啡，又把人家

　　第六章　远芳侵古道（上）

送回宿舍。两人这两天见了好几次面。"陈渝向众人汇报自己的调查结果。

"嗯，你们怎么看？"四人当中，文淑年长半岁，平时处事也一向稳重。虽然大多数情况下都是她来拿主意，但她每次都会先问问别人意见。

"还看什么啊，直接约出来不就得了。"不等别人说话，陈渝又抢着说道。

文淑没说话，眼睛却看着毕月。

毕月看了看文淑，道："就算要约，也得准备周全才好。"

陈渝道："有什么好准备的？"

毕月却不说话。

文淑道："要准备什么呢？"

毕月道："那得看是想赢还是想输。"

陈渝道："当然是赢，怎么可能会输？"想了一想，又说道，"除非是你想输。"她和毕月向来脾气不和，不管什么事，两人总是意见相左。

毕月道："我还真想输。不过要是你们都赢了，我就算想输也没用，不是吗？"

陈渝道："那你还怕什么？"

毕月道："我怕输。"

陈渝道："什么意思啊？！"

苏蕙插口道："你是说我们会输？"

文淑道："月儿接着说。"

毕月道："那个女博士叫李如意，本科是Q师大的。没上过高中，以师范学校三年全科第一名的成绩保送到Q师大。又以Q师大四年总成绩第一，保送到H大文字所读研。然后直接留下来读博士了。"

陈渝道："那又怎么样？！我就不信，她能比郁青鸿厉害？"郁青鸿是青鸿文学社的社长，校刊副主编，H大远近闻名的才女，号称琴棋书画无所不通。就因为一起开会时和段枫多聊了几句，结果被陈渝她们找上门来，一番比试之后，围棋不敌毕月，联句败给苏蕙，剩下一场直接认输了。经此一役，段枫守护联盟名声大噪，再没有敢正撄其锋者。

毕月并不接话，看着文淑和苏蕙问道："你们觉得呢？"

苏蕙小心翼翼地问道："全科……第一？"

"是的，普通话一级甲等。"

毕月说完，文淑和苏蕙的脸上都露出难以置信的表情。两人都知道十几年前山东的师范学校比重点高中还要难考，而且学校里体、音、美专业特长生不仅数量众多，专业素质也是绝对地过硬。全科第一的意思就是，音乐课成绩要比音乐特长生高，美术课成绩要比专业学美术的好。而且是连续三年第一，这几乎是不可能做到的事情。

文淑想了想，道："看来是要认真商量一下才行。"

又过了几天，李如意收到了一封精致的暗红色请柬。拆开椭圆形封签，里面露出一封以隽秀飘逸的行书写成的烫金对折请帖：

字谕 H 大汉语言文字研究所琴心剑胆、国色天香、文成武德、泽被苍生、前无古人、后无来者、承前启后、继往开来、与时俱进、开拓创新、千秋万载、一统江湖、人见人爱、花见花开、温良恭俭让、德智体美劳、思想与快乐同在、智慧共美貌并存、古今英雄第一、天下巾帼无双、孝钦端佑康颐昭豫庄诚寿恭钦献崇熙配天兴圣显博士李如意芳驾座下：

久闻芳驾才倾四海、学贯中西、容光渐于华夏，艳名播于寰宇、今我等不才，请以咨诹之所学，窥君江海之雅致。若能得教幸岂三生。丁卯日入女娲河畔聆风水榭，与段君共候芳尊。君来则余等俯首于飞事谐，不来则徒为他人笑耳。伏惟钧启静候佳音。

下面钤印一方，却没有文字，只是一朵带着一片绿叶的四瓣金花。雕工颇为精细，看起来应该出自方家之手。

看过之后，李如意心下颇感踌躇。最近莫名其妙的事情一件接着一件。调宿不成反挨骂，听讲座碰到段枫，去吃饭被汤泼，现在居然又有人送来这么封请帖，她实在不知道该怎么面对这些无聊的人。

她早就听说过段枫有个私人卫队，专管男女交往事宜，最近几天还有人提到过此事。她本以为是无聊之人捏造出来的谣言，没想到居然真有其人，而且还找上门来了。这算怎么个事儿呢？拿到请柬后整个下午，李如意都觉得办公室里的气氛异常古怪。

一干同门好像都有意无意地躲着自己，尤其刘识丁，见到自己时脸上还露出奇怪的表情。他们肯定都知道了，看来那边是想逼得自己不得不应战。

不理不睬是不行了，人家找上门来，落个不敢应战的口实，以后在 H 大也就没法再混了。可是一旦去了，不管输赢都等于承认了和段枫的关系，输了固然不行，赢了也不行——传出去岂不是自己为了争夺段枫交往权，才和那四个女生展开激战的。到这时她才明白，原来段枫这个守护联盟不是不让他找女朋友，而是帮着他找的。找到之后还负责审查，考试合格了才能上岗。这都是些什么样的哀痛者和幸福者啊！

思来想去，李如意决定还是先问问段枫。这事儿因他而起，他自己总不能置身事外吧。

"你那四位监护人给我下战书了。"自从那次上岛会谈之后，两人大有一见如故之意。正如陈渝所说，这几天联系不断，所以李如意也就不需要客气。

"啊？"段枫其实一点儿也不意外，他早就知道会有这么一天。只是在李如意面前，必须得显得自己一无所知。

"你自己看。"李如意把那封红色请柬递给段枫。

段枫接过请柬，认真看了一遍，点了点头道："嗯，这字我认识，是文淑写的，应该是真的。"

"废话。"经过几次接触，李如意早已发现顾左右而言他是段枫的一项独门绝技，所以这次也就不觉得有什么奇怪。

段枫又拿出手机看了看，说道："丁卯日。今天是周一，甲子日。丁卯日就是周四喽。"

李如意看着段枫，却并不说话。

段枫又想了想，道："那你去不去啊？"

李如意道："你说呢？"

段枫沉吟了一会儿，说道："我觉得，你还是不去的好。"

"啊？"李如意这次是真的惊讶了。

"我说，你还是不去的好。"

李如意还是不说话。

段枫接道："因为我的原因，让你去和那几个小姑娘胡闹，这有点儿不合适。"

李如意道："现在是因为你的原因，人家已经找上门来了，还闹得满城风雨。我要是不去，别人会怎么说我？"

段枫道："那有什么啊，顶多就说你识时务者为俊杰，明知不敌，不敢应战呗。清者自清，管别人说什么呢！"

李如意道："谁不敢应战？我可不像你，脸皮那么厚。"

段枫试探着道："那要不，你去？"

李如意道："我去，人家说我为了你去跟四个姑娘对撕，以后还怎么做人。"

"也是啊，这倒有点儿麻烦。"段枫想了想，"要不我去问问她们，看看能不能不比了？"

李如意盯着段枫道："姓段的，你故意的吧？"

段枫道："怎么啦，我这不想办法呢吗？"

李如意道："我找你来，然后你就去让人家不比了，那不明显就是我怕输不敢去，让你去跟人家说的吗？"

段枫道："那你不怕啊？"

李如意怒道："我怕什么！"

段枫道："对啊，你肯定不怕啊。"

李如意刚要动怒，忽然觉得明白了点儿什么，心中一动，说道："我当然不怕。不过这事儿是因你而起的，周四之前，你必须得有个交代。"

"好吧，那你想让我怎么交代啊？"

"那是你的事儿。"

"要不我替你去？"

"你爱去不去，反正我是不去了。不过如果我的名誉因此受损，我就唯你是问。"李如意说完起身就走。

"这可怎么交代啊……"看着李如意窈窕清丽的背影，段枫一时还真没了主意。

恐吓完段枫，李如意心情舒畅了不少。她相信段枫一定会给出个让人满意的交代的。不然的话，等着瞧呗。

晚上回到寝室，正好鲁蔚也在。两人在一起住了一个多月，相处还算融洽。期间李如意试探问过鲁蔚对李苨希的看法，却并没有发现两人有什么异常。这让她愈发疑惑的同时也放心了一些。

虽然她不明白李芾希为什么要和她换寝室，但起码这间寝室目前来看并没有什么问题。

见到李如意回来，鲁蔚主动打招呼道："回来啦，小妞儿。"小妞儿是她们寝室两位成员之间的特定称谓。

"你没出去啊？"李如意顺口问道。

"我也刚回来。"鲁蔚站起身来，走到李如意旁边，压低声音说道，"听说，向你宣战了？"

李如意反问道："你听谁说的？"

"整个H大都传开了，周四晚上，对吧？"鲁蔚冲她眨了眨眼。

"嗯。"李如意知道，这种事在女性之间的传播速度，基本上是可以等同于光速的。

"那你去不去啊？"两人平时相处得不错，鲁蔚适时表示了一下关心。

"不去。"李如意说得很干脆。

"真不去？"

"真不去。"

"人家找上门来了，你不去到时候让人说，文字所的博士连面儿都不敢露，那可够丢人的。"虽然出于什么目的不好说，但鲁蔚说的是实话。

"那有什么的。"嘴上这么说，李如意心里还是有些犹豫。

"那好吧。"俩人不是很熟，鲁蔚也不好再说什么。

"管他呢，先看看那家伙什么反应再说。"李如意这样安慰

自己。

　　结果周二一整天，段枫连条消息都没发。自从加了微信之后，这家伙一天至少也要发几条请安消息。今天居然一条都没有，不知道他葫芦里卖的什么药，李如意心里也有些嘀咕。

　　转眼又过了一天，眼看到了周三下午，段枫还是没消息。李如意不禁有些恼怒，恨恨地想："姓段的，今天再没消息，这辈子都不用发了。"

　　"发什么呆呢，美女？"

　　李如意正在发狠，听到有人叫自己。抬头一看是同学兼闺中密友，研究金文的方盈博士。文字所的几个博士都在同一间大办公室。两人虽然不是一个导师，但平时关系颇为亲密。

　　"师姐啊！"方盈比李如意早一年读博，所以李如意要叫她师姐。

　　"大战将至，还能如此平静。"方盈脸上带着神秘的笑容，说道，"胸有激雷而面如平湖者，可拜上将军。你准备怎么办啊？"

　　"什么怎么办？"

　　"你不知道吗？可有不少人等着明天晚上观摩呢。"

　　"让他们等着呗。"

　　"你不想去？"

　　"嗯。"李如意知道，肯定是鲁蔚说的。

　　"要我说啊，你应该去。"

　　"为啥？"方盈年纪大上几岁，社会阅历也丰富得多，李如意对她的意见向来比较看重。

"你先说，你为什么不去？"

"去干什么啊，跟人家抢男朋友？"

"那几个小姑娘又不是他女朋友，抢什么男朋友。再说了，你不去，人家肯定会说你是怕输才不敢去的，以后在中文系还怎么混。放下这个先不说，你到底对段枫有没有意思？"方盈最后一句话问到了关键。

李如意拿不定主意，主要是因为她和段枫的关系并不明确。她叫段枫给个交代也是这个意思，谁知道这小子居然连个消息都没有，她实在不知道该怎么处理这件事。

看李如意不说话，方盈接道："你要是压根儿就不想跟他谈，那就简单了。直接在她们给你的那张纸上写两句话：不知腐鼠成滋味，猜意鹓雏竟未休。然后送回去，就行了。要是有意思，那就得慎重考虑了，毕竟这样的男人不是随便就能碰得到的。"

看看屋里没有别人，李如意也就没什么顾虑，说道："他那边什么表示都没有，我能怎么样呢。"

方盈道："他什么意思，你应该最清楚吧。"

李如意道："那也不能他还没什么动静呢，我就去跟人家PK 吧。"

方盈点头道："这话说得对，又不是找不着了，凭什么啊。不过要我说呢，你应该去。姓段的不是觉得自己了不起么，都知道他有私人卫队的，谈个恋爱还得通过考核竞聘上岗。你就去赢了她们，然后当众宣布，说：'我压根儿就不喜欢段枫，这次来是冲着你们，这个彩头我不要，送给你们了。'到时候人人都知道是他主动追的你，这样既赢了彩头，又找了面子，不是一举两得的好事嘛。"

"好，就这么办！"听完这番话，李如意不禁佩服得五体投地。师姐果然是师姐，一个困扰了自己整整两天的难题，就这么解决了。李如意即刻决定，就按方盈说的办，让 H 大的人都知道，自己根本就没看上段枫，是他主动追的自己。

"不过有一点，那几个小姑娘都挺厉害的，你要是到时候输了，可就不好办了。"

"是吗，怎么个厉害法啊？"关于段枫的四位监护人，李如意只是隐约听说过一些，具体什么情况却一点儿也不清楚。

"那几个丫头个个身怀绝技，去年的时候，连三年级的郁青鸿都输给她们了。"

"这我还真不知道。"

"那你可得小心点儿，别到时候阴沟里翻船。要不这样，明天晚上我陪你去，到时候也有个照应。"

"那当然好，就是太麻烦你了。"听说方盈要陪自己去，李如意自然求之不得。

"那有什么的。再说了，我也正想见识见识远近闻名的段枫卫队呢。"方盈的态度颇为积极，看来人类女性对八卦事件的兴趣是不分学识修养的。

　　　　第六章　远芳侵古道（上）

"那我先谢过了。"有了方盈的支持，李如意心里踏实了许多。但方盈对此事的热情却让她有些疑惑。她不明白为什么一向沉稳内敛的方盈这次会主动愿意出头，这和她平时一贯的风格并不相符。不管怎么说，有她和自己同去总归是好事，李如意也就没再多想。

"好的，明天晚饭叫我。"方盈说完起身走了。

拿定了主意，李如意的工作效率明显提高，一下子就为人类认出了四个中古汉字。吃过晚饭，段枫的电话终于来了："我跟她们说好了，让她们写个约会取消的声明，说明不是你不敢去，是她们自己不想比的。你看这样行不？"

李如意道："不用了，我去。另外你告诉她们，好好准备，到时候别输得太难看了，我赢起来也没意思。"

"啊，你去啊？"段枫好像一时没反应过来。

"对，我去。"从她异常坚定的语气中，段枫仿佛听到了李如意内心汹涌澎湃的波涛。

丁卯日，酉时三刻。

女娲河西岸，本就不大的聆风水榭亭中坐满了人。除了 H 大段枫守护联盟的四位正式成员和本次比赛的争夺对象段枫博士之外，还有不少来看热闹的学士、硕士、博士。毕竟 H 大的博士还没有量产，宿舍楼也只有那么两幢。毕月这次有意宣扬，差不多所有的在读博士都收到了消息。更重要的一点，争斗的双方一边是大名鼎鼎的 H 大段枫守护联盟，文学院古代文学专业无人不知的四朵金花，另一边是文字研究所新晋师姐李如意。这几乎可以看作是文字学专业与文学专业的一次火并。像这样的热闹，在后信息时代的中国高校里也是并不多见的，因此社会关注程度相当之高。据说世界几大博彩公司都开出了盘口，澳门博彩还专门为此在魔都设立了一个投注点，以便有更多的玩家能够参与进来。

看看时间将至，李如意却还不见踪影。陈渝带好指甲，朝着毕月冷笑道："六点过了，你那位老乡别是害怕不敢来了吧？"

说完调了调弦，轻挥五指，叮叮咚咚地弹奏起来，曼声唱道："梅子黄时家家雨，青草池塘处处蛙。有约不来过夜半，闲敲棋子落灯花。"

歌声未落，便听见亭子外面有人鼓掌，一个清柔的声音道："对不起，久等了。"

众人寻声望去，只见两名女子并肩缓步而来。

左边一位中等身材，头挽发髻，穿一件白色连衣长裙。右边一位长发披肩，穿一领鹅黄色纯棉连衣裙，纤腰束带，上绣暗纹；脚下穿着一双百合色达芙妮吊带皮凉鞋，正是 H 大文字研究所掌门师姐李如意博士。迎风走来，但见裙摆款动，长发轻扬，愈发彰显得身材隽秀，风姿绰约。

众人一见之下，无不眼前陡然一亮，心中暗暗喝彩。古龙说过，一个女人，如果要看到容貌才知道美丽，那美丽也就有限得很了。女性之美，最主要的还是在其神韵。眼前这两个女子容貌如何暂且不说，单是这风韵气度，便已让人观之心折。几个理工类的硕士已然开始悄声低语，评头品足，议论纷纷。

等二人走到亭中，停身站立，众人的目光都集中到两人身上。李如意开口向坐在当中的四人道："不好意思，我来晚了。不知叫我来有什么指教？"

"指教不敢当。我们都是段枫的朋友，真心地希望他能够幸福快乐。听说他有了意中人，都想来见识一下佳人风采。一来了却自己心思，二来也不枉和他相识一场。"文淑几句话说得言简意赅，既表明了身份，也说出了来意，加之语气平和温柔，不温不火，颇有大家风范。

李如意心中赞许，在这个年代，能有如此修养的女生实在是不多见的。同时也暗自警觉，能有如此修养的女生，本事必然也是不小的。于是开口说道："我想这中间可能有点误会。我和这位段枫同学只是初识，我们从来没有讨论过他对我的看法，我对此也并不知情。"

说到这里，众人脸上立时现出各异的神情。四位美女一齐望向段枫，目光中明显带着轻蔑和鄙夷。

不待文淑说话，李如意接道："不过久闻H大'段枫守护联盟'大名，今日既然得蒙错爱，我倒也想借机和几位才女交流一下。不知几位意下如何？"

一旁的陈渝闻言说道："能得到文字研究所李如意博士的指

点，那是再好不过的了。我就抛砖引玉，向您请教一下琵琶，您肯定会的吧？"

李如意微笑道："小时候家里穷，没钱学这么高级的东西。不过我想既然是探讨音乐，能发声的应该都可以吧？"

"当然，你打算用什么呢？"陈渝上下打量着李如意，但却怎么也无法从她身上找出一件可以作为乐器的东西。

李如意向外走了几步，从亭旁一棵柳树上摘下一片叶子，拿在手中，问道："这个行吗？"

陈渝一怔，她从前倒是见过有人吹柳叶玩，但大都只是发出些不成曲调的单音，从没听说过有人用柳叶演奏的。今天李如意要用这个东西跟自己比试，显然是心存轻视。当下不禁气往上撞，冷哼一声道："当然可以。"

说完便不再搭话，双手一抱琵琶，侧头看着李如意，显是已经做好了演奏的准备。李如意向她微笑着点了点头，随即将柳叶置于唇间，悠悠地吹奏起来。

柳叶声一起，陈渝的琵琶便也跟着响了起来，弹的是她拿手的南派武曲《海青拿鹅》。当年她就是凭着这首曲子在全国琵琶大赛上一举夺得第三名的好成绩。

曲子共分四折。开场一折题为《放鹰》，大意是说暮春三月风和日丽，草长莺飞，晴空中飘着朵朵白云。一队猎人于一望无际的草原上纵犬扬鹰，策马奔驰。此时琵琶舒缓，柳叶清越，二

第六章　远芳侵古道（上）

者互相配合，曲调悠扬婉转，安详宁静。听得亭中众人心驰神往，魂为之销，直似身临其境，到了漠北塞外那万里无垠的大草原，享受着无拘无束、自由自在的游牧生活。

忽然琵琶曲调一变，宫声大作，隐隐露出杀伐之意。原来放在空中的海青发现了一只天鹅，一路追逐，众人开始围猎。柳叶声也自然地成为那只被围捕的天鹅，被琵琶声四面包围，重重阻截，只得东躲西藏，左冲右突，只是偶尔在琵琶声的间隙当中透出。琵琶声却越来越疾，越来越响，几次压得柳叶险些吹走了调。到得后来，琵琶弹奏时右手全用上出轮指，五根手指弹、挑、轮、扫，连珠价拨动琴弦。一时间嘈嘈切切，纷纷攘攘。当真其声也烈烈，其乐也皇皇。听起来端的如波翻浪滚，似万马奔腾，眼看着就要将柳叶压得不成曲调。

段枫虽然不懂音律，却也知道此刻正是考验李如意的关键时刻。如果她一个不小心，被琵琶压得走了调，甚或气脉不够声音失色，严格来说就算输了一场。而如果在琵琶的重压之下还能吹奏顺畅，顺利过了这关，以后等到琵琶势头一缓，那便有了反击的机会。然而眼见陈渝挥洒自如的样子，显然尚有余力，心下不禁颇为担忧。他知道自己这几位自发监护人一个比一个难缠，尤其毕月的围棋，那是整个 H 大都没有对手的，这一场的胜负几乎没有任何悬念。李如意以一敌四，本来就不占便宜。如果一上来就输了一场，那以后想翻盘就更是难上加难了。这一场中文系历史上震古烁今的硕博大战好戏如果就此结束，也未免太可惜

了些。

谁知柳叶顺着琵琶一连几个轻巧的转折，竟自越吹越高，听起来仿佛是琵琶声将其托起来的。好比一叶小舟于风浪里飘摇，虽然看似情况紧急，时时有为巨浪吞没之虞，却总能乘风破浪，履险如夷。浪头虽大，却始终压不下小舟，反而送得小船又前进了一程。如此几番折冲，琵琶声渐渐地已显得有些难以为继。眼见得柳叶声只要再拔高一次，琵琶便已无力压制。

不料柳叶声却渐渐低沉下去，仿佛知道琵琶已然不支，故意就和一般。琵琶自然也乐得休息，一路随着柳叶沉将下去。只听得柳叶声越来越轻，越来越低，到最后已是若有若无，要仔细倾听方可得闻，真不知一片柳叶是怎么吹奏出来的。琵琶此时竟也全用捺带，声音细若游丝。两股声音合在一起，听得周遭众人个个屏息凝神，毛孔翕张，一时间亭子里静得掉一根针也能听见。

段枫正纳罕间，忽地一声柳叶拔地而起，声音清越激扬，陡然攀将上去。琵琶想要和上柳叶，也只得越弹越快，落指越来越重。但叶声越来越高，越吹越响，琵琶却已渐渐地跟不上了。只听"崩"的一响，一根幺弦已给拨得断了。陈渝心中一震，手上不由得停了一停。待要再弹时，却听柳叶一声长鸣，似乳虎啸谷，如龙泉夜吟，又如一只白鹤挣脱罗网，翩然翱翔于九天之上，俯瞰世间，再无俗物可以羁绊。袅袅余音，于耳边久久回荡不绝。只听得亭中众人心神俱醉，过了良久方才回过神来。

陈渝脸色灰败，抱着琵琶一句话也说不出来，这一局显是输了。

文淑鼓掌道："不愧是文字研究所掌门师姐，果然非同凡响。这局我们输了。文淑不才，想向您请教写几个字，不知道肯不肯赏脸？"

李如意脸上始终带着阳光般的微笑，和声道："请教是不敢当的。不过大家一起研究一下到也未尝不可。不知道怎么个比法？"

文淑道："写字人人都会的，更何况是博士。一只手写，写得好了也不算本事。我们看谁一次写得多。"说着从笔袋中拿出了两只毛笔和砚台，搁到石桌上。又将一张准备好的大张宣纸铺在石桌上，苏蕙用一对水晶镇纸帮她压住宣纸两边。

文淑走了两步，站到笔墨旁边，将两支正宗狼毫湖笔蘸得饱墨，双手各持一只，在砚台上轻轻刮了刮，平心静气，屏息凝神，略微思忖了一下。随即右脚踏前一步，上身微探，两腕悬空，双手湖笔同时写了"风花雪月"四个正书大字。笔锋平和娴雅，如空山新雨，似碧海浮霞。四周观者但觉一股清丽之气扑面而来。亭中众人不由得齐声喝彩，更有几个好事的男生忍不住鼓起掌来。

段枫是书法行家，一见之下，也不禁心中暗暗喝了声彩：认识文淑这么久，这样的书法也还是第一次看到。更奇的是她居然双手同写，实在是罕见。不知李如意有什么高招，可不要被比下去才好。不过听了刚才的叶琴大战，段枫对李如意的评价自然而然地比原来又高了不少，对她接下来的表现倒也不是特别担心。

文淑搁下毛笔，对李如意轻轻一笑道："写得不好，还请多多指教。"

李如意点头赞道："横如云阵，竖似枯藤。转折处多一份含蓄，撩捺处少几分张扬，冲虚恬淡，锋芒内敛，却愈见饱满充实。双手同写，更属难能。字如其人，的确是高手风范，佩服，佩服。"

文淑写得一幅好字，本来踌躇满志，一心想和李如意比个高下。没想到李如意寥寥数语，便把自己的字说得分毫不差，最后一句，显是连人都一起看透了，单是这一份眼力，就已足以让人敬慕。登下肃然起敬道："文字所果然名不虚传，文淑佩服之至。还请方家一显身手，也好让我们开开眼界。"

李如意微笑道："看来想不丢人也不行了，那我就献丑了。"一边说着，一边从旁边方盈的背包里拿出一根和毛笔差不多粗细，大约二十公分长短的杆子，杆子两端各带着一个不锈钢开口小圆环，开口处用工具锉出几个细小的钢齿。

亭中众人尽有见多识广之士，却没一个知道这东西是干什么用的。

正奇怪间，只见李如意将一只毛笔插进杆子一端的钢环里，用手将钢环捏得闭合，钢环开口两端的钢齿"咔嚓"一声咬合在一起，立时将毛笔抱个稳固结实。又把另一只也套在另一端的钢环上夹紧，却比前一只套得低些。

段枫看到此处，心中猛地一动，脱口叫道："仿形加工！"

这种考验智商的场合，能首先找到答案的，当然是最聪明的一个。一干硕士、博士，哪有肯甘居人后的。是以表面上都显得满不在乎，心里却无不暗自琢磨。听他一叫，不约而同地一齐向他望来。陈渝性子急，刚刚又输了一局，心下焦躁。听他一说，率先开口问道："你说什么？"

段枫却不回答，只是伸手指了指，说道："看吧。"

却见李如意在石桌上铺好宣纸，用镇纸压牢。将两只毛笔都蘸了墨，左手背在身后，右手伸开，食指和无名指托住横杆，中指和小指压在横杆上方，在纸上比了比远近，上身微俯，随即悬腕挥毫，在纸上也依样写了"风花雪月"四个大字。但她写得却远比文淑辛苦，手中毛笔仿佛重逾千斤。四个字写下来，额角已微微见汗。但两行大字却也端得法度森严，气象万千。最让人诧异的是，她两只毛笔写出的居然是两种不同的风格。右边的一幅墨浓笔重，质朴古拙，左边的一幅因为落笔较轻，却显得线条清秀，柔媚婉丽。也就是说，她一只手一次写出了两幅不一样的字。

一时间，众人看得连鼓掌都忘了。几个懂得书法的行家却只是摇头叹息，实在想不到世界上还有人用这种法子写字的。

李如意写好之后，放下特制的连体毛笔，转头看着文淑道："不好意思，见笑了。"又看了看文淑的一幅字，接道："还是你写得好，这次是我输了。"

文淑一时看得默默无语，不知该说什么才好。

苏蕙坐在一旁见文淑不说话，便开口说道："两个人写得一样好，这局算打平好了。"

其实如果文淑单用左手写字，李如意本来不会。但她为求全胜，用两手同写，没想到反而给了李如意机会。双手同写的功夫固然难得，却还有很多人能够做到。而李如意的仿形书写法却是众人闻所未闻的。若是就新奇来讲，到还是后者更胜了一筹。但毕竟两个人都是同时写了两幅一样的字。从这个角度来讲，算平手倒也说得过去。

李如意欣然同意，文淑也不好再说什么。于是苏蕙宣布，第二场双方做和。

按照事前的商定，第三场应该比试围棋。毕月见三人的目光都投向自己，于是开口说道："毕月想向师姐讨教几手棋艺，不知道师姐肯不肯赐教。"其实事前她们早已打听清楚，李如意是不会下围棋的，因此这场是赢定了，联盟四人都在等着李如意认输。这样三场下来打成平局，胜负就看最后一场了。合四人之力，赢面仍然较大。

不料没等李如意说话，旁边一直没开口的方盈突然插话道："不用比了，我们认输了。"

毕月看了方盈一眼，粲然一笑道："还没比就认输了啊？"

却听方盈说道："照你们这个比法，自然是稳赢的。还有什么好比的。"

毕月扬眉道："照我们的比法，有什么不对的吗？"

方盈道："比什么都是你们说，这样就不大公平吧？"

毕月道："那么照你的意思，怎么样才算公平呢？"

方盈道："你们已经出了两场题目，轮也该轮到别人才对。"

毕月想了想道："这倒也是。那您说应该比什么？"

方盈道："比什么大家可以商量。不过我想，既然是比文化棋艺，那么凡是能够彰显我民族文化的棋类，都可以列入比赛范畴吧？"

毕月道："这是当然，那您说比哪种棋类呢？象棋吗？"

方盈不答反问道："你能代表她们吗？"

毕月向另外三人看了一眼。

文淑道："她能。"

她想反正这边只剩下毕月和苏蕙两个人，苏蕙又不会下棋，比什么都是毕月的事。而且毕月所知极广，人又机灵，轻易不会上当，她说比什么就比什么好了。

毕月随即向方盈道："你说吧，比什么？"

方盈道："那好。我们就比……斗兽棋，怎么样？"

毕月四人一齐失声道："斗兽棋？！"

斗兽棋是北方儿童经常玩的一种游戏。双方各有同样的八个棋子，按照大小顺序排列为象、狮、虎、豹、狼、狗、猫、鼠，大兽可吃小兽，小兽不能吃大兽。而最小的鼠可吃最大的象。双方对弈，最终棋子被吃光者为负。在场众人，大多玩过这个游戏。据传北京大学一位著名教授就自称精于此道，并在其一篇题为《八十天大楼》的文章中对此有所提及。因此说它是中国传统文化的一部分，倒也不算离谱。

只听方盈问道："怎么样，敢不敢？"

毕月昂然道："当然敢，拿出来吧。"她见方盈绕了这么大个圈子，最后才说到这里，显然不会是没有准备的。

果然，只见方盈从肩上的背包里拿出一个精致的黄木小方盒，放在石桌上。盒子上的盖赫然印着三个正书大字：斗兽棋。

毕月小时候颇多杂学，对这个并不陌生。是以听方盈说要比斗兽棋，便一口答应下来。看了方盈一眼道："果然是有备而来。说吧，怎么玩法？"

方盈微笑道："题目是我们出的，怎么玩法，还是你来定吧，这样才公平。"

毕月见方盈让自己决定，当下也不客气，略为思忖了一下道："那就出吧。怎么样，你来吗？"

斗兽棋有两种通行的玩法。一种是把棋子摆到一个 7×9 的方格棋盘上走，规定先攻占对方兽窟或将对方棋子吃光者为胜。另外一种是两个人各拿一组棋子，每次各出一个比大小，小的一方即被大的一方吃掉，被吃掉的棋子放在一旁不能再用，如果双方出的是同样的棋子，则判为"对下"，对下的棋子也要放到一旁，不能再在游戏中使用。到最后没有棋子的一方即为负。人们通常把第一种方法叫作"走"，而把第二种方法称为"出"。这里毕月说的"出"，就是指的第二种玩法。

方盈道："你们找的是如意，当然是她和你比。我只是说句公道话而已。你若想比，我们再约时间。"

毕月道："那好吧，师姐请。"

李如意冲她点了点头，和毕月两个各拿了一组棋子之后，背转身去，挑选好要出的棋子，握在手中。又转过身，右手成拳伸了出来。

这种玩法和石头剪子布一样，就是"鼠""象""狮"之争。一旦比对方少了"鼠""象"当中的任意一个，就算是输定了。尤其是"鼠"，是可以被除"鼠""象"之外的任何棋子吃掉的；而一旦没了"象"，对方一直出"狮"就行了。因此，一般都不会轻易用出"鼠""象"这两个棋子。但你若一直不出这两个，而对手却总是出"象"，几次之后，就要被他吃光了。到时候只剩下"鼠""象"两个，对手只要一直出"鼠"就稳赢了。因此，一个看似简单的游戏里，却包含了对胆量、洞察力和判断力的综合考验。

二人此时心中均自忐忑不已，一只右手伸了出来，却都迟迟不肯打开。对视一眼之后，才缓缓摊开手掌。

毕月手中的是一个"虎"，李如意手里的却是一个"豹"。第一个回合是李如意输了。

接下来的三个回合里，李如意却出了两次"象"，连吃了毕月一"狮"，一"豹"。第四回合又对下了一个"虎"。算下来比毕月多了一个"狮"，赢面已是很大了。

不料第五回合却被毕月用"狼"白吃了一个"鼠"。一时间局势又变得扑朔迷离起来。

纵观双方实力，李如意还剩下"象""狮""狼""狗""猫"五个棋子。而毕月剩下的是"象""狼""狗""猫""鼠"。

对毕月来说，如果能成功的吃掉李如意的"象"或者"狮"，就算是赢定，接下来只要每次都出最大的"象"就行了，因为李如意已经没有能吃"象"的棋子，就算每次都对下，毕月最后还是多剩下一个鼠。但如果被李如意对下"象"或者吃掉"鼠"就输定了，那样李如意只要每次都出最大的"象"或"狮"就一定赢。因此双方到底谁胜谁负，却还在未定之天。

她和李如意两个都很清楚目前的形势，只要一次失误，马上就会坠入万劫不复之地。因此，二人的心里都充满了不安。

第六回合。

毕月率先伸出了右手。纤细洁白的柔荑在灯光照耀下显得格外晶莹，只是不知为什么，看起来略略有些颤动。

李如意随即也伸出手来。摊开手掌，里面是一个"狗"。

毕月轻轻一笑，将手里的棋子搁到一边，众人一看，竟也是一个"狗"。

对下。

看来双方都不敢冒险，都希望再多观察一下对手。毕竟一次疏忽就将导致整盘的失败。然而不管两人是不是愿意，最后的时刻还是会到来。

两只玉手再一次伸出，又先后打开。

　　第六章　远芳侵古道（上）

亭中众人都定睛凝神，向两人手中看去。看清之后，都是"噢"地一声低呼。

两个人竟又不约而同地都出了"狼"。

又是对下！

"象""狮""猫"对"象""猫""鼠"。

局势和刚才一样，但可选择的余地更小了。双方都已经没有多少回避的空间。亭中众人从来没有想到过这样一个游戏会使得自己如此紧张。但此时却没有一个人说话。

毕月的脸色显得愈发白皙，而李如意的呼吸也略略有了些起伏。

"该有个结果了。"毕月看了李如意一眼，嘴角露出一丝浅笑。

"那就来吧。"李如意说着转过身去，挑了一个棋子。又转过身来，右手握拳伸出。

毕月却已经等在那里，见她伸出手来，便伸开了手掌。

李如意的心提了起来，目光向毕月手中投去。看清毕月手中的棋子后，轻轻地松了口气，也摊开了手掌。

"象"对"象"。

还是对下。

这一局，李如意终于又赢了。虽然两人还是对下，但毕月却再没有能吃掉她的"狮"棋子。所以，无论怎么出，最后都是她赢。

毕月虽然输了，但看起来却并不怎么沮丧，反而冲她微微一笑，说道："恭喜，恭喜。又赢了一局。"

李如意也是微微一笑："运气而已。还要继续吗？"

"不用了，我认输。"毕月随即向文淑做了个无奈的表情，"不好意思，让大家失望了。"

一旁的方盈看了看文淑，说："你怎么说？"

"我们认输。"文淑回答得非常干脆而有风度。

"那我是不是可以认为，如意已经永久性的赢得了各位的尊重和认可呢？"

"当然，如意师姐的书法独辟蹊径，别具一格，我是十分佩服的。文淑真心希望能和师姐交个朋友。"

李如意忙道："不敢，不敢。还是叫我如意吧，'师姐'听起来好像很老。"

文淑道："叫您'师姐'是表达对您的尊敬，总不能叫您'如意兄'啊？"

"别，一听到这个我就想起来'广平兄'，还是叫师姐吧。"

两人都是开朗之人，因此没说几句，便已聊得颇为融洽。因为胜负已分，众人也都没什么挂念，一时间亭中气氛渐渐缓和起来。

聪明人之间的交流总是相对更容易一些。加之李如意的沟通能力又相当的出色，因此没过多久，就和本来有些敌对的段枫守护联盟打成了一片。

众人正闲聊间，苏蕙忽然说道："如意师姐技压群芳，我是非常佩服的。不过今天这么多中文系的才女聚到一起。不留下点东西以供来者追思，好像略有些美中不足之感。"

李如意笑道："那依妹妹你看来留点什么好呢？"

苏蕙自幼家学渊源，多读诗词，研究生主攻乐府。早就听说文字研究所李如意博士素有才名，今天憋足了劲打算和她一较高下，没想到连比试的机会都没有，不免有些郁闷。这时听李如意问到自己，开口说道："难得今天中文系英雌聚汇，我想不如效仿汉武柏梁旧事，一人一句，凑成一首，送给师姐和段枫作为贺礼，不知师姐意下如何。"

相传汉武帝曾修柏梁台，台成大宴群臣。席间规定凡是二千石以上官员每人作诗一句，合成一首。诗成每句七言，句句用韵，后来便把这种每句用韵的七言诗称为"柏梁体"。这里苏蕙说的汉武柏梁旧事，指的就是这一桩。

李如意眼见她如此，哪能不知道醉翁之意。心中暗笑，看来这四朵金花人人都有一身艺业，今天如果不能大获全胜，日后难免会有人说三道四。于是说道："写诗啊，这个可有点儿难。"顿了一顿，接道："不过辜负了这一番盛情也太对不起人。这样吧，我也做点贡献，算我一个好了。"

苏蕙等的就是她这句话，微笑说道："师姐愿意一起来，那是再好不过了。还有谁来啊？"说完瞟了一眼毕月。

毕月研究生主修的是宋词，平时寝室卧谈的时候，常和苏蕙意见相左，早就有意和她一较高下。这时见苏蕙主动挑衅，又想起两天前的事情，新仇旧恨，一齐涌上心头，当下开口说道："我也算一个。"

不等苏蕙说话，一旁的段枫忽然插口道："也算我一个吧。"

今晚从开始到现在，他一直都保持着一个看客的身份。本来他是不会出现在这种场合的，照他对文淑她们的说法："一个心智正常的人是绝对不会做出这种行为的。"但鉴于这次事关重大，而他自己也想看看一个让他颇为心折的文字学女博士如何面对四个让他极为头痛的文学女硕士，因此也就半推半就地来了。从而目睹了一场中文系英雌大战的好戏。这时听说要做柏梁体，他本来就钟情诗词，一时心痒难搔，便开口插了一句。

文淑在一旁道："好，你们说，我来帮你们写。"

苏蕙等了片刻，见再无别人说话，于是说道："那就我们四个罢。怎么样，师姐？"

李如意点头道："好啊，别笑话我就行了。"

苏蕙道："主意是我出的，我先起了。今晚秋高气爽，风清月白，就写句'八月风清秋意绵'罢。"说完侧头看着毕月。

毕月看也不看她一眼，随口接道："临花对月品管弦。"

段枫道："嗯。临花对月，还听着琵琶。可惜世间不如意事，十常居七八。不知道有多少黎庶苍生，此刻正饱受水深火热。霜凋梧桐提壶颤。"

李如意顺口接道："雨打芭蕉更漏悬。"

苏蕙道："大喜的日子，干嘛都这么冷清。师姐，得伴鸳鸯嬉春涧。"

毕月凝视着安静宁谧的女娲河："失群鸿雁唳江边。"

段枫看了看李如意道："人近幽兰知春暖。"

李如意却不领情，微微一笑道："素爱红梅愿天寒。"

苏蕙看了看毕月，又看了看段枫，道："坦腹东床原为念。"

毕月也看了看段枫，叹了口气，道："乘龙萧史本是仙。"

段枫却看了一眼李如意道："藏宝难遂佳人愿，得郎方可慰心田。"

"求宝易，嫁人难。"李如意居然也叹了口气，转而微微一笑，"匆匆转瞬即百年。"

苏蕙道："所以我说啊，还是早点好。莫待迟暮桑榆晚。"

毕月接道："那就早点。早将丝鬓结红鸾。"说完看了苏蕙一眼。不料苏蕙也正好向这边看过来。

目光一触，两人心中若有所感，都觉得这个平时总和自己闹别扭的家伙这次配合得倒是很默契，有了惺惺相惜之意。

段枫这次掺和进来，一是见有人联诗，心痒难搔，想跟着过过瘾。二来也是想借机看看李如意对自己的态度。头两次试探，都给李如意不软不硬地顶了回来，这次眼见毕月和苏蕙两个人帮忙，好不容易逮到了机会，哪能不利而用之。于是双眼盯着李如意说道："君不见，孟光齐了梁鸿案。"

李如意却恍如不觉，似乎很随意地接道："君不见，张敞笔下柳眉弯。"

段枫见她还是不冷不热的，看不出端详，只好继续加紧攻势：

· "红拂夜投三原店，文君沽酒坐垆前。"

这两句都是说女子夜奔后得到美好爱情的故事，听来似乎隐隐有些劝人效仿之意。毕月和苏蕙见他如此心急，都在心中暗笑。两人谁也不接茬，在一旁看热闹。

李如意这次倒是有了反应，侧头想了一会儿，一连接了四句。只是接的这四句却让段枫越听越是心寒："骊山脚下起烽烟，馆娃宫里铺玉槛。七尺青丝江山断，冲冠一怒为红颜。"

这四句，句句用典，各有所指。放到一起，就是摆在那里现成的四个字：红颜祸水。而且更重要的是，这四句里一共五个男人没一个有好下场的，如何让段枫不心惊肉跳，毛骨悚然。

毕月在旁边一见段枫进攻失利，只好出来圆场："你们两个玩够了吧，也该我们说几句了。"转头又向苏蕙看了一眼道："怎么样？"

"好啊。"苏蕙做了个"无所谓"的手势。

毕月道："君不见，宋王台下树相连。"

苏蕙接道："梁祝坟前彩蝶翩。"

毕月道："万里长城白骨现。"

苏蕙道："缥缈海外访仙山。"

苏蕙说完，向李如意问道："师姐，这几句怎么样？"

这四句说的都是中国古代传说中，男女之间超越生死的真挚爱情。用在这里，自然是劝二人效仿前贤故事，珍惜现在，把握眼前了。李如意如何不懂，但却只是微微一笑，说道："当然很好。"也不知是说句子好，还是说事情好。

文淑在一旁写着见她神色淡然，心中有些奇怪。略一思忖，已知就里。当下说道："看你们玩得热闹，我也凑个热闹。权当是对这次交流的总结发言。"

段枫道："洗耳恭听。"

文淑道："如意师姐，这次是我们冒犯了，这里向您赔礼。这四句送给你俩，祝你们：郎心似水连霄汉，妾意如绵有情天。古今多少风流事，千载谁堪伯仲间！"

段枫听罢大声鼓掌喝彩，李如意看了他一眼，却没说话。

文淑将刚才写好的一幅字交给李如意，朝着同来三人点头示意了一下，向段枫和李如意说道："这么晚了，我们要先回去了。这幅字权且作为一点心意，恭祝二位花好月圆。"

又向旁观众人说道："众位亲见，如意师姐才学精湛，色艺双绝，正是段枫良配，我们佩服之至。今天的事情到此为止，感谢各位捧场。以后若有需要，还请多多帮忙，多谢各位。"说罢额首为礼。

"好了！""知道了！""没问题！"旁观众人中发出几个表示接受的声音，看热闹的一干闲人各自准备散去。

文淑看了看另外三人，道："我们走吧。"

四人收拾好东西，跟段枫和李如意打过招呼之后便要离开。

李如意忽然道："等一下。"

众人都停下来看着她。

李如意道："我开始的时候就说过了，这次来只是为了赴四位之约，与其他无关，我本人和段博士之间也没有任何关系。所以，刚才的祝愿我不能接受。"

文淑笑道："我祝是祝完了，接不接受是您的事。至于您和段枫之间的事，更与我们无关。"说完四人整齐划一地做了个标准的谢幕姿势，然后潇洒退场。

李如意这才发现，原来潜规则和规则之间是有区别的。人家只说要见识一下，压根儿就没提段枫的事。自己输了当然只能赔笑大方黯然离场，可人家输了却可以挥一挥衣袖，不带走一片云彩。对文淑她们四个来说，这本来就是一场无论输赢都没有任何影响的义务比赛。

至于事先和方盈计划好的当众宣布无条件转让段枫交往权的构想，则不仅没有受众，而且也没有观众，甚至连逻辑上的可行性都不存在。因为压根儿就没人把这东西交给自己，也没人有这东西。自己一场恶战之后唯一的收获，就是让所有人都知道自己赢得了这场胜利。

方盈带着笑道："我也该走了，你们俩慢慢交流。"

还没等李如意反应过来，段枫对着方盈一躬扫地，说道："大恩不言谢，容后再报。"

方盈笑道："君子成人之美，不必客气。"

"你们认识？"李如意似乎明白了点儿什么。

"你问他吧。"方盈没回答，又对着段枫道，"好好解释清楚，我先走了。"说完也走了。

"什么意思？"李如意对着段枫问道。

段枫道："你不是让我给你个交代吗？"

李如意道："然后呢？"

段枫道："我想出了个办法，不过怕自己去说你不容易接受。"

"所以你就让方盈来说。"

"你真聪明。"段枫一脸的谄笑。

"也就是说，方盈跟我说的那些话都是你让她说的？"

"去是我请她去的，她怎么说的我真不知道。"

"你后来给我打电话的时候已经知道我会去了吧？"

"她告诉我说跟你说完了，去不去没说。"

"那你又打电话说让她们写取消声明什么的是什么意思？"

"我怕你万一又不想去了，这不多一手准备嘛。"

"我要是真不去了，她们会写吗？"

"这个……"段枫搔了搔头，道，"应该会吧！"

李如意心里清楚，他已经知道了自己会去，哪里还会让文淑她们写什么声明，根本就是糊弄自己的。事已至此，再纠结这个也没什么意思，又问道："那你是怎么说动方盈的？"

"君子有成人之美，她不是已经说了。再说我给出的这个解决方案，你不是也觉得很合理嘛！"

李如意终于明白，自己这是被人家套路了。而这一切活动的幕后黑手兼总策划，就是眼前这个男人。她要是再知道段枫为了要她的联系方式早就和毕月有了约定，不知道会不会有动手掐死段枫的冲动。

李如意冷冷地看着段枫，说道："看不出来，你心机很深啊！"

段枫苦笑道："哪有的事。你非得要交代，让我怎么交代啊！"

李如意道："所以你就找人骗我？"

段枫正色道："天地良心。人是我找的，骗你可没有。而且你也确实按计划澄清了和我的关系。"

李如意白了他一眼，道："那有什么用。现在所有人都知道，她们把你转让给我了。"

段枫笑道："所以啊，现在是赖到你手上了，你想不要也不行了。"

"行。"李如意点头道，"既然这样，那我就先收着。不过你记住，还是那句话，你必须在 H 大为我公开正名。"

段枫苦着脸道："你又来了，都什么年代了，还要正名。要不这样，我在各大媒体公开发表声明，说明你参与此事完全是为了与同学交流增进个人感情，与本人没有任何关系。你看行不行？"

李如意道："那倒不用了。不过这个月末学校里山东同乡聚会，到时候叫你一起来参加。如果你能得到他们的一致认可，就算你过关了。"

"鸿门宴啊，没问题，我去不就得了。"到了这个时候，哪里还敢说不。再说了，山东人聚会，除了喝酒就是划拳呗，这两样段枫还真不打怵。他心里想："到时候，看我来一出'关大王独赴单刀会'。"

　　　　第六章　远芳侵古道（上）

第七章　远芳侵古道（下）

　　自从聆风水榭一役之后，段枫便实至名归地成为李如意博士的战利品和绯闻男友。但这一事实却并没有得到社会公众的一致认可，起码在 H 大的博士生当中是这样的。由于李如意声名显赫，才艺双绝，在 H 大拥有众多的粉丝和腐竹，同乡当中多有心怀杂念之人。这时一干仰慕者得知名花有主、幸福无望，自然难免群情激愤，众怒喧嚣，心有不甘者比比皆是。又听说李如意是大战四美、艺压群芳之后才争得了段枫，心下更是不平，大有与段枫一较短长之意。更有思想阴暗者不免妄自揣度，认定段枫必然使用了非常规手段，才将向来不把理科生看在眼里的李如意博士据为己有。

　　看看到了月末，又到了两个月一次的 H 大山东同乡聚会的时间。于是经过 H 大山东博士同乡会众人公议，集体表决，一致推举在 H 大山东省在读博士中享有崇高威望的教育学权威陈哥作为代表，向李如意宣布同乡会最新决议：

　　大会决定于本月二十五日在菁华园二楼举办同乡联谊会。鉴

于李如意博士近一阶段的实际学习生活情况，同乡会本着对每一位同学负责的精神，研究决定特别邀请李如意博士的绯闻男友段枫先生参加本次聚会。如不按时出席，一切后果自负。

"怎么样，你去不去？"传达了会议精神之后，李如意侧头看着段枫。

"去啊，怎么能不去呢？"段枫鉴貌辨色，一转念间就已经知道了李如意心里在想什么。

一来她前面和文淑她们恶战了一场，自己要是什么付出都没有，岂不有违恋爱中的男女平等原则。这次折腾自己一回，也省得总有人说是她从一群小姑娘手里把段枫抢来的。二来李如意对一干男子素来不假辞色，上次聆风水榭的事传扬出去，已经有人说她主动倒追了。这次段枫要是再不露面，那帮家伙还不一定再说些什么呢。三来大凡人有了自己宝贝的东西，总希望能在人前显示一番。李如意守身如玉二十几年，这时找到个如意郎君，不在同乡面前炫耀一下，岂不如衣锦夜行。基于以上几点，她是一定要让段枫同去的。

段枫想了想又道："不过看个巴西龟还得收门票呢，就这么让他们白看了，总感觉有点儿亏。"

李如意哂道："你很了不起吗，看你还得买票。"

段枫道："我虽然没什么了不起，大小也得算个艺术家吧！"

李如意白了他一眼，道："请问艺术家最近有什么成果吗？"

段枫笑道："不知道和女博士谈恋爱，算不算行为艺术？"

"要死了你！"李如意反手一记"惊涛掌"直接印在段枫胸口要害。胸中怒气兀自不解，恨恨地道："跟你在一起才是行为艺术呢！跟我在一起是视听艺术！"

25日晚，菁华园二楼的大厅灯火通明。一首舒缓悠扬的钢琴曲不知从藏在什么地方的扬声器中传出，配合着大厅中平静祥和的气氛，宛如一条涓涓流淌的小溪，自众人心田缓缓流过。

中国高校研究生的生源存在着明显的地域性倾向。同一个专业的博士往往都来自同一省份。通常来讲，如果某位大家在自己的研究领域有着深广的影响，那么必然门人弟子众多。亲不亲，故乡人，国人历来注重乡土之情，而学术界于此尤为甚之。是以如果报考时两人条件相若，导师在招生时一般都会优先考虑与自己存在地缘关系的那个。而广大学子洞悉这一秘密之后，报考时自然也会尽量选择与自己源出一地的导师。这些学生若干年后又成为新一代导师，同样延续着这一脉相承的优良传统，于是久而久之，这一学科即为某一地区的学者独占。而这一现象在 H 大各专业更有着异常明显的体现。

孔孟之乡因为得天独厚的文化氛围，新中国成立以来多出专家学者，是以 H 大的学生中山东人所占比例也是极高，据不完全统计，H 大中文系每三个博士中就有一个是山东人。由于人数众多，在读学生当中不乏势大财雄且热衷此道之士，毕竟对很多有钱人来说，得到他人认可是实现自我价值的一个重要方式。是以同乡会的活动经费相当充足，每两月一次的聚会都是直接包下整个二楼大厅的一半。

行为艺术家段枫先生在成功地经受住多次言语胁迫之后，终于屈服在博士女友的强大武力之下。此刻正被女友挽住手臂，连拉带拽地拖上了菁华园二楼。

见到出席的人数，段枫不禁惊诧于这次聚会的规模了。他本以为这种聚会也就是十几个人，没想到光圆桌就放了十张，看样子是按照一百人准备的。

两人一进大厅就见到一位三十多岁的中年女性向他们招手。段枫一看并不认识，于是低声向李如意询问："谁啊？"

李如意白了他一眼："老乡。"自从上次段枫将与她的交往归入行为艺术范畴之后，她就再没给过段枫好脸色。用她的话说，是为人类的艺术事业贡献一份力量。

李如意说着放开段枫向那女士所在的桌子走了过去，途中和几个熟识的同学打着招呼。

段枫无端地遭了一句抢白，却又不好说什么，只好跟着李如意来到那位女士近前。

"张姐，我给你们介绍。这是我朋友段枫，这位是张姐。"

"张姐。"段枫微一躬身，脸上浮现出标准的绅士微笑。

"你好，早就听说如意找了个学工科的男朋友，一直都想见识见识，今天认识了。"张姐点了点头，脸上露出赞许的神色。

段枫道："不好意思，让大家失望了。"

"哪里，你太谦虚了。"

"呵呵，没有最好。之前她还一直怕我给她丢人。"

"当然不会失望，失望的前提是必须先有希望才行。"李如意坚持不懈地让段枫继续着自己的行为艺术。

段枫面露苦笑，却并不还嘴。这是他一贯的策略，只要有李如意的朋友在场，在任何情况下他都保持绝对的绅士风度，这样就算以后两人有了龃龉，别人也都会帮着他说话。

忽然有人从后面拍了段枫一下，问："你们也来啦？"

段枫回头一看，只见刘识丁身着一套崭新的土黄色西装，正站在自己身后。

"唉，来了。"

"最近身体可好啊？"

"还行吧，最近事情不多，休息得还好。你怎么样？"段枫有些奇怪，刘识丁怎么忽然关心起自己的健康状况来了。刘识丁和李如意同届同门，段枫认识李如意后跟他见过几次。

"今晚准备好了没有？"刘识丁一脸神秘。

"准备什么啊？"段枫有些莫名其妙地看着刘识丁。

"没什么，等下你自己小心了。可别说我没提醒过你。"

段枫听得一头雾水，他和刘识丁平时也就只是认识，并没有过多的接触。从他刚才的语意推测，可能是要有什么人对自己不利。可是他平时专心学术，除了业务上的交际之外，与外界并没有过多的交往，自问并没得罪过什么人，也实在想不出会有谁跟自己过不去。

正要问个究竟，忽听李如意向刘识丁问道："哎，你见到陈哥没？"

"好像来了吧，我刚才还见到了。"

"在哪？"

刘识丁游目四顾，在大厅中寻觅了好一会后慢慢摇了摇头："没找到，不知道去哪了。"

见段枫向自己露出询问的目光，李如意解释道："我们同学，一直想见见你，一会儿介绍给你认识。"有人的时候，李如意向来都是淑女。

"好，有机会结识山东好汉。"段枫说着帮两位女士拉开椅子，几个人一边说话一边坐了下来。

正闲聊间，忽然张姐又向着入口处挥了挥手。刘识丁扭头一看，也跟着站了起来。李如意笑道："说曹操，曹操到了。"

段枫心中纳罕，不知这位陈哥是何等样人，也站起身顺着众人目光望去，只见一名大约四十岁上下的中年男子向这边走来。来人中等身材，一张国字脸，穿一件深蓝色过膝羊绒大衣。前襟敞着，纯白色的衬衫与羊毛衫的衣领之间露出一段暗红色斜纹领带。他每经过一席，便和相识之人寒暄几句，拉手拍肩，很是亲热。有些隔得远了，便举手示意一下。看来厅中众人倒有一大半是认识他的。一路走来，因为不停地和人打招呼，所以行进得极慢。入口处离他们这一桌只有不到十米的距离，他却走了十多分钟，好不容易才来到近前。见到四人，先是拍了拍刘识丁的肩膀：

"最近怎么样，个人问题有没有进展呐？"

"还没呢，还得请陈哥多帮忙啊！"

陈哥"呵呵"笑了两声，说道："这种事我哪帮得上忙。不过我给你指条明路，看到你对面那位了吧？"说着一指张姐，"这位是我们 H 大的资深红娘，你找她才对。"

转头向张姐道："有好姑娘给我们介绍一个啊，我们识丁可是才子。"

刘识丁忙向张姐道："张姐，以后还请您多照顾，我先谢了。"

张姐道："你别胡说，我哪有什么资深了。"又对刘识丁道，"不用客气，到时候有好姑娘我帮你留意着。"

刘识丁再次表示感谢。李如意微笑着向陈哥打了个招呼。

陈哥见到李如意显得颇为高兴，笑道："啊，如意来啦？"

"陈哥。"李如意答应一声，拉着段枫道，"给你们介绍，这是我朋友，段枫。"

"幸会，早就听说你了。"陈哥说着伸出右手。

"陈哥好。"段枫也伸出手去，用劲握了一下。

"坐这吧。"刘识丁向旁拉开了张姐旁边的一把椅子。

陈哥点了点头，在那张椅子上坐下。

后面陆陆续续又来了几个人，在他们这桌的空位置上坐下。看样子都是和陈哥认识的，几个人一坐下就聊得甚是欢畅。段枫因为和众人不熟，只是悄悄坐在旁边，观察着大厅中的各色人等。

又过了一会，厅中的桌子旁边渐渐都坐满了人，只中间的一张大圆桌还空着几个位置，看样子显然是特意留出来的。

段枫看了看手表，分针已指到"9"的位置，然而却还没有开席的意思。"还有正主儿没到？"他悄悄问旁边的李如意。

"谁知道。"李如意脸上露出厌烦的神情。

段枫微觉奇怪，不知道那几个空着的位置是留给谁的，竟然让李如意这个向来随和的人也如此不满。

正疑惑间，忽听刘识丁说了句："来了。"

席间众人的目光都投向门口。

段枫举目一看，只见一个身材和曾志伟差不多的小胖子在三四个人的簇拥下昂首阔步走了进来。所到处众人纷纷起立相迎，几个容貌不错的女生眼中竟流露出热切的神情。那声势看起来似乎比陈哥进场时还大了几分。然而当先的小胖子却毫不停留，径直奔着大厅当中那张最大的圆桌走去。别人和他打招呼，也只是大刺刺地点点头。只是走到他们这桌时才停下来，和陈哥握了握手。目光却只是在李如意和段枫之间游动。

陈哥见他这副样子，干咳了一声，说道："来，我给你们介绍。这位是段枫，如意的男友。段枫，这是孔方，我们山东的青年才俊。"

那小胖子看了段枫一眼，点了点头，右手微微向前伸了伸。

"你好。"段枫也伸出手去，孔方却只是手指微微地和段枫接触了一下，便缩了回去。目光又在李如意和段枫脸上徘徊了两下，便向正中的圆桌走去。

孔方坐下后和一个身材娇翘的盛装女子耳语了几句。那女子又走到陈哥旁边低声说了几句，陈哥点了点头。那位女士走到事先搭好的台子上面，拿起桌上一个无线麦克娇声说道："本人受大会委托，联系大家进行这次聚会。首先感谢大家光临，更要感谢本次宴会的发起人和组织者，为我们提供了这么一个增进感情的大好机会，最后，有请本次联谊会组织者陈钟同学宣布大会开始。"说完冲着陈哥妩媚一笑，举着麦克示意他上台。

陈哥站起身来，缓步走上台去，接过麦克清了清嗓子，说道："很高兴有机会和大家一起聚会，在此对各位的光临表示衷心的感谢。希望大家吃好喝好，玩得高兴。现在我宣布，本次 H 大山东同乡联谊会正式开始。"

"好噢！"哗然声中，众人纷纷举杯，开始了一个觥筹交错的夜晚。

通常的宴会在刚开始吃的时候都会比较安静，直到酒酣耳热之后声音才会渐渐嘈杂起来。因此上到第二道热菜时，孔方突然发出的一声吆喝便清晰得足以让全场的人都能够听到。段枫转头望去，只见孔方正挥手叫一名服务员过去。

"先生您好，请问什么事？"或许是因为包场的原因，今天服务员的态度出奇的好。

"这是什么菜啊？"孔方却不领情，指着一盘"酱排骨"大刺刺地问道。

那位小服务员似乎有些莫名其妙，怔道："酱排骨啊，怎

么了？"

"酱排骨有这么做的吗？"

"不好意思，我只负责端菜的。这个……我不大清楚。"小服务员听他口气不善，明智地选择了回避。

孔方挥手道："你把厨师叫来。"

"好的，您稍等。"小服务员正愁不知道该怎么办，正好借了这个机会脱身。

一会儿功夫一位身着西装的中年女子跟着那服务员来到他们这桌："先生您好，我是这儿的经理，请问什么事？"孔方因为平时很少涉足档次如此低下的餐饮场所，因此这位经理并不认识他。

"你这酱排骨怎么这么甜啊？"

"这是我们按照无锡'三凤桥'酱排骨的做法秘制而成的，就是这个口味。"那位大堂经理的语气虽然不卑不亢，但让人听起来却总觉得有点儿别扭。她在这里已经工作四年多了，学校里多少也有点靠山，是以根本就没把眼前这群学生当回事。

孔方道："今天是我们山东专场，你得照我们山东菜的口味来做。"

"不好意思。"那位大堂经理道，"大概我们厨师不知道，您预先通知过吗？"

"现在通知可以吗？"孔方越说气越不顺，要知道平时连导师跟他说话都是客客气气的。

那位经理毕竟久历江湖，见孔方派头十足，一时不知道他是什么来头，说道："那么后面的菜给您按鲁菜作法来烧，您看可以吗？"

孔方也不为已甚，点了点头，道："好吧，这道帮我换下去，重做一下。"顿了一顿，又道："你们老顾是我哥们，你跟他说山东姓孔的他就知道了。"

"老顾"就是菁华园的承包者，那经理一听他说和老板很熟，也不敢怠慢，道："好的，您稍等一下，我去后面和厨师说。"

孔方大获全胜，向厅中众人道："好了，没事了，大伙儿吃吧，今天让他们上正宗的鲁菜。"

众人收回目光，段枫道："好大的派头。"

李如意知道他素来见不得别人骄横，说道："吃你的吧，管那么多干嘛。"

随后又上了几道菜，众人酒意渐浓，大厅里渐渐热闹起来。段枫他们这桌一共坐了九个人，除了陈哥、张姐、刘识丁和他们两个之外，还有其他专业的四位山东籍博士。在陈哥的介绍下，在座众人都知道了段枫即是李如意博士传说中的绯闻男友。于是在陈哥和张姐的带领下，对他进行了无微不至的照顾和关怀。

"如意是我们的才女，你可要好好珍惜。"

"你要是敢欺负我妹妹，我代表全体山东人民谴责你。"

"好好对我们如意，我们大家都祝你们俩幸福。"

"我们如意就住在冯婉贞老家的临村，你敢惹她，小心人身安全。”

“那是，那是。我一定不辜负大家的期望。”段枫嘴上答应着，心里却颇不以为然。

李如意见有人帮着自己说话，不禁大是得意：“听到了吧，以后再敢欺负我，你麻烦就大了。”

段枫低声道：“那次受伤的可都是我。要不要让大伙评评理？”

李如意悚然心惊道：“你敢。”声音虽低，语气却异常严厉。

“嗯。”段枫清了清嗓子，“那个……有件事情和大家汇报一下。”

桌上众人一听都向他望来。

李如意心中大急，她知道自己这位天才男友什么事情都做得出的，要是让如刘识丁之流知道了自己什么秘密，那定然是会在H大博士圈中传为笑柄的。急忙伸指在段枫腰间用力一戳，及时地打断了他的无聊言语。

段枫道：“啊，没事，有人不让说。”

张姐道：“不用怕。有什么事说出来，让我们陈哥给你做主。”

段枫道：“我是想说，菜快凉了，赶紧用餐吧。”

众人见到李如意表情紧张，段枫欲言又止，都想听听他下面要说什么，谁知却说了这么句话，都不由有些失望。不过他说用餐倒也提醒了众人，几个男士心中都想：既然你不肯说，那就喝酒吧。“酒后吐真言”这句话得以流传千古，自然是符合客观规律的。等到喝醉之后，把刚才咽回去的话又吐出来也未可知。于是段枫在领略了齐鲁之士的豪爽与热情的同时，也终于明白了刘识丁那句话的微言大义。

华夏大地酒文化源远流长，据传早在上古之时便已酿制出高粱美酒。当历史的车轮前进到 21 世纪，喝酒的艺术较之酿酒之法相比，似乎也已不遑多让。尤其是敬酒的讲究，喝酒的规矩，在众多酒文化研究者特别是接待任务重等工作需要人士的开发和创造下，都有了长足的发展。不仅有"头三尾四""先干为敬"等传统规则，更有"泰坦尼克""深水炸弹"，等等，新奇喝法。这些创举，除了给酒店经营者带来了更大的经济收益之外，也同样为餐桌增添了极大的活力。

而在酒桌上，最具说服力的一句话是"不喝就是不给面子"。有道是："杀人不过头点地。"在荣誉和尊严高于一切的中国，"不给面子"有时甚至是比杀父夺妻更加不可原谅的行为。因此一般来讲，在不涉及个人财产的情况下，只要有人抬出"面子"二字，被要求的一方通常都会慨然应允的。再说人家的要求也不过是一口白酒而已。段枫向来随和，这回多数人又都是初识，所以凡有敬酒者，一律来者不拒，一杯白酒几下就喝完了。

但问题你只要给了一个人面子，就要给所有人面子。不喝某人的敬酒，自然也就是不给那个人面子。这句话说的时候可能还只是个玩笑，可是如果你真的不喝，那玩笑也就成了真。而自从其他几桌听说"李如意的男友就在这里"之后，过来敬酒的人数就有了明显地增加。关注对象也从陈哥一个人，变成了陈哥和段枫两个。

于是段枫在给足了所有人面子的同时，也给足了自己大约300毫升的白酒。一轮下来，耳根已经有些发热，心中不禁暗暗期盼这次盛宴能够早点结束。可是一干山东好汉显然没有罢手的意思，在陈哥的带领下，一次次向他发起了有组织有计划的波浪式冲击。

"酒逢知己千杯少，段兄，兄弟再敬你一个。"

"有白首如新，有倾盖如故。哥哥一见你就投缘，来，我们也喝一个。"

"如意可是我们山东的才女，今日得觅佳偶，为这个我们得喝一杯。祝你们百年好合。"

段枫酒量虽然不错，但一来平时也不大喝酒，二来这些年专心学术，于武术一途便并不怎么精通，家族威震武林酒国两界的六脉神剑一点儿也没学到。这时给一群秉承梁山遗绪的好汉一碗碗地灌将下去，飘飘然已渐有飞升之意。

这时旁边却又有人举着酒杯走了过来："段枫，来，我和你喝一杯。"话虽不能说无礼，但语气中却透着一股目中无人的意思。

段枫侧头看了看，只见孔方端着酒杯，嘴角下垂，眼珠上翻，神态举止显得颇为倨傲。身后还站着两个跟班，手里也端着酒杯。

段枫打了个酒嗝，问道："敢问……尊驾贵姓啊？"

"孔方。孔孟之孔，方圆之方。"孔方说着伸出手来，段枫一见对方伸手，便也伸手去握。没想到孔方又和上次一样，和他手掌略略一碰，便缩了回去。

段枫平时就看不惯这种公子哥似的人物，这时两次遭人慢待，不禁气往上冲。不过一想到是在李如意的同乡会上，又把气压了下去。点了点头道："哦，原来是孔方兄，失敬，失敬。"说着向孔方举了举手里的杯子，仰头喝了一口。

孔方却并不便喝，看着段枫手里的杯子道："我们山东人喝酒，讲究的是爽快。你这个喝法，可不像是男人做派。"

他早就对李如意有觊觎之意，几次试图表白，都给不软不硬地挡了回来。本来想再找机会进攻，没想到不到两个月的功夫，就被段枫捷足先登了，心里不禁有些郁闷。这时见到段枫，心中即有了与其一较高下的意思。思想阴暗处，也难免存了在众人面前扫一扫段枫面子的念头。

段枫道："那依你说，该怎么喝呢？"

孔方道："依我说么，自然是要喝干了。

段枫点了点头，一口喝干了杯子里剩下的酒："可以了吗？"

孔方摇头道："还是不够。按照我们那里的规矩，客人要连干三杯才行。"

段枫看了孔方一眼："我要是不喝，会怎么样？"

孔方道："你若不喝，就是不给我面子。"

段枫笑道："我国地大物博，人口众多，仅具有合法身份的公民就有 13 亿以上，我若人人都给面子，那些酒鬼不是要雇凶来把我杀掉了。"

孔方愕然道："那是为什么？"

"怪我喝光了他们的酒啊。"

这时旁边众人都停止了活动，静静地观望着这边事态的发展。听到段枫这一句说得有趣，有几个忍不住笑了出来。

孔方脸色一变，道："原来段兄是在消遣我了。"

段枫打了个哈哈，道："不敢，我不过是在陈述事实。"

孔方向旁边一人使了个眼色，说道："我孔方面子不够，段兄不喝，也就算了。可是这里这么多山东的，总不能谁敬你都不喝吧。那可就是不给山东的面子了。"

那人便跟着接道："是啊，谁说不是呢。来，段兄，我跟你喝一个。"

段枫不愿多得罪人，只得笑道："不好意思，再喝真的不行了。"

那人却不肯罢休，说道："看你说的，男人怎么能说不行呢？你要是实在不行，就让如意替你喝了吧。"

孔方接道："对，男人不能说不行。看段兄身强体壮，怎么也不会不行啊，是吧？哈哈。"说完又向李如意那边瞟了一眼。

段枫听他言语无礼，不仅皱了皱眉。刚要说话，陈哥在旁边看气氛不对，走过来拍了拍段枫的肩膀，道："兄弟，你抢了我们如意，这中间眼红的可大有人在。姑且不管别人怎么想，你自己好歹也得拿出点本事来，让人家看看李如意的眼光。"

段枫道："可是，这跟喝酒有什么关系吗？"

陈哥道："拿破仑说过，男人有两种事业。我把他归结为男人与同性和异性之间的斗争。如今四海升平，马背上的事业不大有了，于是前一种就转移到了酒桌上。所谓酒品即人品，你若不喝，可不免让人看得扁了。"

段枫闻言双眉一轩，朗声笑道："醉乡路稳宜常至。既然陈哥说了，我当然不能不喝。"说罢也不换气，一仰头"咕咚咕咚"两口便又喝干了满满一杯啤酒，左手扶着桌子，右手一翻，手中酒杯杯口向下，显是喝了个涓滴无存。环目四顾，一双漆黑的眸子在灯光下显得愈发明亮。

孔方也把杯子里的酒喝了。接着说道："好事成双，敬人敬到底，送佛送到西。我们再喝一个。"说完给段枫倒满了酒，又给自己也满上，碰了一下酒杯，仰头又喝干了。

等段枫也喝干了之后，孔方又把两人的杯子都倒满啤酒，说道："俗话讲'三阳开泰'，事不过三，可见这第三杯定然是要喝的，我先干为敬了。"

说完又干了一杯，段枫也跟着喝了。

孔方连喝三杯，胃里已然有些发胀。可是眼看着段枫行若无事，众目睽睽之下哪能这么容易就放弃了，正无计间，突然心念一动有了主意。说道："就这么干喝也没意思。不如这样，咱们行个酒令，喝得也有个说法。你敢不敢？"最后一句自然是冲着段枫说的。

喝了这么多酒，哪还有不敢的事。段枫连想都没想，立刻说道："好啊，你说怎么个喝法？"

孔方道："今天是文人聚会。咱们来个雅俗共赏，说个四大系列。你说出来一个，我喝一杯；我说一个，你喝一杯。说不出来的，罚一杯。要是你还说不出来，我又说一个，你还得再喝一杯，少说几个，就多喝几杯，你敢不敢？"说完紧盯着段枫，一时间气势颇盛，连内急的事都忘了。

段枫听完心下暗喜，点头道："好，就按你说的办。谁先说啊？"

孔方道："我划的道儿，自然我先来。你要不要先去上个厕所，省得等下喝不下？"

段枫道："我不用了，你要去就去吧。"

孔方听段枫这么一说，也只好不去了。说道："我先说个四大绿：青草地，西瓜皮，武大郎的帽子，邮电局。"说完看着段枫，段枫举杯喝了。

段枫道："我说个四大红：杀猪的刀，接血的盆，新娘子盖头，火烧云。"说完孔方也喝了一杯。

孔方道："头场雪，瓦上霜。剥皮的鸡蛋，热豆浆。这叫四大白。"段枫又喝了一杯。

段枫接道："宋公明，呼延庆，尉迟敬德，包文正。这叫四大黑。"孔方也喝了一杯。

在场众人见有人斗酒，自然都聚过来围观。这时看两人来真的，早就有人倒好了酒，长长地摆了两排口杯。看热闹的从来就没怕过乱子大。

孔方又拿起一杯酒，说道："回笼觉，二房妻。烫面饺子，卤煮鸡。这叫四大香。"段枫又喝了一杯。

段枫也拿起一杯，说道："小孩儿手，花下藕，十八岁的姑娘，黄瓜钮儿。这叫四大嫩。"孔方也喝了一杯。

这时围观的人越来越多，他们俩嘴上不停，不大会儿功夫一人就喝了十多杯啤酒。开始的时候两人谁也没瞧起对方，都以为几个回合就结束战斗了。孔方心想："就你那书呆子样一共能喝过几回酒，估计连一个都说不上来，还敢死撑着嘴硬，等下不喝死你才怪。"段枫知道孔方没看得起自己，心想："你要是玩儿别的我还真兴许输给了你，好死不死你要比说话，我现编都比你会得多，这可是你自己找的倒霉。"结果一接上火儿两人才不约而同地发现，自己错得厉害，碰到的居然是个前所未见的硬茬儿。对方不仅知道得多，而且酒量也是极好。可事已至此，万没有认输的道理，只好一边搜肠刮肚地想段子，一边硬着头皮死撑，心中却都是暗暗叫苦。在旁观众人看来，却是他们俩越说越奇，开始的时候还有些是平时听说过的，到后来竟然纯粹是临场现编。直是叫人闻所未闻，匪夷所思。

只听孔方说道："歇伏的鸡，当官的钱，大款的老婆，调研员。这叫四大闲。"段枫喝了一杯。

段枫想了想，道："领导的肾，统计的表，发改委的政策，套话的稿。这叫四大虚。"孔方也喝了。

孔方扶着桌子又想了一会儿，说道："中彩票，买新房。博士毕业，陪丈母娘。这叫四大难。"说完看着段枫。

段枫也扶着桌子，慢慢拿起一杯酒喝了，想了好一会儿，又慢慢地说道："索尔的锤，剑心的刀，浩克的裤衩，小强的包。这叫四大离不了。"说完孔方也喝了酒。

两人至此一共说了四十几个段子，喝了四十几杯啤酒，肚子里装满了啤酒，脑子里却是昏昏沉沉，精力体力都到了极限，全凭着一口气死撑，只想等对方先说不出来认输或是一张嘴吐出来。

孔方想了好久，也没想出来还有什么能说的。只好说道："开始我先说的，这回该你先说了。"

段枫脑子早就糊里糊涂地，觉得好像是这么回事，于是说道："好。这回我先说。"结果想了半天，也没想出什么能说的来。

孔方道："你要是说不出来，就算输了。"

旁观众人都看着段枫。李如意看段枫又端起一杯酒，刚要说话，却见段枫右手一抬，说道："等等。"一个没站稳，向后退了两步，又走回来，说道："我要是说出来呢？"

孔方道："你要是说出来……我就喝酒。"

段枫点头道："好。你听着，饭岛爱，武藤兰，立花优子，小泽圆。"

孔方踌躇了半天，终于端起酒杯。忽然想起一事，指着段枫道："你……说这个……叫什么啊？"

"这个……"段枫摇摇晃晃地道，"我这个叫……"犹豫半晌，却不知道应该叫四大什么。

孔方的一个跟班在旁边说道："你要是说不出来叫什么，就是自己编的，还是你输。"

段枫一时还真想不出这个该叫四大什么。孔方的另一个跟班催促道："别磨叽了。什么都不是，你快喝吧。"

段枫正无计间，突然看见桌上的一叠纸巾，脑中灵光一闪道："谁说的？我要是说出来呢？"

那跟班道："说出来了，我再陪一杯。"

段枫指着他道："好，你自己说的啊！"

那跟班道："行了，别磨叽了，赶紧认输吧。"

段枫道："听好了，学着点儿。我告诉你，我这个叫四大费纸！"

此言一出，周围众人中顿时爆发出一阵雷鸣般的哄笑。同桌一位女性坐在椅子上笑得弯下腰去，一手扶着桌面，头都抬不起来。只有李如意心中疑惑："四大废纸"那是什么意思？

孔方愣了半天，点点头道："四大费纸，算你狠。"说完拿起一杯啤酒，刚喝了一小口，就喝不下了。停了一会儿，深吸了口气准备一口喝下去，结果啤酒刚一进嘴就觉得胃里一阵翻江倒海，急忙扔下酒杯就往外跑。围观众人闪出一条通道，孔方的两个跟班儿也追了出去。没走几步只听"哇"地一声，地上顿时多了一堆没消化的食物。两个跟班搀着孔方，直奔洗手间而去。

段枫大获全胜，正志得意满间只听有人"啪，啪，啪"地鼓起掌来。寻声望去，只见开场时讲话的那位盛装女子摇曳生姿地向这边走了过来。

那女子来到近前先向陈哥点头一笑："陈哥，小妹敬你一杯。"

陈哥答应着喝了，一指段枫道："我来给你们介绍。这是段枫，如意的男朋友。这位是姚菁小姐，我们山东博士的翘楚，和李如意并称 H 大'泰岳双姝'的便是。"

段枫点头道："输姑娘好。"心中却想现在都提倡'双赢'，怎么还有人叫'双输'。

姚菁笑道："我姓姚，不姓舒。这位就是段枫啊，久闻大名，如雷贯耳。今日一见，果然名不虚传，喝酒的功夫着实让人佩服。祝你和如意早成正果，来，我敬二位一杯。"

她见段枫人物英俊，谈吐高雅，早就想过来搭话了。只是苦于一直没找到合适的机会，这时见两人斗完酒，段枫已经连续喝了近二十杯啤酒，酒量再好，胃里容积总是有限。正所谓"强弩之末，势不能穿鲁缟者也"。自己上前，正好捡了个现成的便宜。到时再趁机展现出自己强大的人格魅力，不愁段枫对自己没有印象。

她和李如意虽是同乡，但性格却大不相同，平时的关系也并不怎么融洽。李如意虽然为人淡定，但因为人才出众，平日里又待人热诚，在一干博士尤其是中文系博士当中是颇有些拥趸的。最近又因为力克中文系著名的段枫守护联盟，得觅佳偶，在 H 大的博士圈里着实引起了不小的轰动。而姚菁硕士阶段就担任了校学生会的副主席，向来是学校里叱咤风云的人物。但不知是什么原因，她和李如意在一起时人们总是关注后者的多一些。这让她心中非常不忿。读到博士的人，自然一个比一个骄傲，没有哪个会觉得自己不如别人的。做了二十年的好学生，早已养成了舍我其谁的优越感。在姚菁看来，别人对自己的关注是理所当然的；反之如果有人对自己不理不睬，那简直就是一种难以忍受的侮辱。而如果有人抢了自己的风头，自然就是自己的敌人。城府再深的人，时间久了内心情绪也会流露出来。因此两人在一起时难免会有个眉高眼低，几次下来，大家自然心知肚明。只是两人都是有些涵养的，心里面纵使恨得要死，表面上却还是客客气气的。

姚菁眼看着今晚段枫成了聚会的焦点，一向作为主角的自己却被冷落在一旁。李如意虽然躲在一旁，但心中的得意简直就是写在脸上的。联想到自己不久之前的失恋，一时间心中不禁妒火大炽，决意要将段枫抢到手里，再不济也得把二人拆散才行。是以这才看准了机会，走过来搭话。

段枫却不知道这么多，见人家过来敬酒，自然是好生答对。不料喝过之后姚菁却并不便去，嫣然笑道："早听人说如意勇挫劲敌，找了个如意郎君，却一直无缘得见。今日有幸，当然要多喝几杯。来，段博士，我再敬你一杯。"

段枫这时却不像自己说得那么爽快，踌躇道："美女敬酒，本来是不敢不喝的。可是今天喝得实在太多了点，半杯就好吧！"

姚菁笑道："他们都是一杯，怎么到我这就剩下半杯了啊！段兄可是看不起我吗？"

旁边众人帮腔道："说得对。男女平等，都得是一杯。不喝

就是歧视女性。"

在酒桌上，除了掏钱请客的之外，极少有不盼着别人多喝的。喝到此时，多数人都已在四处敬酒，希望多结识几个朋友，这也是参加这样聚会的主要目的。这时见有热闹，便都凑过来起哄。

姚菁道："听到了吧，要是不喝，这条'歧视女性'的罪名你怕是要逃不脱了。"

段枫着实有些尴尬。他刚才拼尽全力才没倒下。这时凭空杀出个姚菁，不由得他不心惊。一来他确实已喝得不少，再喝下去估计是要出问题的；二来他深切地知道，在喝酒和拌嘴这两件事情上，女性得天独厚地有着男人绝对无法企及的能力。而眼前这位盛装艳女一看便是久经沙场的酒国高手，又岂是他这个已经喝得大醉的孱弱书生所能够招架的。因此他一见姚菁的来势，心里便已在不停地盘算应对之法。

这时只得说道："晚上回去还要写论文，喝多了会误事的。"

姚菁哂道："这样难得的日子还写什么东西。今晚在座的谁喝得都不少，难不成就只您老先生一个人有事，别的人都没有事。要我说干什么也不急在这一晚。再说这么多人都看着呢，你不喝，我可是没法下台了。"

眼见段枫无言以对，陈哥点头嘉许，姚菁心中更是得意。继续鼓动如簧之舌，发挥着自己在这一类场合上的交际天分，以期在众人尤其是段枫面前进一步树立自己的光辉形象："再说喝酒也不耽误写东西呀。'李白斗酒诗百篇'，古往今来的好文章，哪篇不是喝了酒之后才写出来的。《阳关三叠》，《滕王阁序》，《兰亭集序》，不管是诗文还是书法，都是喝了酒才写得好的。科学研究表明，酒精具有刺激中枢神经的作用，喝得兴起，自然精神百倍，文思……那个潮吹……"她本来要说"文思泉涌"，结果一时间想不起来，忽然想起刚才段枫说的四大费纸，不知怎么脑子一短路，将"文思泉涌"说成了"文思潮吹"。

话一出口，立时便知道大事不好，但苦于并无逆转时空的手段，只好眼睁睁地任凭自己一向引以为豪的甜美嗓音清清楚楚地传入众人耳中。席间众人一怔之后，尽皆绝倒。陈哥含着一口啤酒刚要咽下，听到她这句话实在忍耐不住，急忙一低头，"噗"地一声喷在了身前的方巾之上。几个涵养不足的男士已然放声捧腹，年纪稍长的如张姐等人也不禁以帕掩口，"吃吃"不已。

还是只有李如意不解其意，皱眉想道："文思潮催，那又是什么意思？"

纵使姚菁久经沙场，此刻也不禁面有朱砂之色，急忙抓过茶杯喝了一大口水，喝完之后才发觉错拿了别人的杯子。好在众人都在忙着调节自己的中枢神经，也没什么人注意到她。

过了半晌，众人方才止住笑声，刘识丁忽然一脸疑惑地问道："谁拿了我的杯子？"

"拿就拿了，一个杯子有什么的，我再给你拿一个。"姚菁怕他声张起来，给别人知道自己用了他的杯子。

刘识丁道："不是啊，里面有我吐出来的漱口水……"

姚菁听罢脸色大变，急忙拿起自己的杯子，又喝了一大口。喝过后兀自觉得胃里波翻浪滚，又一大口喝干了杯里的酒。

笑过之后，几个男生又重提旧话，鼓噪着要段枫喝酒。众人大多已经有了几分醉意，半场喝下来差不多又都混得半熟了，言语之间也就渐渐不如刚才一般客气。

段枫开始时本来不想再喝，然而眼看着众人越说越是不堪，刘识丁躲在一旁幸灾乐祸，姚菁虽然不怎么说话，一双眼睛却不断地向自己瞟过来，神色间大有挑战之意。他虽然生性随和，却最容不得别人轻视，一时间不禁气往上冲，哈哈一笑，说道："共产党员死且不惧，又何况是一杯啤酒。"

说着拍着桌子叫了声："酒来！"于是众人轰然叫好，旁边早有看热闹的闲人给他满满地倒了一杯啤酒。

段枫双手举杯，说道："承蒙各位错爱，段某无以克当。今日之事，一醉而已。段某先干为敬，众位请了。"说罢一仰头又喝干了这一杯，舌头却已经有些大了。一片赞扬声中，又不断地有人过来敬酒。段枫这一次不再推托，一色地酒到杯干。不多时旁边就又多了一堆空瓶子。

喝过酒的人都知道，一旦喝高了之后，对酒便完全没了感觉，只当是白水一样的往下灌。而真正把人击倒的只是那最后的一杯。一个人可能没喝最后这杯的时候一切正常，但一旦这杯下去，便立刻人事不知了。

李如意见他已然喝得面红耳赤，却还一杯杯地往下硬灌，不禁颇有些担心。毕竟是她硬把段枫拉来的，万一真的喝伤了身体，麻烦可就大了。只是碍于众人面前，又不好太露形迹，情急之下，眼睛不住地望向陈哥。

陈哥是何等样人，一见李如意面有忧色，略一思忖便知道了原委。点头向她微微一笑，随即站起身来替段枫挡了一杯。众人见他出头，都不好再说什么。于是在陈哥的带动下，焦点又从段枫身上转移到了别处。

李如意心下感激，趁势拉着段枫躲到了一旁。问道："没事吧？"

段枫摇了摇头："没事。"找了个位置坐下，眼睛却不时偷偷瞟向姚菁那边。

李如意看在眼里，只做不见，也在他旁边坐了下来。

段枫低声向她问道："那个孔方，什么来头啊？"

李如意道："官二代，衍圣公之后。他老头子是省委书记，这次聚会就是他出的钱。"

段枫"哦"了一声，忽道："姚菁今天要喝多。"

李如意冷笑道："还是先管管自己吧，这么关心人家干吗！"

段枫闻言一怔，随即便明白了缘由，说道："我不是在看她，我是在看刘识丁看她。"

李如意道："自己要看就看，用不着遮遮掩掩的。再说你看不看谁，也用不着告诉我。"

段枫道："咱们打个赌，我说刘识丁跟她有戏，你信不信？"

李如意道："我才没那么无聊呢。"过了一会，又问道："你怎么知道的？"

段枫心中暗笑，他刚才只是想岔开话题，才信口胡说一句，哪里有什么根据。再说就算自己输了，李如意又能赢点什么去，最多以身相许也就是了。看来两性情感方面的话题对人类女性的吸引力果然是具有群体普遍性的。起码迄今为止，他还没见过一个对此不感兴趣的女性。

于是微笑道："感觉而已。"又向那边看了一眼，忽然说道："已经多了。"

李如意一瞥之际，只见姚菁正斜倚在刘识丁身上，手里端着酒杯，神采飞扬地和一干异性同学谈笑风生。眼角眉梢，直有销魂蚀骨之媚态。刘识丁则战战兢兢地正襟危坐，一边努力保持着身体的平衡，一边诚惶诚恐地听着姚菁和别人聊天。

李如意瞪了段枫一眼，皱眉道："走吧，我要回去了。"她和姚菁虽是同乡，但为人处事却截然不同，两人向来互相看不顺眼。这时见姚菁又在颠倒众生，李如意不禁很是有些气愤。

段枫道："再待会儿吧，人家都没走呢。"

李如意道："那你自己待吧，我先走了。"说着站起身来。段枫只得起身，跟在李如意后面，和众人打着招呼往外走去。

第八章　晴翠接荒城

　　两人出了菁华园，沿着 H 大笔直平整的马路缓步前行。段枫本来已有了八九分醉意，这时朔风一吹，更加酒意上涌，一时兴起，右手一伸搭在李如意肩上，拢得她靠在自己身旁。放开喉咙唱道："将身儿来至在大街口……生子当如孙仲谋……路见不平一声吼……乱鸦啼后，归兴浓如酒……"

　　他于诗词一道所知本就极杂，这时大醉之后，脑子糊里糊涂，但觉世间无不可为之事。只可惜自己一身本领，大好年华，每日里却不得不对着一台电脑，与一干汉字认不到三千的蒙昧之徒为伍，胸中一股悲悯愤懑之气不禁油然而生。平日里喜欢的诗词如浮光掠影般一一闪过心头，不由得借着酒兴，放怀高歌起来。引得路上行人纷纷侧目，用讶异的目光打量这个在校园里大叫大嚷的家伙。

　　李如意低声劝道："你小声点，人家都看你呢。"

　　段枫大着舌头道："不都看了一晚上了嘛，怕什么，又看不坏的。"忽然提高声音道："梓童，汝欲以身之察察，而受物之

汶汶乎？"

李如意见他喝多了，一时夹缠不清，也就懒得理他，心想他一会儿累了也就不唱了。没想到段枫却没完没了起来，什么"我本是卧龙岗散淡的人""红了樱桃，绿了芭蕉""兴，百姓苦；亡，百姓苦"……陕北信天游的调子配着宋词元曲外加京剧，有时不会唱了就东拉西扯一气。

李如意听得实在不耐烦了，忍不住开口说道："我说你能不能不唱了啊？"

段枫"唉"了一声，道："李如意同学，我国宪法规定，公民有唱歌儿的自由。"说完又大着舌头嘟囔道："醉里挑灯看剑，梦回吹角连营。八百里分麾下炙，五十弦翻塞外声，沙场秋点兵。"

顿了一顿，接道："一旦沦为臣虏，沈腰潘鬓消磨，最是仓惶辞庙日，教坊犹奏别离歌，垂泪对宫娥。"念完说了句："完蛋了吧，哈哈，真他妈垃圾。"

李如意皱眉道："你有完没完啊，怎么还说脏话。"

段枫深一脚浅一脚地一边走一边说道："不要着急，休息，休息一会儿……"

李如意道："那你自己慢慢休息吧，我要回去了。"

"不行！"段枫右手一紧，将她搂得又近了些："我还没说完呢，你不能走。"

李如意给他气得不轻，大庭广众之下却又无法可想，于是说道："有本事你就自己写，念人家写的算什么能耐。"

段枫喷着酒气道："写就写，有什么了不起的。"想了一想又道："你带笔了吗？"

李如意道："没有啊。"

段枫道："那我拿什么写？"

李如意忍住了笑道："不写也行，那你就用嘴说呗。"心中暗想，我看你能说点儿什么。

段枫道："好，你听好了，帮我记着，回去攒起来也弄个什么集什么的。"

李如意道："好，你说吧，我记着呢。"

段枫侧头瞥了她一眼，想了一想，朗声吟道："策马江山如画里，一时多少豪情。《诗》《书》看罢竟横行。怀中人似玉，腰下剑如虹。"

说完自己给自己喝彩："好，太好了！'怀中人似玉，腰下剑如虹'，看，写得……多好！"

李如意虽然暗暗惊骇手臂搭在自己肩上的这个男人文思敏捷，嘴里却依旧打击道："请问您写的这个是什么啊？"

段枫昂然道："《临江仙》，怎么了？"

李如意见他一副小人得志的样子，抿嘴笑道："不怎么，不过这样的《临江仙》，一天做一百首也不稀奇的。最后一句明摆着是套用现成的'美人如玉剑如虹'，抄人家的东西，自己还好意思说好。你可真让我觉得快乐。"

段枫居然难得地严肃起来，虽然舌头还是有些笨拙，但思路

倒是清晰了一些："这个不叫抄袭，这个叫化用。所谓千古文章一大抄，看你会抄不会抄。抄得不好叫剽窃，抄得好了叫创作。李白凤凰台一首全套《黄鹤楼》，'疏影暗香'之句更胜原作十倍，只要套得妙，就是好文。古今中外，又有哪个人的作品是不曾借鉴过别人的。"

李如意奇道："抄人家东西你还有理了。照你的说法，人人都要抄袭的了？"

段枫道："那当然。事实上，没有哪句话是前人没说过的，也没有哪件事是只在某个人身上发生过的。一个人的一切行为思想包括存在不过是时空进程中必然中的偶然产物，并没有什么东西是你自己的。马克思说过，太阳底下无新事……啊不对，这不是马克思说的……反正都差不多，就那个意思。对一名文学创作者来说，曾经看过的东西必然会对自己的创作有着一定程度的影响，虽然有时仅仅是潜意识中的。所以从某种意义来讲，每个作者都在有意无意地借鉴着别人的东西。记得曾经有人说过，文学家就是趁你不经意的时候偷偷拿走你的东西，然后再当着你的面拿出来玩弄，还向你炫耀说那是他的。"

李如意心中暗自骇然，嘴上却硬撑道："我说一个人，你如果说他也抄袭，就算你说得对。"

"哪一个？"

"查良镛查老先生。"她知道一部《鹿鼎记》段枫曾经看了两年之久，钟爱程度自是无以复加，对金庸也是崇拜得五体投地。

这时提到他的偶像，看他怎么评价。

段枫道："你说金庸？"略微停了停，说道："我只看见郭靖骑着赤兔马冲向都史，我只看见张翠山和贾宝玉一样，忘记了自己身处雨中。"

李如意见他一副一本正经的样子，实在忍不住好笑，说道："好吧，算你说得对。"想了一想又道："你要是能再作一首，就算你真有本事。"

段枫道："作就作。"凝神想了半天，忽道："不作了，这东西有什么好作的。"

李如意揶揄道："作不出了吧？"

段枫正色道："谁说的？"

李如意道："那你为什么不作？"

段枫道："我不爱作就不作，谁说作不出了，别说一首，一百首也能作。"

李如意道："那你倒是作啊！"

这时两人刚好走到一棵法国梧桐下面，橘黄色的灯光于枝叶掩映间透射下来，在马路上落下参差斑驳的痕迹。有道是灯下看美人，段枫只见身旁的女子容光耀眼，丽色动人。忽然心中一动，转念说道："作就作。"又看了李如意一眼，道："是你让我作的啊，不要又说我无聊。"

李如意道："有本事你就作啊！"

段枫脸上忽然泛起一丝邪邪的坏笑，口中吟道："惯会寻花

问柳，时常窃玉偷香。尝携如意入闺房，情景至今难忘。如黛柳眉轻蹙，含波凤目微飏。樱桃檀口惯井栏，情动半吐丁香。"说完问道："作完了，怎么样？"

李如意道："不怎么样！思想格调低下，艺术水平更加低下。"

段枫道："哦，你倒说说，哪里低下了？"

李如意道："思想性就不说了。反正以你的思想觉悟来讲，说了也是没用。就单说艺术性吧，这个或许还可以为你的理解能力所接受。

"首先，最后一句平仄不对。《西江月》最后一句该是仄韵，而'香'字是平声。其次，应该是'含波凤目微飏'不是'微飏'，这个字你记错了。还有，什么叫'樱桃檀口灌井栏'啊，根本就是不通的好嘛。我看送你四个字最为合适不过。嘿嘿，我不说你也应该知道吧？"

段枫醉眼乜斜地说道："首先，我老人家写的根本就不是《西江月》。你既然让我自己写，那这首词就是我自己创作的，名字叫作……叫作……《东海潮》，对，就叫《东海潮》。这是我自创的词牌子，跟《西江月》一点关系也没有，最后一句就是用平声韵。

"其次，文字所的人不应该连异体字都不知道。在这里'飏'通'飏'，在汉语言文字学当中这种现象称为'形近混同'。

"最后，亏你还是研究隋唐五代的人，我且考你一考。请问，井栏在唐代还叫什么？"

李如意一怔，说道："叫'床'啊，怎么了？"

"嗯。"段枫点了点头，却并不说话，只是用一种大获全胜后随意戏弄对手的眼神看着李如意。

看着他一脸无辜的表情，李如意蓦然明白了这淫贼的险恶用心，不由得切齿痛恨自己的愚鲁迟钝。但无奈段枫这套子下得实在太深，而且浑然天成，不漏一丝痕迹，无论是谁，只要知道答案，都定然会脱口而出的。

"要死了你！"李如意脸上发烧，手上用劲，右手食拇二指用力夹紧段枫右臂与身体躯干部分的内连接处，随即转动腕关节，使之产生了严重的挤压扭转组合变形。

"啊！"可怜的段枫在仅仅享受了片刻的精神欢愉之后，便不得不面对惨绝人寰的肉体摧残。

但对人类来讲，快乐，即使是一点点，有时也是极其宝贵的了，更何况是从李如意这样的美女口中得到的。

是以段枫并没有因为身体的不适而放弃对快乐的追求，继续以一种无比尊崇的语气说道："果然不愧是博士啊，知识丰富，功底扎实，实在是让人佩服之至。"

李如意怒道："姓段的，你要是再敢胡说，别说我……我……"想了半天，也没想出一条具有足够威慑力的措施。故而语气之不够强硬，颇有些色厉内荏之嫌。

"好，好。我不说了。"段枫知道适可而止这句话。

两人一路谈谈说说，不知不觉绕着女娲河转了大半个圈子。这时走到图书馆旁边的一片长凳附近，段枫道："累了，坐一下。"说着拉着李如意坐了下来。

李如意又想起他刚才七步成诗的事，问道："喂，你功底这么好，怎么不去参加个诗词大会什么的？"

段枫道："不敢去。"

李如意奇道："你也有不敢的事？"心下不禁大为诧异。从她对段枫的了解来看，这家伙的世界里应该没有任何禁忌和规则才对。

段枫道："当然，我不敢的事多着呢。"

李如意道："你怕什么啊？"

段枫道："我怕丢人。"

李如意道："这么没信心，不像你的风格啊。"

段枫道："我怎么没信心了？"

李如意道："那你怎么不敢去？"

段枫道："诗词大会应该是作诗，不应该是背诗。现今各类文学节目虽然看着一片欣欣向荣，只可惜归根结底都是以吸引眼球为目的的大众娱乐。当一件好东西只为极少数人接受时，你去欣赏那叫品位；可是不论多好的东西，一旦沦为全体人民的娱乐对象，那就只能叫百家讲坛了。更何况中国的国民素质还远没有达到集体欣赏诗词的水准，我既不愿哗众取宠，更不愿附庸风雅，这种活动，我不敢参与。"

第八章　晴翠接荒城

李如意终于明白了，原来他不是怕输了丢人，而是怕去了丢人。

段枫接道："中华民族五千年文化传承，其间多少千古绝唱。只可惜历经多次荼毒之后，到了白话文时期实在不剩下什么东西了。"

李如意道："话不能这么说。文学的衰落固然是一个事实，但现当代文学仍然有它的魅力所在的。"

"现当代？现当代也有文学吗？"段枫的语气里带着明显故意的惊讶。

李如意硕士阶段主修的就是现当代文学，听他这么一说，不禁大感气愤，怒道："现当代怎么没有文学了？"

"那请问，现当代都有哪些文学啊。我是说，有哪些作品是可以在前面冠以文学二字的？"

"根据文学界通用的分类标准，现当代的诗歌、小说、戏剧、散文，都是文学作品。"

"哦，那咱们一样一样讨论吧。首先，现在还有新诗吗，或者说现在的新诗还能算是诗吗？文学的魅力在于引起共鸣，所谓'我读懂了你的文字，你道出了我的心声'，这便是作者与读者之间的心灵对话。若能引起所有人的共鸣，便是超越时空的好文章。新诗当初产生时倒也能比较直接充分地表达出作者的思想感情，可惜不知从什么时候开始，竟然慢慢变成了一种以让人看不懂为主旨的东西。这样的东西，能存留到现在实在不能不说是一项奇迹。"

李如意对于当下的新诗也没有多少好感。毕竟现在的诗人许多都有些神经质倾向。而且这种文体已经不再能够带给人民群众多少精神上的享受了。她想了一想道："那小说呢，现当代的小说中可是有很多优秀作品的啊。"

段枫道："小说本来就是白话的产物。按照正常的发展规律，现当代应该是中国小说发展的巅峰时期才对。然而请问中国最顶尖的小说当中有哪一部是隶属于现当代作品范畴的，或者，现当代的中文作品中有没有一部是可以与之比肩的？"

李如意默然不语，她知道段枫所谓的顶尖作品自然是指那几部众所周知的名著。

段枫见她不说话，语调更见悲愤："再说戏剧。传统的就不用说了，谁都知道现今是个什么境地。只说影视剧吧。对白是反映人物内心和性格的一种最重要的表达方式。可惜现在的影视作品中多数人物连最基本的语言表达能力都不具备，说出来的话不是书面语就是病句。也不知道写剧本的人到底学没学过汉语。这么多年了，像样的剧本也没几个，就知道拿着小说一遍又一遍的改编，改出来的东西要么面目全非，要么惨不忍睹。当然，如果单从视觉角度出发，确实是要比从前好很多的。"

停顿了一下，不待李如意接口，继续说道："散文我就不说了，伤众。现代倒是还有几篇什么清水池汤什么船什么的，至于当代的散文，就只好和计生用品、兴奋剂一类的东西同时出现在服务业人士的手袋中了。"

李如意想了一会儿，道："你说的虽然不是事实，我一时到也不能反驳。但不管你承不承认，现当代文学中还是有很多经典的。"

段枫道："现在看来，现当代的确有些优秀作品。但关键问题在于，现当代文学由于历史原因的限制，缺少了那种真正能够经得起时间考验的大家，作品中对人性的揭示远不如从前。而那些'以文载道'的获奖作品，若干年后不知道还有多少能够为人所知。自唐宋以降，中国文学便走上了一条日趋没落的不归之路。"

李如意道："你觉得鲁迅不算是这样一个大家吗？"

段枫道："鲁迅的杂文和评论当然是极好的，在典籍整理方面也确实做出了不可磨灭的贡献，不过他学术上虽然著述颇丰，但这样的东西，终究不能达到脍炙人口的程度。至于标志白话文最高水平的小说，看到我 QQ 简介了吗？"

李如意知道，段枫的 QQ 简介是一共十四个字：常说金庸有败笔，每叹鲁迅无长篇。这件事虽有争议，但鲁迅没有长篇却是一个不争的事实。于是点头说道："说到小说，茅盾应该不差吧？"

段枫道："他最著名的是记忆能力，而非创造能力。年轻时的作品也还说得过去，就是不成熟了点儿。等到后来成熟了，却又成了标准的党八股。"

"那郭老呢？"

"郭老，哪个郭老？"

李如意听他大言炎炎，把专业人士平日奉若神明的一干文学前辈贬低得一无是处，虽然觉得他说得不对，却偏生又没法反驳，心中很有些郁闷。这时听他不知道郭老是谁，不禁心下大喜。当下不暇细想，急忙说道："连郭老都不知道，亏你还敢在这大言不惭地评点各家。我教你个乖，省得以后出去丢人。记住了，郭老就是郭沫若老先生，也叫郭开贞，字鼎堂，'甲骨四堂'之一。我国著名的无产阶级文学家，中科院院长，全国文联一、二、三届主席，曾经发起成立创造社，一生结过九次婚……"

　　段枫好像一时没反应过来，等她说了半天才道："哦，你说他啊。不好意思，我只对文学感兴趣，史学界人士了解得不是很多。"

　　李如意彻底无语。

　　眼见李如意低头不语，段枫心中愈发得意，继续滔滔不绝地大放厥词："由于白话文运动的戕害和当代社会总体价值取向扭曲的影响，中国国民的文学素养空前地低下，从而也就使得汉语言文学艺术到达了历史上前所未有的新低。人家从前的劳动人民干着活就写出了《诗经》中艺术成就最高的一部分，可现在的文艺工作者连农民都赶不上。不过听说前几年又出现了一种叫作'梨花体'的新型文体，创始人是一位厨艺精湛的馅饼烹饪者。其作品当中倒是颇有些可以与《采薇》《伐檀》一较短长的。"

　　李如意插口道："等等，你刚才说'由于白话文运动的戕害，现当代中国文学遭到了毁灭性的打击'，你的意思是说中国文学没落的原因在于白话文运动？"

段枫点头道："看来我刚才的表述是成功的。"

李如意道："能具体论述一下您新意卓绝的独到见解吗？"

"当然可以。"段枫一直以来就对中国文学的现状感到强烈不满，今天面对一个文学博士，压抑了许久的愤懑终于有了一个宣泄的机会，哪里还顾及得到这样花前月下的场合到底应该说些什么。一时间怒火中烧，仿佛李如意便是戕害中国文学的罪魁祸首、大憝元凶。愤然说道："首先，语言的精炼性是判断文学作品好坏的重要标准。可惜同古汉语相比，白话文的表达效率实在是低下得可怜。古汉语作品精彩的一句话、一个字，译成现代汉语恐怕一本书也说不明白。若不同意，请试把'万里悲秋常作客，百年多病独登台'这两句译成现代汉语，要是能在一百四十个字以内表述出相同甚至接近的意境，就算我说错了。另外也别再拿什么'干不了，谢谢'之类的说事儿，'敬谢不敏'比这还少一个字。"

李如意当然不认为自己能够比杜甫说得更好，可是又不愿因此承认段枫的谬论，只好说道："好吧，就算白话文的效率确实不如古文高。那依您老先生的意思，当初的文学革命压根就是个错误了？"

段枫道："当初中国的文学的确已经走到了死胡同，如不革命，结果必然是'抱着古文而死掉'，因此革命是必须的。但革命的结果却不一定如革命者当初想象的那样。就好比一个生命垂危的病人，当然是需要紧急救治的，可是如果你给他服用的是大量的氰化钾，那唯一的结果就是死得更彻底一些。

"中国文学的没落，归根结底在于文人思想的僵死和文字驾驭能力的不足。文人思想的僵死，却是因为明清以来官样文章的限制以及各种各样文字狱的威吓。因此近一千多年来的科举制度和文人的功利思想，才是荼毒中国文学的最根本原因！可一千先贤达人却认为是'死的文字做不出活的文学'，难道几千年来的文章，便没有一篇是活的？再看看现在，莘莘学子早已把古文当成外语来学了，但我实在看不出中国文学有任何起死回生的迹象！所以，把中国文学的没落归结于可怜的古文，实在是怪错了地方。"

李如意心下骇然，没想到这个学机械的居然对中国文学有着如此深刻和独到的见解，只好点了点头道："好吧，算你说得有些道理，还有吗？"

段枫道："当然还有。文字驾驭能力的不足是中国文学没落的另一祸根。语言的准确性是文学创作的必要条件。作为思想的物质载体，语言的根本目的在于交流，即能够使接收者准确地把握语言使用者想要表达的真正含义，也就是所谓的"达意表情"。一件事，只有一种表述是最完美的，或者说，是唯一正确的，其他的都有缺欠。一旦当你写出这句完美的表述之后，你便会清楚地知道自己写对了。仿佛这句话是早就写好了放在那里，而你只不过是在苦苦寻觅之后发现了它。所谓'文章本天成，妙手偶得之'说的便是这个道理。而这种准确性是建立在对单字和词语的准确理解的基础之上的。汉字是表意文字，每个汉字的产生都有其特定的原因和意义。而这些原因和意义正是使用这些文字的最根本的依据。要想写好文章，首先必须得认字。而且要清楚地知道每个单字和词语的真正含义是什么。可惜简化字的推行虽然使得人们更加容易掌握汉字的书写，但却使很多字从外观上完全丧失了与本意的联系，这给学习者对字意的根本理解造成了极大的困扰和不便。所以才会出现"法"字下面是肱二头肌这样的笑话。

"另外，随着现代信息技术的发展，人们越来越多地使用计算机来代替纸笔记录文字。这样书写困难就已经不再是个问题。而对汉字准确的理解和认知却显得更加重要。汉字简化后，很多从前可以从字形上一目了然甚至举一反三的东西，现在却什么都看不出来了。以致现在很多文字工作者连一个字的本意都搞不清楚，更不用说出处来源了。前两天听说居然又有人要把汉字变成表音文字。姑且不说可行性如何，就算真的改造成功了，我不知道到那时这个星球上还会不会有汉语言文学这样一种东西。说出这种话的人不拉出去枪毙，我国的法律实在是不够健全。"

李如意不由得心下暗叹。如果说她对段枫刚才的见解还有一定程度的保留的话，这次则是完全同意了。段枫这一番话，几乎全部说到了她的心坎上。作为文字学博士，她清楚地知道汉字的繁化与简化是业内一直争论不休的一个焦点问题。而段枫作为一个外行，能提出这么深刻的见解，着实让她有些震惊。她叹了口气，轻轻点了点头，以示对这番精辟论述的肯定。

段枫见她点头首肯，心中更是激愤，继续说道："除了白话文和简化字之外，语文教育体制的僵死和教育工作者素质的低下是残害中国文学的又一杀手。或者说，这一点才是根本上的伤害。

"写作的关键在于新意。一样的东西，在你的眼中和别人看来不一样，那就可以写，写出来就有价值。所以，什么都能写，什么都可以写。关键是你能不能写出和别人不一样的东西。想要写出与众不同的东西，首先要有与众不同的思想才行。这便是所谓的个性和想象力。

"中国若干年来的教育理念，实在可谓是扼杀个性与想象力的最有效方式。姑且不说小时候的正统教育，老师的绝对权威，以及家长乃至整个社会对乖孩子的肯定和认可。单是高校入学考试的一纸试卷决定了多数人大半生命运这一事实，就足以使得一干学子诚惶诚恐，战战兢兢，唯恐'说错一句话，行错一步路'，断送了自己后半生的锦绣前程。于是在作文这个主观性极重且没处说理的问题上，绝大多数人都是不求有功，但求无过。力求一篇文章做得四平八稳，没有半点儿出格的地方，平时的练习自然也是紧紧围绕这个中心来做的。久而久之，训练出来的当然只能是些写不出任何新意的庸材。

"高等教育阶段理工类的就不用说了，四年大学下来基本成了半文盲。连句通顺的汉语都说不好，一篇研究论文写出来不是病句就是错别字，当成高考改错题倒是相当合适的。中文系的课程除了文学史就是文学理论。这些东西除了会灌输些胡说八道的权威观念，又有哪一门是真正能够提高学生文学水平的。四年下来不过是训练了些人云亦云的鹦鹉。你试着拿一篇作品去问中文系的学生，能够明确地说出自己见解的恐怕连十分之一也没有。当然，不是他们丧失了思维能力，而是权威们的论断已经完全地占据了他们的思想。当一百个人的心目中只有一个哈姆雷特，文学作品赖以生存的多样性也就就此消失殆尽。这样的蠢材去做了老师，你指望他能教出什么样的学生。而下一代的老师，定然还是这些学生，于是便又复制出了第三代蠢材。如此子又误孙，孙又误子，子子孙孙无穷匮矣。于是中国文学永无复苏之日。"

这次不待李如意接口，段枫便自顾自地继续说道："扭曲的社会价值取向是压垮中国文学的最后一根稻草。自从 20 世纪文学神话消亡之后，文学工作者的社会地位和生活状况便一落千丈，一天不如一天。现在多数人的心目中，诗人和精神病患者唯一的区别即在于不需要强迫治疗。而国民整体文学素养的缺失直接导致了欣赏水平的低下。于是一干快餐文艺作品以其无与伦比的粗制滥造和数量空前的出品规模填充了绝大多数国人几乎全部的精神生活。当一块地里长满了杂草，就没办法再种庄稼。于是优秀文学作品产生和存在的意义从客体需求上被毁灭了。

"在市场经济大潮的冲击下，拥有物质财富的多少几乎已经成为评判个人成功与否的唯一标准。而文学创作的报酬甚至连'少得可怜'都算不上，写一部 20 万字的小说，版税甚至不足以支付作者一年的生活费用。面对这样的生活艰难，还有几个人愿意把文学创作当成生活的全部！更不用说现今市场上猖獗到肆无忌惮程度的盗版书籍了。

"鲁迅说：'盖使举世唯知识是崇，人生必大归于枯寂。'我不知道'举世唯货币是崇'之后，人生是不是会更加枯寂。但起码，文学是肯定会枯寂的。"

李如意蓦地一下恍然大悟，这些时日来一直困扰着她的一个问题终于有了答案。认识段枫不久，她就发觉段枫对中国目前的文艺工作怀有强烈的不满情绪。不是说这篇文章作者的文字功底不行，就是说那句话不符合语法规则。几乎他看过的所有文章都要挑些毛病出来。看一部电视剧，正常人大都关心情节的发展，画面的质量，顶多也就是演技的好坏。然而段枫却只注重演员的对白。他看电视，似乎就是为了寻找对白中的语法错误。找到后便咬牙切齿顿足捶胸，痛斥该剧编剧文化程度低下，演员文化程度更加低下。

开始的时候她还以为是一名工学博士在炫示文字功底，然而后来慢慢发现，段枫似乎对文字有着一种出于本能的敏感和热爱。不过她虽然觉得段枫功底不错，但潜意识里始终还是把他当成一名业余文学青年。这时听他针砭文学时弊，虽然语言尖酸刻薄，观点有失偏颇，但所说却不乏真知灼见，很多批评都是一针见血，直指症结所在。如果说从前还只是欣赏的话，这时才是真的有些佩服了。当然，所佩服的除了他独特的观察视角和犀利的语言表达之外，更多的还是他无知且无畏的勇气。

不过暗暗心惊的同时也多少还有些不服气。在内心深处，隐隐希望能够再听听他还有什么高见。要知道，段枫刚才的看法有很多竟是与她不谋而合的，而要让一个中文博士承认一个外行对本专业的见解与自己不相上下，那是一件感情上相当难以接受的事情。

于是问道："照你的说法，中国文学算是无药可救了？"

段枫摇头道："我不知道还有没有救。但如果按照目前的趋势发展下去，肯定是越来越糟的。"

"那依你说怎么办？"

"没有办法。中国文学现状是人人都知道有问题，但没有人知道怎么样解决问题。作家协会为了能够传宗接代，延续香火，连明目张胆剽窃他人作品的都打算吸收入会，还能有什么指望？最近听说有网站搞了一个什么作协主席擂台赛，居然有数十位正主席、副主席参赛。还引出数位德高望重的副主席和一个 80 后著名青年作家对骂。由是观之，文学之衰败，实在已经到了令人齿冷的程度。"段枫说着叹了口气，长长的打了个酒嗝。

李如意给这一阵酒肉之气熏得险些晕了过去，皱眉道："你今天怎么喝这么多酒？"

段枫道："你问我啊？你那些老乡有多热情，你又不是没看到，我不喝行吗。要不是那位女同学的经典口误，你就等着抬我回去吧。不过还别说，今晚还多亏她了，不然不知道还要喝多少呢。"

李如意非常想知道为什么姚菁的那一句话会让大家一下子变得那么快乐。但女人的直觉告诉她不应该问这个问题，起码，不应该直接向段枫询问。

　　于是绕着圈子道："也不知道刘识丁怎么样了。"

　　"刘识丁。"段枫冷笑一声，"我只希望他今晚不要被那位女士吃掉就好了。"

　　"你胡说什么。人家又不是妖精，吃什么人！"

　　"走着瞧吧，如果明天你能够见到一个原封未动的刘识丁，那就说明我的担心是多余的。否则的话，嘿嘿……"

　　"否则怎么样？"

　　"也没什么，只不过地球上又少了一个男孩，多了一个男人而已。当然，也有可能并没有少，只是多了一个。"

　　李如意一怔，思索了一下才道："说什么呢，你怎么这么无聊啊！"

　　一不谈论文学，段枫的中枢神经仿佛又受到了酒精的控制，话说得也不清不楚起来："你还别……不相信。我虽不敢说阅人多矣，一对火眼金睛却也识得清浊，辨得贤愚。你那位女同学一看就知道是个情场圣手，一眼望去真有曾经沧海，久历风月之势。刘识丁这个新生儿级的菜鸟要是能够抵制住她强大的女性魅惑，我今后在你面前……永不争论。"

　　"这可是你说的，说话算数。"

　　"那当然。我要是说对了呢？"

"对就对了呗。"

"切，没劲。"段枫说着，突然向天上一指，叫道，"流星。"

李如意抬头看了看，道："嗯，在哪？"

"诺，快看。"段枫说着伸手朝李如意头顶正上方一指。

李如意顺着他手指的方向，仰头向上一望，却只见一片幽邃的苍穹。随口问了句："哪啊？"却突然看见一双如星星般明亮的眼睛向自己逼近过来。顿时全身一阵恶寒，心中大叫一声："不好！"却已来不及做出任何反应。

一切都在这瞬间成为永恒。

段枫这坏蛋当然毫不留情地将双唇印了上去。李如意做梦也没想到苦守了二十几年的初吻就这样失却。当时只觉得脑袋"嗡"的一下，眼前一黑，浑身发软，心跳加快，血压升高。似乎全身的血液都涌上了头部，神经中枢也停止了运作。忘了挣扎，忘了反抗，灵魂仿佛炸裂成无数碎片，向遥远的宇宙深处飞去……

段枫一招得手，心下一阵狂喜。双臂紧紧地搂住李如意，生怕给她挣扎开去。又怕一松懈了给李如意逃走，索性连呼吸也屏住了。只是双唇紧紧贴住李如意，使尽全身的力量去吮吸……

如此过了不知多久，直到因为大脑缺氧开始觉得有些眩晕，才不情不愿地将双唇移开。却发现李如意还是保持着原来的姿势一动不动地坐在那里，双眼紧闭，樱唇微张，一点反应也没有，显然是还没有从刚才的惊恐和错愕中苏醒过来。

"天赐不取，反遭其咎。"这句古老的东方谚语从段枫头脑中电光石火般闪过。于是他疾速的深深吸了口气，再一次将双唇凑了上去。

李如意依然没有反应。

段枫心中暗喜，他早听人说女孩一旦被心上人夺去了初吻，便会毫无保留地将自己的一切奉献出来。于是更加肆无忌惮地对李如意发起了新一轮的猛烈进攻。又过了一会，段枫渐渐觉得有些不对。李如意的反应似乎太平静了些，让他有些奇怪。

于是他移开双唇，侧头审视着李如意。只见李如意双目紧闭，面如白纸，一动也不动地坐在那里。段枫心中一慌，伸手在她鼻尖下方一探，却不由惊得魂飞魄散，酒劲儿一下醒了八成。

没有呼吸！

段枫忽然觉得嘴里有些发苦。从他观察到的种种生理迹象来看，眼前这个刚刚失去初吻的女博士显然已经晕了过去。强烈的刺激会导致休克，这一点他是知道的。但却怎么也没想到自己的医学常识会在这个时候得到验证。没想到一时兴起，居然闯下如此滔天大祸。好在他并不缺乏急救知识，急忙将李如意的双腿盘起，右手食、中两指端置于拇指面，拇指端按于李如意鼻唇沟的中间略微偏上之处，用力顶推。过了一会儿，见没效果，又深深吸了口气，捏住李如意的鼻孔，对着她的口中用力吹入。如此反复折腾了七八分钟，李如意终于浑身一颤，气透三关，转明堂，冲孔窍，过十二重楼，肚子里"咕噜噜"一阵乱响后，缓缓睁开了双眼。

第八章　晴翠接荒城

段枫忙道："你醒了，觉得怎么样了？"

李如意却并不回答，反问道："你刚才干什么了？"

段枫哪敢承认，说道："没，没什么。我看你晕过去了，就帮你急救了一下。"

李如意面无表情地继续问道："你刚才吻我了吧？"

"啊……啊不，没……没有。"

"我再问你一次，到底有没有？"

看到李如意一脸严肃，段枫不敢再说谎，只好点头道："有！有！"

李如意却并不生气，说道："刚才我一下就昏过去了，没感觉到。再来一次好不好？"

段枫此刻惊魂未定，基本上已经丧失了思维能力，只是顺着李如意的口气答应道："啊，好啊。"

"那你过来啊。"

段枫战战兢兢地又凑了过去，缓缓地吻上了李如意红润的双唇。

这一次李如意倒是很配合，不单有了反应，还张开檀口，将段枫的下唇慢慢含了进去。

忽然间猛地用力一合，顿时将段枫粉红柔嫩的嘴唇咬得鲜血淋漓。

"嗯！"一声撕心裂肺的痛哼划破了H大校园宁静的夜空。段枫手捂下唇，满脸惊恐地看着眼前这个牙尖嘴利的女博士。

"流氓！"李如意一边怒骂对面这个夺去她初吻的坏蛋，一边哭了起来。段枫捂着嘴唇，站在一旁，不知如何是好。

　　李如意哭了一会，伸出右手，说道："过来。"

　　段枫显然被刚才发生的那惨绝人寰的一幕吓呆了，只是站在那里看着李如意，根本没听见她说的什么。

　　李如意等了一会，见他没有反应，又提高声音说道："过来啊！"

　　段枫这才回过神来，捂着下唇问了声："啊？"

　　"我让你过来！！"

　　"哦。"段枫答应一声，却不上前，畏畏缩缩地看着李如意。

　　"快点儿！！！"

　　段枫被她咬得怕了，不知道她还有什么后招。生怕一不留神，身体其他柔弱部位再受损伤。于是小心翼翼地问道："你没事了吧？"却仍然和她保持着相当程度的距离。

　　"坐下。"李如意拍了拍旁边的半张椅子。

　　段枫无奈，只好在他旁边坐了下来，绷紧的运动神经没有丝毫松懈，随时准备着迎接李如意石破天惊的一击。

　　"说，你是不是早就计划好了？"

　　"计划什么？"

　　"还装糊涂，天上根本就没有星星。"

　　段枫实在忍不住笑，但他清楚地知道，能否顺利地将李如意博士的芳心连同刚才的初吻一起俘获，乃至自己后半生是否过得幸福，极有可能就在这几分钟内决定，是以实在不敢有半点轻忽。

努力地调整好自己面部肌肉的收缩状态之后，段枫才一脸诚恳地说道："是的，天上没有星星。"

"那你为什么说有？"

"我说有是想让你把头抬起来，让你抬头是想好好地看看你。"

"你看就看呗，为什么又……又……"

"唉。"段枫叹了口气，"书上说'灯下看美人'，我本来只是想好好看看的。但在刚才的情况下，任何一个身心健康的男人都会这么做的。"

"胡说，别人才不会呢。"

"你怎么知道？"

"坏蛋，流氓。"李如意自知说错了话，但此刻脑子好像是一团乱麻一样，根本无法像平时一样思考问题，哪里还能辩得过段枫。

所幸人类女性不讲理的本能还是在的，是以她握紧粉拳，挥动手臂，试图通过击打对方身体这样的方式来表达自己对这一无耻谰言的驳斥。

"别打……别打……"段枫不住地求饶。

"让你胡说。"李如意停止了对他的身体攻击，却忽然发现自己不知什么时候靠在了段枫的肩上，而段枫的一只手臂还搂住了自己。

段枫忽然侧过身来，正对着李如意，双手抱住她的肩膀。一对星眸无限深情地注视着她的眼睛。

"什么？"李如意忽然一阵心慌，又觉得有些口渴。

段枫这次没有任何掩饰，就那么直视着李如意的双眸，慢慢地，一点一点地，朝着她靠近过去。李如意叹了口气，慢慢闭上了眼睛，却并没有等来预期中那让她心惊肉跳的热吻。

段枫将嘴凑到她的耳边，说了那让任何女人都会魂为之销的三个字："我爱你。"

李如意只觉得一阵眩晕，苦苦支撑之下才没有像刚才一样昏了过去，呼吸却已然有些不畅了。一时间只希望就这样闭着眼睛，靠在段枫肩头，一万年也好，十万年也好，只要身边的这个人在，自己就什么都不怕，什么都不想，只要有他在身边就好。此刻她忽然知道了，原来人们常说的爱情就是这种感觉。

第九章　燕燕于飞

时间永是流驶，街市依旧太平。两个博士的恋爱在中国来说是算不得什么的。至多只不过给微信软件增加了一些流量，或者给 H 大周围的咖啡店以更多的营业额。此外深的意义，其实真的很寥寥。成就一段婚姻的历史，正如神仙的修炼。当事人投入大量的时间和精力，结果却只是一个小本。而能不能修成正果，却还在未定之天。就在李如意陶醉于甜蜜的爱情当中时，段枫的一句话让她顿时间紧张起来：项目上马，老板派我常驻 Y 城。

关于项目的事李如意隐约听段枫提起过一些，唯一有印象的就是甲方总裁是个女的，美女。这时一听说要常驻，女性的本能使她立刻警觉起来。

"要去多久？"

"还不知道，要看进展情况，不过我估计不会太久。"

"非你不可吗？"

"那边点名的，再说这项目就我负责，别人去了也没用。"

两人刚确定了关系没多久就要分开，段枫也觉得不好，所以想尽力说明一下必要性。

"已经确定了吗？"

"还没最后定，不过老板已经跟我说过了，让我做好准备，可能最近就要走。"

"我觉得，你还是不去的好。"

"为什么啊？目前来看我好像很难找到足够充分的理由不去。"

"不为什么，就是觉得你去不好。"女博士偏执起来，和正常人一样不可理喻。李如意本来不是小气的人，但不知为什么，从段枫对萧涵的描述中，她却本能地感觉到了危险。一想到段枫要和这样一个女人共处，她心里就莫名其妙地紧张。对女人来讲，直觉要远比理智来得可信。但直觉这东西只对感受到它的那个人有说服力。对段枫来讲，这显然不能成为让他放弃学业的理由。几次交流过后，两人谁也说服不了对方，就这么僵持了下来。

人一旦有了心事，情绪难免会受影响。尤其李如意向来开朗，这几天郁郁寡欢，明眼人自然一望便知。这天英文课上陈哥一见到李如意就知道不对："怎么了如意，有什么心事？"

李如意本来就郁闷，听他这么一问，神色更显黯然。

大多数传统知识分子都会对李如意这一类型的古典"书女"有着相当程度的好感。陈哥平时就对这个小妹妹十分喜欢，一直把她当成亲妹妹看。前些天又帮了自己的忙，这时帮助她自然是义不容辞的事情。此时见她面有戚色，胸中一股豪气陡然升起，问道："是不是段枫欺负你了，我去找他算账。"

李如意浅浅一笑，道："没，挺好的。"

"那怎么了？"

李如意道："也没什么，我自己能解决，不劳您老人家费心了。"

陈哥不禁有些头大，毕竟感情上的事情自己不方便多问。他对段枫的印象很是不错。在自己见过的所有适龄男性青年中，也只有他与李如意可堪一配。是以心里是很希望这一对金童玉女能够走到一起的。

一转念间，已然有了主意，说道："晚上我请你们喝茶，到时你把段枫一起叫来。"

李如意道："真不用了，没事。"

陈哥道："喝茶有什么用不用的，就这么说了。"

"好吧，不过我来请。"李如意不好再推辞，只得答应下来。

藏在 H 大后门一条小巷子里的"绿蜡"茶楼环境很适合聊天。店里的布置颇有几分古香古色的意思。正对着大门的是一块大石，上书"红香绿玉"四个大字，笔意质朴古拙，一看便知是名家手笔。大石后面是一棵枝繁叶茂的大树，桠桠杈杈几乎伸展到店内的每一个角落。桌椅全部漆成暗红色，让人一见之下便生出一种幽静之感。

最有特色的是它居然还有专供四位以下顾客的迷你小厅，这几乎是专门为李如意她们这样的人准备的。通常的雅致之士都不喜欢人多热闹。四个人差不多是精神和耳朵能够承受的极限了。二三知己，把酒言欢，在魔都这样喧嚣的国际都市里实在是种可遇而不可求的惬意。

陈哥是这里的常客，带着三人直接到西北角一间名为"如归"的小间里坐下。这小间里没有椅子，只有一铺炕，炕中间一个方形的凹坑中摆了一张方桌。四人围着方桌坐在炕边，点了茶水小吃，边喝边聊起来。喝了几口茶，张姐极有技巧地发起了一次对人类爱情和两性关系的讨论。她先从网上闹得沸沸扬扬的"玫瑰门"事件说起，又说到身边的几对博士恋人的分分合合，最后感慨人事无常，既得佳偶，还当珍而重之。

陈哥自然明白她话中深意，拍着段枫的肩膀道："兄弟，你有福气。像我们如意这样的好姑娘，那是打着灯笼也难找的。"

"那是当然。"段枫点了点头，神色颇为诚恳。

这让张姐觉得还比较满意，说道："实不相瞒，我们中文系可是有人排着长队在等呢。"

段枫笑道："她这么优秀，中文系那些排队的哪里配得上她。"言下之意，自然是只有他自己才配得上了。

陈哥和张姐听他言语间如此自负，都觉得有些狂妄。碍于情面，却又不好多说什么。李如意却很看不惯他这副骄狂模样，冷笑道："敢问您老人家又有什么过人之处啊？"

陈哥和张姐都想听听这个不知天高地厚的小伙子如何作答，两人四只眼睛只是盯着段枫。

段枫听罢，低头做深思状半晌后方才答道："与他们相比，我具备独立修复计算机存储元件的能力。"

此言一出，席间三人尽皆莞尔。

李如意小声笑骂了一句："无聊！"

张姐没想到他会说出这样一句话来，一时间不知道说什么才好。

陈哥却很欣赏他的幽默，哈哈笑道："说得好，来，为你会修硬盘干一杯。"

段枫笑着举杯喝了。给他这么一闹，桌上本来有些紧张的气氛一下子轻松了起来。

陈哥这次本来是想化解李如意和段枫的感情危机，但从段枫今晚的态度看来，两人之间的问题并不像自己想象的那么严重，因此心中也就略略放宽了一些。忧心既去，茶喝得也就痛快了。四人一边喝，一边天南地北地聊了起来。

这种知识分子之间的谈话看似漫不经心，有什么说什么，其实交流双方都绞尽脑汁。一方面要试探对方深浅，一方面又不能给人家摸清了底细。要是一不留神掉到了人家的坑里，那可就是一生难以洗刷的耻辱了。就算人家出去不说什么，但斗智输了一场，自己心里总是过意不去的。

两人说话都是点到即止，隐晦含蓄，每句话都给对方留下大块的思考空间。而这样一来自己也就必须飞速转动大脑才能把握住对方的微言大义。是以这样的一场交流，对两人表达、理解能

力的考验实在不啻一次智力竞赛。然而几番折冲下来，两人都欣喜地发现，对方竟然是自己生平仅见的人才。

开始时段枫因为知道陈哥对李如意一向爱护有加，是以言语间颇为恭敬，只是顺着陈哥的话头往下说。深谈之后却发觉对方说出来的话自己往往打心眼里赞同，不禁暗暗佩服陈哥见解卓著，立意高远。陈哥交流之下也觉得这个小伙子不仅谈吐不凡，而且修养甚好，实在是李如意不可多得的良配。到得后来两人竟然大有相见恨晚之意。

李如意和张姐看两人聊得开心，也就懒得搭理他们，自顾自地聊些女人间的共同话题。什么哪个牌子的香水如何，某某人的新衣服颜色不好，哪家商店的鞋子又打折了，等等。在一般人的概念里，博士似乎都是些不食人间烟火的怪物。其实女博士之间的交流除了探讨专业知识以外，同样也可以研究化妆品和服饰搭配，甚至卫生巾性能的比较问题。

张姐并没忘记自己这次的使命，趁段枫正忙着和陈哥聊天，悄悄问道："喂，你们两个怎么回事啊？"

她也看出来两个人之间的问题并不像想象中的那么严重。

李如意听她一问，不禁触动了心事。神色一黯，幽幽地叹了口气。

"到底什么事啊？"

"他有个项目要去现场做技术支持，我不让他去，他非要去。"汉语言绝对是世界上最富技巧性的语言。本来如果李如意只说前

第九章 燕燕于飞

面两句的话,那么任谁听来都会觉得责任在她,可是她加了后面那四个字,给人感觉就好像段枫固执地坚持要和她作对一样。

"为什么啊?"张姐听完果然有些诧异。

"那个总裁是个女的,美女。"李如意说得明明是自己反对段枫前往的理由,可是听起来仿佛是段枫坚持要去的原因。

张姐听完已经知道了个大概,笑道:"看你向来拿得起放得下,这次怎么这么没自信?由他去,正好可以考验一下你们俩的感情。"

"我也不知道,就是觉得他出去不好,会出事。"李如意说的是实话。

"男人啊,不管不行,管得太紧了也不行。你想要把他抓住,最好的办法就是要让他离不开你,或者觉得你比谁都好。那样的话,你赶他他也不会走的。当然,如果他已经有了你,还要出去勾三搭四,那这样的人你还要他干什么!"

"唉!"李如意轻轻叹了口气。她知道张姐这番话说得都是肺腑之言,也是她二十几年人生经验的积累,不禁心下颇为感动。她也知道,自己的反对实在没有什么道理。实际上就算是在她自己心里,也不知道自己为什么一定要反对段枫出去。这时得蒙张姐指点,总算有了点心理安慰。抬头看一眼段枫,却发现他正和陈哥聊得痛快。李如意暗暗叹息了一声,这白痴根本不知道到自己对他有多少牵挂。

四名博士分成两组,堪堪聊到月上中天。两位得遇知音的当代才子依然觉得意犹未尽，在李如意和张姐的催促下才依依不舍地起身道别。临别时陈哥拍着段枫肩膀道："兄弟，好好对我妹妹。以后有什么事情，用得着哥哥的只管说话。"

"那是当然。以后我的事就是你的事了！"段枫听他这么说，俨然已经把自己当成了至好朋友，哪里还会跟他客气。只是说的时候两人都没想到，这句话居然不久之后就应验了。

那晚过后，段枫虽然不知道那晚张姐和李如意说了些什么，但李如意态度的转变却让他非常高兴。因此他从心眼里感谢张姐。要知道，有时候说服一名女博士并不比教会一头小猪算数容易。

说归说，一想到两个人要分开不知道多久，李如意就很有些为将来担心。她清楚地知道，在这个物欲横流的年代，外面的世界除了精彩之外更多的还有诱惑。像段枫这样的风流人物，光在H大的红颜知己就有四位，如果说出去后没有美女投怀送抱，她是说什么也不会相信的。尤其是一想到那个妖冶婳媚的女总裁，她的心里就没来由的一阵不安。她不能想象、也无法要求一个正常的男人每天面对这样一个女人可以心如止水。凭她的了解，她知道段枫几乎可以抗拒任何东西，但诱惑除外。自古英雄难过美人关，一旦那个女人真的对段枫有了想法，他的革命意志是不是足够坚定，实在是一件很难说的事情。

段枫的想法到比她简单得多，心想我去了快点儿把活儿干完，早点儿回来不就行了。再说现在交通这么发达，想见面了抽空回来一趟也不是什么难事。

分别的日子比预期来得还快，看来那边确实很急。临行前一晚，两个人在菁华园吃了顿饭，不过是"咽不下玉粒金莼噎满喉"。分离在即，免不了依依惜别一番。然而段枫始终处于发乎情止乎礼的阶段，李如意虽然暗赞他斯文儒雅，心里却也不免有些淡淡的失落。

第二天一大早，李如意过来帮段枫收拾好东西。一个行李箱检查了一遍又一遍，生怕落下了什么。出了宿舍两人都不说话，只是默默地沿着 H 大平整笔直的马路慢慢前行。李如意脑海中不断地回想起这两个月两人交往中的一幕幕往事。

当初段枫就是在这家店里请她喝过奶茶；在这座假山后面偷吻过她；在这盏路灯底下和她讨论佛家思想与量子力学的关系；在这条路上发表了他对现当代文学无知且无畏的批判。凡此种种，如浮光掠影般闪过她的心头。一些平时记不起来的细节此刻却异常清晰地一一浮现出来，让她不禁惊诧于自己的记忆能力。

一路上轻轨换磁悬浮，一个多小时就到了机场。下车后看看时间还早，又在大厅里坐了一会儿。两人靠在一起坐着，等着时间一分一秒地过去。李如意一直低着头摆弄手机上的挂件，隔一会儿就看看段枫。段枫一会儿东张西望一阵，一会儿又看看手表，眼睛却始终不敢和李如意对视。

又过了一会儿，段枫道："好啦，我该进去了。"

"一路平安。"李如意陪着段枫来到安检口，用力抱了抱段

枫。抬起头看着他的脸，幽幽地道："到那边一切小心，多注意身体。有空就上微信。"说着眼圈已是红了。

段枫看着她泫然欲泣的样子，也不禁心下黯然。轻轻拍了拍李如意的后背，强笑道："好啦，过两天就回来了，还担心什么。我进去了。"

"嗯。"李如意呆呆地站在当地，看着他进去。

段枫进了安检，又回头向她挥了挥手，就被围栏遮住了。李如意只是站在那里，直到什么也看不见了，才猛地扭头转身，抬手在脸上抹了一把，快步出了大厅。

段枫一个人上了飞机，心中也有些莫名的紧张。毕竟这是他第一次独立完成一个项目，虽然一向潇洒豁达，但这次事关重大，心中却也难免有些忐忑不安。因为主修机械专业，段枫很清楚目前机械工程师的总体技术水平，每次乘坐飞机时都有些提心吊胆的感觉。不过这次飞行员的技术还算不错，飞机开得很稳。这使得他紧张的心情略略放松了一些。加上忙了一天，没过多久就睡着了。一觉醒来，空乘已经提醒乘客系好安全带，准备着陆了。一阵轻微的振动之后，飞机再一次投入了大地母亲的怀抱。

下了飞机，居然是萧涵的专车来接，段枫一时间不禁有些受宠若惊。到了萧涵集团那座气势宏大、规模不亚于当地政府的大院，司机又把段枫直接带到了萧涵位于集团大厦最顶层的办公室。萧涵见到他来，显得很是高兴。然而寒暄过后的一番话，却让段枫目瞪口呆。

第九章　燕燕于飞

"决策层一致认为这个时候不应该再上新项目，我在董事会上动用了最终决策权才得以通过。这个项目一旦失败，他们就会剥夺我的执行权。我这次是孤注一掷，成败就看你的了。"萧涵告诉他的时候，仿佛在讲述一件和自己没有任何关系的事情。

　　段枫一下儿没反应过来，过了一会才问道："你说什么？"

　　萧涵又重复了一遍刚才的话。段枫这次听明白了，却不知道该说什么才好，期期艾艾地道："你……你……这……"

　　萧涵道："我什么啊。是你告诉我技术上的问题你可以负责，按照预期的规模计算，年利润起码在两亿元以上的。"

　　这话如果是从别人的嘴里说出来，段枫定然会以为那人的大脑发育不健全。哪有凭着刚见过一次面的人一番说辞就决定投入数亿资金的道理。然而萧涵说了，他却只有张口结舌的份。当初为了能使研究继续，自己是说过这样的话。可是实验室研究和实际生产绝对是两件截然不同的事情。有经验的人都知道，在很多情况下，在实验室里做得好好的东西，一到大规模生产马上就出问题，而且最要命的是谁也不知道问题出在哪里。这叫样机放大问题，全世界都没有固定的解决方法。自己说的都是理想状态，理论计算。谁知道萧涵居然真的以此作为投资依据，还把自己的决策权也押在了上面。他怎么也没想到，这次肩上的责任会如此巨大，一时间实在不知道该说什么才好。

　　萧涵道："不管怎么样，现在已经没有退路了。你要么就把项目做好，要么就直接放弃吧。"

段枫苦笑道："你实在是太看得起我了。"

萧涵直视着他道："我知道我不会看错的。"

段枫道："好吧，我尽力就是了。"

萧涵凝望着他，嫣然笑道："不是尽力，是一定要行。"

段枫只觉得自己的遭遇之奇，就算是写小说的那个卫斯理也想象不出。两天前还好好的做自己的博士生，不知怎么一下子肩膀上就扛了两个人的命运。他怎么想怎么觉得自己是被萧涵讹上的。以她的城府，断然没有只因为自己的一席话就做出决策的道理。即便是做了决定，也肯定是她自己深思熟虑的结果。然而现在萧涵却一口咬定是因为听信了自己的话才决定投资的，让他不禁百口莫辩、有苦难言。然而事情既然已经到了这一步，也只好硬着头皮往前走了。完不成合同，别说延期，能不能毕业都是讲不清楚的事。想到这里，段枫又挺了挺脊背，既然躲不过去，那就只好血战到底了。可是刚刚鼓起的勇气差点儿就因为萧涵接下来的一句话而丧失殆尽："你到了那边要快点，我和董事会约定，半年之内要见产值的。"

段枫急道："可是生产线的安装、工人的工作效率，这些完全不是我能控制的事情，你要我拿什么保证？"

萧涵道："所以你到那边，要随时向我通报进展情况，并担负起监督工程进度的责任。"

段枫这才知道，原来自己除了要担任技术顾问之外，还要兼职密探和监工。当时他并不知道萧涵在整个集团的真实处境，因此觉得这样的安排实在有些匪夷所思。却又不好多说什么，只好点头道："好吧，我向你汇报。"心里想人家不干，我汇报了又有什么用。

萧涵看出了他的困惑，叹了口气，道："具体情况现在不方便细说，等有机会我会告诉你的。"停了一会儿，又道："总之那边的事就拜托你了。"

段枫点头道："好的，我一定尽力。"

下午萧涵亲自陪着段枫到了厂里，和工厂的几位负责人碰过了头后，又给段枫在工厂附近安排了一间酒店式公寓住下。临走时交代，所有技术问题以段枫的意见为最后决定意见。也就是说，凡是技术上的问题都听段枫的。

段枫到厂里没几天，就觉出来那几位工厂的领导对他并不是很买账。表面上看起来客客气气的，但心里面谁也没拿他当回事，甚至还有些戒备排斥。有几次他明明看到他们几个在说什么，他一走过去他们就不说了，用明显不自然的语气和神情干笑着和他打招呼。那些人对萧涵的话把握得非常精到，有问题，以段枫的意见为准，没有问题，就不用了嘛。

好在那工厂从前已经有了相当的规模，基础设施还算完备。这次只是加一条生产线就行了。而事实上段枫需要负责的只是产品生产过程中出现的技术问题，现在整条生产线的安装工作还没结束，因此并没有什么用到他的地方。

既然几位领导人物不愿理他，段枫也就乐得清闲，每天跑到车间去和那些工人混在一起。有了问题和他们一起解决，碰到不懂的就向老师傅请教。他为人谦和，加上工人们对知识分子本能的尊敬，半个月下来已经和一线的工人们打成了一片。闲聊的时候从几位老师傅口中也多少了解了工厂的一些情况，知道这工厂原来的领导层几乎都被裁员裁掉了，现在这几位都是总经理安排进来的。而总经理得到了董事会多数成员的支持，对这个项目的意见和萧涵并不一致，这样也就影响了整个工厂对这个项目的态度。而一线工人一则看不到出路，二来领导层也没什么凝聚力，所以每天也就是混混日子，得过且过而已。一部分人甚至随时做好了走人的准备。段枫把这些和萧涵那番匪夷所思的话一相对照，心中也就明白了个大概。知道这工厂的领导层和萧涵之间必然有些龃龉。然而他事不关己，依旧每天白天到现场去从事体力劳动，晚上回来整理资料，再和李如意视频聊天一会儿。

　　直到过了一个多月，和工厂原领导层中硕果仅存的那位副厂长闲聊后，段枫才真正知道自己的处境有多么凶险。原来萧涵的这家集团因为受到经济大环境的影响而产生了严重的危机。业务多被同行挤兑，麾下公司接连降薪裁员，有些甚至直接停业。一些中层管理人员纷纷自谋出路，而高层领导对此束手无策，一时间整个集团竟有土崩瓦解之势。萧涵的父亲，也就是集团上一任总裁据说因为忧劳过度心脏病突发不幸与世长辞，在这样的险恶形势之下，一干老奸巨猾的集团董事却又各怀鬼胎，一方面谁也不肯服谁，另一方面又谁都不愿出头接这个烂摊子，于是开会研究决定，公推当时尚在英国的萧涵做了集团的名义总裁，实际上打得却是各自为政的算盘。萧涵在一干父执辈的情理相逼之下，不得已捐过了这根烂木稍，上任之后才发现原来所谓的跨国集团已经濒临破产倒闭的边缘。然而她生性坚毅，情势越是险恶，斗志却越是充足。这一阶段每天为了挽救集团东奔西走，不知道看了多少冷眼，受了多少奚落。然而或许真有天道酬勤这么一说，她的努力居然甚有成效，原本濒临倒闭的企业竟有起死回生之势。这一点自然是当初谁都没有想到的。

和段枫他们合作的这家工厂本来已经准备停产，她上次去 H 大的目的就是想看看情况，计划着如果这边提的条件不是太苛刻的话，就按照合同赔偿了事。然而听过段枫介绍之后，一来觉得这个项目确实很有前途，二来见段枫待人诚恳又谈吐不俗，是个可以托付信赖之人，一时间也就不再急着终止合同。后来经过调查研究，又和段枫的导师沟通了几次，终于确信这是个极具发展潜力能让整个集团起死回生的项目。于是力排众议，拍板决定项目上马。董事会成员本来只是想找个牌位出来顶雷，以便自己脱身牟利。这时见她在这捉襟见肘的当口还要上这么大一个项目，自然众口一词的反对。没想到萧涵竟然以辞去董事长职务相要挟，声明如果众人不同意，自己就回英国去。一干董事会成员心想能赚到钱当然好，赚不到钱萧涵从此沦为傀儡，也正和自己心意，反正又不用自己出钱，这才表面上答应了下来。但却说明集

团目前资金链紧张，拿不出多少钱来。萧涵如果坚持要上马，大部分资金只能靠自己筹集。于是萧涵和一干董事约定，如果项目获得成功，除了自己要按照投资比例享有绝大部分收益之外，董事会还要授予自己更大决策权限和股份比例；如果失败，则自己承担全部经济损失，并无条件放弃最终决策权。然后咬牙拿出了自己的全部积蓄作为前期投资，这才有了段枫此行。这位梁副厂长 18 岁就跟着萧涵的父亲一起创业，也是老董事长一手提拔起来的心腹，对集团公司和萧家自然是忠心耿耿。眼看着公司朝不保夕，萧涵又投入了全部家当，心中实在说不出的着急。只是苦于自己在受人排挤，一时帮不上什么忙。经过一个多月的接触，觉得段枫人品端方正直，希望他能够尽心帮助萧涵，这才把事情原委告诉了段枫。

段枫听过之后不觉出了一身冷汗。他没想到萧涵竟然真的把全部身家都押到了这项目上，这固然是她自己的选择，但自己那天为了能让项目顺利上马的一番说辞肯定也是原因之一。一时间顿觉得压力山大，竟有些不堪重负之感。回到住处翻来覆去左思右想，结果自然是除了尽全力把事情做好之外，别的什么也干不了。就在他抖擞精神，准备为萧涵的全部身家负责的时候，现场出事了。

第九章 燕燕于飞

第十章　谁家今夜扁舟子

　　这天下午，段枫睡完午觉起来，还没走到工厂间就看见一群人围在那里。走近一看，只见姓吴的生产经理正在那里大发雷霆，口沫横飞地训斥一个负责安装的班长和几个工人。只听他大声咆哮道："白痴！废物！饭桶！干什么吃的？！误了工期，你来负责！这个月奖金全扣，不想干的，马上给我滚！"

　　段枫不知道出了什么事，问旁边的一个叫"小马"的技术员道："出什么事儿了？"

　　小马是厂里的技术员，大学读的和段枫一个专业，两人平时关系一直不错。这时见段枫来了，低声道："贾头儿带人装空压机，结果装的时候有点儿偏差，试运行的时候出毛病了。"

　　段枫奇道："空压机不是厂家来装的么，怎么我们自己装了？"

　　小马叹了口气，道："本来装好了的。可是经理说空压机那里要放材料，非得让我们把地方腾出来。"

　　段枫也暗自叹了口气，心想：这么大的空压机说挪就挪，不知道那位吴经理是真的不懂，还是故意生事。走进人群问道："吴经理，怎么发这么大火？"

那位吴经理骂得渴了，拿起杯子喝了口水，看到是段枫，说道："段博士，正好你来了。你看看，这么大的压缩机弄坏了！误了工期，看你们怎么交代。"

段枫笑道："吴经理，消消气儿，气大伤身。问题已经出了，再骂也没用，关键是现在怎么办？"

吴经理道："还能怎么办，叫厂家来修吧！"又指着几个工人道："费用从你们几个工资里扣！"

段枫心想：从工资里扣，那他们半年都不用开工资了，明摆着叫人家走么。工人走了，活也就不用干了。再说叫厂家来修，花钱多少不说，连来带去起码要三个月，到时候什么都来不及了。问旁边的小马道："和厂家联系过了吗？"

小马道："联系了，他们说这两天没空，得过两天才能过来。"

吴经理冲着段枫道："你看看，眼看着就要开工了，这怎么办？"

段枫道："厂里没人能修吗？"

吴经理道："看你说的，这么大的东西，哪有人能修。"

段枫点了点头，说道："要不，让我试试？"

吴经理一愣，道："你试试？"

段枫道："我也是想为项目多出点力，你看行不行？"

吴经理道："你要能修那可太好了，不过咱们还是等厂家来吧。不是不相信你啊，段博士，我是怕万一再弄坏了厂家来了都

　　　　第十章　谁家今夜扁舟子

修不了。"

段枫笑道："已经坏了，再坏也坏不到哪去。万一弄好了，不就省得麻烦了嘛。"

吴经理想了想道："那好吧，你看多久能弄好？"

段枫道："这个我还真说不准，你看能给几天？"

吴经理道："段博士，你也知道咱们的工期，太长了肯定不行。你看半个月怎么样？"

段枫皱眉道："工期这么紧，半个月太久了吧？"

吴经理愕然道："半个月太久，那你十天能修好吗？"

段枫道："十天……我倒是行，就怕还是赶不上工期。"

吴经理道："那你一周能修好不？"

段枫摇头道："一周也太久。"

吴经理看来他一眼道："这是你说的啊，三天就能修好？"

段枫还是摇头道："我可没说。"

吴经理道："那你说几天？"

段枫绕着那台拆了好几个部件下来的空压机走了一圈，仰头想了一会儿，开口道："我说……"

这时候旁边的人越围越多，却一点声音也没有，都侧耳听着他下面说什么。

段枫接道："明天。"

人群中顿时发出了几声惊叹，但瞬间便又归于平静。所有人的目光都集中在段枫和吴经理身上。

那位吴经理也不禁怔了一下，说道："段博士，施工的事可开不得玩笑。"

段枫道："这么大的事，我哪敢开玩笑。"

吴经理点点头道："好，那就看段博士的了，明天我来验收。"又指着那几个人道："要是明天弄不好，你们几个，全都给我滚蛋！"他这两句话明着是在说那几个工人，可听起来好像把段枫也算进去了。

段枫也不跟他计较，笑道："好啊。不过要是弄好了，就不用滚蛋了吧？"

吴经理似乎才反应过来，说道："啊，段博士，我不是说你啊。我晚上送点好吃的过来，给你们做后勤工作。"脸上却明摆着不相信段枫用一晚上就能修好。

段枫笑道："不用麻烦了。还不知道能不能弄好呢，再说晚上还得赶着干活，你送来了我们也没空吃。还是等明天弄好的吧。"

吴经理道："那也好，那我就明天上午来等你好消息。"

段枫道："好，一言为定。"

吴经理又冲着那几个倒霉蛋瞪眼道："还不去干活，在这等什么！"说完又拿着施工记录到别处巡查去了。

等他走远了，那个领班儿的"贾头儿"凑到段枫身边道："段博，多谢了啊。有把握吗？"心里也觉得一晚上时间太紧了，不知道段枫为什么不多要几天。

段枫道："谢什么，都是给厂里干活的。我尽力吧，弄不好别埋怨我就行。"

贾头儿道："看你说的，哪能呢。您是帮我们忙的，好不好我都领情。那我去叫人来？"

段枫道："不用，你先去忙，晚上我们再弄。"

贾头儿犹豫了一下，道："好，听你的。晚上要多少人？"

段枫道："不用别人，就咱们俩，再加上小马就行了。"

贾头儿是聪明人，一听就知道了这样的事情牵扯到技术机密，段枫不愿意让别人知道，点头道："那好，晚上再弄。我先去干活了。"

段枫道："好，你先忙。晚上叫小马搬箱啤酒，我请你们吃夜宵。"

第二天上午，吴经理早早就到了现场。没见到段枫他们几个，却看见了一箱空啤酒瓶子、几个方便饭盒和不少真空食品外包装。再往车间里边走，只见贾头儿和小马一个脸朝里，一个脸朝外，两人背对着背睡在一张长工作台上

吴经理一看不由得满腔怒火，大步流星走过去，用手里的硬皮本子在小马头边"啪啪"连敲了几下，叫道："起来，起来！"

小马睁开眼睛看看，又闭上了。又过了一会儿，才重新睁开眼睛，慢慢坐了起来。

"嗯，吴经理。昨天睡晚了。"小马嘴角一摊水迹，睁得颇为费劲。

吴经理被他气得三尸神暴跳，五陵豪气飞空，厉声高叫道："我问你，段枫呢，空压机呢？"

　　"喏。"小马一手揉着眼睛，一手朝里边一指，"空压机在那边，段博回去睡觉了。"说完捂着嘴打了个哈欠。

　　吴经理道："废话！那么大的空压机我看不见啊，我问你修好了没？"

　　两人正说着，段枫从外面走了进来，一脸憔悴的样子一看就没睡好。走到近前冲吴经理点了点头，说道："吴经理，早啊。"

　　吴经理看段枫来了，态度稍微好了点儿，说道："段博士，我来看看你们忙得怎么样了。"

　　段枫道："有劳关心了。机器在那边，你检查检查，看合不合格。"

　　吴经理听他一说，心中惊疑不定，嘴上说道："你说好那肯定是好了，还检查啥。"人却站在那里不肯走。

　　段枫知道他心思，向一直站在旁边的贾头儿道："贾工，麻烦你开机试试？"

　　"好勒！"贾头儿答应一声，一路小跑过去开机器。一阵启动声后，空压机稳稳地转了起来。

　　这时上班的工人陆续都来了。

　　吴经理似乎很是高兴，拍拍段枫的肩膀，竖起大拇指，赞叹道："了不起，还得是博士，这下你可帮了大忙了。怎么弄的，能不能跟哥哥说说？"

　　第十章　谁家今夜扁舟子

他不知道段枫硕士阶段学的就是流体机械，有一个时期导师的工厂里要上生产线，段枫没少和英格索兰、普莱克斯这些大厂家里的工程师打交道。平时跟他们学了不少东西，处理起这一类故障，算得上是真正的行家里手。

段枫道："我晚上把它装上一试就好了，可能是过了一天，冷却下来又恢复了吧。"顿了一顿，又道："只是有一桩事情我没弄明白，想向吴经理请教一下。"

吴经理忙笑道："兄弟你太客气了，请教哪里敢当。有什么事尽管问。"

段枫道："这么大的空压机，无论安装拆卸还是检修都是要由厂家派专人进行的。怎么我们这里会自己来动手呢？"

吴经理怔了一下，随即哈哈大笑，伸出大拇指道："兄弟你真是内行，我第一次见你就知道你是个人才。你不知道，这两天不是要赶工期么。他们那边效率又低，等他们来，还不如我们自己弄……"

段枫点了点头道："哦，原来这样。那不用扣他们工资了吧？"

吴经理也不好太过分，说道："那是当然。既然你帮忙弄好了，那就算了。"又向贾头儿他们几个瞪眼道："这次多亏了段博士，便宜你们了。"说完拿着施工记录走了。

这么一来，现场的工人都把段枫当成自己人，尤其对他一晚上修好空压机的能力佩服得五体投地。几个领导层也不敢再小觑了他，技术上有什么问题都找他商量。如此又过了一个多月，段

枫在那厂里鞠躬尽瘁，做而无已。每天忙碌在生产第一线上，整个人黑了三度，瘦了一圈，身子倒比从前结实了不少。整个工程以异乎寻常的高速进展着，当然，钱也是流水价花出去。期间萧涵亲自来过三次，不来的时候每天至少和段枫通话一次，讨论项目的进展情况和未来部署。

一晃儿到了年底。这天下午工人都早早下班回家过元旦去了，偌大的工厂一下子冷清下来。段枫因为工期和时间关系，也就没回魔都。下了班一个人回到住处，和李如意视频聊了一会儿，告诉她自己还在赶工，这个元旦只好"人居两地，情发一心"了。挂断了电话，正想着去哪吃晚饭，却听见外面有人敲门。开门一看，但见一人矜装束带，一袭紫衫，飘飘然有出尘之致，却不是萧涵是谁。

段枫奇道："你怎么来了？"

萧涵道："我怎么不能来了？"

段枫一下不知道该说什么了。

萧涵看他惊讶错愕的样子，笑道："金屋藏娇啦，不敢让我进去？"

段枫忙道："哪有，快请进。"心中暗想，你进来就有了。

萧涵道："我才不进呢。跟我走吧，晚上请你吃饭。"

段枫怔了一怔，道："啊，好吧，等我换件衣服。"说着转身进了房间。

萧涵站在门口，向里面遥遥一望，眼见室内颇为整洁，不禁暗自点了点头。段枫换好衣服，跟着萧涵下了楼。见门口停着一辆红色法拉利跑车，却不是萧涵原来坐的那辆车。

萧涵道："上车吧，我让司机把车开去接老婆孩子过节了，这辆是我自己的。"

上了车萧涵一路疾驰，那车本就抢眼，她开得又快，不免引得路人纷纷侧目。段枫坐在车上，见她越开越是偏僻，不一时竟出了城外，不知道要往哪里去，却又不便多问。又开了二十多分钟，天渐渐黑了下来，萧涵终于在一处空地停下车。两人下了车，沿着一条崎岖小径往前走了一段，已是来到长江边上。段枫心中纳罕，眼看着这里一家饭店也没有，不知道萧涵带自己来这吃什么。

正疑惑间，却见萧涵拿出手机打了个电话，远处隐隐传来一阵轰鸣，不一会儿功夫，居然驶来一艘近三十米长的大游艇。看看离得近了，萧涵举起手机，把闪光灯闪了几下，那游艇向岸边靠了过来。段枫心中疑惑，看来萧涵是早有准备，这上船的地方肯定是事先就找好的，不然那游艇看起来吃水颇深，哪敢随便就开过来，只是不知道萧涵带自己来这里干嘛。

两人这些日子虽然见面不多，但却几乎每天都要通话。段枫认为萧涵对自己青眼有加，所谓士为知己者死，既然承蒙委以重托，自然要全力以赴把事情做好。后来得知萧涵的个人情况，对她的处境更是深自挂怀，心里早把她当成了同生死共进退的伙伴。通话时不免要嘱咐几句当心身体什么的，话虽平常，可是在萧涵

听来却大是感动。自从两年前离婚之后她便一直带着女儿独居，而老父每天又忙着生意，这样的关怀挂念她已经好久没体验过了。今天元旦，眼看着人家都回家团聚去了，她自己孤苦伶仃，竟找不到一个去处。思来想去，还是决定到段枫这里。名义上是看看进度，实际是给自己找个地方过节。于是安排好手边的事情，中午就让司机自己开车接老婆孩子过节去了。又借了游艇，这才开着车去找段枫。她怕码头人多眼杂，和开船的约好到城外来接她。

一个四十多岁的精壮汉子招呼两人上了游艇，又和萧涵说了几句后，径自拿了钥匙跳上岸把车开走了。段枫跟着萧涵走到驾驶舱，但见两个驾驶座位后面是一圈儿差不多有半张床宽的乳白色转角沙发，上面铺着白色长绒坐垫，沙发中间放着一张黑色圆桌，地上铺着长羊绒地毯，靠角落的地方放着一个银灰色箱子。室内铺陈壁饰虽然颇为奢华，颜色搭配却给人一种深沉内敛之感，看来游艇主人很有些品味。

"你先坐一下。"萧涵说着走到驾驶位上，把游艇开到江心，找了一处水流缓慢处停下，抛了锚。

继而转身对段枫道："过来帮忙。"说着打开角落里那个银灰色的箱子，从里面取出来一只大盒子，放到桌上。段枫打开一看，竟是四色精美菜肴：一条烤鱼，一盘水晶虾仁，两只烤乳鸽，一盘西芹百合，更奇的是居然还都是热的。段枫到这时才相信萧涵带自己来这里确实是来吃饭的，忙和萧涵一起把盘子拿出来摆到桌上。却见萧涵又变戏法似的拿出一碟干果，一碟蜜饯，一个扁瓷瓶，和两只小小的碧玉酒杯。

两人面对面坐下，萧涵打开瓷瓶，把两个杯子都满满地倒上白酒。室内顿时酒香四溢，再一看那杯中液体晶莹剔透，亮如水晶，一望便知是陈年的佳酿。段枫虽不好酒，但因为受到传统观念的影响极深，潜意识里一直认为白酒才是男人唯一的饮品。这时当此美酒，喉头也不禁一阵发痒。

萧涵举杯道："来日大难，口燥唇干。"

段枫也举起酒杯道："有美相伴，自当欢颜。"

酒杯一碰，两人都是一饮而尽。

那酒入口极柔，然而一下喉咙段枫便觉仿佛一条火线直达到胃里。一眨眼功夫这股热气就传遍了全身。他深吸了口气，闭上眼睛，屏住呼吸，一动不动地停在那里。足足过了十几秒之后，才缓缓呼出一口气，睁开眼睛，极其肯定地说道："琼浆玉液。"

萧涵笑道："错啦，八十年的汾酒。你再尝尝这鱼怎么样？"说着给段枫夹了一块。

段枫也不客气，夹起来吃了，点头赞道："万州烤鱼，名不虚传。"

萧涵笑道："你还真是行家。段博士施工辛苦，我再敬你一杯。"

段枫道："段枫一介书生，蒙此殊遇，何以克当。"

萧涵正色道："你这两个月为了项目鞠躬尽瘁，我自然知道。今天累得你元旦还要在这里，连女朋友也不能陪，说谢谢的应该是我才对。这杯酒算是道谢，我敬你。"说罢一饮而尽。

段枫慌忙站起身道："这本来就是我分内的事,萧总言重了。"说完也举杯干了。

两人边吃边聊,萧涵想起一事,问道:"博士,有件事向你请教。"

段枫道:"请教不敢当。总裁垂询,自当奉告。"

萧涵道:"这么长时间了,一直没机会问,你是怎么一晚上就把那台空压机修好的?"

段枫道:"雕虫小技,说出来让你笑话。"

萧涵笑道:"还对我保密啊,放心,我不笑话你,说吧。要不我交点儿咨询费?"

段枫无奈,只好道:"那台就是曲轴有点儿变形。简单点儿说就是把变形的地方均匀加热后校正就可以了。具体的就比较复杂了,总之就是一点一点弄,本来变形也不大,慢慢试着来就行了。"

萧涵奇道:"工地上的人连这个也不知道?"

段枫道:"或许知道,不过一来事不关己,二来真做起来并不像说的那么简单,没干过肯定不行。我有次去压缩机厂,刚好碰到他们在连夜校正曲轴,领头的师傅和我关系不错,就答应让我和他们一起弄,没想到在这用上了。"

萧涵道:"原来如此。我听说老吴本来要给你 15 天,你自己要求一晚上就弄好的?"

段枫一怔,随即想到萧涵在工地上定然还有眼线,也就不以为意，点头道："是的。"

萧涵道："能说说原因吗？"

段枫道："人心不稳，耀武扬威以坚其志。"

萧涵注视着段枫，赞道："段博士文武双全，着实让人佩服。我再敬你一杯。"

段枫道："萧总过奖了。"说完两人举杯喝了。

萧涵见段枫言语始终拘谨客气，不像平时一般挥洒自如。想了想道："干喝无趣，不如来玩点儿什么。"

段枫道："好啊，怎么个玩法？"

萧涵道："那还得有劳博士出个题目啊！"

段枫想了想道："玩点儿什么呢？嗯，古人以《汉书》下酒，今天咱们就用古人下酒。一个英雄一杯酒。说得好的，别人喝酒，说得不好，自己罚酒。怎么样？"

萧涵笑道："好啊，你先说吧。"

段枫拿起筷子，在一只镶着金边儿的小碗上敲了一下，唱道："铺眉苫眼早三公，裸袖揎拳享万锺。胡言乱语成时用，大纲来都是哄。说英雄，谁是英雄。乌眼鸡岐山鸣凤，两头蛇南阳卧龙。三脚猫渭水非熊。"

停了一停，道："周武王吊民伐罪，白鱼跃舟。姜太公斩将封神，所到处百无禁忌，造福万民，他是英雄。"

萧涵点了点头，道："姜太公娶了个扫把星，还能做成那么大的事业，确然是英雄。"端起酒杯喝了，道："五百年后，圣

人出，黄河清。孔夫子删《诗》《书》，订《礼》《乐》，修《春秋》，始有中华民族两千五百年文化传承，他是英雄。"

段枫点头道："就影响时间及人数而言，目前来看孔夫子算是最大的英雄。"喝了一杯，道："汉高主以一亭长起事，拔剑斩蟒，灭楚亡秦，开炎汉四百年之基业，韩信以包羞忍辱之躯，而成裂土封王之功，遂为后世隐忍之楷模。这两个都是英雄，所以你得喝两杯。"

萧涵笑道："好。"说完却不举杯，继续道："昭烈帝以织席贩履之身，义结桃园，倚关张而破黄巾，三顾茅庐，得卧龙而分天下，终成鼎足之势，赵子龙单骑救主、关云长千里独行，得名千秋忠义。这三个都是英雄，你要喝三杯。"

段枫点点头，喝了一杯，道："唐太宗芟夷大乱，逐灭群雄，济黎庶苍生于水深火热，史称贞观之盛；秦叔宝、尉迟恭威震神鬼，勇慑阴阳，保家护国而受万代香烟，也是三杯。"

萧涵也喝了一杯，道："宋太主一条杆棒，一对拳头，打出大宋锦绣江山；苏东坡词开豪迈，肉创红烧；岳武穆自创散手，屡破金兵，一首满江红流传千古。这三个都是英雄。"

段枫道："前两个也就算了。跟那些人相比，无论战绩还是影响力，岳飞都差了一点儿，算他半个吧。我喝半杯。"

萧涵道："好吧，那你接着说。"

段枫道："好，成吉思汗越高山，渡江河，攻城略地，灭亡国家……"

两人海阔天空，越说越远。从希特勒到拿破仑，又从纳兰性德到苏格拉底，古今中外，凡是人类史上有头有脸的人物从头到尾盘点了一遍。那瓶八十年的汾酒伴随着这些英雄逐渐减少，两人都有了些醉意。

　　说完了英雄，又聊起择偶。俩人商量起给林黛玉找个婆家。结果没想到本以为挺简单的一件事，深究下来却还真不那么容易。

　　按照两个人的共同意见，首先长得要帅，而且必须得是英俊潇洒的帅，白里透红的那种。无论是超男、快男、跑男、型男，还是花男都不行，中性的肯定不行。一张国字脸，同样怎么也配不上那一双似喜非喜含情目，两弯似蹙非蹙罥烟眉。外人看了或许还会有阴阳和谐之感，但妹妹本身肯定是看不上的。

　　其次，必须要有保护妹妹的能力。对女人来说，最重要的感觉或许就是安全感。男人纵使不用天下无敌，但三拳两脚打跑几个不知天高地厚的小流氓是肯定要的。这种情况下，自己动手绝对比使用移动通信工具叫来一卡车武警更能让女人心仪。

　　光有武功还不行。想当初林教头出任首都卫戍部队武术总教官，武艺自然是朝廷认证的高。还不是落了个刺配充军老婆上吊的结果，最后还不得不加入了地方反政府武装，留下终生难以抹去的污点。是以除了个人素质之外，还得有财势。这样才有足够的实力去面对严峻的生活考验。但财富权势这两样只要沾了一样，就势必要整天殚精竭虑，积极进取，努力奋斗。妹妹哪会嫁给这样的世俗浊物。所以只能是出身世家或已经积累了足够财富的人

物，银子要多少有多少，金子嘛，当然比银子还多。自己只要每天"蛮笺象管，拘束教吟课"就行了。

文化程度就不用说了。以目前的标准衡量，博士头衔至少要拿三到四个。学科必须横跨理工商文，而且在职的不算，名誉的不算。如果是公元 1840 年 8 月 29 日以前出生的涉猎范围可以适当缩小一下，经济学、工学免修。但琴、棋、书、画、医卜、星相、麻将、骰子、牌九这些东西必须通过国际权威机构考试并获得证书。

这些都还不要紧，最难的一点是既要有思想，又不能有脾气。凡事以听从、服从、盲从为最高行动指南。妹妹犯了小性，要虚心下气地哄着，不能说一句重话。妹妹有了心思，要嘘寒问暖，体贴入微，不能有一点不耐烦。妹妹渴了，要知道榨果汁，妹妹热了，要知道开空调。夏天出门要知道撑伞，冬天走路要知道挡风。妹妹烦了要自动消失，妹妹想了要马上出现。

按说脾气好的人本来并不难找。神州大陆，百分之九十以上的适龄男性都具备这样的基本素质。但既要生得漂亮，又要文武双全，还得聪明绝顶，家资钜富，这样的人又哪有没脾气的。所以，数遍古今中外所有人生的、人养的、人写的、人造的才子名人，入围者也不过寥寥三数人而已。又经过两人耐心细致的反复讨论遴选之后，目标最终被锁定在七百多年前的南宋末期。

按照金老先生的叙述，那个时代曾经生活着一位杰出人士，江湖人称"五绝"之一的桃花岛主黄药师先生。这位同志武功盖世是不必说的，稳居江湖月报武功总排行榜前五名之内。放眼天下，他保护不了的人估计就没人能保护了。所以安全感这一项没问题。书中说他"形象清癯，风姿隽爽，潇疏轩举，湛然若神"，容貌气质这一项和妹妹可以说是绝配。从他对女儿的骄纵和对亡妻的执着来看，在家里肯定是不折不扣的三把手。而且练武之人中，他的文化程度应该是最高的。收的徒弟，生的女儿，不管爱不爱学习，只要在身边呆过几天的都能混出个样儿来。就连傻姑这样的半疯儿经过培训都能差点儿拍断赤练仙子的手臂，从这一点来看黄药师先生的创新型教学能力不仅前无古人，亦且后无来者。而且还带了七个徒弟（不是六个），有过十年以上的实际教学经验，以后有了孩子，自己在家里教就行了，省得送到学校去受那些高中时成绩中等偏下的家伙教育。

经济条件更是不用担心。家里那些珍宝古玩，书画玉器，折价后不说富可敌国，十辈子吃穿不愁是没问题的。如果真需要什么东西，随便到故宫博物院选两件也就行了。医卜星相，琴棋书画，奇门遁甲，阴阳五行那是他的强项，岂止是国际认证，如果愿意，最起码也是评审委员会常务副主任委员。

地处桃花岛的古典别墅高贵典雅，远离尘世，正好符合妹妹清静淡泊的个性，海洋性季风气候也非常适合林姑娘纤弱多病的体质，加上黄药师独门秘制的具有祛痰化瘀，平喘止咳之功效的十全大补灵药九花玉露丸，估计妹妹的病没几天就治好了。人类战胜肺结核顽症的历史必然为之重新书写。而且岛上开满桃花，

没事还能弄几个花冢什么的，也可以多写几首葬花词传世。

最重要的一点，依林姑娘的身体状况，老公内分泌太旺盛了家庭生活恐怕要有那么一点点的不和谐。而黄药师修习上乘内功，从冯衡死后他带着女儿独自生活多年这一事实来看，多半应该是不近女色的。因此，综合以上因素考虑，黄药师先生实在是林黛玉小姐理所当然的绝配。

大功告成之后，两人四目相对，同时会心一笑，仿佛一下子亲近了许多。不为别的，只为两个人都知道，对方和自己是一样的人。一旦这样的两个人相遇，那情形就仿佛两颗火石于漆黑冰冷的长夜中撞到一起，发现了对方的同时，也温暖了自己。

段枫忽然想起一事，问道："我听梁厂长说，你把全部身家都压在项目上了。"

萧涵半倚在沙发扶手上，伸出食指，摇了摇道："不只是全部身家，我还向银行贷了款。"

段枫道："不会真的是因为我那天说的话吧？"

萧涵道："我是赌一把。赢了就把我爸的企业救回来，输了就当是把我爸给我的再还他。"

段枫赞道："好气魄，我再敬你一杯。"

萧涵道："不喝了，喝多了难受。"

其时已近深夜，大江之上万籁俱寂，唯有一弯明月悬在中天。萧涵喝过了酒，脸色酡红，愈发显得妖冶动人。段枫靠在沙发上，看着眼前的玉人，但觉自己人生境遇之奇，实在无过于此。

第十章 谁家今夜扁舟子

萧涵见段枫望着自己，嗔道："看什么看，不认识啊？"

段枫见她目光流转，神色娇媚，不由得心中大动。由衷叹道："秉绝代风华，俱稀世奇资。信哉斯言。"

没有哪个女人不爱听这样的话，萧涵虽然久历世事，却也未能免俗。她心中高兴，口里却道："乱讲，我哪有那么好。"

段枫正色道："当然有了。有龚自珍《己亥杂诗》为证。"

萧涵道："是吗，哪一首？"

"陶潜酷似卧龙豪。"

萧涵把那首诗从头到尾默念了一遍，蓦地红晕上脸，端起酒杯就往段枫身上泼。

段枫也不闪避，大笑道："怎么样，我说的没错吧。"

原来那诗最后两句是："莫信诗人竟平淡，二分梁甫一分骚。"

萧涵醉眼微饧，嗔道："坏蛋，我醉欲眠君且去，不和你说了。"说着踢掉鞋子，侧身一歪躺在沙发上，头枕着靠枕，竟自闭上眼睛睡了。

段枫见她睡了，也不打扰，轻手轻脚地收拾完桌子，便走了出去。过了一会儿又抱了床被子进来。走到萧涵近前，但见沙发上的女人眉目如黛，粉面含春，喝了酒后更增几分丽色。睡梦中睫毛微微颤动，呼吸间胸脯起伏，直是娇艳不可方物。他在沙发边上站了一会儿，终于叹了口气，俯身轻轻给萧涵盖上了被子，又转身走了出去。

段枫走到舱尾，看着一弯明月，满江银光，想起自己年近而立，空怀一身本领、满腔壮志，却一事无成。项目虽然看起来进展顺利，但实际上暗流涌动，随时都有停工搁置的危险。又想想李如意和萧涵，一时间不禁思绪万千，感慨无已。真所谓：月儿弯弯照九州，几家欢喜几家愁。几家夫妇同罗帐，几家飘零在外头。

第二日一早，萧涵把游艇开到码头还了。两人找了家街边小店，吃过早饭，萧涵把段枫送回住处后，便自顾自地走了。段枫却是心有余悸，事后想想脊背还是一阵发凉。只有他自己知道，站在萧涵身前的那一会儿思想斗争有多激烈。如果不是从小就将传统道德观念牢牢根植于内心深处，自己恐怕早已陷入万劫不复之地了。

假期无事，段枫也没出门，一个人在住处整理了这一阶段的工作情况，发邮件向老板汇报了一下。每天和李如意视频一阵，只是一想起萧涵心里就有些不踏实，生怕她什么时候再来找自己。所幸萧涵倒是消停了，上班后一连几天都没什么动静，仿佛什么都没发生过一般，段枫这才稍稍放了点儿心。然而就在他心中暗喜，自以为侥幸得脱之际，萧涵又来了。

第十一章　何处春江无月明

"我来是要告诉你，项目可能要暂停一段时间了。"萧涵说这句话的时候虽然一脸倦容，神色却相当平静。

"啊！"段枫看起来也很平静。

然后两人就都不说话了。

又过了一会儿，段枫开口道："出什么事儿了？"

萧涵道："你觉得会出什么事儿？"

段枫想了想道："银行挤兑了？"

萧涵道："我以为你会猜是我故意为难你呢。"

段枫笑道："你就算看不起我，也不该这么看不起自己吧。"

萧涵点头道："你猜对了。"说完再也忍耐不住，扑到段枫怀里"呜"地一声哭了出来，两行珠泪滚滚而下。

段枫轻轻拍了拍她的肩头，在她耳边道："别难过，有什么事慢慢说。妆哭花了就不好看了。"

萧涵哭了一会儿，慢慢收住眼泪，哽咽道："我尽力了。我来找你的那天下午，公司出纳卷款失联了。虽然钱没拿走多少，但银行通知我，因为公司经济状况问题让我即刻还款，我和他们好说歹说，最后限期十天之内必须缴还所有贷款。这几天我找了所有能找的人，可是没一个愿意帮忙的。"

段枫听完道："哦，我当什么事儿呢，这个好办。"

萧涵诧道："好办？！"

段枫道："嗯，没事儿，别着急，咱们一点儿一点儿来。欠我的工资先不用给了，你看还差多少？"

萧涵差点儿给他气得破涕为笑，说道："我欠银行15000万，去掉你的工资，还差15000万。"

她本来满心懊恼，得到银行通知后找人筹款的这几天到处遭人冷遇，不知道看了多少白眼，受了多少委屈，实在已是心力交瘁、求告无门，最后终于彻底丧失了信心。今天来找段枫，就是要让他做好准备回魔都的。不想刚才哭了一会儿，又听段枫故意胡说插科打诨几句，心里居然不像来时那么难受了。

段枫看看萧涵情绪好了一点儿，递了张纸巾给她，说道："哦。要实在不行就去找人融资或者借钱，先把银行的还上吧。"

萧涵道："这几天我能问的人都问过了，没人愿意投资，更没人愿意借钱。"

段枫道："先别着急停工。我和老板沟通一下，看看魔都那边有没有愿意投资的。这边还能撑多久？"

萧涵道："这个月的工资已经发不出了。银行要我一周内还款，就算有人愿意投资，也没有这么快的。"又恨恨地道："那混蛋，居然把钱全部都拿走了！"

段枫笑道："她既然要拿，肯定是都拿走了。要是给你留下点儿才奇怪了。"想了想又道："不过你说得对，就算魔都那边有人肯投资，也没有这么快的。这样，我先给老板打个电话，通报一下情况，让他也想想办法。然后咱们再商量一下，看看这边能不能找人筹到款。"

萧涵这些天连日奔波无果，早已不抱什么希望。听他这么一说，也只好死马当活马治。心想事已至此，反正也就这么几天，不行也没什么损失，万一能行岂不更好。也就点点头道："好吧，听你的。"

段枫给导师打了个电话，通报了这边的情况，请老板帮忙看看能不能想想办法。因为假期里刚刚汇报了工作进度，所以也就没再多说什么。他们师生关系向来融洽，又关乎自身利益，段枫知道老板能帮肯定会帮，实在帮不上也就没办法了。

挂断了电话，段枫对萧涵道："那边说好了，老板答应尽力帮忙。咱们也别坐着等，看看还有哪里能筹到钱的，也去碰碰运气。"

萧涵摇头道："不管熟不熟悉，能问的都问过了。我这些年一直在国外，也没什么生意上的朋友。"

段枫道："嗯，你找过的就不用找了。去别处也来不及，就看看 Y 城当地还有谁能一下拿出这么多钱吧。15000 万也不算多，看看咱们能不能一周之内把这东西卖出去。"说完找到 Y 城企业界名录，一家家地找过去。

　　萧涵虽然不抱什么希望，但见他一腔热情，也只好陪着他一起找。按照段枫的意见，最先排除的是投资基金。基金虽然有钱，但一则这行业不是投资热门，且生产周期较长，炒作空间不大，因此大部分基金都不愿意介入。二来就算有人愿意投资，谈判周期也必然较长，绝不可能短期内到款，所以找投资基金这条路基本可以排除了。大型企业虽然有钱，但办事效率低，基本不可能一周内到款，所以也不用考虑。剩下的就只有个人投资者或者民营企业老板。这两者中首先要实力足够且有可能投资的，最好是有同行业背景，这样沟通起来方便，可能性会更大一些。两人找来找去，最后在 Y 城众多企业和个人中一共挑出来三个重点对象：嘉陵集团总裁邢根正、无极医药总裁赵宜春和资深投资人薛融，另外还有五个次重点对象备选。

　　段枫道："你叫人和这几位大佬约时间吧，老天保佑他们最好都能在 Y 城。按照银行给出的期限，咱们一共还有五天时间。平均一天见两个，时间还有富余。今晚我要连夜做 PPT，你看你是在这一起还是回去？"

　　萧涵怎么看怎么觉得段枫像在闹着玩，可是他又说得认真，不像是开玩笑的样子。加上平素里知道他行事多有出人意表之举，心想或许真的能有什么办法也未可知。于是说道："我就在这吧，省得明天还得来。"

　　段枫点头道："那好。正好项目情况我这里有，企业情况还

　　第十一章　何处春江无月明

要问你。你赶紧叫人和他们约时间，别等晚了人家出门见不到。"

萧涵道："好吧，我来找人看看能不能联系上。"说完拿出手机，叫人约时间去了。

段枫打开电脑，直接进入了满载工作状态。当天晚上两人就在段枫住的那间酒店式公寓开工，晚饭直接叫了外卖。

开始的时候段枫坐在电脑前操作，萧涵在旁边看着，不时提些修改意见。后来看段枫做起来实在太慢，干脆把段枫赶到一边自己动手。她硕士主修的就是艺术设计专业，PPT 算是最基本的应用软件，制作起来不知道要比段枫熟练多少。只是苦于电脑没带过来，从前储存的许多素材都用不上，只好到网上现找。即便这样，段枫眼看着她一手飞速敲打键盘，一手来回移动鼠标，一时间也不禁心旷神怡、目瞪口呆，实在没想到这位美女总裁还有这般手段。到后来段枫口述文字，萧涵直接在 PPT 上制作表达出中心思想，两人配合得直如行云流水、天衣无缝，心里都觉得和这样的好手合作实在是说不出的痛快。

两人一直做到第二天凌晨，萧涵连日奔波，这晚又熬了一夜，眼圈已经有些发黑，段枫看着不禁心下怜惜，说道："你睡一会儿，顺便等消息。我等下到工厂去了。"

忙了一天一夜，萧涵也确实累了，睡眼惺忪地道："你也睡吧，今天不用去现场了。"说完自顾自倒在床上睡了。

段枫看看时间还早，也在沙发上躺了一会儿。

一觉醒来已经 8 点多了。萧涵的助理那边传来消息，要见的三位大佬都在 Y 城，不过时间都比较紧，三天内不知道能不能约到，中午前应该可以确定。

　　段枫道："你再休息一会儿，我去现场看看。"想了想又道："要不你也跟我一起去吧，顺便看看进度。"

　　萧涵叹道："还去干吗，你累了一晚上，休息一会儿吧。"

　　段枫道："休息不着急。这个时候厂里怕是已经有人知道消息了，我要是再不去，就算是坐实了。到时候人心一散，兵败如山倒，可就真不好收拾了。"

　　萧涵盯着段枫看了看，点头道："好，我跟你一起去。"

　　两人到了车间，段枫向萧涵介绍了整条生产线的安装情况，告诉她这里已经完成了、这里还需要什么东西，整个项目预期还要多久能够完成。萧涵听着，心里却别是一番滋味。工人见他们俩一起来了，纷纷上来打招呼。萧涵道："看来你在这很受欢迎啊？"

　　段枫道："哪里，他们都是欢迎你才来的。"

　　萧涵道："你不必谦虚。我可没这个本事，能一晚上修好那么大一台压缩机。"

　　段枫道："那有什么的，还不是托了你的洪福。"

　　两人在车间里转了一圈，萧涵的美女助理传回来消息：已经约了几位，重要的两家集团总裁的时间还在协调，薛融下午 1 点可以约见，见面地点定在华尔大厦 17 层薛融的办公室。

　　第十一章　何处春江无月明

段枫笑道：“效率很高啊。”

萧涵道：“都这个时候了，高有什么用。”

段枫道：“高说明人心还在，事有可为。”

萧涵笑了笑，却没说什么。

两人出了车间，回到段枫住处拿了材料。看看时间差不多了，胡乱吃了口东西便驱车直奔华尔大厦。

下了车，段枫道：“这么大的事儿，估计这会儿全 Y 城该知道的都知道了，咱们也用不着藏着掖着，等会儿就跟他实话实说，你看怎么样？”

萧涵道：“你决定就行了，我都听你的。”

段枫道：“那可不行。你是老板，我是跟班儿的。到时候还得你跟人家谈。”

萧涵摇头道：“从现在起，你是这个项目的总指挥，我只负责配合你工作。”

段枫眼看着萧涵身心俱疲的样子，也不忍心再逼她，只好点头道：“好吧，我先客串一会儿，等你休息过来了再还给你。”

萧涵叹了口气道：“估计你是没机会还了。就算能还，我也不要了。等会儿上去了你跟他谈。”

两人乘电梯到了 17 层，前台一个小姑娘问明了来意，打电话确认之后将二人带到了薛融的办公室。推开门一看，段枫不禁被门内无比巨大的空间吓了一跳。这栋大楼的举架有四米多高，而室内的面积起码超过了 400 平方米，目测下来比一个篮球场还大。房门开在整个房间的东北角，门对面是一排朝南的窗户，站在门口就能看见嘉陵江蜿蜒而过。向右手望去只看见20米开外的远处有一张巨大的紫檀木写字台，隐约可见台子后面坐着一个人。头顶油光锃亮，已呈全秃之势，只在脑后还飘散着些许青丝，却也单薄得很。再后面是一面隔断，右边靠墙的地方开了一扇小门，半掩着——这还是间套房。北边靠墙摆着一溜高大的书柜，满满地都是书。南面落地窗前面摆了一排沙发，一张茶几，看来是会客的地方。

台子后面那人见有人进来，放下手里的物件起身从台子后面走了出来。萧涵和段枫两人忙迎上去，两边好一会儿才走到一起。

萧涵伸出手，说道："薛总您好，我是萧涵。"

那人盯着萧涵看了一会儿，才伸出手来，说道："萧总你好，薛融。这边请。"说着把两人让到窗边的沙发那边。三人落座，前台端着沏好的茶送了上来。

萧涵道："薛总时间宝贵，我们就开门见山了。"又指着段枫道："这位是段枫，我们纳米中药项目的负责人。具体的事情请他和您谈。"

段枫也不客气，打开电脑说道："薛总可能也听说了，我们眼下需要资金周转。我先向您介绍一下项目的具体情况，然后再商量看是否有合作的可能，和具体的合作方式。"

薛融点头道："好，你请讲。"

段枫打开PPT，把项目背景、目前进展和预期收益又讲了一遍。最后说到预算，计划出让百分之十的股份，融资1.5亿。萧涵在旁边听着，发现这项目比上次他跟自己说的时候又好了不少，心中也不禁暗自佩服段枫的口才和想象力。

薛融也不插话，只是听着段枫讲。一直等到段枫讲完，才点了点头道："项目本身是好东西。只是就我所知渝珠集团目前已呈分崩离析之势，老萧总在或许还能救一救，现在的情况么……"言下之意，自然是信心不足。

段枫道："首先这项目主要是萧总个人投资，与渝珠集团关系不大。所以集团的现状对项目没什么影响。另外从和薛总您联系这件事情来看，我们的人办事效率还是挺高的。您也可以去我们的工厂了解一下，看看工人的工作状态。所谓'侍卫之臣不懈于内，忠志之士忘身于外'大概也就是这样吧。因此我可以保证，虽然目前总体形势不容乐观，但项目部上下完全可以一战。"

他这几句话说得气势颇足，薛融听完点了点头，说道："嗯，这样就好。我听说你们这边最近现金流出了问题，这个应该不假吧？"

段枫道："是的，不然也不会来麻烦您了。"

薛融听他说得坦率，也就不再多问，说道："我要是这个时候介入，人家会不会说我乘人之危啊？"

段枫道："别人怎么想我不知道，但对我们来说却是雪中送炭。这个时候介入，除了能低价收购一个前景看好的项目之外，还能得到渝珠集团的友谊和感激。如果能一举帮助项目脱困，那应该算是一本万利、不可多得的良机。"

"嗯，"薛融点了点头，又问了问市场前景，产品的具体功效，预期的收益周期之类的问题。

段枫一一做了说明。

薛融最后想了想道："好吧，我考虑考虑。明天……最迟后天给你答复。"

段枫道："好的。那就谢谢薛总了。"

两人告辞出来到了车上，萧涵道："你觉得会怎么样？"

段枫道："听天由命吧。咱们价钱开得不高，这一点他很清楚。买卖本身他肯定是赚的，就是不知道他愿不愿意蹚这趟浑水。或者心黑一点儿，再杀一杀价也有可能。"

萧涵叹道："也只能这样了。"

当天晚上助理发来消息，和赵宜春约好明天上午十点在无极集团总部办公室见面。照萧涵的意思，是要段枫和她一起回市区找间酒店住下，明天再一起去见赵宜春。段枫想想这样省得明天自己还要跑过来，也就同意了。

当晚萧涵把段枫送到酒店，临别时萧涵望着段枫道："你今天的表现，我给满分。辛苦了。"

段枫道："谢总裁夸奖。你累了好几天了，早点回去休息吧，养好精神明天还得接着谈呢。"

萧涵点头道："好的，你也好好休息。明天不用太早，九点半我来接你。"说完痴痴地望了段枫一眼，转身走了几步，又回头看了看才走。

段枫头天晚上一宿没睡，白天又忙了一天，着实累得不轻。等萧涵走后倒在床上就睡了。睡到半夜醒来，匆匆洗漱了倒头又睡，直睡到第二天早上8点钟才醒过来。

当天下午，两人又去无极医药见赵宜春，这次却不像和薛融谈得那样顺利。赵老板虽然打扮得像个人样，却从见面开始就一直保持着一副色鬼相。握手时拉着萧涵好久也不肯放，好像元首会见照顾记者拍照一样。段枫介绍项目情况的时候也不知道他是听了还是没听，反正眼睛就没离开过萧涵，口中"嗯嗯啊啊"地应付着，还不时问萧涵一些压根儿就和项目无关的无聊问题。

段枫虽然有求于人，这次却一点儿都没客气。三言两语把项目介绍完了，然后说道："这次我们准备出让百分之十的股份，融资三个亿，不知道赵老板愿不愿意。"

赵宜春的目光还在萧涵身上徘徊，口中说道："啊，啊，好说，好说，哈哈。"说着拿出名片，双手直伸到萧涵胸前，说道："早就听说咱们萧总是位大美女，今天一见果然名不虚传。这是我的名片，咱们保持联系，随时可以打我电话。哈哈，哈哈。"

萧涵却不伸手，坐在那儿说道："这项目是段总负责的，您和他联系就行了。"

段枫站起来伸过右手，把赵宜春的手拨开，然后挡在萧涵前面道："给我就行了。"说着又用左手拿过了名片。

赵宜春脸上的笑容僵硬了一下，随即笑道："好说，好说。呵呵。"

　　萧涵站起身来，说道："我们走吧。"说完就径直走了出去。段枫急忙收拾好东西，也追着萧涵跑了出去。两人谁都没跟老赵打招呼。

　　下楼出了电梯，段枫拿出赵宜春的名片看了看道："这家伙手机号不错啊，这么多个'8'。"

　　又对着萧涵笑道："欸，他名片在我这儿，你等下要不要给他打个电话？"

　　萧涵脸色一沉，停下脚步看着他道："你说什么？"

　　段枫从没见过她生气的样子，急忙说道："没啥，开个玩笑。"

　　萧涵道："你再说一遍。"眼圈儿却已红了。

　　段枫忙道："我说啊，你生气的时候都比别人好看。"

　　萧涵又差点儿气得破涕为笑，实在不知道该拿他怎么办好。只好恨恨地说了句"贫嘴"。

　　段枫道："快回去吧，看看明天还能不能再见一个。要不我晚上给薛融打个电话问问，看看他那边怎么样。"

　　萧涵道："我才懒得管你。"

　　两人正说话间，萧涵的电话响了。是渝珠集团董事会一位董事打过来的，让萧涵马上回公司总部开会，几位董事都在等着。

　　萧涵道："你猜会是什么事？"

　　段枫道："这还用猜么。出了这么大的事儿，你董事长的位置怕是不那么稳了。本来找你来就是顶雷的，没想到你居然要好好干，还跟他们对赌。集团要是真给你弄活过来了，他们不是给自己找了个祖宗嘛。这下正好找到个机会，不生出点儿事端来才叫怪事。"

　　萧涵道："那你说该怎么办？"

　　段枫道："继续赌。"

　　萧涵道："怎么个赌法？"

　　段枫道："你本来也没什么好输的了，最多也就是董事长不干就是了。所以你只管漫天要价，输了无论他们开什么条件你都答应。看你这样有恃无恐，他们一定不敢跟你赌——因为他们还有得输。然后你再慢慢跟他们谈条件，使个缓兵之计，能拖多久算多久。只要他们不是铁板一块，最后必然有人出来打圆场，这样今天这关就算过去了，以后的事慢慢再说。"

　　萧涵道："那他们要是真答应了呢？"

　　段枫道："答应了就上啊。赌骗赌诈不赌赖，事已至此，还能怎么办呢。你输了，不过就是提前两天不干，你赢了，也不过就是多干两天，又有什么区别呢。"

　　萧涵看着他道："看不出来，你赌性很重啊！"

　　段枫笑道："还有你看不出来的呢。赌品看人品，赌性见人性。你们那几个老家伙，不是胆小就是贪财。别的不敢说，要是有机会让我上桌，不把他们棺材本儿赢过来都算我没本事。"

　　萧涵道："那好啊，今天你去跟他们谈。"

段枫摇头道："这样的事，我掺和不合适，人家会质疑你个人能力的。所以我才现在跟你说。你只管照我说的和他们谈，而且我猜等下开过会一定会有人找你，不管他说什么，你都先别拒绝，完了咱们再商量。"

萧涵诧异道："谁会找我，你又知道什么了？"

段枫道："我猜的。现在还什么也不知道。不过如果有人找了你的话，我大概就知道了。"

萧涵皱眉道："好吧，看你猜得准不准。"

两人回到渝珠集团总部，段枫道："我在办公室等你。记住有多大赌多大，他们肯定不敢跟。"

萧涵到得会议室，渝珠集团另外八位董事都已经到了。与两人所料分毫不差，集团元老柴叔率先发难，随即几位董事火力全开，以集团财务遭受巨大经济损失，应有人负责为由，要萧涵给个交代。进而提出如果纳米中药项目因此不能继续生产，萧涵也要履行协议。意思很明白，赤裸裸地逼宫。

萧涵因为早有准备，所以应付得并不吃力。说明出纳卷款一事已经报警，自有公安机关处理，没有定案之前不能追究责任，而且经济损失也不应该由董事长承担。如果项目停产，自己肯定履行协议辞去董事长职务。最后说明作为董事长当然会想办法帮助集团渡过难关，但如果这次成功了，董事会必须授予自己完全决策权，不能再对自己的任何决策产生怀疑。几个老家伙没想到她能有这么大气魄，一下儿倒是被唬住了。最后集体决议，再给萧涵一周时间。如果一周之内萧涵能够解决财务问题，那么除了继续担任董事长职务之外还应获得更大决策权，否则以后一切决定需经董事会同意方可实施。

开完会回到办公室，萧涵经过一番斗智斗勇已是心力交瘁，脸色煞白。段枫见她回来，忙迎上去问道："回来了，谈得怎么样？"

萧涵淡然一笑，道："如你所料，他们要求一周内解决问题，否则我就下台。项目自然也就停了。"

段枫点头道："嗯，这个不奇怪。开完会没人找你吗？"

萧涵道："没有。"

段枫皱眉道："那就奇怪了，是时候了啊，怎么还不来？"

萧涵道："你嘟囔什么呢？"

段枫道："没什么，就是觉得有点儿奇怪。"

萧涵道："有什么奇怪的。"

段枫道："没什么。我先回去了，明天再说。"

两人正说着，外面的文员进来道："萧总，吴总要见您。"

萧涵皱眉道："他来干吗？"

吴良是集团主管财务的副总，平日里一直垂涎萧涵的美色，每有非分之想。这个当口要见萧涵，夜猫子进宅，自然不会有什么好事。

段枫笑道："来了，我先回避一下。"又对萧涵道："记住，不管他说什么，都先别忙着拒绝。从长计议。"说完跟着文员一起出去了。

吴良进到办公室，对着萧涵道："听说你们在开会，等了你半天。"

萧涵向来不待见他，见他进来，也不起身，坐在椅子上问道："有什么事吗？"

吴良在旁边的沙发上坐下，说道："还不是为了你。我怕那几个老家伙为难你，特意过来看看。"

萧涵道："谢谢你。还有别的事吗？"

吴良道："财务这边出了事，我也有责任。"

萧涵点头道："嗯。那你写份检查，下周在公司大会上读一下吧。"

吴良愣了一下，笑道："你……你可真会开玩笑。人还没找到呢，再说又不是我让他干的，我写什么检查。这回我可是来救你的。"说着起身走到萧涵后边，伸手扶在了萧涵的肩头上。

萧涵脸色一沉，忽然想起段枫的话，说道："救我什么，说来听听。"

吴良俯下身子，在萧涵耳边小声说道："有大人物愿意帮咱们的忙。"

萧涵转了下椅子，和他面对着面，翘起的鞋尖儿正对着他，说道："多大的人物？"

吴良前进不得，只好探着身子道："有人愿意出钱，帮咱们摆脱困境。"

萧涵看着他，却不接茬。吴良只好继续说道："银龙集团的韩总，愿意借给咱们钱。"

萧涵道："你去找他了？"

吴良道："我不是看你这样心里着急么，就想着帮你想想办法。韩总那可是通着天的人物，他要肯帮忙，咱们的日子就好过多了。"

萧涵早知道自从西南王入主Y城，银龙集团的韩隗就在川渝金融地产两界横行无阻，号称想收购谁就收购谁。这时听吴良说他也牵扯进来了，心中隐隐觉得事情没那么简单。问道："他让你来跟我说的？"

吴良又往前凑了凑，道："韩总说了，平时一向仰慕你，却一直没机会结识。现在知道咱们有困难，愿意出手相助。你要愿意我这就跟他联系。"

萧涵道："他开的什么条件？"

吴良道："我就管传个话，具体的事，你们自己谈。要是成了，你可别忘了哥哥的好。"说着又想往前凑。

萧涵点了点头，道："好吧，你跟他联系吧，我等你回音。"

吴良道："这才对嘛，背靠大树好乘凉。我这就去联系，你等着我啊。"说完还不忘在萧涵胳膊上轻轻拍了拍，然后才急急忙忙地走出去。

段枫等他走远了，进来问道："怎么样？"

萧涵道："他说银龙集团愿意借款。"

"银龙集团？"段枫大吃了一惊。他刚看新闻说银龙集团一年之内连续收购了三家上市公司，没想到这么快就把手伸到渝珠来了。

萧涵道："怎么了？"

段枫道："没什么，你先去看看吧。我刚才给薛融打了个电话，他说资金最近比较紧张，可能指望不上了。不过我听他的语气，很可能另有隐情。"

萧涵叹了口气，道："好吧。我叫吴良去和那边联系了，看什么时间见面。"

段枫道："好，到时候我跟你一起去。"

不大会儿功夫，吴良的消息就回来了，约好了晚上八点在银龙地产总部见面。

晚上段枫陪着萧涵到了银龙大厦，却被告知韩隗要和萧涵单独会谈。段枫只好在外面等着。直等到快十点钟，萧涵才一脸疲惫地从里面出来。

段枫忙迎上去，两人上了车，段枫问道："谈得怎么样？"

萧涵道："他愿意出钱收购渝珠股权，或者暂时借贷也可以，月息二分，倒不算多。"

段枫道："你准备借吗？"

萧涵道："不借还能怎么样？"

段枫摇头道："不管怎么样，这钱都不能借。"

萧涵一脸诧异道："不借？"

段枫点头道："嗯，不能借。"

萧涵看着段枫，虽然没说话，但眼神中的疑问已经是显而易见的了。两人这几日白天黑夜的出去融资筹款，现在有人主动找上门来的，你连看都不看就说不能要，起码也得给个正当理由吧。

段枫叹道："当局者迷，看来这话一点儿都不假。你想一想，本来好好的，怎么出纳突然就卷款跑了，然后银行马上就知道了，而且立刻催你还款。咱们去见的那几位，要么直接不见，要么就是说考虑考虑然后就没了下文。咱们价钱开得又不高，可以说是绝对划算的买卖，薛融那样的老江湖一看就知道。可是本来谈的时候很有意向的，转过天来态度就变了，除非有人跟他说了什么，我想不出还有什么理由会这样。中国有句俗话，叫上赶着不是买卖。"

萧涵看着段枫道："你的意思是，这些事都是事先计划好的？"

段枫道："你再想想，他是什么人？又为什么别人都避之唯恐不及的事他会主动找上门来？还有，你们平时很熟吗？他为什么愿意帮这个忙？又为什么非要等到董事会开完你该走投无路的时候才出现？他怎么知道的，又为什么愿意借给你？要么图财，要么图色，当然，更有可能是想财色兼收。你拿了他的钱，以后还不是什么都得听人家的。我不知道他想干什么，不过我知道，到那个时候无论他想干什么你都只有任人宰割的份。"

萧涵停了半晌，说道："这些事都是他搞的？"

段枫道："是不是他搞的，没有证据我不敢乱说，但要说这些事和他一点儿关系没有，打死我都不相信。"

萧涵道："董事会里也有他的人？"

段枫道："应该有吧。"

萧涵道："我除了这个，还有别的选择吗？"

段枫道："肯定有。"停了一停，又道："你就算要借，也不着急这两天。放心，有他在，银行肯定不会真把渝珠拆了的，他还等着接手呢。"

萧涵道："好吧，那我就跟他说要开董事会讨论，过两天再回话。"

接下来的几天，两人早出晚归，四处求援，却要么见不到人，要么见面后对方直接表示爱莫能助，还有几位说考虑考虑，再就没了消息。眼看着银行限期将近，两人心里都是说不出的焦躁。

一晃儿到了周四下午，眼看着离期限只有一天时间了。两人从嘉陵集团的总部碰了壁出来，沿着人行道朝停车的方向走。萧涵突然道："姓赵的名片还在你那儿吧？"

段枫身形一顿，却没说话，低着头继续往前走。忽听旁边一个保安拿着电话大声道："么得。张嘴就 5000 块，你当老子是陈老大啊。"

段枫顺口问道："陈老大是谁？"

萧涵道："江湖中人，蟾宫会所的老板，号称 Y 城及时雨，据说有求必应，黑白通吃。眼下最火的快鱼直播平台就是他投资的。"

段枫想了想道："要不咱们明天去见见陈老大怎么样？"

萧涵道："你认识吗？"

段枫摇头道："不认识。"

萧涵看了看他，虽然没说话，意思却很明显：你想见人家就能见得到啊？

段枫道："不说是有求必应吗？明天去求了不就认识了。"又想了想道："要是咱们明天去见完陈老大还不行，不管你是去找姓韩的，还是姓赵的，我都不拦着。但成败在此一举，今天晚上却得好好做做功课。你知道陈老大有什么爱好吗？"

萧涵道："全 Y 城都知道，陈老大就两个爱好，一是喝酒，二是赌钱。"

段枫一听，心中有了主意，说道："好，明天咱们就去见识见识这位 Y 城及时雨。"

第十二章 绮回汉惠

陈老大的奢华豪宅从外面看起来就像是一座宫殿。漆门绿瓦，雕梁画栋，青砖围墙足有四米多高，两扇朱漆大门，旁边居然还有门房。段枫和萧涵把车开到门口，却被两名穿黑西装的保安拦住了。

段枫放下车窗，探出头去说明来意，那保安点点头，拿出对讲又说了一通。过了一会儿，里面回话出来。那保安对着段枫道："不好意思，老板刚好有客人在，要么两位先预约一下，等时间安排好了再请您过来。"

段枫道："我们今天有急事，就在这等一下吧。"

那保安道："两位要等，请到那边。"说着抬手一指。

萧涵顺着方向一看，不远处有一小片空地，已经有两辆车停在那里了，看来是专供这样等候的车辆停放的。两人把车开过去，段枫知道萧涵心中焦急，说道："放心，今天说什么也要见到他，如果见过之后还不行，你爱找谁找谁。"

萧涵看了看他，却没说话。

　　　　第十二章　绮回汉惠

两人说话间正好开进去一辆黑色轿车，段枫道："怎么有车进去了。你在这坐着，我去看看情况。"说着下了车，走到门房，和里面的人攀谈起来。

　　估计是像他这样的人见得多了，看门的也没什么特别的反应，有一搭没一搭的和他闲聊着。段枫大概了解了情况，回来向萧涵道："刚才进去的是他们自己人。里面的人是早上进去的，估计一会儿就出来了，看那车牌陈老大应该会送出来。我去门口等着，如果等会儿见到了我就直接上去和他说。"

　　"嗯。"萧涵点了点头，心里虽然不抱什么希望，但看段枫一个人跑前跑后，也不好多说什么。

　　又等了好一会儿，果然看见两个人出来。走在前面的一个年轻人西装笔挺，戴着金丝眼镜，看起来颇为斯文；后面一个四十多岁年纪的却穿着一身宝蓝色长衫，拿着鼻烟壶，手上一个巨大的祖母绿宝石戒指极为抢眼，应该就是陈老大了。

　　眼看着年轻人告辞走了，陈老大正要往回走，段枫跑到近前，跟陈老大说了几句什么，陈老大似乎有些意外，盯着段枫看了好一会儿，又点了点头。段枫拿出手机打了个电话，挂断后又拨了一个，说了几句递给了陈老大。

　　陈老大接完电话把手机还给段枫，站在当地发了好一会儿愣。段枫又和他说了几句，向萧涵这边一指，陈老大点了点头。段枫又朝萧涵招了招手，显然是让她过去。

　　萧涵下车走了过去，离着还有几步远的时候陈老大迎了上来，

冲着萧涵抱拳道："大驾光临，有失远迎。"

萧涵看陈老大长袍马褂，一副一百年前的打扮。虽然言语斯文，但无论身形还是举止间无不流露出一股刚猛之气，看样子应该是个性情中人。急忙还礼道："久闻陈总大名，今日得见，果然名不虚传。"

陈老大道："萧总过奖了，里面请。"说着把两人让进了大门。他这院子规模极为宏伟，从大门到主建筑走了足有七八分钟。进了客厅分宾主坐下，有人上了茶，三人寒暄了几句，段枫却和陈老大显得颇为亲近。萧涵心中疑惑，两人今天明明是第一次见面，陈老大待人和气还能说得通，段枫今天是来求人帮忙的，言语间却显得颇为随意，看那亲热劲儿好像是多年的旧识一样。

又聊了一阵，陈老大道："无事不登三宝殿，来找我有事吧？"

段枫道："还真有点儿事想找老哥。"

陈老大道："哦，说来听听啊。"

段枫道："早听说老哥是Y城博弈圈里的头号人物，兄弟也是从小就喜欢这个。只是一直苦于无缘得见，今天登门拜访，就是想和老哥打一个赌。"

陈老大闻言精神一振，问道："哦？赌什么，怎么个赌法？"

段枫道："我赌府上没有玩梭哈能赢我的人。"

陈老大哈哈大笑道："输赢怎么说？"

段枫道："如果我赢了有一事相求，不管成功与否，只求老哥尽力相助。"

陈老大道："那你要是输了呢？"

段枫道："算命的说我逢赌必赢，不会输的。"

陈老大道："要是算命的说错了呢？"

段枫道："要是他说错了，我任凭老哥发落。"

萧涵在旁边越听心里越着急，哪有求人办事这么说话的。碍于场面又不好多说什么，只好悄悄瞟了段枫一眼。按两人平时的默契，段枫肯定知道什么意思。可是这次竟一点儿反应都没有，不知道脑子出了什么毛病。

段枫眼看着萧涵着急，心中暗自偷笑。他清楚地知道，自己一旦这么说了，陈老大心里必定存了非要赢下这场赌局不可的念头。而有过赌博经验的人都知道，不管赌什么，只要开始时心里就存了想赢的念头，那差不多也就输了一半儿了。

陈老大想了想，点头道："好。咱们换个地方。"

两个跟着陈老大来到客厅西边的一间大厅。进门就看见里面横七竖八摆着的牌桌，还有几张麻将桌，一张赌牌九的桌子，还有一张大的居然是百家乐台子。桌上牌楦铲子一应俱全，俨然是一个小型的赌场。

陈老大走到一张梭哈桌子前面，拿出副新牌，拆开道："怎么个玩法？"

段枫道："主意是我出的，规矩你定吧。"

陈老大道："1000 底，100 万封顶？"

段枫想了想道："好，100 万输光了就算输。"

陈老大把牌递过来道："你验验牌？"

段枫道："信不过别人还信不过陈老大吗？不用验了，发牌吧。不过我还得说一句，梭哈我是从小就玩的，要是输了可别说我扮猪吃虎早没告诉您。"

陈老大道："好，输了不怪你。"又对萧涵道："那就麻烦萧总帮我们发一下牌。"说着从牌桌里捡出两堆筹码，一堆推给段枫，一堆放到自己身前。

萧涵见事已至此，也只好答应了。两人梭哈，只要8、9、10、J、Q、K、A，萧涵挑出大小王，2到7。洗了牌，又请陈老大切了下，给两人每人发了一明一暗两张。

两人下了底注，陈老大拿了红桃AK，下了一万，段枫牌面是张梅花8,连底牌都没看就直接盖了。第二把陈老大牌面黑桃K，段枫牌面黑桃Q，底牌方片K，又直接放弃了。接下来一连十几把，段枫牌小就直接放弃，牌面大就少加。碰到陈老大反加，少了就跟，多了就不跟，摆明了打持久战的架势。两人来来回回没什么输赢，陈老大有一把急躁了想要偷鸡，注下得稍微重了点儿，给段枫识破了反加，幸亏他收手得快，才没什么大损失。这么一来陈老大一下认真起来。他虽然听段枫说自己不会输，却总以为是说大话，心想自己梭哈二十几年罕逢敌手，一个还有几分书生气的小伙子能有多少本事，所以上来就没太拿他当回事。没想到十几把一过发现对方果然是个高手，自己稍不小心就有可能中计，

第十二章 绮回汉惠

这才一下子认真起来。

他一认真，段枫的压力明显变大了，下注也更加谨慎起来。陈老大因为开始小输一点，总想着要赢回来，几把拿着好牌都下了大注，可段枫不是直接放弃就是看一张就放弃，根本不给他大赢的机会。赌桌上要想赢钱，必须满足两个必要条件：1、自己的牌大过对手；2、别人跟了注。这两条缺一不可。现在拿了大牌段枫不跟，过几把牌风转了，想赢就更不容易了，所以陈老大心下不禁颇为焦躁。又玩了几把，陈老大拿了一对A，段枫一把博两头顺子的牌。按道理陈老大应该梭哈，可他怕段枫又不跟，所以就只加了20万。没想到段枫毫不犹豫地直接梭了。陈老大脸色一变，考虑了很久，还是放弃了。这把虽然损失不是很大，但气势却弱了下去，牌风渐渐开始变了。

接下来陈老大又小输了两把，更加控制不住场面了。段枫手风渐顺，又有了筹码，不断地下注试探，渐渐摸清了陈老大的牌路。到了后来基本上每把都能猜到他底牌，每次下注都让他跟了疼，不跟痒，陈老大的处境越发窘迫起来。段枫见他已经彻底堕入彀中，节奏把握得更加准确了。牌大牌小都不加，只等着陈老大自己往上撞。陈老大眼看着再这样下去自己迟早被搜刮干净，想要决战却又找不到机会，看看手上筹码只剩下六十几万，额头上不禁微微有些见汗。

这局陈老大牌面发了张黑桃10，段枫梅花9，陈老大看看有机会就加了一万。段枫想了想居然跟了。陈老大买到一张10，

段枫买到张 9。牌面两张 10 对两张 9。陈老大说话,又加了十万。段枫没犹豫,又跟了。陈老大又发了张 10,段枫又发了一张 9。

三张 10 对三张 9,又是陈老大说话。陈老大看了看底牌,又看了看段枫,哈哈一笑道:"小兄弟,这把你敢不敢跟?"说着下了 30 万。

段枫的表情一下儿变得凝重起来。萧涵在旁边看得暗暗焦急,不知道段枫为什么不放弃。他此时手上已经有了一百三十多万的筹码,和陈老大的赌注差不多是二比一,只要继续刚才的策略,稳中求胜应该不难。现在看两人的牌面,就算段枫真是四条,还是不知道自己输赢。陈老大牌面发出四条还算好的,段枫直接放弃就完了。万一牌面不是,到时候陈老大放手一搏梭哈,段枫势必成为骑虎难下之势。如果不跟,前面的 40 万就算白搭了。筹码多少还是一方面,关键是气势一弱,再想像现在这样顺风顺水地掌控局势就难了。到时候陈老大手握筹码,这老江湖一鼓作气反扑,几把赢光了段枫也不是没有可能。如果跟了,万一陈老大真的是四条形势立刻逆转,段枫一下就从赢家变成了输家。权衡厉害,这局根本没有跟的必要,真不知道他还在纠结什么。

"我跟!"段枫思虑良久,居然跟了 30 万!萧涵急得差点儿叫了出来,一颗心一下子提到了嗓子眼儿,连心跳都快要停了,一时间恨不得冲过去打他一顿,实在想不通这家伙犯的是什么傻。

"萧总发牌吧。"陈老大的表情也严肃起来。

虽然不愿意，可牌还得发。萧涵翻出一张发给陈老大，方片J！又发给段枫一张红桃A。萧涵更紧张了。她宁愿发出的是一张10，这样段枫直接放弃可能输得还少一点。

牌面三张10对三张9，还是陈老大说话。

"梭哈！"陈老大想都没想，直接把剩下的筹码全推了出来。

萧涵只觉得脑袋"嗡"的一声，一下子紧张得连呼吸都忘了。只是盯着段枫，看他什么反应，自己也不知道是希望他跟好还是不跟好。

段枫又拿起底牌看了看，想了想道："应该不会这么背吧。我跟。"说完也下了筹码。

"开牌。"萧涵觉得嗓子干得厉害，勉强说出了这两个字。

段枫翻开底牌，放到桌上，说道："我就四张9，你要是10我就输了。"

陈老大又拿起底牌看了看，右手高高举起，"啪"地一声重重拍在了牌桌上。

方块10！

9、9、9、9对10、10、10、10，撞四同！

萧涵只觉得一阵眩晕，恨不得一把把段枫拉过来掐死。眼看着大好局势无端葬送，实在不明白这个白痴为什么要跟这一把。

陈老大把筹码搂到自己身前，哈哈大笑道："我还怕你不跟，这把你可走眼了。"

段枫却并没有赌输了之后常见的沮丧郁闷，笑道："有赌不

为输，咱们再来。”

陈老大意气风发，一扫刚才的沉闷，大笑道："好，再来。我看你还怎么翻盘。"

这一回攻守易势，段枫再不轻易过牌，轮到自己说话就加注。陈老大却稳扎稳打，和段枫刚才一样有牌就跟，没牌就不跟，牌大牌小都不加，只等着段枫自己往上撞。

又过了二十几把，两人互有胜负，段枫稍稍赢回一些，总体局势却没什么大的改观。玩过的人都知道，梭哈算得上是所有赌博游戏中最血腥、最凶残的一种，因为赌注上不封顶，所以随时都有倾家荡产的可能，要求博弈的人必须一直高度紧张和全神贯注。陈老大虽然身强体壮，却毕竟上了几岁年纪。经过和段枫这样的绝顶高手近两个小时的全力交锋，加上刚才的巨大情绪波动，不免觉得有些疲倦。段枫却是越战越勇，步步紧逼，一把都不让陈老大放松。半个小时下来，陈老大的额角已经微微有些见汗。有经验的都知道，赌博讲究的就是个精气神，身体不行，精神状态不会好。精神状态不好，运气几乎不可能好。那结果也就是显而易见的了。所以陈老大虽然疲惫，却还不得不强打精神，抵抗着段枫一轮又一轮的高强度冲击。段枫虽然刚才输了一把大的，却好像并没受到什么影响，依旧和刚才一样挥洒自如。只是下注的时候比刚才多了几分狠劲儿，压迫得陈老大不得不使尽全力对抗。

这一把段枫牌面发了张梅花 8，陈老大红桃 Q。陈老大加了

第十二章　绮回汉惠

5万，段枫看看底牌，跟了。第三张段枫发到梅花9，陈老大方片10，还是陈老大说话。加了10万，段枫又跟了。萧涵又发了一张，段枫梅花K，陈老大黑桃Q。

陈老大牌面一对Q大，拿起底牌双手展开看了看，征求意见似的对着段枫笑道："30万，怎么样？"说着放下牌，下了三个10万的筹码。

段枫皱起眉头，看了看底牌，又看了看筹码。这把之前两人筹码差不多，陈老大略多一点。陈老大第四张下了30万，加上前面的17万，一共是47万。段枫这把如果跟了，第五张再放弃两人就变成了160万对40万，四比一的对比基本上是很难再翻盘了。所以，这张牌在很大程度上决定了整个牌局的形势。看着段枫凝神思考，萧涵不由得又是一阵紧张。

"我跟。"段枫想了一会儿，跟了30万。

萧涵的心猛烈地跳动起来，努力镇定着给两人又发了牌。陈老大先发到一张梅花J，牌面一对Q；段枫发了张梅花10，牌面梅花K、10、9、8同花。段枫说话。

"40万！"段枫的声音平静得听不出一点儿波动。

陈老大高耸的眉头拧出了一个疙瘩。拿起底牌又看了看，梅花Q。段枫牌面K、8肯定没有顺子，自己三条Q，段枫只有同花才能赢自己。自己手上一张梅花J，一张梅花Q，段枫如果是同花，底牌只有一种可能——梅花A。可是如果底牌是梅花A，除非段枫第一注就打算博同花，否则A、8买不到顺的牌跟自己

5万实在是没道理。两个人梭哈出同花的概率比葫芦还低，1000把也不见得出一把，几乎是可以不用考虑的一种牌型，绝对不会有人两张牌就下大注准备博同花。可是段枫敢在这生死攸关的紧要关头下这么大的注，以他的风格，应该不会是偷鸡。到底是什么牌呢？陈老大盯着段枫，陷入了深深的困惑之中。

如果不是段枫前面展示出的实力太过强悍，陈老大肯定毫不犹豫就跟了，甚至很可能还反加一注。但经过近两个小时的全力博弈，他早知道了自己面对的是一个深精此道的老手儿，稍有不慎即将招致灭顶之灾。如果这把输了，依段枫的手段绝不可能再给自己翻盘的机会，这一点他早就领教到了。可是这张不跟，前面那四十几万输了自己一样得输，不过是早晚的事。这个时候他有点儿恨自己了，开始加那么大干什么！只不过事已至此，再说这些也没什么用了。

他目不转睛地看着段枫，似乎想从段枫的脸上看出底牌来。段枫被他盯得有点儿不自在，动动身子换了个姿势。陈老大猛地举起筹码，好像是要下注的样子，却用一丝余光偷偷瞟着段枫，隐隐看见段枫嘴角的肌肉似乎动了一下，眼中露出一抹喜色。

陈老大哈哈一笑，重重地把筹码拍到桌子上："跟你40万！再大你20万！"说着将筹码推到了台心，侧头看着段枫。

"我跟。"眼看着陈老大的手离开了筹码，段枫如释重负般舒了口气，慢慢地将身前的筹码全部推了出去。

听到这两个字，陈老大顿时如遭雷殛般呆立在当地，一时间只觉得口干舌燥，热血上涌，全身却一片冰凉，好不容易才嘶哑着嗓子说道："开牌。"心中却还报了万一的希望。

段枫翻开底牌，放到桌面上：梅花 A。

真是同花！

陈老大心底一阵绝望，但随即就恢复了镇定，说道："你厉害，是我输了。佩服，佩服！"

他知道段枫刚才的表情和举动都是做给自己看的，却没想到他居然用了和诸葛亮在华容道一样的计策——实则实之。段枫知道他故意拿起筹码试探自己，就故意面露喜色让他看到。陈老大以为段枫必然是虚则实之，没有牌才故意这样吓唬自己的。加之他第一注跟了 5 万，一对的可能相当大，同花的概率几乎没有，所以跟注之后又加了 20 万。没想到段枫居然真的是从第一注开始就布的局，博的就是同花。这简直就是件不可想象的事情。可段枫不仅真的就这么干了，而且最后还赢了。而场上这一切都在电光石火间发生，如果不是早有准备，就是平时积累了无比丰富的经验，才能在一动念间就做得这样天衣无缝。这两样无论哪一样，都非绝顶高手不可。陈老大到这时才知道，对面这小子在牌桌上的经验和城府可比自己估计的深多了，这么看来，那把撞四同也应该是故意输给自己的。到这时他才真的是心服口服，知道自己比人家差得远了。于是把剩下的几个筹码往桌子里一推，说道："不用再比了，我认输。"

段枫站起身来，脸上露出一丝笑容，说道："承让了。那咱

们说说要请老哥帮忙的事吧？"

没想到陈老大摇头道："等等，还没完呢。"

这次轮到段枫愣住了，不知道他什么意思。明明已经认输了，怎么说还没完呢？难道名满江湖的陈奇龙会耍赖？不过在人家的地盘上，他真要耍赖自己还真没什么办法。无奈之际，也只好先听听他说什么。

只听陈老大道："咱们刚才赌的是什么？"

段枫道："我赌府上梭哈没人能赢我。"

陈老大点头道："那就对了。"说着拿出手机，按了个快捷键，等那边接通了之后问道："丫头回来了吗？嗯，叫她到这边来，就说我找她。"看来是叫人来帮忙的。段枫心中疑惑，不知道还有什么高手是比陈老大还厉害的。

没过多久，只听见外面一阵"咔咔"声响，紧接着一个清脆的声音道："碰上什么事儿了，又叫我来。"随着声音走进来一个十六七岁的小姑娘，扎着马尾辫子，浑身上下一团火红，连脚下的鞋子袜子都是红的。

段枫见来的是个小姑娘，不禁有些意外。只听陈老大说道："这是小女，见笑了。"说完又对那女孩说道："这位段博士可是高手，我估计你这次怕是要输了。"

那女孩撇嘴道："每次都这么说，有意思吗？"说完上下打量了段枫几眼，又看了看桌上，说道："来吧，怎么个玩法。"

段枫没想到还有第二场，不过看对面是个小姑娘，也就没怎么在意，说道："还是 1000 底，100 万带入的吧。"

那女孩点了点头，说道："来吧。"又冲着萧涵道："你来发牌？"

萧涵道："我没问题，陈总没意见吧？"

陈老大对着那小姑娘笑道："能让萧总发牌，你面子可是不小啊！"

那女孩道："你刚才玩不也是她发的么，有什么大小的。发牌吧。"

段枫听她说话，心中又放下了些，看来这孩子并不是很懂礼貌，应该是平时惯坏了。这样的心机水平估计不会深到哪去，自己取胜应该没什么难度。他一番苦战，惊天逆转取得完胜之后，难免有些骄傲。所以对这小姑娘也就没怎么重视。没想到刚玩了几把，就明显感觉到了不对——那小女孩的套路相当深，看这意思应该是受过专门训练的。进攻的时候作风凶悍，有机会说话绝不轻易过牌，甚至觉得段枫牌小了就直接反加。防守的时候干净利落，该放就放，绝不拖泥带水。每次下注分寸都拿捏得恰到好处，给自己留下了自如进退的充分空间。几把一过弄得段枫苦不堪言。

会赌的人都知道，赌博这东西关心则乱，想赢怕输是所有赌博之人的必然心态。而一旦存了想赢怕输的念头，下注时必然会受到影响。所以高手对决，从下注多少猜对方底牌是最主要的判断方法。下注时一边要分析对方想法，一边要蒙蔽误导对方。从而看透对手底牌，让对手看不懂自己下注。所以段枫才会在没开赌之前先告诉陈老大自己是高手，故意激起陈老大的胜负心。而这小女孩压根儿就不在乎输赢，无论输赢，对她都没有影响，从这一点上来讲，她直接达到了心如止水的最高境界，段枫根本没办法从她下注和情绪来判断底牌。而段枫一则只能赢，不能输，先受了约束；二来刚才和陈老大一番激战，精力运气都消耗了不少，所谓"强弩之末，势不能穿鲁缟"，更何况面对的是一个不受胜负心羁绊的职业选手。这么一来，场上局势也就显而易见了。女孩儿步步紧逼，段枫使尽全力闪转腾挪，苦苦支撑，却还是难以扭转颓势。

这把段枫顺子，女孩牌面三同又反加。段枫忽然抬手道："等等。"

那女孩儿正杀得兴起，说道："等什么，要认输啊？"

段枫皱眉道："你梭哈跟谁学的？"

那女孩儿道："你管我跟谁学的。赶紧下注，不敢跟就盖了。"

段枫没办法，只好放弃了。又过了几把，萧涵和陈老大都看出不对来了。那女孩的手法几乎和段枫一模一样，连牌面相同时下注的大小都一样。

眼看着形势越来越不利，段枫这次不等萧涵发牌，又问道："你梭哈跟谁学的？"

萧涵看他说话，手上就停了下来。

　　第十二章　绮回汉惠

那女孩儿道："你管我跟谁学的呢。你跟谁学的？"

段枫道："我自己学的，不过我教过一个徒弟？"

那女孩撇嘴道："就你这水平还敢教徒弟，自己输还嫌不够吗？"

段枫道："我这个徒弟是在摩云顶教的。"

那女孩微微一怔，抬起头看了看他，问道："你叫什么名字？"

段枫道："我叫怡红快翠。"

"那你教的那个徒弟呢？"

段枫道："她叫飘渺孤鸿影。"

那女孩儿闻听此言身子一震，坐在那里怔怔地看着段枫，过了一会儿脸上突然露出掺杂着惊疑、困惑、欣喜、意外和难以置信等包含着一系列复杂情绪的奇怪表情。

段枫也不说话，只是坐在那里静静地看着她。萧涵和陈老大看着段枫和那女孩，也都没说话。

又过了一会儿，那女孩突然问道："你还有什么要说的吗？"

段枫道："记住：不想赢，不怕输。不贪是根本，不怕是关键。"

那女孩又从牌堆里捡出几张牌摆成两副，问道："这牌怎么办？"

段枫看了一眼道："杂牌跟大注，中了就要命。"

此言一出，女孩心中再无怀疑。站起身看着段枫，一句话也说不出来，眼圈儿却已是红了。

原来女孩第一句问的是两人最后一次在网上见面告别时的对话，后来拿的则是当初在网上和段枫学习梭哈时的一局牌。那一局凶险无比，对两人来说都是刻骨铭心的经历。女孩儿起手牌并不好，对面注又下得大，本来已经准备放弃。段枫却因为曾经和对手玩过几次，隐约知道些底细，所以一反常态地坚持要她跟下去，期间对方两次反加，段枫都不为所动，最后一把反加之后对方没等开牌就放弃了。赢下这局，女孩对梭哈读注有了全新的认识，水平突飞猛进，没过多久就艺成出师了。因此这可以说是女孩梭哈生涯中第一场至关重要的对局，而对段枫来说，也是值得纪念的得意之作。当初赢下这局之后，段枫就说了这么两句。这件事只有他们两个当事人知道，所以一听他说完这两句，女孩自然再无怀疑。

　　两人这一相认，心情都是激动无比。当初两人都在一个平台上玩儿，女孩儿总是输光，段枫却每天都有进账，有时见她输得多了就接济一下。时间一长，渐渐熟悉起来。女孩见段枫每次都赢，就缠着要拜师父。段枫看她输得可怜，也就答应了。当时因为网络不发达，两人差不多有半年的时间每天晚上都在网上一起梭哈，却一直用文字聊天，连话都没通过。学成后女孩儿心心念念想见见段枫，却一直未能如愿，后来时过境迁，渐渐地也就失去了联系。没想到今天却在自己家里见到了，怎么能不喜极而泣，欣喜若狂。段枫也没想到自己数年前半真半假收的徒弟居然在这里见到了，心下也不禁一阵高兴。萧涵见本来一片大好的局势突然变得岌岌可危，随后居然又出现了神转折，一时间有点儿跟不上形势，心中暗喜的同时还有一丝担忧，生怕再出什么意外。

四人当中只陈老大心中郁闷，万万没想到自己烧香居然能惹出鬼来。他早从女儿嘴里听说过这件事，也知道向来天地不怕的陈小错对这个没见过面的师傅感情极深。事实上也还真多亏了段枫，不单教会了自己这个天生叛逆的女儿懂得是非善恶，还让她和自己缓和了多年来一直紧张的父女关系。因此陈老大心中早对女儿嘴里的这个师父存了一份感激之情。今天段枫和萧涵虽然没说明来意，但他对渝珠集团的事早有耳闻。这个时候两人上门，不用猜也知道为此而来。只是还没谈正事就先打了个赌，加上段枫一见面就给了他一个无法拒绝的理由，所以也就半推半就地答应下来。没想到赌输了叫女儿出来帮忙，却上演了一场师徒相认的煽情大戏。陈老大不禁心中暗暗叫苦，他知道依陈小错对她这位师傅的感情，肯定没法再玩下去，这趟浑水自己恐怕是非蹚不可了。于是清了清嗓子道："嗯，丫头……"

陈小错听到父亲叫自己，转过脸来道："爸，他是我师父。"

陈老大笑道："我知道。段老弟，恭喜你们师徒相认。"

段枫一时也不知道该说什么好，只好说道："啊，谢谢。那个……还继续吧？"

陈小错意兴盎然道："好，今天赢你一次。"

陈老大摇手道："不用了，我认输。兄弟，用着哥哥干什么，你只管说话。"

段枫定下神来，想了想道："没什么事，就是听说老哥梭哈无敌，今天特意来玩两手。"

萧涵听了心下诧异，明明特意上门来找人帮忙，现在人家问了又不说，不知道他又想干什么。不过经过这些天的朝夕相处，她早对段枫有了深入的了解，知道他心里肯定已经盘算好了，所以也就不怎么着急，只等着看他下面怎么办。

陈老大也怔了一下，说道："兄弟，明人不说暗话。你看需要老哥干什么，我肯定尽力。"

段枫道："真没什么。如果有需要，一定来找老哥。"

陈老大见他执意不说，点头道："那好吧。不过今天是你们师徒相认的大喜日子，咱哥俩得好好喝两杯。"

段枫笑道："老哥请客，自然求之不得。不过今天时间太过仓促，下午回去还有事。等咱们选良辰择吉日，我专程来府上拜会。"说着看了萧涵一眼。

陈老大犹豫了一下，说道："好，那咱们一言为定，到时你可得来。"

段枫点了点头，对陈老大道："那今天我们先告辞了，过两天再来叨扰。"

陈老大笑道："我备酒等你。"说完带着陈小错一起，一直把萧涵和段枫送出大门。

陈小错没想到，好不容易见到了朝思暮想了几年的师傅，结果没说上两句话就走了。一时间不禁泫然欲泣，急道："哎，你就走了啊？"

段枫道："今天刚好有事，过两天来找你。"两人虽然没见过面，心里却早把对方当成了阔别已久的故友，言语间也完全没有初次见面的客气和生疏。

陈小错道："那你手机给我一个啊？"

段枫和她互相留了手机号码，这才和萧涵上车离开。

眼看着两人开车走了，陈老大突然叹了口气道："你师傅很够朋友啊。"

陈小错道："刚见了面就走，够什么朋友啊！"

陈老大摇头道："你不知道。他是不愿意连累你，才急着走的。"

萧涵驶离了陈老大的豪宅，没走几分钟就在路边找了个地方停下，沉着脸道："从实招来吧。"

段枫道："招什么啊？"

萧涵道："从头到尾、丝毫不差、原原本本地给我说清楚，到底怎么回事？"

段枫道："什么怎么回事？"

萧涵道："你跟那个小姑娘，怎么回事？"

段枫不禁哑然失笑，说道："她是几年前我在网上玩梭哈收的徒弟。"

萧涵道："然后呢？"

段枫道："然后平台被封了，就失去联系了。"

萧涵脸色似乎好了一些，问道："真的？"

段枫道："当然，骗你干吗。"

萧涵点了点头，道："那陈老大呢？我坐在车里的时候，你在大门外面跟他说了什么？"

段枫道："我问他认不认识一个叫陈钟的朋友，他告诉我是他亲弟弟。然后我就给他弟弟打了个电话，让他们说了几句。"

萧涵奇道："你怎么想起来问他这个的？"

段枫道："他们俩是亲兄弟，你说长得会差多少？又都是山东的，还都姓陈，我要是想不起来才怪了吧。"

萧涵道："然后那朋友请他帮忙了？"

段枫道："然后他告诉我，他们 20 年没说过话了。"

萧涵抿嘴笑道："这么说是你让他们兄弟冰释前嫌了？"

"那倒也没有。"段枫想了想又补充道，"不过他还是很感谢我的。"

萧涵笑道："行，我还真是第一次见到像你脸皮这么厚的人。那你为什么又不跟他说融资的事？"

段枫道："费了那么大劲，我本来是准备说的。不过看到我徒弟了，没好意思。"

萧涵道："为什么？"

段枫道："依那小姑娘的性格，如果知道了一定会逼她爸爸帮忙的，很可能还得把自己也搭进来，那不是害了她。"

萧涵道："嗯，你替人家想得都很周全，那你想没想过我怎么办？"

段枫正色道："这本来就是咱们自己的事，和人家没关系的，不能明知道是火坑还把人家拉进来。不过不管怎么样，我都陪着你。"

萧涵知道这家伙虽然平时看起来油腔滑调的，可要让他真心说几句好听的还真不容易。眼看着今天是形式所迫，才不得已说了这么两句，不禁心中一甜。想了想又道："还有，那把你为什么要跟他？"

段枫道："求人办事，要的是尽心，这种事勉强不了的。"

萧涵道："你跟完输了他就尽心了？"

段枫道："咱们要面对的是韩隗那样的人物，他既然动手了，就不会一次不成就收手，后面肯定还会有动作。所以咱们绝不是筹到钱就万事大吉了。我来找陈老大就是想看看能不能把他拉上船，后面也多一个外援。"

萧涵道："他要是不上呢？"

段枫道："所以我才跟他赌啊。他输了我只要说赢的钱是从他那儿借来的就行了，听说他和韩隗本来就不和，只要韩隗知道了这件事，必然以为他是故意作对，到时候他想不上都不行了。我跟是要让他知道，让了一把他都赢不了，这样才能赢得他心服口服。而且好赌的人都信运气，如果他觉得真的是天意如此，就会死心塌地跟咱们合作。"

萧涵望着段枫，摇头道："你可真阴险。"

段枫叹了口气道："我本来什么都算好了，就是没想到会在这儿碰到我徒弟，大概天意如此吧。"说完搓了搓脸，看起来很是疲倦。

萧涵看着他道："不管怎么样，我都不怪你。"

段枫道："没事。陈老大应该已经知道了渝珠的事，那咱们今天来的目的我不说他也知道。他如果愿意帮忙，估计最迟明天就会有电话来；如果没有，那就是不愿意帮忙，我说了也没用。"

正说话间，萧涵的电话响了。接完电话，段枫看她脸色不好，问道："出什么事了？"

萧涵道："那几个家伙又在闹，让我回去开会，说今天就是最后期限了，要给个说法。"

段枫道："那就回去吧。"

萧涵道："回去干吗？怎么交代啊？"

段枫道："该来的总归会来，躲也不是办法，回去我跟他们说。"

萧涵道："你打算怎么说？"

段枫道："到时候看呗，先看他们怎么说。"

萧涵点点头，道："到时候你跟他们说。"

段枫道："好，看我的。"

两人刚回到渝珠集团总部就被几位执行董事和财务负责人围住了。段枫一看，心中明白了大半——肯定又是来施压的。

众人来到会议室，还没等坐稳，几位性急的就开始发难。

"萧大姑娘，今天是最后一天了，款子筹到了没有啊？"

"下周要开工资，账面上已经没钱了。"

"供应商催了几次款，人现在还在我办公室坐着呢。"

"外包的工程去年就应该结算了，工头说再不给钱要提请劳动仲裁了。"

......

每个人都一大堆问题，有的没的、鸡毛蒜皮的事都拿出来说，而且用的全是过去完成时，中心思想只有一个：要钱。

萧涵看着段枫，段枫看着群情激奋的几位渝珠集团高管，两人都没说话。众人七嘴八舌说了好一阵子，才停了下来。

段枫见萧涵看着自己，开口说道："各位，我说几句行吗？"

一个四十多岁的胖子道："你谁啊，这儿有你说话的份吗？"

段枫知道他姓邢，刚才嗓门最大的就是他。当下也不生气，微笑道："邢总你好，少安毋躁。我受萧总委托，暂时作为董事长的代理发言人，现在宣布一项重大决定。"

众人听他这么说，目光都投向这边。

段枫环目四顾，又停了一会儿，才开口道："董事长最新决定：周一上午九点，在本会议室召开渝珠集团全体董事及高级管理层特别会议，届时萧涵董事长将会对公司近期相关事宜及未来发展方向有明确指示，具体到会人员另行通知，敬请各位准时到会，谢谢。"

说完拉着萧涵潇洒地走出了会议室，留下渝珠集团一干高管面面相觑。

段枫拉着萧涵，也不回办公室，直接坐电梯下楼走了。萧涵满心疑虑，不知道他又要干什么，却又不好多问。直到上了车，才开口问道："你搞什么鬼？"

段枫道："怎么了？"

萧涵道："我什么时候说过周一要开大会了？"

段枫道："你不是让我跟他们说吗？"

萧涵道："我是让你说，但又没说要开会。"

段枫道："不开怎么办。周一不开，今天就得开。你看他们那气势，肯定是有备而来的。兵家有云：'避其锐气，击其惰归。'先来个缓兵之计，起码还能多两天时间准备，今天让我说什么啊？"

萧涵道："周一你准备说什么呢？"

段枫道："到时候再说，我总觉得这两天会有转机。"

萧涵道："那要是没有呢？"

段枫道："应该今天就有，不信你等着。"

萧涵点头道："好，我等着。"

话音未落，就听见段枫手机响。段枫笑道："来了。"

电话是陈老大打来的，约段枫明天上午 10 点面谈。

萧涵道："你去不去？"

段枫道："都答应人家了，怎么能不去？不光我去，你也得去。"

萧涵道："人家约你，我去干什么？"

段枫道："你是老板，人家要跟你谈的，你不去我怎么定得下来。"

萧涵道："不怕连累你徒弟了？"

段枫道："还不知道谈什么呢。再说了，是祸躲不过。火烧眉毛，且顾眼下，先去看看再说吧。或许陈老板神通广大，能消灾解祸也未可知。"

第二天上午，两人又到了陈老大的豪宅。这次门房得了通知，直接把车让到了院里，又带着段枫和萧涵到了客厅。

进门一看除了陈老大还有人在，段枫不由得心中一怔。陈老大见两人来了，站起身来，道："萧总、兄弟，来，我给你们介绍。"屋内两人也都站了起来。

陈老大指着萧涵道："这位是渝珠集团萧总。"

又指着身旁那个眉清目秀的小伙子道："这是秦星，江北秦家少当家的。"

萧涵道："秦先生你好。"

秦星见到萧涵，微微怔了一下，随即说道："久闻萧总大名，今日一见，果然名不虚传。"

段枫想起来，昨天在门口看到和陈老大一起出来的就是他，却不知道什么来头。听陈老大的意思，秦家在当地应该是个望族。

陈老大最后搂着段枫的肩膀，道："这是我兄弟，段枫。"

秦星和段枫握了握手，打过招呼落座，少不得又向萧涵行了几眼注目礼。

博士楼·上

陈老大对段枫道："兄弟，秦兄弟和我是世交，大家都是自己人。我大概听说了一点儿你们的事，把他请来，大家一起商量商量，看看怎么办。要不你先说说你们目前的情况？"

"好。"段枫又把情况详细介绍了一遍，还特意说明了韩隗主动愿意借钱的事。最后说明现在面临的两个难题：第一，银行催着还款；第二，现金流紧张。解决办法却只需要一个——钱。

陈老大静静地听着，等段枫都说完了才问道："既然姓韩的愿意，你们为什么不用？"

段枫道："说实话，我们不敢。我总觉韩大爷这时候主动帮忙，事情没那么简单。"

陈老大道："嗯，姓韩的没安好心。"又对秦星道："你看怎么办？"

秦星道："如果萧总有需要，我这边会尽全力配合。"

见陈老大看着自己，萧涵道："这个项目我在银行贷了2.5亿，这半年花了一亿七八千万，估计再有5000万应该够了。只是现在银行催着还款，就算有了钱也不够还的。"

陈老大道："哪个银行？"

萧涵道："Y城银行。"

陈老大看着秦星笑道："那就好办了。"秦星也笑起来。

陈老大指着秦星道："这事交给他吧。"想了想又道："一客不烦二主，帮人帮到底。剩下那5000万你也一并给解决了吧。"

秦星道："好，我回去看看，周一来办吧。"

见萧涵和段枫有些疑惑，陈老大又道："他老丈人开的。"

萧涵没想到陈老大直接找了个家里开银行的来，还正好是自己贷款的那家，急忙欠身施礼道："那多谢两位了。"

秦星也忙起身道："都是自己人，萧总不用客气。"

段枫道："咱们自家兄弟，有件事得和老哥说明。"

陈老大道："兄弟，你说。"

段枫道："老哥出手相助，兄弟不胜感激。只是此事牵扯到银龙集团，姓韩的估计不会就这么算了。如果知道是你和秦兄帮了忙，不知道会不会给你们惹麻烦。"

陈老大哈哈大笑道："兄弟，你今天既然来了，就别操那些闲心。姓韩的不找我，我还要找他。这个忙我是帮定了，你只管安心做你的事，别的不用操心。"

段枫道："既然如此，那就多谢两位仁兄相助了。只是目前这个状况，这笔钱可能只有等到新项目盈利才能还上。我们这项目经过一年多的前期筹划和几个月的施工，基本上已经快要投产了，最迟年内就能有收益。如果这项目真亏损了，借的钱估计一时半会儿也还不上。所以如果秦兄信得过我，不如索性做个风投，赢了拿个几十倍的回报，输了也不过跟借给我一样——不知道什么时候还。"

陈老大道："你们和别人是怎么谈的？"

段枫道："项目本来估值 20 亿，计划出让百分之十。现在这种情况，如果秦兄愿意就算 10 亿。"

秦星摇手道："那不行。亲兄弟明算账，该多少是多少。你们和别人怎么算，咱们也怎么算。"

萧涵道："秦总不用客气。这项目还不知道是赔是赚呢，所以你还是先担心本金能不能收回来吧，估值多少的也就别争了。"

陈老大道："萧总说话了，你就别客气了。我说句公道话，依现在的情形，算 15 亿吧。"

秦星点了点头道："好，那就听老哥的。"

萧涵没想到事情居然还真就这么解决了，心想段枫这家伙当众宣布周一开大会，也不知道是真有算计还是信口胡说，不过不管怎么样，现在都不用怕了。于是，站起身来对着陈老大和秦星再次道谢。

陈老大大笑道："好，那就这么定了，剩下的事你们自己办。我叫厨房备了饭，今天得好好喝两杯。"又对段枫道："你那位高足从早上就等着你来呢。"

秦星估计是在这儿吃惯了，也不推辞。陈老大带着三人来到餐厅，陈小错已经在等着了。见到段枫自然无比亲近，围在他旁边问长问短，连干了几大杯啤酒，又拉着萧涵叫师娘，弄得两人颇为尴尬。好在大家都是性情中人，一顿饭吃得宾主尽欢。陈老大喝得手舞足蹈，秦星和段枫聊完了军史聊佛经，陈小错则和萧涵约好了下周一起去做头发。

从陈府告辞出来，段枫只觉得浑身一阵轻松。回到住处给陈哥打了个电话道谢，又想起这些日子没日没夜地东奔西走，不知道李如意那边怎么样了。终于有空煲个视频电话粥，却不料一通视频聊得他心惊胆战、瞠目结舌。当真是按下葫芦瓢起来，屋漏偏逢连夜雨，船破又遇顶头风。

第十三章　说感武丁

事情还得从 H 大百年校庆说起。

今年恰逢 H 大建成一百周年，是以从元旦开始，整个 H 大就沉浸在紧张而无序的准备工作当中。各种宣传标语随处可见，团委、工会和学工部等各部门，元旦假期刚一结束就开始组织各种活动，连女娲河畔那如基本国策般一百年不动摇的宣传栏都更换了内容。

对有望晋升的书记院长来说，逢此良机，哪有不全力以赴之理。于是各学院奋勇争先，纷纷邀请名人校友，开办专题讲座论坛，借以扩大自己的影响。中文系作为 H 大成立最早的专业，自然一马当先，率先举办了系列科学讲座，并专程发了请帖邀请学校领导莅临指导。其中最重要的一场，便是由 H 大汉字研究所所长张虚怀教授主讲的有关汉字全球化的讲座。

这种专业性质的讲座，因为报告人造诣渊深，听众也大多是业内人士，是以言者厚积薄发、挥洒自如，闻者得聆大道，获益匪浅。对人类进步的推动作用与那些泛娱乐化的"文化名人报告"

实不可同日而语。

这日下午，文科大楼两百人的报告厅座无虚席。张虚怀教授一身正装端坐高台之上，饱学宿儒的修养和气质在灯光照耀之下显得庄严肃穆，又不失亲和。台下众人都是识货的，眼见这种场面，个个肃然起敬，交谈的声音也自然而然地压低了很多。场内一股斯文庄重的文化气息油然而生。

主持讲座的学院科研秘书小丁老师正要说话，却见入口处一行人缓步走进会场。当先一人身穿一套深蓝色毛料西装，左侧前胸部位别着一枚金光闪闪的校徽。一头秀发乌黑亮泽，看不到一丝杂色。面敷淡妆，虽然已年近半百，看上去却仿佛直如三十许人。端的是娇艳如桃李，富贵若牡丹。顾盼之间，自有一股颐指气使的威严。正是名闻魔都的"H大资深美女书记"颜如玉女士，文学院的院长、书记和其他各位领导众星捧月般跟在后面。

李如意急忙快步走到张导身边，低声道："颜书记和学院领导来了。"

张导皱了皱眉，嘟囔了一句："她来干什么。"

颜书记一行人走到台下，在第一排当中坐了下来。文学院许院长向台上挥了挥手，张导略略欠身，礼节性地点了点头，算是打过了招呼。

小丁老师急忙跑到许院长旁边，低声请领导指示。许院长又转头向颜书记请示。颜书记点了点头，许院长才又转过头来，向胡敏道："开始吧。"

小丁一路小跑到了台上，向张导低声询问了一句，得到肯定的答复之后，便拿起插在桌面底座上的话筒，说道："尊敬的各位领导，各位老师，亲爱的同学们，在全校欢庆，迎接我们亲爱的母校百年华诞之际，我们邀请到了 H 大文字研究所所长张虚怀教授为我们做《面向国际化的汉字》专题讲座，大家欢迎。"在一片不算热烈的掌声中，张导开始了讲座。

　　张导从目前发现的历史年代最久远的刀臣石说起，以至字形的演化、书体的变迁，直说到目前公众关注的繁简之争。因为知识渊博，逻辑清楚，张先生的讲座得到了广大听众的一致认可，中间多次被热烈的掌声打断，可算得是 H 大近年来少有的成功范例。讲座结束后的提问时间，纸条如雪片般纷飞而至。李如意和小丁老师两人忙了个不亦乐乎。

　　说到汉字，当下最热门的话题莫过于繁简之争。因此好几个提问的纸条都问到了这个问题，更有甚者，竟在台下直接喊道："能不能请张先生谈谈废除简化字的问题？"

　　张导本来不想涉及这么敏感的话题，而且在他看来，这问题没有任何可争议的地方。但既然有人问了，总又不能避而不答。只好说道："汉字的繁化与简化是业内一直存在争议的一个话题。近两年来争论的范围越来越大，程度也越来越激烈。当下的观点大体可以分为三类：坚持实行简化字；废除简化字，恢复繁体字；两种字体长期并存，或者逐渐过渡。对于这个问题，我想可以从历史和现实两个角度来加以考察……"

　　　　　　　第十三章　说感武丁

张导讲罢，台下又是一阵掌声雷动。然而许院长的脸色却并不怎么好看。原来他不久前刚刚在一本颇有影响的杂志上发表过一篇关于废除简化字的文章，观点却与张先生颇有不同。这时张导就同一问题发表不同的观点，虽非直接辩论，却也起到了事实上的反驳效果。这时又见颜书记不住地点头，心中自然不怎么舒服。

眼看着张先生在台上欠身致谢，颜书记在台下微笑颔首，许院长心中一动，向颜书记说道："他们文字所这些年取得了不少建设成果，现在又在搞一个教育部重点项目，非常希望能够得到校领导的指导。您看等下要不要过去看看？"

他知道颜书记为了向一百周年校庆献礼，并凸显自己这些年的工作成果，正在筹划一项重大的政绩工程。如能提供些材料，必然可以赢得书记的欢心。

颜书记一听果然大有兴趣，表面上却沉吟了一会儿才点头道："嗯。正好今天有空，就过去看看他们的东西。"

许院长招手叫来院办胡主任，吩咐道："等下你跟张老师说，颜书记要去看看他们文字所的研究成果，让他们准备一下。"

"好的。"胡主任点头去了，走到台上和张导耳语了几句。

张导听完点了点头，答应一声表示知道了。想了一想，又把李如意叫到身前，说道："等下他们要去看我们的成果，你先过去准备一下。着重介绍过去几年的，现在做的这个就不用讲了。"

"哦。"李如意答应一声，虽然不明白为什么现在做的反倒

不用讲，但她知道张导这么吩咐必然有自己的道理，所以也就没再多问。

讲座结束后，颜书记果然在许院长的陪同下，视察了文学院个个系所的科研成果。来到文字所时，李如意作为文字所掌门师姐兼这次讲座的协调人，责无旁贷地承担起了讲解工作。

她先介绍了近年来发表的论文、专著和获得的各种奖项，举办的各种学术会议，以及与国内外同行的交流合作情况。最后介绍了教育部重点学科的建设及取得的阶段性成果。颜书记聚精会神地听着，偶尔微微点头。

旁边许院长似乎很随意地笑道："你们前不久申请的那个数字化汉字的研究项目呢，怎么藏起来不说了啊？"

张导看了许院长一眼，说道："那个现在还没取得什么成果，没什么好介绍的。"

许院长笑道："不是已经申请到教育部的重点基金资助了吗？这可是国家级的重点项目啊。张老就让我们学习学习嘛。"

颜书记一听是教育部的重点项目，双目一亮，说道："是吗？那就让我们参观参观吧。"

张导道："这个事先没有准备，确实没什么介绍的。"

颜书记道："不要紧，那就把申报材料和教育部的合同给我们看看也行。"想了想又道："这样吧，今天仓促了一点儿，可能也准备不了那么充分。明天我让何秘书过来拿一下。小何，你明天过来拿一下材料。"何秘书在旁边答应着。

颜书记再不给张导说话机会，转过话头问李如意道："小姑娘叫什么名字？今天表现得很好啊。"

李如意道："我叫李如意。"

"李如意，嗯，名字也好。"颜书记拍着李如意肩膀道，"小姑娘不错，明天你和小何一起把东西送过去，顺便整理一下材料，再做点儿介绍性的文字说明工作。"

李如意一时不知是不是应该答应，只好扭头看着张导。

张导脸色出奇的难看，却也无法可想，见李如意望向自己，也只好勉强点了点头。

等众人参观完了离开，张导嘱咐道："你整理一下，把咱们上次申报的东西给她拿过去。合同么，先放一放再说。"

第二天上午，李如意拿着材料到了颜书记办公室。

"如意来啦，快坐。"颜书记显得非常亲切，亲自给李如意拉了把椅子。

"哎，谢谢颜书记。"李如意风闻外界传言 H 大美女书记颜如玉待人严肃，对下属向来不假辞色。这时得到如此礼遇，颇有受宠若惊之感。

颜书记又吩咐何秘书道："沏杯茶来。"何秘书答应一声，不一会儿功夫便从外间端了杯茶过来。他刚一走近，李如意便闻到一阵清幽香气。

颜书记指着茶水道："喝茶，这是我从前一个博士托人从福

建带回来的大红袍，说是能美容的。"

李如意虽不懂茶，却也听人说过大红袍是乌龙茶中的极品，原产于天心岩上的母树早已停止了采摘。就是后来嫁接培育出的正品，也是等闲难得一见。隔了几步远便已闻到了茶香，果然不同凡响。无数事实早已证明，容貌对女人的吸引力的确是至高无上的。这一点不分年龄，不分阶级，不分学历，对任何人类女性都同样适用。李如意身为文学博士，听说这茶水具有美容养颜之功效，却也不禁怦然心动。慢慢端起茶杯，浅啜一口，但觉入口清香，回甘醇厚，端的是前所未见的好茶。美不美容姑且不说，单是喝上这么一杯，便已是大大的幸事。

两人边喝边聊，颜书记却并不谈正事，只是说些发型服饰等女性共同关注的话题。李如意心中奇怪，却也不敢多问，只是顺着颜书记的口气唯唯否否，偶尔发表一下个人见解，却也是锦上添花之意。

她听人说过，大红袍可冲九次，是以一见到颜书记的茶杯将要见底，便站起来拿去加水。颜书记见她手脚麻利，心下又多了几分好感。

两人聊了半天，颜书记似乎很随意地指着桌上的材料，道："你给我说说这个项目的具体情况。"

李如意虽然事先得了张导的吩咐，但一来见颜书记待自己甚好，二来她为人诚实，不善作伪，因此也就一五一十，把自己知道的情况讲了一遍。

第十三章　说感武丁

颜书记听罢问道："你们这个项目是怎样分工的？现在进行到了哪个阶段？"

李如意道："这项目是去年刚申请的。现在还处在材料的收集整理阶段，这部分工作主要是我和另外一个同学来负责的。"

"嗯。"颜书记不置可否地点了点头，问道，"你今年一年级吧，老家哪里的？"

"我今年一年级，老家山东的。"不知道为什么，李如意在和颜书记说话的时候总不由自主地想在心里加上一句"回老佛爷"。只是虽然觉得有些好笑，却又不敢笑出来。

颜书记听她说是山东的，忽然说道："你猜一猜，我老家是哪里的？"

李如意闻言一呆，心想："我怎么知道你老家是哪里的。"可是又不敢直说，心念电转间，忽然闪过一个念头，当下不及细想，脱口说道："您是曲阜的？"

颜书记哈哈大笑，说道："小姑娘功底不错，有空再来我这儿喝茶。"

"谢谢颜书记。"李如意一猜得中，心下也不禁暗自得意。原来她听颜书记让她猜老家，心想这不着边际的从哪里猜起。一想她是听说了自己是山东人后才让自己猜的，又没有其他线索，也只好从山东猜起了。她目前正在做着隋唐五代的文献整理工作，想到山东姓颜的，自然而然地就想到了颜鲁公，继而想到了《颜氏家训》，以至复圣颜回。再一看到颜书记不经意间流露出的那

么一丝自豪的神态，更加确信自己所料无讹，果真一语中的。

李如意告辞了出来，回到办公室又向张导汇报介绍情况。不过她只说了谈话中与项目有关的部分，至于喝茶、发型什么的，就效仿圣人"笔削春秋"了。最后还顺便向张导汇报了自己猜出颜书记祖籍的光辉事迹，并将其全部功劳归于张导平时的教诲。然而张导却显得并不怎么高兴，脸上似乎颇有些忧色。李如意不明所以，也不敢乱问，心中却隐隐觉得有什么事情要发生。不过转念一想，这种事情反正和自己无关，又何必多操闲心，也就不再理会了。

没想到才过了没几天，事情就来了。这天一早学院副书记打来电话，通知李如意作为颜书记钦点的优秀博士代表参加校庆期间的系列工作。李如意随即向导师汇报了学院转发的颜书记"关于李如意博士参加校庆期间迎宾工作的决议"，并明确地向他请示处理办法。

张导却不置可否，只是问道："最近课题做得怎么样啦？"

李如意道："进度还算正常，按照这个速度，下学期开学之前应该可以完成材料的整理工作，比我们预期的还能快一个月。"

张导点头道："嗯，很好。这一阵子你们都辛苦了，刘识丁那边也是忙得够呛。你们博士正常的学制只有三年时间，每一分一秒都非常的宝贵。所以你们应该把全部的时间都用在学术上，这样才有可能出成果。"

李如意大着胆子问道："那您看……我去还是不去？"

张导道："去不去么，你自己看。对你们而言，治学才是第一位的，任何事都不能耽误正常的工作。甘于淡泊，才能在学术上有所成就。去与不去，还是你自己拿主意。毕竟这是书记的命令，书记代表的是组织，她的命令，也就是组织的命令。"

李如意心想："我要是能拿主意还问你干吗？这话说了不是等于白说吗？"嘴上却不敢说什么，只好唯唯诺诺地答应着。

从导师的办公室出来，李如意颇感郁闷。本来想给自己找个借口搪塞过去，没想到又给自己找了个麻烦。来看张导是摆明不希望自己去的，可是又不明说，李如意一时间颇有些进退维谷。思来想去，也只好先去学院问问情况再说。

在学院办公室见到了胡主任，又得到了一番夸赞。胡主任不住地夸奖李如意那天表现得体，得到了颜书记的嘉许，从而有了今天的重托。言语中俨然把这件事当成了一桩出人头地的美差。又勉励李如意好好表现，不要辜负了组织的期望。不经意间，还透露出李如意能获得如此殊荣，她也是负有举荐之责的。如果有了差错，她也要跟着受到批评。这话倒是不假，得到书记办公室指示之后，院长确实向她询问过李如意平时表现如何，她也确实曾经美言了两句。然而却怎么也没想到，从李如意自身的意愿来看，她帮的其实是个大大的倒忙。说话间递给李如意一份校庆典礼当天的活动安排和具体时间表，李如意一边做感激涕零状地道着谢，一边接了过来。心里知道，这下不去也得去了。

当天下午，李如意遵照指示来到行政楼小会议室，心中不断地盘算着如何措辞向颜书记说明情况，才能既表明主观立场，又说清楚客观困难。只是没想到接下来的一切却根本连请辞的机会都没给她。

主持会议的校办副主任布置完任务后又顺带鼓励了众人几句，说明这次校庆意义重大，是关乎学校声望的大事。大家都是本校精英，一定要认真准备，不能辜负了组织的希望和信任。众人自然点头称是，很多人脸上都现出了坚毅的神情。

会议结束后，何秘书来到李如意身旁，说道："颜书记交代会后让你过去一下。"说完示意李如意跟着自己。李如意不明所以，只好跟着他到了颜书记办公室。看见李如意进来，颜书记微笑道："如意来啦。"

"颜书记好。"李如意对这位美女书记的印象不错。

"坐吧。"颜书记示意李如意坐下。李如意拉了把椅子在颜书记那张紫檀木办公桌旁坐了下来。

"最近项目做得怎么样啊？"颜书记和颜悦色地问道。

"还好，挺顺利的。进度比我们从前计划的还要快一点。"李如意恭恭敬敬地答道。

"嗯，顺利就好。"颜书记点了点头，又随口关心了几句李如意的学习生活情况之后问道，"对这次校庆有什么想法吗？"

李如意想了想道："嗯，我觉得挺好的。宣传力度很大，社会效应也都不错。"

"让你做介绍和宣传工作没什么问题吧？"

"没有，我保证完成任务。一定不辜负颜书记的厚望。"

"嗯。"颜书记点了点头道，"有件事情还得征求一下你的意见。"

李如意心中忽然有了一种惴惴不安的感觉，硬着头皮道："请您指示。"

颜书记沉吟了一会儿，说道："为了向建校一百周年献礼，学校打算采取各优势专业之长，成立一个菁华学院。我希望你来帮忙，算是参与筹备工作。博士就转到我名下，毕业后如果愿意，也可以考虑留在新学院任教，你看怎么样？"

李如意听罢大感意外，虽然从前也想到过颜书记这么关照自己定然有事，但怎么也没想到是这么大一件事。一时间因为没有思想准备，登时乱了阵脚，结结巴巴地道："这个……我……"

颜书记笑道："不用着急，有什么想法慢慢地说。"

李如意费了好大的力气才勉强平复了情绪，道："我觉得……还是……让我先考虑考虑……"

颜书记依旧和颜悦色地道："好吧。那你就先回去考虑考虑，想好了再给我答复。"

"是。我一定不辜负颜书记的厚望，好好把握机会。"李如意说着鞠躬行礼，逃也似的离开了行政大楼。

从颜书记办公室出来后，李如意的情绪明显处于一种混乱状态，具体表现为不能有效的整理思维和分析问题。她不知道自己应该如何处理这个问题。表面上来看，颜书记给自己的是一个不折不扣的出人头地的机会。听她的意思，如果做得好的话很可能连工作都有了着落。参与一个新学院的筹建，那意味着自己就是这个学院的元老，过个几年担任重要职务几乎是意料之中的事。再说颜书记年仅五旬，正是仕途上的黄金年龄，这次如果做出成绩，一步登天到教育部去做领导也说不定，以李如意的才能，到时想不被重用都难。这样一个大好机会，实在没有放弃的理由。再说承蒙颜书记对自己青眼有加，就算是从私人交往的角度也不应该拒绝。

可不知道为什么，她总是觉得心里不太踏实。她坚定不移地相信，世界上绝对没有不要钱的午餐，凡事有一利必有一弊。而一些表面上看起来只有好处没有坏处的事情，背后很有可能隐藏着极大的祸患。碰到这件在别人看来千载难逢的良机，她心里却只觉得惶惶不安。然而李如意博士并不像那些全无担当的世俗女子那样，遇到困难之后就在第一时间向男朋友倾诉，似乎说出来之后自己的压力和负担就会减少一半。甚至恨不得让男友成为一颗遮风挡雨的大树，承担起生活中的全部压力，自己悠然快乐地做一棵缠绕在大树上的青藤才好。姑且不说很少有能够让她束手无策的问题，就算真的碰到了，她也更愿意一个人承受。"女人只有不依靠男人，才能赢得他们的尊重。"这是她一贯的生活态度。段枫曾据此戏言，她的这一理念从侧面验证了女博士是介乎于人类两性之间的一种新型性别的观点。

思来想去，李如意决定先去探探导师的口风，看看能不能得到点儿什么有用的信息。

"有件事情想跟您汇报一下。"李如意来到张导的办公桌旁，思量着怎么措辞。她深切地知道，与张导这样学识和城府同样渊深的学者交流，任何一个失误都足以让自己的思想完全暴露在他洞烛一切的敏锐目光之下。尤其是当你需要从他那里得到什么信息的时候，就更要加倍小心。

"嗯，什么事，说吧。"张导显得很随意。

李如意沉思了片刻，道："就是校庆的事，学院里通知我校庆那天去做接待和介绍工作。"因为上次从颜书记那里回来之后，就一直觉得导师和书记之间似乎有什么事要发生，是以她没提颜书记，更没敢说过去帮忙的事，只说学院里安排了任务。

张导并没有在意，说道："嗯，我知道了。你去好了，这也是好事嘛。"

李如意听说张导已经知道了此事，还以为是学院里已经打过了招呼，略略有些放心。继续说道："还有，颜书记……"说完这三个字李如意凝神观察张导的表情，想看看张导有什么反应。

张导神情忽地专注了一下，随即平复如初。但这一瞬间的改变早已被李如意捕捉在眼里，心中不禁"咯噔"一下：看来果然有事。于是拿出了准备好的说辞道："交代说要介绍一下近几年的科研情况，我想咱们是不是该准备准备。"

张导皱眉道："上次不是介绍过了么。你们看着办吧，差不多就行。"想了想又道："我早就说过了，你们还是应该以治学为第一任务。一些社会工作么，做做也不是不可以，但是不能影响正常的学业。你去为学院做工作我是支持的，但前提是必须先保证做好自己的本职工作才行。"

"好的。"李如意答应一声，又小心翼翼地问道，"听说……这次学校借校庆之机要成立一个新的学院？"

张导道："你也听说了。这次为校庆献礼，各学院都在讨论这件事。"

"到底是个什么样的学院啊？"李如意不禁有些好奇，不知道怎么会牵扯到这么多个学院的。

张导道："哪里是什么学院。就是把各个学院的一些科研项目集中起来，对外界宣称是成立了一个专门从事科研工作的机构，就算成立了一个新的学院。实际上做事的还是原来的人，不过是在这个新学院挂个名字，换汤不换药，加了个封皮而已。"

李如意这才恍然大悟，原来所谓的新学院就是这么回事。那么颜书记让自己去，很可能就是帮忙做一些日常管理之类的工作，说穿了就是个打杂的。想到这里，不禁微微有些失落。说道："哦，这么回事啊，明白了。"又和导师寒暄了几句，便告退出来了。

"这样的一个学院，颜书记为什么要让自己去？"李如意怎么也不能让自己相信颜书记仅仅是出于欣赏自己这个理由做的决策。尤其是刚刚提到颜书记的时候张导那一瞬间的神色，更让李如意确定在导师和颜书记之间一定有什么事情。如果真是这样的话，其中必然有不为人知的隐情。自己绝对不能贸然答应。可是颜书记这样的大人物，很多人费尽心思都巴结不上。这次得蒙书记看重，说什么也不能轻易拒绝。到底何去何从，李如意陷入了深深的惶惑之中。

第十四章　汉之广矣

　　有位哲人说过，生而为人，最大的悲哀莫过于没有选择。然而在现在的李如意看来，人生最痛苦的事就是选择。她已经连续几天身处极度的选择困难当中。不过不管多煎熬，身为学生，课还是得上的。

　　在博士学习阶段，学校规定的应选课程通常都很少。一般要修满必需的学分，大约只要六七门课程就够了。而文科生必修的基础课更是只有两门英语，和一门马克思主义哲学。然而就是这三门课程，却让很多在职读博的教授博士大为头痛。四十几岁的人，学习的能力和热情早已因为时间的流逝而洗去了旧迹。重返课堂，所为者无非一张学位证书。而且这些教授博士多数在单位里身份显赫，否则也就没有这样读书的机会了。在讲台、看台、观礼台、主席台等，各种高台上坐得久了，坐在台下的感觉便有些生疏。忽然从训示别人变成了被别人训示，一时间难免有些不习惯。因此，每周三便成为陈哥一周中最难熬的一天。为方便起见，他把三门课程都选在了这一天。

这天又到了难熬的日子，陈哥起床后匆匆吃了几口早饭，便急急忙忙地奔向了教室。高校里待久了，早已习惯了晚睡晚起的生活，一下子要把作息时间调整过来，实在不是一件容易的事。加上从他住的地方到食堂再到教室差不多要 40 分钟的路程，因此每个周三的早上都有一种疲于奔命的感觉。每到这时，他便会思念起千里之外烹得一手好菜的贤妻。当然，除了早上之外的其他时候也是会的。

刚刚走进教室，便看见李如意向他招手。陈哥走过去打了个招呼，在她旁边坐了下来。看了看左右，问道："刘识丁还没来？"

他们这一级的博士本来并不多，不过因为硕博连读的学生也和博士一起上课，人数上便多了一些。加上这学期有两位老师突然离职，学校调整了班级人数。这样教室就显得有些拥挤。他们三个每次上课都坐在一起。一则大家都是老乡，平时见面的机会也并不是很多，正好借着上课了解一下近况，通报些信息什么的。更重要的一点，则是碰到老师提问时，李如意能给两人提个醒。

李如意道："还没呢。"

陈哥记起上次同乡会刘识丁拜托的事情，关心道："他的个人问题怎么样了？"

李如意道："不大清楚，等会儿你问他吧。"

忽听身后有人接话道："问谁啊？"两人回头一看，正是刘识丁博士到了。

李如意道："陈哥有事问你。"

陈哥道："正说你呢。最近个人问题怎么样啦，解决了没？"

"啊，还没呢。"刘识丁脸上微有惭色。

陈哥道："张姐好像跟我说有一个物理系的硕士，家里条件不错，人也挺好的，你要是有兴趣，我帮你联系联系？"

刘识丁登时精神一振，急忙说道："那当然有啦，什么时候见？"

陈哥笑道："等我跟张姐联系一下，再约个时间见面。你看怎么样？"

刘识丁道："那当然好了。我先谢了，还请多关照。"

李如意忽然道："这次好好珍惜，不要像上次一样，还没怎么样就把人家扔下跑了。"

她指的就是刘识丁去见网友的那次。两人在微信上认识后相约见面，刘识丁本来满怀希望，见面后却发现那位女同学无论是容貌还是观念都相当前卫，结果被吓得落荒而逃。这件事在文字所乃至中文系曾经一度被引为笑谈，刘识丁对此向来讳莫如深，唯恐别人提起。

这时一听李如意把话头引到这上面，登时便紧张起来。急忙说道："哪有的事，你别乱说。"

李如意笑道："我可没乱说。上次你去见的那位网友……"

刘识丁涨红了脸道："什么网友……那又不能算的……网友……不算见面……"

李如意笑道："对，当然不算，'读书人的事，能算偷么'。"

刘识丁张了张嘴，却没说什么。以往的经验早已告诉他，在这个问题上和李如意做过多的纠缠，绝对不是一个明智的选择。

李如意见他闭口不言，也就不再调侃。转过话头问道："准备好了吗？"

刘识丁似乎依旧有些戒备地问道："准备什么？"

李如意道："问题啊。"

刘识丁怔了一下，才道："好了。"

陈哥在一旁听得有些莫名其妙，问道："什么问题？"

李如意笑道："没什么，等下上课你就知道了。"

三人闲聊的功夫，教室里空闲的座位渐渐地被一个个填满。他们这一班一共有三十几个人，除了中文系的之外，还有其他文科专业的博士。大家平时都是各忙各的，见面的机会实属不多。因此课前这段时间就成了交流近况的宝贵契机。不过多数人都只是小范围的私语，故而并没有出现人声鼎沸的热闹场面。

上午 8：30，清脆的铃声响过之后，颇有几分姿色的翻译老师宣布开始上课。这位今年才于本校外国语学院毕业的女博士，虽然看上去比李如意还要稚嫩几分，但来头却是非比寻常。因为她的导师就是不久前刚刚荣升的 H 大副校长、兼国际交流学院院长、兼全国对外教育协会副主席的 H 大终身教授袁式仪先生。而 H 大坊间盛传，袁先生之所以能够在那场近乎惨烈的副校长职务角逐中最终取得胜利，这位翻译老师可谓厥功至伟。

据说，当时袁先生本来是处于非常不利的地位的。后来全靠她昼夜公关，努力说服了几位实力派人物之后，才在选举中以领先一票的微弱优势坐上了副校长宝座。而袁先生竞选成功之后，自然投桃报李，力排众议把她留在了学校里。至于到底是不是因为这个原因，虽然除了当事人之外谁也说不清楚，但她的留校却实实在在打破了 H 大从不留本校博士的旧例。

在高校里，从"院长的学生"升格为"副校长的学生"进而至"副校长最喜欢的学生"其实是一次非常巨大的人生转折。伟大的无产阶级革命导师卡尔·马克思曾经说过，人是社会属性的动物。然而对当事人来说，一旦自己的社会角色发生了这样的转变之后，想要一下子适应过来还真不是件容易的事。

这位翻译老师自从成功帮助导师升迁之后，自我评价便有与日俱增之势。这也难怪，人一旦得了意，就比较容易忘形。尤其是时下这个把谦虚谨慎挂在嘴边的年代。放着副校长导师不说，单是在那场副校长职务争夺公关战中建立了深厚友谊的不少实力派人物，就足以让她在 H 大所到之处一片夸赞颂扬之声。就连一些行政部门的科长处长，见了她也是点头赔笑，恭敬不已。

因此在她心里，自己俨然已经成为 H 大举足轻重的大人物。而讲台下坐的那些不过是一群任凭她随意呼来喝去的家伙。即便是陈哥这样的教授级博士，在她眼里也不过是个"学生"而已。教学过程中，言语间根本没有半点儿尊重客气的意思。仿佛不找个人批评几句，就不能够体现出她在教学过程中的权威地位一样。然而读到博士的人，又有哪个是肯甘心受人轻慢的。一群博士虽然嘴上不说，背地里却早已恨得咬牙切齿。一些涵养稍浅的已是跃跃欲试，心中暗自打定主意："要是敢惹到我，立刻就让你好看。"

为了凸显自己的专业能力，翻译老师每节课都搜罗一些特色鲜明的句子叫学生们站起来翻译。今天的课上，她又精心准备了好几条经典语句，打算让这些博士好好领教一下自己的汉英互译水平。和往常一样，讲过新课之后便是练习和提问时间。她布置了几个翻译练习，算是这节课的课堂作业。

教室里一时间寂然无声，谁都知道这时最好的策略便是隐蔽。否则一旦引起讲台上那位女士的注意，结果必然是站起来回答问题。而几乎所有人的答案都不能让这位翻译老师满意，是以只要被提问，一顿斥责就是在所难免的了。

而身为翻译老师重点关照对象的陈哥自然更是小心谨慎，低眉垂首，连看也不敢向前面看上一眼。只是坐得久了，颈椎不免有些疲劳。不自觉地抬了下头，却刚好接触到翻译老师如锋似刃的凌厉目光，心里不由自主地打了个突。果然，怕什么就有什么。就在他还没来得及低下头去的时候，翻译老师果然开口道："陈钟同学，请你来为大家翻译一下这句话。"

陈哥心中暗暗叹息了一声，慢吞吞地站了起来。只见黑板写着一行不大工整的汉字：鼓足干劲、力争上游、多快好省地建设社会主义。

这样的句子，就算是专业人士，也不见得在没有任何准备的情况下一下子就翻得出来，更别说他这样多年不碰英语的人了。

陈哥颇有些尴尬地赔着笑脸："这个……还没做好。"

翻译老师似乎很不满意这样的答案。一脸严肃地说道："陈钟同学，我知道你已经是教授了。论资历来讲应该算是前辈。但是你来这里是学习知识的。国家拿了钱来培养你们，就是要让你们多学些东西，以便将来能更好地为教育事业做贡献。这么简单的问题你都回答不出，我非常担心你本学期的考试是否能够通过。"

陈哥很是有些哭笑不得，当了快二十年老师，却给一个比自己女儿大不了多少的小姑娘教训了一通，一时又不好说什么，只好一脸无奈地站在那里。

刘识丁坐在旁边，眼看着陈哥陷入窘境，立时意识到此刻正是自己与陈哥建立深厚革命友谊的绝好机会。然而大脑空自飞速运转了半天，却没想出一条解围的办法。焦急之下，不住地向李如意使眼色。

李如意眼见翻译老师又在作威作福训斥陈哥，心中也大感不忿。只是碍于场合，没法直接出头。侧头想了一想，拿出手机在微信群里发了一条消息。

翻译老师继续说道："作为一名教育工作者，我希望你能够为班级同学做出表率。如果每个人都像你一样，那你让我怎么样来保证我们的正常教学呢？你们这些博士啊，这么好的条件却不知道珍惜。请坐吧，以后上课认真点儿。"又数落了一顿陈哥，才算完成了任务，去寻找下一个教育对象。陈哥却已是一脸苦笑，面部肌肉都有些僵硬了。

李如意道："她怎么老是跟你过不去啊，是不是有什么想法啊？"

陈哥埋怨道："什么想法！也不说帮个忙，还在那儿看热闹。"

李如意道："少安毋躁，等会儿请你看热闹。"

陈哥道："什么热闹？"

李如意道："看吧，到时候你就知道了。"

陈哥满腹狐疑，不知道她又卖什么关子。不过他知道李如意一向聪慧，和段枫交往之后又平添了几分古怪跳脱之气，行事往往出人意表，或许真有什么高招也未可知。因此心里隐隐也有几分期待。

按照惯例，这位老师每节课会留给同学一些自由提问的时间。因为通常不会有人提出什么问题，所以她也就可以稍微休息一下。没想到今天的课上博士们的学习热情空前高涨，先是刘识丁举手道："老师，我想请教您一个问题。"

翻译老师霎那间感觉到了一丝满足，不管怎么样，自己的存在还是有一定价值的。于是她高兴地向那个人点了点头。可是提出的问题却让她有些意外。

"老师，请问'翻白眼'用英语怎么说？"

思索了片刻之后，翻译老师给出了答案："show the whites of eyes。"

"老师，可是'show'通常有主动行为的意思，习惯上译成

'显示'，或'向……出示'，而多数情况下翻白眼这种行为并非主体的故意行为。比如，'她被气得直翻白眼'，这时候用'show'会不会有些不准确呢？"帅哥刘识丁的语气异常谦恭。

"嗯，这是一般性的习惯译法，具体的译法可以根据特定语境调整。"

还没等她喘过气来，后排的一位同学又举手问道："老师，请问'倒骑驴'用英语怎么说？"

翻译老师一愣，侧头想了半天，然后说道："这是中国特有的东西，英语里面没有这个东西，也就没有这个单词。"

在中国的大学里，起哄几乎和英语、计算机一样是每个学生必须掌握的基本技能之一。而一干在高校里待了七八年或者更长时间的博士，自然个个都是搞怪的高手，起哄的行家。

博士们早就受够了翻译老师的欺压，一肚子怨气没地方发泄。今天好不容易逮住了这么一个群起而攻之的机会，哪里还肯放过。教室里登时群情涌动，一场声势浩大的提问运动如火如荼般开展起来，几个人争先恐后地高举右手。

"老师，'一刀切'用英语怎么翻译？"这个同学是搞体制改革的。

翻译老师心中暗暗叫苦。这个词语她倒是听说过，但自己一直强调翻译要"形象贴切"，要做到"信、雅、达"。这种特殊历史时代产生的名词直译固然不妥，但若只意译却又成了解释，因此翻译起来格外困难。好不容易应付过去，刚刚想喘口气，没想到后面还有更绝的。

"老师，请问'打荷'用英语怎么说？"这位博士主攻的是酒店管理。

"打……什么？"

"喏，就是这两个字。"有人把早已准备好的一张纸递给老师。

看着白纸上两个清楚的楷书大字，可怜的年轻女教师呆呆地想了半天，终于缓缓摇了摇头。她连这两个字的汉语含义都不清楚，当然没有办法译成英文。

接下来的几个问题更是五花八门，不是专业术语就是生僻词汇。有几个根本连汉语都没听说过，更不用说英文了。

翻译老师挺翘的鼻尖上终于沁出了汗珠。不管怎么说，在课堂上遇到自己解答不了的问题对任何一名教师来说都不是件愉快的事情，更何况是很多个不能解答的问题。她其实知道自己阅历经验都不够，平时私下里的闲言碎语也听到过不少。一直以来，就怕学生起事，是以想方设法地建立自己的权威形象。没想到她最担心的事情还是发生了。一干博士们却并没有顾及她的痛苦，继续不依不饶地向她请教各种各样稀奇古怪的问题。直到下课铃响，她才带着逃出生天的感觉离开了教室。

看着翻译老师匆忙惶急的背影，李如意向陈哥笑道："她以后应该不会再来找你麻烦了。"

陈哥也有些忍不住想笑，心想看她平时一副娴静淑雅的样子，没想到捉弄起人来这样刁钻，问道："你组织的？"

李如意道："准确地说，应该是我提议的。问题都是大家自己准备的。"

陈哥点了点头，几个博士联合起来，想问倒个人还真不是难事。心中隐隐觉得有些好笑，这样的事情他已经多年没遇到了，想不到今天居然做了一次导火索，一时间仿佛又回到了20年前那段清贫而快乐的日子。转头又对刘识丁道："识丁今天辛苦了，晚上我请你们吃饭吧。"

刘识丁踌躇道："陈哥请客，当然得去。只是……老板有本书要出，明天赶着要清样的，下午我得去出版社一趟……"

李如意证实道："是的，我回去也得弄那个东西。"

陈哥道："那就改天，先记着。"又看了看刘识丁道："放心，回去我就给张姐电话。"

刘识丁道："谢谢陈哥，那我就等您的消息了。"

接下来的两天里，刘识丁几乎每隔15分钟就要看一次手机。虽然他也清楚地知道，这样的事陈哥一定会打电话联系，却还是唯恐错过了什么重要的信息。终于，在经过了数十个小时的漫长煎熬之后，刘识丁接到了陈哥的电话。告诉他约好了张姐和那位物理系的女同学，第二天晚上一起在菁华园吃饭。得闻喜讯的刘识丁顿时精神大振，整个人都沉浸在强烈的期盼和渴望当中。

第二天下午，特地去浴室洗了个澡后，又换上了那套只有出席重要场合时才会穿上的米黄色西装。看看天色尚早，他又在寝室里等了一会儿，目光却始终离不开床头的闹钟。然而平时以光速前进的时间今天仿佛突然增大了黏性，他明明觉得已经过了一个世纪那么漫长，然而分针却不过才移动了一小格，这几乎使得他甚至怀疑自己的眼睛是不是出了问题。好不容易又捱了一会儿，他觉得已经到了忍耐的极限，于是奔出寝室，直奔菁华园二楼。

然而菁华园中的时间并不比寝室里过得快。他在一张面向入口的长椅上张望了无数次之后，才终于看见陈哥、张姐和一个身材纤细的女生走了进来。他急忙迎上前去，向三人打着招呼。

张姐道："不好意思，让你久等了。"

刘识丁忙道："不要紧，反正在哪儿都是等。"同来的那位女生微微一怔，却没说什么。

说话间四人走到桌前坐了下来。张姐道："我给你们介绍一下。这位是霍矜，物理系的美女。这是刘识丁，文字所的博士。"

刘识丁忙冲那位女生点头为礼，说了句："你好。"霍矜小姐也向他点头微笑。

这时旁边有服务员拿过菜单，刘识丁知道陈哥是这里的常客，于是说道："陈哥，还是你点吧。"

陈哥知道刘识丁不擅此道，也就不跟他客气，接过菜单要了几个菜。征得霍矜的同意后，饮料则一律要了青岛啤酒。

不大会儿功夫，服务员端上了酒菜。几个人边吃边聊，席间张姐和陈哥给刘识丁和霍矜相互介绍了一下对方的基本情况。刘识丁获悉，霍矜同学是河南中州人氏，春秋二十有四。上有双亲，兄弟姊妹六人排行最末。现于 H 大理学院硕博连读，成绩优异，品性高洁。曾多次获得学校各种优秀奖学金，深受老师同学及社会各界人士好评。而霍矜小姐也了解到刘识丁博士身出 F 大文字学名门，现于地球上唯一一个汉语言文字研究所攻读博士学位。前程远大，品学兼优。曾于国内外核心期刊上发表过多篇具有相当影响力的学术论文，是中国文字学界一名不可多得的优秀人才。

听过媒人介绍，两人彼此心中都有了一定程度的好感。刘识丁偶然间偷眼观瞧，却看到霍矜刚好也向他这边望来。两人目光一触，霍矜向他微微一笑，刘识丁赶忙低下头去，仿佛做了什么错事让人发现了似的。陈哥和张姐眼见二人席间的表现，知道好事将成，心里也自高兴。一顿饭吃得宾主尽欢。出门时刘识丁自觉主动地买了单。虽然两张红色大钞拿出去着实有些心痛，但一想到自己有可能就此告别二十几年的单身生活，也就硬着头皮接受了。

四人出了菁华园，张姐知道刘识丁在这方面没什么经验，临别时特意嘱咐道："识丁，你送送人家。"

"哦。"刘识丁答应一声，心中却对这个安排并不怎么满意。待得陈哥和张姐离去，他转头向霍矜请示道："我送你回去？"

"好吧。"霍矜语气中对这个提议似乎也不怎么满意。

于是两人并肩朝宿舍方向走去。一时间气氛显得有些沉闷起来。

刘识丁跟在霍矜身旁，心中迫切地渴盼能够和她再多一些接触，然而却不知道应该说些什么才好。斗争良久，终于开口说道："你平时……吃过饭都干什么啊？"

霍矜道："我晚上喜欢在学校里散散步。一天到晚办公室里坐着，腿都坐粗了。"

刘识丁觉得霍矜似乎在暗示着他什么，于是鼓足了勇气说道："要不……我们在学校里走走吧？"

"嗯……不耽误你吧？听说你们文字所的都很忙的。"霍矜保持了应有的矜持。

刘识丁忙道："啊，不耽误。我吃过饭也喜欢在学校里散步。"

在 H 大，女娲河畔自然是他们这样的青年男女散步的不二去处。年年岁岁，这条河已不知见证了多少对情侣的山盟海誓、悲欢离合。然而作为女娲河畔无数青年男女中的一员，刘识丁此刻的心情却与这样的氛围和处境明显有些格格不入。他刚才虽然义无反顾地结了账，但心中却着实有些肉痛，毕竟他一个月的生活费也只有六百块而已。此刻痛定思痛，更是痛彻肺腑。一边跟在霍矜身旁，沿着河畔曲折幽暗的小路缓步前行，心里却不停地反复计算着刚才的菜价，并惋惜剩下的那半盘椒盐排条没机会打包。

在中国目前的教育体制下，书读多了思维必然有些僵化，形诸于外，举止就显得有些呆板。刘识丁这几年来埋首学术，所思者不过于篆定隶变，所见者不外乎碑刻墓志。一天二十四小时，除了吃饭睡觉之外，多数时间对着的是一台电脑。偶尔与人交流，除了学术问题，便是"对不起""谢谢""多少钱"之类的日常用语。至于陪着一位物理系的女硕士于女娲河畔漫步时应该说些什么，他于此实在没有什么经验。是以在霍矜看来，旁边的这位文字学博士似乎有些木讷。

两人又走了一会儿，刘识丁终于找到了打开局面的话题："你是研究什么方向的啊？"在高校里，打听对方的专业就和人们讨论天气一样。

"我学的是天体物理。"

"天体物理？"刘识丁一听就觉得有些头大。

"是啊，有什么指教？"

"哪里有什么指教。"刘识丁谦虚道，"好奇而已。你们都研究些什么啊？"其实他今天还是头一次听到这个名词，能有什么指教。只是他自己总以专业功底精深为荣，这时推己及人，心想让霍矜展示一下，或许她会高兴。

霍矜想了想道："嗯，我们主要是研究天体的形态结构、化学组成、物理状态和演化规律。一般可以分为两个方向。一是宏观的，就是宇宙、星云之类的；还有就是微观的，粒子、射线什么的。"

刘识丁道："这两个差得很远啊。大的那么大，小的又那么小。怎么会弄到一块去的？"

霍矜思忖了一下，道："从某些角度讲，大和小是统一的。

一个原子和一个宇宙有很多地方是相似的，甚至是相通的。还有人认为，我们的宇宙就是一个原子，或者说，一个原子就是一个宇宙。如果你把一个原子放大到宇宙那么大，或者把自己变小深入到原子当中去，或许就是我们现在这个样子。其实关于空间的问题非常复杂，很难几句话解释得清楚。大和小不过是我们认识中的一种概念。在有些时候，大和小是不确定的，甚至是可以互相转化的。就好比说……嗯，这么说呢……"这位物理系的女硕士犹豫了一下，一时间想不起合适的表达方式。

刘识丁一时间福至心灵，猛地想起一句话，急忙说道："纳须弥于芥子？"

霍矜道："嗯，对！就是这个意思。"

刘识丁一听自己说对了，心中一片喜悦。不过他并非对什么空间大小有多深刻的认识，只是顺着霍矜的语意推测，猜对了而已。生怕再说下去露出破绽，于是岔开话题问道："天文学上有个叫黑洞的东西吧？"

霍矜点头道："是啊。"

刘识丁道："那黑洞到底是什么啊？"

"唔……"霍矜略微思忖了一下，道："简单地说，可以认为黑洞是个密度很大的星球，有一个强大的引力场。任何物质包括光都不能从它的引力场中逃脱。这样，我们看到的就只是一片黑暗，而它就像个深不见底的大洞，所有进入它引力范围的东西都给它吸入进去。于是就给它起了个名字叫黑洞。不过前两年又有人提出黑洞是不存在的，毕竟，物理学上向来都是争执不休的。"

"那它吸进去的东西都到哪里去了，它自己会越长越大吗？"

"现在一般认为，被黑洞吸收的东西都会被它巨大的引力场分解，然后聚集于中心的奇点。至于黑洞的质量，是会变大的。"

"那他不是越来越大吗？"

"是啊，而且它的引力也会随着质量的增加而不断增大。"

刘识丁忽然想起了一个自觉深奥的问题："那如果两个黑洞碰到一起，会是个什么样的情况？"

"这个，解释起来比较难，各种说法都有。"霍矜看上去似乎有些为难。

刘识丁也看出了霍矜似乎不大愿意继续这个话题，于是想了想说道："你们研究的东西都好先进，毕业了一定前途远大。不像我们，做得都是些一千年前的东西，一旦地下的东西挖光了，也就没什么好做的了。"

霍矜却道："哪有的事啊，这些东西都是美国人领先的，国内在这方面的研究还是相对比较落后。而且工作也难找，去年一个师姐实在没办法，都去考公务员了。"

刘识丁愤然道："唉，又是美国领先。好像什么东西我们都比人家落后。那么多年的悠久历史，不知道都干什么去了。"

霍矜道："也不能这么说。实用科学方面我们是不如人家，不过我倒觉得东方的对立统一思想更能真实地反应客观世界的本质。很多现代科学的理论，其实我们古人早就已经有了精辟的论述。比如，混沌理论中的蝴蝶效应，两千多年前中国就有人说过了。那句话怎么说的，大风……什么的？"

"风起于青萍之末？"刘识丁虽然不知道什么叫混沌理论，但这句话自然是知道的。

"对，就是这句！你真厉害。"霍矜显得非常高兴。

刘识丁接连得到佳人赞许，不禁有些受宠若惊之感。谦虚道："不敢当。看来古人对世界的认识比我们深刻得多。"

霍矜道："嗯。我导师常说，如果自然科学工作者能够多读些典籍，一定会对研究工作有很大帮助的，可惜我们接触的太少。你们中文系的，对这方面应该很熟悉吧？"

刘识丁慨然叹道："中华典籍浩如烟海，哪里敢说熟悉，不过可能平时看得会多一点儿吧。"

霍矜笑道："你太谦虚了。那你们平时都研究些什么啊？"

说到专业，刘识丁立时精深一振，滔滔不绝地讲述起文字学研究深远的历史和现实意义："一般来说，文字学分古文字学和今文字学两类。主要是研究各个历史时期文字的书写记录情况。通俗点儿说，就是各个朝代汉字的写法。比如秦朝时的官方通用文字是小篆，汉代是隶书，新中国成立后的就是简化字。汉字随着历史的变迁，经历了一系列的传承与变异。每个时期的汉字，都有其独特的文化内涵，这些变化和发展，便折射出了当时的社会历史背景。我们可以通过对不同时期文字的研究，重现历史上各个朝代的文化风貌。"

"比如说呢？"

"嗯……"刘识丁想了想道："比如国家的'国'字。甲骨文和早期的金文只是'口'加一个'戈'，就像现在的'或'字少了口下面的一笔。不过最早的甲骨文中的'戈'只是两横一竖，就像是一个栅栏的形状。因此可以推测那时候的国就是屏障后面的地方。而这个屏障的防御可能仅是面对一个方向的。因为那时的人们都是据险而守，只需要防御一个方向外敌的入侵。

"后来随着社会生产力的发展，开始有了城墙，于是到了金文后期外面就又加上了一个方框。这个方框叫'围'，就是把四周围起来，使内外不通，也有防守的意思。《说文解字》中说：'围，守也。'就是这个意思。此后的一千多年里筑墙防御一直是人们自我保护的主要手段，所以这个字也就一直沿用下来。

"到了武周时期，则天女皇为了巩固自己的统治推崇宗教信仰。从道士的符箓中衍化了十六个汉字。就是现在常说的武周新字。作为具有重要政治意义的'国'字，自然是改革的重点。她开始在方框里放了个'武'字，意思是全国都是她们家的，都归她老人家管。可是造好后发现和囚犯的'囚'字差不多，好像把自己关在了笼子里，觉得不吉利，于是又把国字改成方框里面上'八'下'方'，意为八方之地。于是那一时期的国字就改成了这个样子。当然，她还政李唐之后，中宗下令废除武周新字，也就又把国字改了回来。受武周新字的影响，在那一时期还出现过方框里面上'八'下'土'等写法。

第十四章　汉之广矣

"等到新中国成立之后，伟大领袖毛主席觉得当时的汉字写起来太麻烦，不利于提高社会生产率，就告诉国务院汉字需要简化。于是在总理的亲自主持下，一批文字专家根据草书的原型对汉字进行了简化。先是把'国'字改成了现在的样子，后来觉得还是不够简单，就干脆直接画一个方框。这种写法在商周时期也曾经出现过，不过可能是因为太简单的原因，一直就没流行起来。再后来第二批简化字废除，国字就又改回现在的样子了。"

　　他一番话说的逸兴遄飞，口沫四溢。要是有个行家在旁边听了，必然赞赏他功底扎实，史料详熟。可惜霍矜读的是物理专业，对文字的演变却并没有多少兴趣。这一番讲解听得她一头雾水，只好问道："那你是研究哪个朝代的？"

　　"我现在做的是隋唐五代时期。"

　　"隋唐五代。"霍矜小姐好像对这个名词有点印象，想了想问道，"隋唐五代是什么时候啊，在三国的前面还是后面？"

　　刘识丁怔了一下，说道："在三国的后面。"

　　霍矜仿佛也意识到了自己这个问题问得有些不够专业，又补充一句："其实我还是很喜欢历史的。"沉思了片刻，又似乎想起了些什么似的欢然说道："我想起来了，里面是不是有个叫秦琼的？"

　　刘识丁生长于齐鲁大地，哪有不知道秦琼的道理。只是霍矜这句话问得让他觉得有些别扭。仿佛"铜打山东六府，马踏黄河两岸"的山东第一好汉只是个名不见经传的"那个谁"。于是说道：“是啊，秦琼就是我们山东的。济南的五龙潭下面还有胡国公府呢。”

霍矜一见自己说对了，也觉得很高兴，说道：“嗯，还有李蓉蓉？”

“李蓉蓉？”刘识丁大脑飞速的运转，遍思现存所有隋唐五代时期相关典籍，却怎么也想不起在什么地方见到过这个名字，一时间不禁甚是沮丧。只好道：“记不得了……是陇西的，还是赵郡的？”他想隋代女子而名标青史者，自非望族不可。既然姓李，那么自然不是陇西就是赵郡的了。

霍矜笑道：“什么陇西赵郡的，她是秦琼的老婆啊。”

“秦琼的老婆？”刘识丁更加觉得奇怪。秦夫人的名讳新旧《唐书》上都无记载，就算是《隋唐演义》《说唐》这样的小说上也只说是贾氏，什么时候又有了一个姓李的。莫非最近又有新的典籍出土？想起刚才自己宣称专攻隋唐五代，却连这么重要的事情都不知道，心下不禁颇感惭愧。

霍矜却并不知道他这些烦恼，继续欢欣鼓舞地说道：“对啊，其实我更喜欢里面的聂远。”

“聂远？”刘识丁越听越是糊涂，简直有了无地自容的感觉。他向来自认典籍精熟，因为研究方向的关系，对隋唐时期的历史名人更是了如指掌。这时听霍矜的口气，这位聂远肯定也是历史上举足轻重的人物才对。然而这么重要的人物，自己却连听都没听说过，实在有些汗颜。一时间连话也不敢接了。可是不问清楚，

第十四章　汉之广矣

心里却实在不安。"不放过一个问题"不仅是导师对他的一贯教诲，也是他自己向来的治学准则。思虑再三，他还是乍着胆子问了一句："这两个人见于哪篇出处啊？"

霍矜瞪大了一双妙目，脸上满是诧异之色："《隋唐英雄传》啊！你不知道？"

"哦。"刘识丁一怔之后继而恍然，原来霍矜同学说的不是历史，而是历史剧。他如释重负般长出了口气，说道："这个，没看过。"

"那你看过《康熙王朝》吗？"

"没有。"

"《大明宫词》？"

摇头。

"《汉武大帝》？"

沉默。

"《孝庄秘史》？"

……

刘识丁的脸上一片茫然。

"那你平时都干什么啊？"这么多电视剧居然连一部都没看过，霍矜很有些诧异，她想不出刘识丁的业余生活是怎么过的。

"嗯，也就看看书、做做课题什么的。"刘识丁以一种似乎很随意的口气答道。

"我是说，你平时有空的时候。"

"有空的时候，我就去资料室看书。那里有些资料是不能外借的，复印也不行，只有我们研究所的人才可以看。"说到这些，刘识丁眼中闪烁着得意的光芒。

霍矜道："那你喜欢唱歌吗？"

"唱歌？"刘识丁摇了摇头。

"周末的舞会呢？"

"舞会是什么？"刘识丁有点儿好奇。

霍矜心中叹了口气，却还是坚持问道："那你有什么业余爱好吗？"

"业余爱好？"

"对啊。"霍矜一双大眼睛中仍旧充满了期待。

刘识丁沉思良久，终于抬起头来，说道："我早上起来跑步的。"

可怜的霍矜终于破灭了最后一丝希望。

"新世纪硕果仅存的人类思想活化石。"事后她对别人这样评价刘识丁，并据此推断他比较适合与人类学或考古学专业的同学相处。

科学研究表明，男女相亲不成可分为两种情况：双方都不愿意，或者一方愿意而另一方不愿意。无论是哪一种情况，不同意的人必然会想：这样的人介绍给我干吗？而自己愿意却被对方拒绝的人，则必然有种自尊心受到严重打击的感觉。因此相亲这种事情，一旦发动起来，就必须以成功告终方可。否则大家便都会有些莫名其妙的失落。尤其是当中介绍的人，心中总是有点儿不自在。仿佛是因为自己的能力不足而未能玉成好事。这对很多人来讲都是一个不小的打击，甚至认为有影响自己声誉之嫌。所以很多做媒的人开始时还觉得是在帮忙，到后来竟然不知不觉地当成自己的事来办。

张姐古道热肠，颇有古人先忧后乐之遗风。这次有负陈哥重托，难免有些过意不去。是以心里一直装着这件事情，打算有合适的再给刘识丁介绍一个。

世界上有些事，没做的时候觉得非常遥远，一旦实践起来，却并不是那么困难。在魔都这个人口众多的地方，尤其在这个高校疯狂扩招的年代，想为一名健康状况良好且无不良嗜好的高学历男士介绍女友，实在不是什么难事。没过多久，张姐便又把刘识丁推荐给了计算机系的冯诺。当然，介绍是一回事，介绍成功则是另外一回事。

"你多跟人家交流交流生活，别总弄得像个古董似的！"鉴于上一次从霍矜那里得到的反馈信息，张姐如是嘱咐刘识丁。

"哦，知道了。"刘识丁非常诚恳地接受了批评。但心里对上次白白请了一顿晚餐的事情却一直有些耿耿于怀。张姐和陈哥还好说，毕竟人家帮了自己的忙，可是请那个物理系的女生白吃了一顿饭，最后换来的居然是对自己人格无情的嘲弄，实在让人有些思之不爽。因此，这次他打定主意，说什么也不再花这种冤枉钱。于是他和冯诺约定，午后三点在学校附近的公园门口见面。

之所以选择这个时间地点，一来避开了进餐时间；二来躲到校外，免得碰到熟人；三来公园里面环境幽雅，而且没什么消费。其他的地方，不管约到哪里，几十元的消费都是必不可少的。然而他却没有考虑到，公园里商品的售价普遍要比外面高一些。

这天下午风和日丽，云淡天高，正是博士与人约会见面的好日子。因为有了上次的经验，刘识丁这次沉着了许多。在办公室里专心致志地识别句读了两篇碑刻，看看差不多到了时间，才不紧不慢地回寝室换衣服。然而从寝室出来后，走到半路却忽然发现西裤下面是双运动鞋。

"倒霉。"他一面责骂自己，一面如飞似箭般跑回去换鞋。好在他平时一直坚持运动，来回三千米的距离对他来说不过是增加一次早锻炼的运动量而已。只是一来一往，却也耽搁了不少时间。等他满头大汗地跑到公园，一身紫衫的冯诺早已俏生生地等在了那里。

"不好意思……久等了。"刘识丁气喘吁吁的道歉。

冯诺小姐向他莞尔一笑，说道："啊，不要紧。我也刚到。"

其实冯诺确实也是刚到，不过她这么一说，再配上合适的神态，在刘识丁听来显然是一句客套话，不由得愈发为自己的迟到行为感到不安。

冯诺见他一副惭愧懊恼的样子，心下暗自好笑。却也不说什么，只是向公园的大门方向一指，道："我们去走走吧。"

"唔，好啊。"刘识丁忙不迭地答应着。

公园里的柏油路平整笔直，两旁都是些卖零食的小摊。刘识丁亦步亦趋地跟在冯诺小姐旁边，心中却还在懊恼着刚才迟到的事情。在冯诺看来，自然又是一副质朴木讷的形象。

因为不是公休日，公园里的游人并不多。多半是附近 H 大的学生情侣，或者退休的老人带着没上学的孙辈。这两类人要么缠绵缱绻，陶醉于爱河之中；要么含饴弄孙，享受着天伦之乐。是以整个公园里融融泄泄，一派和谐社会的升平景象。

午后煦暖的阳光洒在大地上，照得人身上暖洋洋的。两人受了环境的影响，心情亦如这天气般晴朗明媚。沿着公园幽静的马路缓步前行，一路上冯诺笑语蔷蔷，刘识丁点头频频，交流得倒也融洽。只是走得久了，不免有些疲累。刘识丁放眼一望，只见前面路旁一处山坡的缓台上赫然摆着几副桌椅，于是说道："你累了吧，我们过去坐会儿怎么样？"他看路旁虽然也有长条石凳，但十一月的魔都，石凳上面毕竟有些发凉。而且坐在路边，人来人往的，气氛也不适合聊天。

"好啊。"冯诺心想，别看这人看起来有点迟钝，还挺知道体贴人的。她却不知道刘识丁因为刚跑了三千米，后半程穿的还是皮鞋，因此双脚也是急需缓解压力。

两人走上缓台，找张桌子坐了下来。刘识丁道："这公园管理还挺人性化的。"

冯诺笑道："和谐社会么，反正都是政府拨款的。这叫取之于民，用之于民。"

"嗯，别说。这个政策还真是不错。"

两人刚说了没几句，一位身着制服的中年妇女走过来问道："两位要喝点儿什么？"

刘识丁看了来人一眼，心想：社会主义就是好，公园里的休息处还有茶水服务。问道："都有什么啊？"

那位中年妇女道："有龙井、普洱、碧螺春，还有菊花和乌龙茶……喏，那上面有，您可以看一下。"说着抬手向桌上一指。

刘识丁这才注意到，桌上放着一块饭店酒水单一样的塑料牌子。拿过来一看，只见上面清清楚楚地写着：龙井10元一杯，25元一壶。碧螺春15元一杯，40元一壶。

"要钱的啊。"刘识丁踌躇了一下，道，"我们……暂时不需要。"

"不好意思。"那位中年妇女歉然道，"我们这里的座位是专为需要喝茶的客人提供的。"

"这样啊。"刘识丁想了一下，向冯诺道，"要不……我们去那边坐坐吧。"

冯诺转头一看，只见远处湖边有一处凉亭，风景倒是不错。但亭中已经坐了六七个人，而且离这边还有好远一段距离。于是说道："就这里吧，我请你喝奶茶。"

刘识丁道："他这里的东西很贵的。"

冯诺微笑道："没关系。"转头向那位中年妇女道："两杯奶茶，谢谢。"

刘识丁略微思忖了一下道："一杯吧……我不喝奶茶。"

冯诺问道："那你喝什么？"

刘识丁看了看饮料单上的价格,想了想问道:"有白开水吗？"

中年妇女一怔道："白开水,没卖过。"

来她这里休息的,要么是上了年纪的三五好友小聚闲谈,要么便是刘识丁他们这样谈情说爱的情侣。虽然也有荷包不甚丰厚者,但当着别人的面,面子工程总还是要做做的。如刘识丁这般要喝白开水的,中年妇女当真还是第一次碰到。

刘识丁道："白开水肯定有啊。我喝茶晚上睡不着觉,平时都是喝水的。"

那位中年妇女一看反正现在人也不多,座位还有的是,闲着也是闲着,于是说道："好吧,两块钱一杯。"

刘识丁道："一杯水也要两块钱啊,你这也太贵了点儿。一块钱罢。"

"算了,算了。一块就一块。"中年妇女似乎也不耐烦为这一块钱争执。转身走了开去。不大会儿的功夫就拿来一杯奶茶和一杯开水。

"先付钱。"老板娘眼角瞥过刘识丁时明显地流露出鄙夷的神色。

刘识丁却恍如不觉,嘴里嘟囔道："你这杯子也太小了。"

冯诺拿出二十块钱结了账,又把那杯一元钱的白开水递给刘识丁。

"谢谢。"刘识丁欠身接过杯子，说道，"她这儿的东西太贵了，简直就是在抢钱嘛。"

　　冯诺笑道："人家也要赚钱的呢。魔都这个地方，物价指数本来就高，她这儿每个月的房租什么的，也都要从里面出的啊。"

　　两人边喝边聊，刚才稍显尴尬的气氛又重新融洽起来。刘识丁谨记张姐的教诲，绝口不提专业，尽量说些与现实社会接近的东西。然而以他对当下社会的了解，实在找不到什么合适的话题。说来说去，还是些与自己专业相关的事情。不过所幸冯诺对中国传统文化倒是有一定程度的了解，是以这次交流较之上次来讲倒是顺畅了不少。

　　两人喝边聊，刘识丁虽然喝得小心，但无奈那杯子容积实在有限得紧，没喝几口就所剩无几。他正犹豫是不是再要一杯，恰好那位中年妇女提着暖瓶过来给旁边一张桌子喝茶的客人加水。

　　刘识丁心中一喜，挥手叫道："老板娘。"

　　"什么事啊？"老板娘给那边加好了水，提着暖瓶走了过来。

　　"帮我也加点水。"

　　"一块钱一杯啊，还加什么啦？"这位老板娘对刘识丁的印象非常深刻。

　　"一块钱就只这么一小杯，太少了啊。再说那边喝茶的不是都加了么，加点儿水又不用钱。"

　　老板娘看了刘识丁一眼，忿忿地提起暖瓶，"砰"地一声放到桌上，随即转身走了开去。脸上阴霾密布，眉宇间一片电闪

　　第十四章　汉之广矣

雷鸣。

望着老板娘怒气冲冲的背影，刘识丁摇了摇头，向冯诺道："唉，这种服务。"

冯诺微笑道："喝吧，别理她。"

两人又聊了一会，休息得差不多了，刘识丁眼看冯诺的一杯奶茶已经饮尽，于是说道："我们去那边走走吧。"

"好吧。"经过刚才的事情，冯诺觉得这个文学博士相当有趣。

两人离开茶社，又往前走了一段。刘识丁看看又快要到晚饭时间，不由得一阵踌躇。他本来故意错开了饭点儿，没想到出来时回去换鞋耽搁了一会儿，刚才在茶社又多聊了一会儿，这时已经有五点钟了。他也知道，这个时间不吃饭实在说不过去，不仅恋爱谈不成，连张姐面上也不好看。可是吃了万一不成，这顿饭就又白搭了。在他看来，这实在是个两难的选择。正在彷徨无计，忽然看见路边一排小店，灵机一动道："我请你吃东西吧。"

冯诺怔了一下，随即微笑道："好啊。"跟着刘识丁快步走进一家小店——是家陕西小吃。

两人找了张桌子坐下，刘识丁道："服务员，两碗凉皮。"

旁边的服务员答应一声，问道："还要别的吗？"

刘识丁想了想，道："先不要了，一会儿再说。"

不一会儿功夫，服务员端来了两碗凉皮。刘识丁拿了双筷子，招呼冯诺道："你尝尝，他家凉皮味道很好。"说着端起醋壶，向碗里倒了半壶，又加了两匙辣椒，拌在一起。端起碗吃了一口道："嗯，好吃。"

冯诺看他吃得香甜，也到了点儿醋，夹了一条放进嘴里。此时已是一月天气，这家小店又没有取暖设施，凉皮进嘴不免有些寒意。她吃了一口，就吃不下去了。

刘识丁却"呼噜呼噜"一会儿就吃了一碗，看她面前那碗没动，问道："哎，你怎么不吃啊？"

冯诺道："有点儿凉，你吃不凉吗？"

刘识丁道："没事儿，我告诉你个秘诀，多放点儿辣椒，就不觉得凉了。你试试。"

冯诺道："好吧。"也学着他放了一匙辣椒，结果吃了一口就吃不下去了——那辣椒出奇的辣，辣得她眼泪都快出来了。

刘识丁道："你怎么又不吃了？"

冯诺道："没什么，有点儿辣。"说着吸了口气。看刘识丁还没反应，只好自己叫服务员要了瓶饮料。

刘识丁眼看着一碗凉皮就吃了两口，觉得实在太浪费了。想了想道："要不，我吃了吧？浪费了不好。"

冯诺嘴里叼着吸管，点了点头。

刘识丁麻利地把冯诺那碗倒到自己碗里，又加了两匙辣椒，稀里呼噜吃得满头大汗。吃完放下碗，叫道："服务员，结账。"

"两碗凉皮，一瓶雪碧，一共 16 块。"

刘识丁伸手摸了半天，问道："15 块行吗？"

"对不起先生，我们不打折的。"

"那能开发票吗？"

那服务员估计第一次碰到跟自己要发票的顾客，愣了一下才道："我们不开发票的。"

刘识丁道："你不开发票，我怎么结账啊？再说了，人家外面雪碧都卖三块钱，你们怎么要四块啊？"

这小店一共就三个人，一个服务员，一个厨师，还有一个就是老板。那老板看另外两桌吃饭的都看这边，走过来说道："现在没发票了，你过两天来拿行吗？我写个字条给你。"

"好吧。"刘识丁等那老板写好了纸条收下，想了想又问冯诺道，"你有一块钱吗？我没零钱了。"

冯诺从口袋里拿出一块硬币，交给刘识丁结账。刘识丁拿出二十块钱，连冯诺的硬币一起递给老板道："给你二十一，找我五块。"

于是，第二次相亲，刘识丁又获得了两个荣誉称号：东方阿巴贡、当代严监生。

博士楼

怡红快翠 著

下

当代世界出版社
THE CONTEMPORARY WORLD PRESS

目 录

Contents

第十五章　表里俱澄澈

　　两次相亲不成的经历，对刘识丁来说不啻为一个巨大打击，以至于几天来一直萎靡不振。所幸天无绝人之路，就在刘识丁为自己的感情生活懊丧不已的时候，文科大楼的公告栏里贴出了一则振奋人心的大消息。

　　"为培养选拔优秀青年人才，落实科教兴国战略，研究决定启动'H大优秀青年社科专项基金项目'计划。资助对象为35周岁以下、硕士以上学历社会科学研究工作者。具体要求条件为进校两年之内且目前并无研究项目的新进教师，以及部分表现优秀的在读博士研究生。"

　　获悉之后，一干博士们立即开始了项目申报的准备工作。毕竟如果能够成功申请到资助除了可以得到一笔总数为两万元的科研经费之外，还有一张优秀青年后备人选证书。两万人民币虽然甚至不足以支付某些人半小时的消费之用，但对像李如意和刘识丁这样的在读博士来说，却绝对是一笔巨额财富。除去研究必需的费用，能够为己所用的那一部分也足以让他们一向拮据的生活宽裕很多。而那张证书则能够在他们找工作的时候起到重要作用。而且更重要的一点，这次的资助名额直接分配到学院。文学院申请者入选概率约为五分之一，应该说是相当诱人的。因此，一干博士无不夜以继日、焚膏继晷地进行着项目申报的准备工作。

到了博士这个等级，科研项目的评审者通常不会比申请者更了解申报课题。所以项目最后是否能够通过评审，主要看两个方面。一是所选课题是否为当前研究的热点，或者是否为本次立项资助的主要方向；二是看申报者在这一领域的已有建树，以及对本课题的准备情况和思考的深入程度。而这两方面都只能从提交的项目申请书中体现出来。是以一次申报的成败，申请书写得好坏起到了至关重要的作用，很多时候答辩也就是走走过场。

文学博士写篇申请书本来没有任何难度，可问题在于参加本次申报的，要么是在读文学博士，要么是已经毕业了的文学博士。所以竞争自然是可以想象的激烈。众人为了能够使自己的申请书在众多的同类中脱颖而出，都很是费了一番周章。

首先是研究的主要内容和意义。这一项字数极少，又是整个项目的总体介绍，是以每个评审专家都会认真阅读。如果说申请书的好坏是申报能否通过的重点，那么这一项的好坏则是评判申请书的关键。为了能够准确地说明自己研究的社会价值和显示意义，必须花大力气凝练，做到字字精准才行。接下来便是文献综述、研究路线的制定、可行性分析、经费使用规划以及预期的计划进度。烦琐的工作足足困扰了刘识丁将近两周的时间。不过身

为张虚怀教授高足，申请书完成后刘识丁的心里多少还是有些底气的。一来自身实力强劲，硕士阶段就在权威期刊上发表多篇论文，学术水平方面应该没什么问题。二来导师背景强大，和别人竞争起来起码不会吃亏。这么看来，自己这次获得资助的希望还是蛮大的。

然而一次不经意的闲聊，却让刘识丁骤然紧张起来。这天晚饭时间，刘识丁在食堂里碰巧遇到了一个同在文学院读博的老乡。偶然谈起这次项目的申报，不料对方的一句话却让刘识丁大吃一惊。"虽说是全院评选，可整个中文系的在读博士也就三个名额，你们老板再厉害，也不能一下拿两个吧。"

刘识丁一心只想着怎么把申请书写好，却从来没考虑过名额的问题。听到这一番话，当真不啻晴天霹雳一般。如果真的如那个同乡所说，那自己最大的竞争对手就已经很明显了——同门李如意。虽然他自认学术水平不逊于对方，但李如意硕士就在 H 大跟着导师读的，自己却是个外来的，熟悉程度上就差了。再对比入学以来的种种表现，尤其在导师心目中的印象，连他自己都觉得李如意更具有竞争优势。一时间不由得忧心烈烈，载饥载渴。

晚上回到寝室，躺在床上翻来覆去，怎么也睡不着。一边惦记着项目，一边又思索着今天的对话。他不敢也不愿相信那老乡说的是真的，但二十几年的生活经验告诉他，那极有可能是一个事实。于是他的内心便充满了犹豫和彷徨，不知道自己应该怎么办。

想着想着，神智渐渐有些模糊起来，不知怎么一下子就到了课题申报的答辩会场，走到台上却发现自己的PPT找不到了。台下一众评委表情严肃，一个面目模糊的主持人走过来不断催促，到后来竟要拉他出去枪毙，不禁吓得他魂飞魄散，大汗淋漓。一时间上天无路入地无门，慌不择路之下竟然跑到了九幽冥界。地藏王菩萨又派出十殿阎君、牛头马面、判官小鬼一齐上前，都来抢夺项目的经费簿。自己东躲西藏，却总是被谛听发现。最后总算跑到了天涯海角的一个石缝里，刚刚想要喘口气，不料却被一群小鬼围住，只好苦苦哀求他们，如能放过自己，愿意把项目资金的一半奉上。眼看着小鬼们有些心动，正高兴间，却又有一个红头发靛青脸的头目大声喝道："我们阴间都是铁面无私的，哪像你们那里有许多徇私枉法的门路好走！这当口还想要作弊，且与我到判官处走走。"说罢一抖铁链将他套住，拉了就往外走。私下里却朝他阴阴奸笑道："拿住了你，项目还不都是我的。"刘识丁定睛一看，却是一个H大的同学，不由得又惊又怒。惶急间忽见李如意驾驶着一辆装满稻草的马车驶过，再也顾不得什么面子尊严，急忙大声向她呼救。好不容易爬上车后却怎么也开不走，眼看着一个手持滴血菜刀的凶恶鬼卒爬上车来，急得他猛然间惊觉而起。定了定神，却发觉自己正坐在宿舍的硬板床上。不禁长长出了口气，伸手擦去了额头的汗水。

　　这些日子里，多笔计划外开销使得他的生活已经很有些捉襟见肘之意。如果能够得到那两万元的科研经费，其积极效应绝不

喑于大旱之年普降甘露，高学历女性得遇佳偶。内心激烈地斗争了一番之后，他终于做出了一个果断的决定。

第二天上午，经过一夜思想斗争的刘识丁来到了 H 大文字所主任办公室的门外。稍稍犹豫了一下儿，刘识丁缓缓抬起右手，在身前的红木门板上轻轻敲了两下。

"进来。"听到里面答应一声，刘识丁只好推门走了进去。慢慢走到张导办公桌旁，极尽谦恭之能事地叫了一声："张老师。"

"识丁啊，有什么事吗？"

见到是他，张导有些意外。刘识丁平时是绝少涉足导师办公室的。有什么事情都是推给李如意去办，实在不行了也要拉上李如意一起。今天居然一大早就一个人跑来，这种情况在张导浩如烟海的记忆当中还是第一次发生。

刘识丁道："张老师好，有几个拓片上的字识别不出，想向您请教一下。另外我还想……向您汇报一下最近一个阶段的工作情况。"

张导点头道："嗯，你说。"

刘识丁拿出早准备好的打印稿，恭恭敬敬地双手呈给张导道："这几个字，我们都认不出。"

张导接过一看，只见上面打印着几张放大了的拓片文字图片。旁边还标注着上下文和出处。只是几张字体图片大都模糊不清，辨认确实有些困难。

张导看了看上下文，指着一个草字头下面一个衣服的"衣"字道："这个是'克绍箕裘'的'裘'字。《礼记》中有'良冶之子，必学为裘；良弓之子，必学为箕'，这里说'良冶有裘'，是赞颂他能够传承祖业；下一句'玉壶有冰'，是用鲍照《代白头吟》'直如朱丝绳，清如玉壶冰'，夸奖他品性高洁。"

　　刘识丁点头答应着，从心里佩服导师学识渊博，深不可测。

　　张导又指着第二个字道："这是个'舄'字。《增韵》中说'舄奕，蝉联不绝'也。班固《典引》中有'发祥流庆，舄奕乎千载'。这里'舄弈连華'，就是说世代荣华富贵的意思。"

　　刘识丁嘴上答应着，心中却颇感懊恼。这个字本来不难，他是应该能够认出来的。只是因为早上准备时间不多，匆匆忙忙地就拿了过来。这时才发现只需要很基础的知识就能识别。他生怕这么简单的字都认不出来，会给导师留下基本功不扎实的不良印象。

　　下面有两个因为整片文字模糊不清，实在难以辨认，张导便告诉刘识丁注明原碑残缺。

　　最后一个图片却非常清晰，只是没有上下文。背景方格中上"相"下"里"。刘识丁精神一振，指着那个字道："这个字我查了好久，都没找到。《汉语大字典》中没有，《字海》里也没有。因为写得很清楚，所以就没放原文。"

　　张导皱眉想了想，也不记得见过这样一个字。略微思忖了一下道："你把原文拿来我看看。"

刘识丁道："原文在资料室里。不过前后都是人名，也没什么语言背景。从上下文来看应该是个地点。"

张导道："你说是一个地点？"

"嗯。"刘识丁点头道，"从上下文来看应该是的。这本来是篇造像记，前面都是人名，后面也是人名。这可能是说某个村子或什么地方的人。"

张导道："前后都是人名？"

"是啊。"刘识丁满脸希冀地看着导师。

张导道："嗯，那我知道了。这个读'相里'。"

"相里？那不是两个字吗？"刘识丁大感奇怪。

张导哈哈大笑道："这本来就是两个字嘛。这是个复姓，春秋时墨翟死后墨家分为三支，其中有一支就是相里氏。"

刘识丁不禁惭愧得无地自容。切齿痛恨自己怎么连这么基础的常识都想不起来。

所幸张导被刚才的问题问得心情大佳，并没有和他探讨基础知识重要性的意思，只是温和地问道："还有吗？"

刘识丁道："没有了。只是还有点儿有关项目的事要向您请示一下。"

张导点了点头，道："说吧。"

刘识丁道："我们第一阶段应该整理出来的文献资料已经基本完成了。我想是不是找个时间碰个头，一起商量一下后面的进度计划和具体的分工。"

张导听罢有些意外。本来这些事平时都是李如意负责的，刘识丁向来只是做好自己的分内工作，从来不操这些闲心。这时见他主动要求分担工作，心中不禁颇为高兴，说道："好，你和如意商量一下，看看什么时间和出版社那边见个面。"

"好。只是……"刘识丁答应一声，却又露出踌躇的神色。

"有什么问题吗？"张导见刘识丁面露难色，有些奇怪地问道。

刘识丁犹豫了一会儿，说道："因为校庆的事，她最近忙得厉害，不知道有没有时间啊。"

"哦，这样啊。"张导想了想道，"你先去和她商量一下，反正一切以你们的学业为重。"

有过项目申报经历的人都知道，凡是申请资助，大到国家自然科学基金，小到市教委青年基金，决定最后成败的不外乎这么几点因素：申请人的资质、项目的研究方向以及申请答辩时的表现。而在具有悠久人文历史传统的中国，这三点当中最重要的，理所当然地应该是申请者的资质。这一项不仅包括了申请人的身份、地位、发表文章以及研究经历，更重要的，是申请人的社会和学术背景。对在读博士来说，导师在学校里的地位和对此事的态度对申请的成功与否是起着决定性作用的。张虚怀教授从事文字学领域的研究已有二十多年的历史，在国内外业界同仁中享有极高的盛誉，加之身为评审委员会委员，如果学生在这样的项目资助中一个都拿不到未免说不过去。这一届只有自己和李如意两个人，二选一时导师的意见就起到了决定性作用，不管怎么样，导师知道了李如意在忙校庆的事，评审的时候如果能够有所考虑，对自己来说肯定是个有利条件。

刘识丁等到这句话，这忙不迭地点头道："嗯，好的，我这就去办。"说完生怕张导又改变主意，飞也似的离开了导师办公室。

出来之后，刘识丁的心里踏实了不少。刚才张导那一闪即逝的意外已经被他捕捉在了眼里，他知道张导对李如意从事这项活动想来不会赞成。虽然这么做似乎有背后汇报之嫌，但向导师反应一下实际情况也是应该的，所以他并不觉得自己有什么不对。

几天后 H 大文学院网站中贴出了一份通知：

"为更好地为我国社会科学研究工作培养后备力量，全面选拔优秀青年人才，本着公平、公正、公开的原则，学院决定于下周二、三两日上午 9 点开始在第二会议室举行校社科青年基金申请答辩会议。凡本次申请人员须准备好全部申报材料，准时参加会议。过时不到者，按弃权处理。"

H 大文学院的第二会议室一直交由文字所使用。这次选做答辩会场，按照约定俗成的规矩，负责为评委沏茶倒水和拷贝 PPT 等重要任务的会务人员也应该由文字所人员担任。作为文字所当家博士，李如意自然义不容辞。是以答辩开始的前一天，也就是周一，学院科研秘书小丁老师特意来落实一下工作情况。没想到就在她和李如意在办公室商量相关事宜的时候，负责校庆工作的副院长打来电话：通知李如意相关领导明后两天来视察校庆准备工作，因为需要介绍项目情况，所以要李如意参加接待和讲解工作。

接完电话，李如意看着小丁。校庆是当前头等大事，又是学校安排的，小丁自然不敢有什么异议，可是谁来负责明天的会务工作，就成了问题。

一旁埋头干活的刘识丁忽然抬起头来道："要不，我来吧。"

李如意不禁大感意外，这家伙平时对这类工作向来是能躲就躲，实在躲不了了也是出工不出力，今天怎么主动提出申请了。

小丁却不管这么多，只要有人干，自己就算完成任务了。所以高高兴兴地答应了，还夸了刘识丁几句。又想起一件事，好心提醒李如意道："你这两天都不在，最好先把 PPT 先拷到电脑里面看看，不然到时候万一有什么问题放不出来就麻烦了。"

李如意想想也对，拿着 U 盘走到会议室，打开电脑把 PPT 拷进去播放了一遍，看看没有什么问题，才关了机出来。

周二一早，刘识丁第一个来到会场，做好了沏茶倒水开电脑放投影仪的全部的准备工作，又和每个评委老师都礼貌地打了招呼。

上午 9 点钟，答辩正式开始。按照预先安排，第一天则为哲学和历史类专场，中文专业的答辩时间全部在第二天也就是周三的上午。二十多个博士级的人物，随便哪一个讲起自己的研究方向都能说个半天。若不限制时间，只怕本次会议直开到月末也结束不了。因此这次严格规定了每人 15 分钟的答辩时间。其中自我陈述时间 5 分钟,提问时间 10 分钟。因为会议室容量有限,所以只允许四名申请者进入,一名答辩,一名准备,另外两名旁听。其余人员一律在外面等候。等第一个答辩者结束出来,下一个再补充进去。

第一个上台的是个满脸萧索的青年男子。刘识丁定睛一看,不禁大吃一惊。来人正是 H 大人类思想研究所康德博士。康德上台后先向下面鞠了一躬,又向着主持人点了点头,然后才慢慢在椅子上坐下。稳稳当当地打开幻灯片,开始陈述自己课题的研究内容——《庄子的无为思想在社会主义科学发展观中的应用》。

虽然大学里政治课的分数考得很高,但刘识丁还是很难听懂如此高深的哲学问题。无聊间游目四顾之际,却发现评委们也显得似乎有些茫然。经过了漫长的十分钟后,康德博士结束了自己的陈述。

"你能简要说明一下庄子的无为思想与科学发展观二者之间的内在联系吗?"坐在左手第一位的老先生问道。

康德博士沉思了片刻后说道:"辩证唯物主义认为,世界上的一切事物都处在普遍联系之中。当然庄子的无为思想与科学发展观也不例外。"

"那你能具体说明一下它们之间有什么联系吗?"

"世界上没有任何孤立存在的事物。一切事物、一切现象都是互相联系的。整个物质世界就是以多种形式相互联系的整体。

　　　第十五章　表里俱澄澈

物质世界联系的普遍性，是通过具体的事物多种多样的具体联系表现的。例如联系有直接联系和间接联系、内部联系和外部联系、本质联系和非本质联系、必然联系和偶然联系，等等。不同的联系对事物产生不同的影响和作用。所谓规律，就是事物内在的、本质的、必然的联系，对事物的存在与发展起着主要的、决定性作用。而事物的外部的、非本质的、偶然的联系同样会对事物发生影响和作用。两者都不可忽视。"

"能不能说得再具体一点？"

"科学发展观，第一要义是发展，核心是以人为本，基本要求是全面协调可持续，根本方法是统筹兼顾。科学发展观，不是'坚持'也不是'促进'这么一个动作，而一定是一种发展观，'科学'是形容词修饰语，是说这个发展观必须是'科学的'，而不是'非科学的''不科学的'或者'伪科学的'。所谓观，就是用什么样的眼光看；所谓发展观，就是用什么样的眼光看发展。这就好比，世界观就是用什么样的眼光看世界；人生观就是用什么样的眼光看人生；爱情观就是用什么样的眼光看爱情。所以科学发展观，就是用科学的眼光看发展。

"我没问你科学发展观的内涵，我是问你科学发展观和庄子无为思想的联系。"

"事物不但与它周围的事物互相联系、互相作用，而且事物内部的各个部分之间总是处于联系和互相作用之中，构成一个开放的系统。我们把由相互联系的若干要素按一定方式所组成的具有特定功能并同其周围环境互相作用的统一整体称之为系统……"

如此重复了大约五分钟后，那位老先生终于脸色一变，急忙哆哆嗦嗦地从上衣口袋中掏出一个葫芦形状的棕色小瓷瓶，抠开瓶盖向嘴里倒了几颗药丸，和着农夫山泉吞了下去后，才右手抚胸，长长出了一口气。明显有些黯淡的目光却再也不敢与康德对视。

坐在正位的答辩委员会主席、康德博士的导师苏博雅教授嘴角隐隐露出一丝不易察觉的微笑。咳嗽了一声后说道："各位还有什么问题？"

旁边几位教授目睹了正面诘问康德博士的恶果，哪里还敢重蹈覆辙。一时间评委席上人人噤若寒蝉，再没一个敢作声的。看看还是没人提问，苏老先生于是宣布康德博士的申请答辩结束，下一个申请人上台。

第二个上台的这位女同学做的是晚明时期文人书画中的哲学意境研究。10分钟自我陈述后，一位姓楚的老先生随意地问了一句："能谈谈你对大涤子的看法吗？"

大涤子原名朱若及，法号原济，又称"苦瓜和尚"，是明清之际和朱耷齐名的画家，书画界历来对其评价甚高。不过业内提及时一般更多地称呼他的表字石涛，这次老先生故意换了个称呼，就是想考考这位女同学的常识。

台上的女同学果然没反应过来。

　　第十五章　表里俱澄澈

"大笛子？"她觉得有些诧异，我研究的明明是书画，问我乐器干什么？可人在台上，评委问了又不能不答。只好说道："我平时时间都用来读书了，对音乐了解得不多。只听说过长笛和短笛，大笛子应该就是长笛吧？"

这次轮到楚老意外了，随即问道："那你知道'原济'吗？"

"知道，圆寂就是死了的意思。"台上的女同学这次显得很兴奋。

"我说得是和尚原济。"老先生的耐心依旧很好。

"是和尚啊。道士叫羽化，皇帝叫驾崩，百姓叫填沟壑，诸侯叫薨。只有和尚才叫圆寂的。"这位女同学对中国古代死亡用词所知颇为详尽。

"唉。"那位老先生终于叹了口气，有些无奈地看着她，"我说得是一个和尚的名字叫原济，就是苦瓜和尚，你听说过苦瓜和尚吗？"

"没有。"那位女同学终于面露赧颜，想了半晌，还是低声说了句，"我只听说过《灯草和尚》。"

一时间屋内众人个个神色古怪，老先生也实在不知道该说什么才好。拿起矿泉水喝了一口，没想到气息不畅，一口水全呛在喉咙里。顿时脸色大变，惊天动地大咳了好一阵。旁边两位老先生的身体状况也不见得比楚老好到哪儿去，目睹了如此惊心动魄的一幕之后，哪里还敢多说。场面一下子冷了下来。一位年纪稍微轻些的老师大着胆子问了两个问题，主持人随即宣布答辩结束，请下一位上台。那位女同学不意自己的答案竟然能惹出这么大的麻烦，涨得满脸通红，含羞带愧地下台去了。

后面的人虽然没再出什么岔子，但水平也不过就那样。一天答辩下来，刘识丁的精神放松了不少，他觉得从学术标准和答辩水平来看，自己应该没什么问题。

第二天，小丁安排了历史系的人负责会务。刘识丁穿戴整齐，带上全部申报材料，早早就来到答辩会议室外面。刘识丁昨天就知道了自己11点钟答辩，本来不用这么早来。只是一则要提前候场，二来心中有事，在办公室实在待不住了。这次申请人数众多，学院里特意安排了间会客室以供等待候场之用。刘识丁进屋一看，已经有几个人在等着了。因为都是中文系的，所以多少都有些了解。刘识丁看看这几个准备答辩的，忽然觉得自己跟他们比起来经济条件并不算是最困难的。

外国文学的沈垚博士今年刚满30岁，这些年一直致力于中国文学事业的发展，对俗不可耐的"阿堵物"向来不屑一顾。但却也因为没有房子，以至和女友谈了几年却始终结不了婚。这次来H大读博士，和原单位签的是停薪留职合同，连工资也没的拿，日常生活全靠从前两年工作的积蓄。但两地相差颇大的物价指数却让他的预算明显有些不足，平时连顿像样儿的饭都舍不得吃。

古代文学的潘江和沈垚同岁，媳妇倒是娶了，今年家里又添了个健壮活泼的胖小子。老婆休了产假，每月的工资只够自己生

　　　第十五章　表里俱澄澈

活。却因为身体单薄，奶水总是不够，结果小家伙一生下来就成了美国惠氏公司的衣食父母。每月只奶粉一项就要近1000大元。全家三口人生活，靠他一个月3000元的工资收入显然不够。为了生计，潘江不得不在学校里找了份代课的兼职，以补贴显得颇为紧张的家用。

现当代文学的陆海比他们两个大几岁，女儿今年刚上小学。老婆三天两头地来电话，不是说家里没钱了，就是说孩子要交学费。三次电话中定然有一次是要劝他放弃学业的，另外两次则是埋怨陆海放着日子不过，一个人跑到这里躲清闲，把一家老小都丢给她一个人。

与刘识丁相比，这三位的生活压力显然要更大一些，因此对这次的项目就格外重视，来得也更早。这时一个熟人走了进来，刘识丁一看，向他打了个招呼："早啊，齐兄。"

"哎，早。"齐自省是文学院书记柳老门下的在职博士，主攻古文字研究。见刘识丁和自己打招呼，便和他聊了起来："准备得怎么样？"

"唉，不行。估计没什么戏了。你应该没问题吧？"

"什么呀，还不都一样。你报的什么题目？"

"《隋唐五代石刻研究》，你呢？"

"喏。"齐自省把申请书递了过来。

刘识丁定睛一看，只见上面印着一行正书大字《商周时期宇航用字研究》。

"商周时期有宇航吗？"这句话刘识丁没敢问出来，一则不太礼貌，二来也怕被别人笑话。

　　两人正说着，又过来两个熟人，大家一起聊了起来。

　　没过多久，小丁老师出来叫后面的人入场准备，刘识丁便跟着进去了。坐在下面又等了大半个小时，终于轮到他了。

　　刘识丁一来功底扎实，在文字学方面确有一定的造诣；二来准备充分，好几个评委问的问题，都是平时碰到且早已深思熟虑过的；再者有张导在座，几个老先生也不好一味地穷追猛打，适可而止也就是了。

　　故此答辩虽然辛苦，却也还算顺利。从几个评委的态度来看，还是比较满意的。在流畅地回答了最后一个问题之后，刘识丁心中略略松了口气，从容地收拾好东西下台去了。

　　他在台上的时候，李如意才匆匆忙忙赶过来，正好看见他慷慨激昂地陈述着隋唐五代石刻研究的重大历史和现实意义。看了几眼就发现有些不对劲，刘识丁的 PPT 和自己极其相似，甚至有几处是一模一样的。只是还没等她想通个中缘由，就轮到她上台了。开始答辩之后，李如意发现自己碰到了更诡异的一件事——电脑里的 PPT 并不是她原来的那一版。这个文件看起来和原来的一模一样，只是在极隐蔽的地方出现了两个常识性的知识错误。这样的错误，外行看不出来，专业人士却一眼就知道不对。虽然她反应神速，介绍的时候嘴上直接改了过来，避免了在一干学界权威面前出丑，但评委们个个洞察秋毫，哪有看不到的道理，心里都觉得奇怪——这么优秀的一个人，PPT 怎么会做成这样。只有张导心里清楚，以李如意的细致绝不会犯这样的错。

有了刘识丁介绍在先，李如意看起来就好像是在重复着前面的工作。而刘识丁的介绍中对研究内容做了详尽的数理统计分析，并与国内外同类研究进行了全面的比较，这些工作又是李如意没有的。是以相形之下，高下已经很明显了。

故此李如意的介绍性陈述基本没引起评委什么兴趣，提问的时候，因为有关项目研究本身的技术性问题在刘识丁答辩时都已经提出，所以老先生们这次问的都是些比照性的问题。

"你的研究和前面一个有什么技术上的差别？"

"魏晋和隋唐时期的研究有哪些不一样？"

"正书和隶书在研究方法上有什么不同？"

……

这样的问题显然已经超出了项目本身的研究范畴。但答辩就是这样，人家问什么你就要答什么。至于提出的问题是不是真正和你的课题研究有关，却不是每个提问者都会考虑的。在接受了十几位专家的询问之后，李如意终于擦了把汗，狼狈地逃出了会议室。

两天后，评审结果揭晓。

H 大文学院本次共有五位博士申请课题获得资助。其中康德的博士《庄子的无为思想在社会主义科学发展观中的应用》、齐自省博士的《商周时期宇航用字研究》赫然在列。公示一出，观者无不大跌眼镜，实在想不通这两个课题是怎么被那些治学严谨的老先生看上的。

出乎刘识丁意料的是，如此努力之下，他在和李如意的二选一竞争中还是败落了。这让他着实有些愤懑，想不通那些评委是怎么想的。

"你说，那些老先生是怎么回事啊。商周时期宇航用字，也亏他想得出来，这种东西也能评上。"

李如意道："不懂了吧，这叫古为今用。文学艺术同科学技术相结合，是国际最新的研究领域。"

"可是商周时期有宇航吗？！"

"怎么没有，《山海经》不就是一部宇航日志。还有嫦娥奔月、女娲补天、黄帝飞升，难道这些不是宇宙航行？"

一番高论听得刘识丁目瞪口呆，张口结舌不知道说什么才好。

又过了两天，就在刘识丁悲愤欲绝对世界充满怀疑的时候，上帝给了他一个生之奇迹——齐自省博士因为涉嫌学术不端及多种违纪行为，被褫夺项目资格。而刘识丁以项目综合评分第四名的成绩递补晋级，成功获得校基金资助。

本来在齐自省的导师——H大终身教授柳老先生的亲自论证下，商周时期宇航用字研究的重要性已经得到了众位专家的一致认可，齐自省博士也顺利地获得了校优秀青年社科专项基金的资助。不意奇变陡起，公示后H大校学术监督委员会随即接到群众举报，说本校文学院齐自省博士道德品行败坏，多篇论文涉嫌抄袭，且平时生活作风一贯恶劣，上不尊敬师长，下不团结同学，盗用办公室纸张若干，拖欠数月党费，并曾与多名女子有不文明行为，经常欺侮少年儿童，屡次破坏校园绿化……罪行之甚，罄南山之竹而难书。本人为祖国繁荣及人类发展计，坚决不同意将优秀青年社科专项基金授予此等败类。学校如不彻查，必当不断向上级机构反映，直至得到满意答复为止。

　　本来学校对这一类的事情向来是宁信其无、不信其有的。一则监察部门人力有限，群众检举揭发的信件实在太多，一封一封去查，根本查不过来，在没有明确目的和任务的情况下，监察部门通常以"监"为主；二来为学校声誉计，像这一类的丑闻自然是没有最好，有了也要想尽办法控制影响范围，确保学校欣欣向荣的大好局面，以及在上级领导心目中的良好形象；三来此次事关 H 大终身教授柳老先生，齐自省是柳老的得意门生，万一一不留神，真的查出些问题，再牵涉到柳老先生，到时候势成骑虎，进退两难，那该怎么收场。而且自古成大事者不拘小节，信中举报的都是些无关痛痒的小事，根本不会影响到祖国繁荣和社会稳定，在确保大方向的前提下，抓大放小，解决主要矛盾才是一贯的工作作风。人无完人么，对年轻人更要加以保护，至于向上反映，多数情况下只是说说，就算到了上面也是发回本校，由学校解决后再向上汇报。因此，开始的时候，学校里并没有把这当作一回事。

然而，没想到举报那人居然把齐自省抄袭的论文及原文放到了互联网上，两篇文章几乎一模一样。一时间舆论哗然，举国上下顿时掀起了一片整顿学术腐败之风。两天以后便有媒体记者驾临，向学校有关人员询问可有此事。信息如此发达的时代，除非是掌握了更大的话语权，否则是没有人愿意得罪记者的。毕竟，刑法中并没有对虚假新闻报道者的约束，而新闻机构在报道之后，无论错得多么离谱，也是绝对不会更正的。所以，接待人员态度诚恳地表示此事正在调查之中，目前还不能做出结论。学校会加快调查速度，一有结果，马上第一时间通知各位。一干记者百般询问，仍然得不到什么有价值的材料，最后才不得不拿了出场费，悻悻离开。刚送走记者，便接到了市科教党委的电话，说有群众反映，"优青"社科基金的培养对象中有不合要求者，指示学校应迅速查明情况，并向上级汇报调查结果。据说，在很多中国高校领导的心目中，世界上最可怕的事物除了配偶之外就是上级了。而在有些时候，后者比前者还要让人感到紧张。如果说晨报记者还可以搪塞过去的话，科教党委的指示却是绝对不能忽视的。于是校领导当天下午就开会研究，决定组织有关人员进行调查，并由校长亲自指派了两名年轻力壮的新进教师协助调查。

　　一般来说，这种吃力不讨好外带得罪人的事，都是由刚刚工作的年轻人去做的。一则年轻人工作热情较高，干劲十足，正好给他们一个展示自己的机会；二来工作过几年的人都有了一定的经验，深知其中利害关系，哪还有会去主动招惹这类是非的。本

　　第十五章　表里俱澄澈

来校领导的意思也不过就是走走过场，写个报告给上面一个交代也就是了。谁知世事难料，调查的结果却让包括柳老先生在内的所有人都大吃了一惊。

世界上的事多数都是这样，你不查，就什么事都没有；一旦去查，就肯定有问题。这一客观规律普遍成立于中国社会，就连著名的 H 大文学院也不能例外。负责调查的两个人中，一个师出经济学权威付哲教授门下，而柳老曾于二十年前成功地娶走了付哲教授的未婚妻。是以这次付教授获悉之后，特地叮嘱学生一定要认真调查，不辜负组织的信任和委托。并详尽地传授了调查的具体方法和主要方向。另一位调查者对工作的认真负责已达忘我之境。因此在二人的共同努力下，竟然在有齐自省博士经手签字的报销凭证当中，查出多张不正规发票。继续深入调查的过程中，又不断发现齐自省博士经手的科研经费使用上，存在着严重的不符合规定的现象。

科研项目的研究过程中，有很多必要的开销是没有收据或不能报销的，办事的人又没有自己掏腰包的道理。于是，有些时候就需要用其他方式从项目中支取，虚开发票便是其中最简单实用的一种，而这当然是不合规定的。付哲教授近年来曾多次主持省部级科研项目，对个中情形，自然是了如指掌。有这样一位大行家在侧指导，哪里还有不一查一个准的道理。

此事一出，竟隐隐有连柳老也一起牵扯进去的趋势。毕竟出了这样的事情，他作为项目主持人是无论如何也不能置身事外的。

所幸柳老一生不知经历了多少激流险滩，工作经验无比丰富，又熟谙中国古典思想精髓，深知"蜂虿入怀各自去解，毒蛇噬臂壮士断腕"，获悉后立刻宣布齐自省道德品质败坏，学术作风恶劣，弄虚作假，欺瞒导师。坚决建议学校取消其魔都市"优青"候选人资格，并应按照相关规定对其进行严肃处理。自己作为项目负责人监管不力，应负主要领导责任。

最终，柳老在校党委的关心和文学院的极力挽留下，继续留任书记一职。毕竟柳老数十年教书育人，门人弟子多有成器者，在国内外学术界有着极大的影响力。是以无论是校长还是院长，都不愿意因为这样一点小事得罪柳老。只是倒霉的齐自省博士理所当然地被剥夺了魔都市优秀青年候选人的资格，而刘识丁则因为当天表现出色，按项目评分顺序成功递补晋级。

然而，虽然此次评选看似以刘识丁最终幸运晋级而宣告结束，但却就此揭开了 H 大文学院内部血腥斗争公开化的序幕。

第十六章　花月正春风

　　和刘识丁的欣喜若狂形成鲜明对比的是，李如意一点儿都高兴不起来。开始的时候她对自己的入选只是觉得意外，不明白为什么有了刘识丁看起来明显胜出的答辩，自己还会中选。虽然也想过可能是张导发现了什么，但总觉得应该不是这样。当她知道这是颜书记的关照结果之后，意外马上就变成了担忧。她知道，现在颜书记对自己越是关照，在自己拒绝后，遭到的打击肯定就会越严重。

　　恰好这时段枫发来视频邀请，李如意把事情从头到尾和他陈述一遍，并提出了自己疑虑和担忧："你说，颜书记这么关照我，到底为了什么啊？"

　　段枫对李如意的判断能力非常认可，知道她说有问题，几乎就可以肯定确实有问题。沉吟了一会儿，说道："'礼下于人，必有所求'，有什么非你不可的事情吗？"

　　李如意认认真真地想了半晌道："没有啊，我哪有那么大用处。再说就算她真的需要，也完全可以从文学院调人嘛。"

段枫道："或者，就是书记慧眼识珠，看中了你的才干？"

李如意摇头道："没那么简单。"

段枫道："那就难猜了。颜书记多大年纪了？"

李如意道："五十多岁吧。"

段枫点头道："嗯，你知道她有儿子没？"

李如意道："我哪知道，你问这干吗？"

段枫道："我是在想啊，如果是个男的，或许还可以猜测他对你有亲近之心、仰慕之情、非分之想，可人家是女的，我才想是不是打算给儿子物色个合适的对象。"

李如意给他气得不轻，怒道："你到底有没有正经的？"

段枫因为项目的事刚刚解决，心情大好，忙赔笑道："有，有。开个玩笑嘛。"忽然想起一事，道："你说她要成立个新学院，把各学院的科研项目集中起来？"

"废话。"李如意兀自余怒未消。

段枫续道："你前两天跟她介绍过项目的情况，她对此很感兴趣？"

"是啊。"李如意点了点头，心中似乎隐隐觉得有些不对劲。

段枫道："如果她是要这个项目……"说到这里，两人心头不约而同地一震。

李如意颤声道："你是说……"

段枫缓缓点了下头，却并没有说话。

李如意摇头道："不会的……肯定不是这样，你别乱猜。"

段枫道："如果不是这样，那就是她真的看上了你，不然请你给我一个合理的解释。"

两人同时想到了一桩事情：李如意最大的价值在于目前研究的项目。

颜书记如果想要这个项目，必须要先找到能够完成项目的人。没有人来做，就算真从张导手中拿到了，也是个烫手的山芋。所以，在正式从张导手中取得项目之前，要先找好做项目的人，而李如意显然是最佳人选。

如果颜书记是为了这个才对李如意礼遇有加，那这一切就能说得通了。一旦李如意提出申请，张导那边自然没什么话说——学校规定研究生和导师之间有双向选择的权利，导师可以选择学生，学生也可以选择导师。到时颜书记挤走张导，让李如意负责项目的具体研究工作。李如意已经转投到了颜书记门下，又怎么敢抗命不遵。

李如意额头汗水涔涔而下，一瞬间终于知道了颜书记对自己青眼有加的真正用意。原来校庆接待、新学院什么的都是手段，真正的目的是要自己去完成这个项目。而自己一旦答应，颜书记势必从张导手里夺过项目。到时在张导看来，显然是自己为了攀附颜书记而主动要求改换门庭，说不定连项目易主这笔账也要算到自己身上，认为是自己向新导师递交的投名状。到时自己这个"叛徒"的罪名就算是背定了。最要命的是，这一切发生的时候自己还蒙在鼓里，兀自为自己的人格魅力感到自豪。她第一次发

觉，原来学校里也会有如此凶险的事情。

一边是道义，一边是前程，何去何从，成了摆在李如意面前的一个两难命题。人生最痛苦的事，莫过于面对选择，尤其是无论怎么选都不对的选择。李如意只觉得，自己身上正上演着一场真人版的左右为难。

和李如意相比，段枫面临的问题或许更严重一些。这些日子耳鬓厮磨的朝夕相处，加上同生共死的患难之情，让他和萧涵之间早已不是简单的工作甚或朋友关系。

有了秦星的帮助，银行的办事效率相当之高。不仅前面的贷款不再追讨，还又多放了5000万，一并折算为股权投资。段枫又和萧涵商量，不能白让陈老大帮忙，按照给秦星的估值又和陈老大签了份合同，15000万换了渝珠集团对项目百分之十的控股权。这么一来，不仅解决了危机，而且现金流大为宽裕。按时召开的公司大会上一干董事会成员听说事情得以圆满解决，除了少数几个心怀鬼胎，剩下的人人都对萧涵佩服不已，觉得这个妖冶动人的女董事长很有几分手段。

萧涵自然更是欢喜得心花怒放，每次看到段枫，一双妙目中都带着化不开的浓情蜜意，一颗心早已牢牢系在了他身上。结过婚的女人碰到心仪对象还有什么顾忌，诱惑无果就直接升级为骚扰。男人对女人的越轨行为可以称为骚扰，丑女也可以，但如果是一个绝色美女去骚扰自己心仪的男士，人们则更愿意称之为献身。这时候男人如果拒绝，不仅得不到同情，反而通常会被认为是不解风情，起码在陈小错看来是这样的。

资金危机顺利解决之后，萧涵和段枫便成了陈府上的常客。一来这次多亏了人家帮忙，又是项目股东，自然要多多拜访；二来陈小错和萧涵莫名其妙地投缘，俩人只见了一面就约好去做头发，做完回来就成了闺蜜。女人在一起能干的事情实在太多，所以两人几乎两三天就要见一次面。每次相约见面，陈小错都不忘叮嘱一句："叫上我师父一起。"萧涵自然知道她的用意，也乐得照做。只是苦了段枫，除了要提防萧涵的明枪暗箭，还得应付陈小错的旁敲侧击。

和萧涵相处愈久，段枫就愈发觉得自己的处境无比艰险。面对萧涵无数次肆无忌惮的挑逗和骚扰，支撑他苦苦坚守的，只是传统知识分子的那最后一份道德底线。然而他面对的，却是一个让人根本无法抗拒的女人。和李如意相比，她的身上少了几分清纯，却多了一份成熟女性独有的妩媚和典雅。更要命的是，她不仅能够随时挑动起段枫体内那压抑了二十几年的全部原始本能，还清楚地知道段枫理想中的恋爱模式是什么样的。

她早知道段枫有女友，所以从一开始便制定了积小胜为大胜的持久战方案。而且继上次的危机之后，并没有如段枫预料的那样再出什么麻烦，集团整体形势趋于稳定，萧涵的领导地位基本确立了。于是，段枫便成了萧涵这一阶段的工作重点。

她并不急着确立自己的名义地位，也不和段枫讨论任何可能

引起强烈反应的敏感话题。只是今天拉着他去看个歌剧，明天又带着做好的饭菜一起共进晚餐。吃过晚饭就聊一会儿传统文化，顺便再调戏他几下，让段枫实实在在地圆一把"红袖添香夜读书"的文人梦。虽然读的是艺术，从事的是管理，但萧涵在中国传统文化方面的造诣，绝不逊于任何专业人士，有时甚至连段枫都为之叹服。而这期间如果李如意发来视频邀请，萧涵立刻识趣地回避，让段枫连为难的机会都没有。她知道，还没到反客为主的时候。放着这样一个女人在身边，世界上没有男人能够把持得住。段枫清楚地知道，再坚固的堡垒也总有被攻破的一天。他一点儿也不怀疑，总有一天萧涵会拿着亲手织就的毛衣，命令他套到身上。

这个周末风和日丽，晴空万里，正是男女约会出游的绝好天气。如此天赐良机，萧涵自然不会放过。直接开车来到段枫住处，告诉他要一起去骑马。段枫本来推说不会，没想到萧涵居然直接要把他拖上车去。淑女一旦蛮横起来，那几乎是和老实人发怒一样可怕的事情。段枫如果再敢抗拒，说不定当场就被推倒了。于是只好一边叫放手，一边乖乖地穿了衣服，和萧涵一起驱车赶往马场。

到得马场，萧涵道："我去牵马，你先去找他们换衣服。"说着叫过服务人员，带着段枫去换穿戴。段枫换好了装备，再见萧涵时，不由得心中暗暗喝了声彩。只见她一身骑装，黑头盔、黑骑术服、纯白马裤、纯白真丝手套，脚下一双高筒牛皮马靴，左手拿着马鞭，右手挽着一匹高头骏马。那马蹄至背高八尺，头至尾长一丈，龙背鸟颈，四腿修长，通体漆黑，半根杂毛也没有。

第十六章　花月正春风

站在萧涵身旁挨挨擦擦，显得十分亲近。一眼望去，端的英姿飒爽，器宇轩昂。段枫原本只知道红粉赠佳人，从没想到美女配上骏马居然会有如此风韵。

萧涵道："这匹马是我养的，刚运来没多久。你那匹是借来的，可能有点认生。怎么样，没问题吧？"

段枫心中暗叹，还是有钱人好，想干什么就干什么。他本来没骑过马，这时却不愿失了面子，硬撑道："我试试。"说着从旁边的管理员手里接过缰绳，搬鞍认镫，翻身上了马。他这两下身手颇为利索，萧涵在旁也不禁点头。

段枫骑在马上，极目远眺，但见四野辽阔，一望无垠，心胸顿时开朗。一时间不由得豪情万丈，热血沸腾。照着评书上常说的"双腿一磕飞虎辔，小肚子一碰铁关梁"，口中一声呼喝，便欲纵情驰骋。却见那马哼了一声，往前挪了两三步，就停下来低头去啃地上的青草，再不肯动了。段枫一催无功，又抖了一下缰绳，腰背一挺，喝了声"驾"。那马这次连动都没动，四蹄稳稳地立在当地，比钉子钉得还牢。段枫见它不动，心中焦躁，接连换了四种语言催促，那马却理也不理，只是自顾自地低头吃草。萧涵在旁边早已笑得花枝乱颤，第一次见到居然有人用这种方法和马交流的。

段枫驱驰不利，又见萧涵在旁边笑话自己，不禁急得满头是汗。焦躁之下照着马屁股挥鞭抽了一记，喝道："走啊！"没想到那马这次却听懂了，"咴儿"地一声便蹿了出去。段枫人在马上，右手握鞭，只左手虚拢着缰绳，一点儿准备也没有。被马一闪，直接摔了下来。亏得萧涵见机得早，赶上来拉住了缰绳，才使得他免受铁蹄加身之厄。段枫躺在地下，挣扎了半天才爬起来。拍了拍身上尘土，只觉得浑身上下，没一处不疼。

萧涵忍住了笑道："你没事吧，这马欺生，别着急，慢慢来。"段枫这一跤跌得七荤八素、眼冒金星，亏得护具质量过硬，才没受重伤。一瘸一拐地走过去拉住了缰绳，犹豫着是不是还要骑上去。

萧涵道："要不你骑我这个吧。"

段枫道："那你呢？"

萧涵道："我骑那匹试试。"

段枫不肯向一匹牲口认输，说道："我再试试。"

萧涵知道他真不会骑马，又怕他摔到了，叫道："小心啊！"

段枫咬着牙又上了马，小心翼翼地指挥着胯下的坐骑前进。那马却和上次一样，对他爱理不理的，想走就走，不想走了就停下来玩一会儿。段枫坐在马上，恨得咬牙切齿，却不敢再用鞭子打它。萧涵骑在马上陪着他往前走，看他指挥不利，说道："马是有灵性的。你要配合着它起伏的节奏移动重心，慢慢地让它感觉到你能驾驭得了它，它才会听你的话。"

段枫按着萧涵的指点，随着前进的节奏控制着自己的重心，逐渐摸到了一些诀窍，和马的配合也有了默契，渐渐地胆子越来越大，速度也快了起来。萧涵在旁边跟着，也怕他再出什么意外。又骑了一段路，萧涵骑着马越跑越快，段枫却跟不上了。他骑着

第十六章　花月正春风

马一路小跑，不一会儿功夫萧涵已经跑了回来，娇笑着冲他打了个招呼："怎么样，还好吗？"

段枫见她吁吁气喘，脸上红扑扑的，额角沁出一粒粒细细的汗珠，如丛兰泡露，似菡萏承珠，不禁一阵心旌动摇。点了点头道："还好，我和它已经有了一些默契。"

萧涵叫道："快点啊，追上我了有奖。"说着纵马扬鞭，又跑远了。段枫眼看着一人一骑绝尘而去，却只有"瞠乎其后"的份。

一晃儿到了中午，萧涵让段枫去还了马，自己的那匹却不还。两人随便吃了点东西，萧涵道："下午带你去个好地方。"段枫道："什么地方啊？"萧涵道："不用多问，到时候你就知道了，保你满意。"段枫只好不响。吃过午饭，萧涵牵了她的那匹骏马欲行，段枫奇道："不开车？"

萧涵道："那地方车上不去，只能骑马。"

段枫道："我也骑马？"

萧涵点了点头，道："对啊。"脸上一片这还用说的讶异神情。

"哦。"段枫点了点头，没再说什么。

萧涵上了马，见段枫还站在地下不知所措，叫道："上来啊！"

"啊？"段枫一时没反应过来，还是木然站在当地。

萧涵笑道："要不你跟着跑去也行。"段枫这才知道中计，无奈之下，只得也上了马坐在萧涵后面。只是这姿势颇为暧昧，他一时间不禁手足无措，大感尴尬。

萧涵却似乎根本不以为意，说道："要走了，你抓紧点儿。"

说着缰绳一抖，那马便风驰电掣般跑了起来。段枫坐在她后面四处无依，这一加速险些摔下马去。无奈之下，只好搂住了萧涵的纤腰。两人虽然相处多日，但却也没有如此近距离接触过。段枫人在马上，但觉温香软玉在抱，闻着萧涵身上散发出的阵阵体香，不由得一阵阵心猿意马，全身血液迅速向下腹部汇集。他怕萧涵有所察觉，便将身子尽可能地远离她。然而马鞍一共就那么大个地方，萧涵身子丰腴，两人同乘已经显得有些局促，稍一后移，马鞍边沿的凸起就硌得他龇牙咧嘴，再也没有尝试第二次的勇气。他隐约听到萧涵发出一声轻轻的浅笑，不知道她是不是知道了。一时间不由得面红耳赤，只盼着赶紧到地方了才好。然而萧涵却骑得意兴盎然，丰满柔软的身子在马背上翩然起伏。一头长发随风飞舞，柔软的发梢在段枫面前拂过，撩拨得他又是一阵心跳，大大地打了两个喷嚏。偏生有几段山路又崎岖坎坷异常，两边一面是峭壁，一面是深谷。段枫只好紧紧地抱住萧涵，唯恐一个失手跌下马去。他提心吊胆地捱了好久，那马才终于慢了下来，萧涵指着远处一片山峦道："快到了，你看那边。"

这一段路下来，段枫颠得五脏六腑都翻了过来。只是不肯在萧涵面前丢脸，才咬着牙硬撑。这时但见山花红紫，莺语间关，果然是一片旖旎风光。萧涵策马前行，来到近前两人下了马，段枫放眼一望，但见好大的一片森林。林中古木参天，藤萝摇缀，盈野的山花儿悄然绽放。一条小溪无始无终，潺潺流水在林间缓缓流淌。微风过处，树木发出沙沙的响声，听在耳里直是天籁一

　　　　第十六章　花月正春风

般。不远处一方清澈见底的池塘里，丛生着芦苇和蒿草，一群群野鸭自由自在地在其中觅食，享受着绝对的安逸和宁静。林间地势高低起伏，到处是沟沟坎坎，地上铺满了成年累积的落叶，仿佛一片天然而成的地毯。对于一个在魔都这样的都市生活了十年的人来说，这样的景色实在是只有在梦中方可得见的。

段枫叹道："要是能在这里终老，也算得上是尽享清福。"

萧涵道："你要是真的想，却也不是难事。"

两人边走边聊，转过一个山脚，前面枝条掩映中隐隐露出一角红墙。段枫跟着萧涵走到近前，却见漆门绿瓦，雕梁画栋，竟是一处仿古建筑的宅院。段枫看着萧涵，目光中露出讶异的神色。

萧涵道："这宅子是我爸留下来的。他常说等他老了就来这里颐养天年，可惜却没等到这一天。"说罢神色一阵黯然。

段枫见她难过，正要说话引她分心，却听旁边的灌木丛簌地一响，仿佛有什么小动物在里边。转头望去，只见一只野兔正竖起耳朵仔细观察着这两位访客。

段枫心中一动，说道："把你鞋带借我。"

萧涵道："给你了我怎么走路啊。"

段枫想了想道："那你腰带借我也行。"萧涵不知道他要干什么，抽下风衣上的腰带递给了他。段枫又解了自己的鞋带，两根绑在一起打了个结。走到稍远处的灌木丛里，找个一粗一细两根树枝，做成一个机关，一头插在地上，一头用腰带绑在一根压弯的树枝上，又把打好结的鞋带系在上面。走回来向萧涵道："运气好的话，晚上请你吃兔肉。"他那双阿迪的运动鞋鞋带本来就是个装饰，所以解下来也不耽误走路。

萧涵道："好啊，看你手段。"

段枫道："不是看我手段，是看你的洪福。"

萧涵道："我的洪福，都得有你襄助才行。"

说着在那宅院门前拴好了马，两人一下午便在这林子里游山玩水，眼看着日光西斜，才返回到那宅院。段枫老远就看见一只肥硕的野兔吊在半空，心下大喜。急忙跑过去解下腰带，提着那只倒霉的啮齿目生物两只修长的耳朵，兴高采烈地走回来向萧涵炫耀。

他本来还担心萧涵会劝他放生，没想到萧涵看那野兔的眼神比看他还热切。段枫放下心来，说道："洗剥干净，刷上油盐，放到火上一烤……"说话间脸上显出快美满足的神情，仿佛已经吃到了嘴里。

萧涵道："不用你动手，等下我来做。"

段枫讶道："真的？"

萧涵道："那当然，你只管吃就是了。"她是真怕段枫做不好，糟蹋了东西。

段枫道："好，看你手段。"

两人提着兔子进了那宅院，段枫眼见院儿里干净整洁，一根杂草也没有，显是有人打扫过的。来到正厅，却见迎面一副楹联："事能知足心常泰，人到无求品自高。"壁上挂了几幅丹青，屋内摆放着旧式红木家具、瓷器古玩，案头几本线装书，让人一进屋子就能感受到一阵安逸宁静。段枫心中暗赞此间主人蕴藉高雅，远非己所能及。

晚间，二人便于别墅中烹兔为食。萧涵说到做到，不知从哪儿找了条围裙穿上，把兔子吊起来放血剥皮之后又收拾好内脏。段枫在一旁看得目瞪口呆，实在没想到这个绝世美女竟有如此血腥的一面。萧涵却不让他闲着，不断地支使他干这干那。直到快做好了，萧涵才说道："你先去外面转转，等好了我叫你。"

段枫知道她肯定又要给自己惊喜，也乐得配合，出了厨房一个人在院子里转悠。过了一会儿，听到萧涵喊他进去。虽然早有准备，但进到屋里却还是吓了一跳。

只见萧涵叫他吃饭的这间屋内空荡荡的，除了靠里面一张床之外什么也没有。地上却铺着一块波斯羊绒地毯，地毯正中放着一张小桌，桌上两只小碗，中间一个盘子里装着整只冒着热气的烤野兔，还有两个小小的酒杯。桌旁两边各摆了一个圆凳，靠床的一边坐着一人。身上穿一件藕荷色缎面旗袍，双丝襻钮，月白绲边。头上随意地挽了个叫不出名字的发髻，一根闪闪发亮的银簪横贯其中，配上优雅空灵的出尘之致，直是一副标准的中国古典美女形象。段枫觉得自己似乎一下子回到了 1700 年前，对面这人不是跨国集团的总裁，而是某位东晋名媛。一时间只觉得有点儿恍惚，怎么也没办法把眼前这个古典美女和刚才厨房里活剥野兔的熟练手法联系起来。他走上前去，侧头观察了一会儿，还伸手摸了摸萧涵旗袍的袖子，验证一下真假。

萧涵见他行动古怪，嗔道："看什么看，没见过啊？"

段枫点了点头，由衷叹道："真正的中国女人是永远不会过时的。"看着桌上香气四溢的野兔，又不由得心下暗叹原来世界上真的有人能够上得厅堂，下得厨房。

萧涵从桌下面拿出一瓶没有商标的白酒，两人席地而坐，手撕烤兔，边喝边聊，说些古今中外的珍闻轶事，端的是风月无边。那酒入口甘醇，后劲却颇大。壁炉火烧得又旺，段枫喝了几杯，便觉浑身发热，额角隐隐有汗珠渗出。萧涵也是双颊润红，脱了外面的旗袍，只剩里面一件贴身衬衫。她身子丰腴，一对怒峙的双峰将前胸两粒扣子之间撑起了一段空隙。段枫不经意地目光一触，刚好见到里面露出的一抹葱绿色文胸，不禁一阵口干舌燥，急忙转头去看壁上一幅丹青。

萧涵顺着他的目光转头望去，说道："博士，我考考你，答对了有奖。"

段枫道："考什么，说吧？"

萧涵指着那幅画，道："你说这是什么意思？"

那画上面画着一棵海棠，一朵牡丹，还有一束玉兰。段枫侧头看了萧涵片刻，说道："这是中国古代的一种谐音用法。玉兰和海棠取谐音'玉堂'，牡丹取富贵之意，合起来便是'玉堂富贵'四个字。这种用法从前在民间相当普遍，还有两颗柿子和一个如意，叫事事如意；两颗麦穗和一个花瓶、一只鹌鹑，叫岁岁平安……红楼梦里第十七、十八、二十九、四十二回都出现过……"

萧涵似乎恍然大悟，说道："哦，原来是这样啊。"思索了片刻，又问道："那天我见到一幅图画，上面有两只和平鸽和一只倒在地上的山羊，那是什么意思啊？"

段枫闻言一怔，沉思半晌，却想不出应作何解，不禁有些郁闷。缓缓摇了摇头，道："不知道。"一抬头却见萧涵一脸坏笑，知道她是故意考自己的，于是问道："什么意思？"

萧涵轻咬下唇，一对眸子笼着水雾般望向段枫，目光如泣如诉，幽怨中又有几分期许。

"魔女啊！"段枫心中叹息一声，灵光照影彻悟了答案，却是一动也不敢动。在萧涵的注视下过了半晌，终于叹了口气，道："一之谓甚，其可再乎。"

萧涵忽然推开桌子，直接将他扑倒在地，贴着他耳边低声道："这次你还想跑吗？"

没有任何一个身心健康的男人能够忍受这样的挑衅，段枫也不能。他心底愤怒地咆哮一声，霎时间只觉得天昏地暗，星月无光。整个人仿佛和宇宙融为了一体。忘了时空，忘了自己，忘了一切。化身亿万，遨游大千。不生不灭，不垢不净。无众生相，无寿者相。又仿佛与一条成了精的白蛇进行着殊死搏斗，翻翻滚滚，此起彼伏。

如此不知过了几世几劫，这场争斗终于平复下来。萧涵靠在段枫身上，整个人焕发出异样的神采。贴着他耳边幽幽地道："嘉彼盈寸茎，荫我百尺条。"

这一晚，风雨如晦，满室皆春。

第十七章　有艳淑女在闺房

　　就在段枫被萧涵天雷勾动地火之际，千里之外的 H 大同样发生了一件惊天动地的大事。话说 H 大百年校庆将至，学校为了提高社会影响和广大博士的科研水平，规定每名博士在读期间都必须做一次专业级别的学术讲座。可学术讲座这东西并不是谁都有地方做的，一时间不禁难坏了一干在读博士。于是研究生院的老师为了让博士们能够顺利毕业，想出了一个两全其美的办法：在校内定期举办学术论文研讨会。所有本校在读博士只要事先登记并缴纳一定费用，便可在会上宣讲论文，并得到一次研究生院出具的学术讲座证明。所有会议论文定期结集出版，这样既解决了广大博士毕业所需的学术指标问题，又增加了每年的工作量，实属一举两得的智慧之举。刘识丁就是在这样一次学术讲座上，再次碰到了自己 26 年生命中最重要的那个女人。

　　当时他正在候场的小办公室里准备着宣讲论文的材料，却听到门口有人讨论"长江学者"这一名称的含义和来历。

　　只听一个娇媚的女声说道："'长江学者'，长江学者是干什么的？"原来门口一个讲座的宣传海报上写着主讲人是"长江学者计划"特聘教授。

闻听此言，刘识丁方寸之间却蓦地大大一震，霎时间几乎整个人都凝固了。不为别的，只因为这个声音对他的刺激太大了。自从那个魔幻般神奇浪漫的夜晚之后，这声音就永久性地留在了他内心最深处的记忆当中。一直以来，他都不知道那到底是不是一个梦。因为那晚的经历实在太过荒诞离奇了。他不能将之与现实世界联系起来，甚至不敢太多地去回忆，生怕一不小心，发现那原来真的只不过是一个梦，而并非自己曾经经历过的事实。他当然更不敢去找那位梦中的神女求证，在他看来，那是对她极大的冒犯和亵渎。只有在夜阑人寂，午夜梦回之时，才敢偷偷地想一想。而那位神女自从那晚之后就再也没联系过他，仿佛什么都没发生过一样，甚至两人连面都没再见过。只有一次，刘识丁远远地看见她坐在一辆奥迪敞篷跑车上，同旁边一个戴墨镜穿花格子衬衫的男人有说有笑。

却听旁边的一个女生道："长江学者应该就是研究长江的吧。最近国家对环保工作很重视，三峡工程后气候又反常，可能是找些专家来专门解决长江问题的。"

没等刘识丁反应过来，那个让他虎躯一颤的声音又说道："应该不是吧，那紫江学者呢？紫江又没发大水，也不用研究。我还认识一个我们那儿的'泰山学者'，学的也不是泰山专业。"

另外一个女生知识水平不行，胡搅蛮缠却相当在行。随即反

问道："那你说长江学者是干什么的？"

这句话倒把刘识丁的女神问住了——这问题本来就是她提出来的，要是知道答案就不用问了。

刘识丁在一旁听着，心想这么简单的问题手机上百度一下不就行了。可不知道为什么，他的女神显然没有想到这一点。眼看着女神遭遇困境，刘识丁再也忍耐不住，奋不顾身地走过去说道："'长江学者计划'是 20 世纪教育部为了落实科教兴国战略提出的，主要目的是培养杰出人才。包括特聘教授、讲座教授岗位制度和"长江学者成就奖"。因为是由李嘉诚旗下的长江集团出资赞助，所以叫作'长江学者'。我同寝一个室友的导师就是长江学者，却是电子专业的。"

此言一出，那位认为"长江学者就是研究长江的学者"的女士看他说得有板有眼，有根有据，虽然不服，却也无力反驳，只好嘟起嘴向他翻了个白眼，说道："你说了半天，不还是没说明白'长江学者'是干什么的。"

刘识丁刚要说话，却见旁边的梦中神女冲他嫣然一笑，说了句："是你啊。"

刘识丁一阵热血上涌，差点没晕了过去。结结巴巴地说道："啊……啊，是……是……是我。"

"你来做讲座？"

"是……是的。"刘识丁只觉得一阵手足无措，实在不知道该说什么才好，不由得对自己刚才的冲动行为有些后悔。

　　　　第十七章　有艳淑女在闺房

所幸正在他尴尬无已之际，有人叫道："有请下一位，中文系刘识丁博士。"

他急忙说道："该我讲了。"说完便逃也似地奔向前台，惶急之下，连准备的材料也忘了拿。

坐在台上，刘识丁根本无法有效整理思路。只觉得头脑中一片空白，连日来准备的东西连同自己十几年的积累一起忘得一干二净。所幸台下本来也没什么人听，讲得好坏倒也区别不大。梦游般读完了 PPT，刘识丁还没从刚才的刺激中回过神来。失魂落魄地下了讲台，站在走道内，犹豫着要不要回去拿落在那间小办公室里的东西。

猛然听见身后有人说道："你讲完啦？"

刘识丁不禁又是虎躯一颤，慢慢地转过身来。赫然发现说话的正是他梦中的神女——在同乡会那晚与他春风一度的姚菁女士。说实话，因为当晚喝了不少酒，所以他一直不太清楚到底发生了什么，只知道醒来的时候自己在学校外的酒店里，而昨晚那个可能与他抵死缠绵过的人早已经离开了。从那以后，姚菁就再也没联系过他，他也不敢去找姚菁问个明白——在他看来，是自己占了人家的便宜。

此时再次见到姚菁，他根本不知道该怎么面对，听到她问自己，只好说道："啊，是，是。"

姚菁见到他一副魂不守舍的样子，不禁觉得好笑，"噗"地一声笑道："你站在这儿干什么啊？"

刘识丁的一颗心又撞鹿般跳了起来，咽了口口水说道："没，没干什么。"感觉好像是一个拿了别人东西之后被失主找到的小偷。

姚菁这几天心情一直不太好，前两天因为一次偶然的意外，她同时交往的两个考察对象在酒桌上见了面。本来这也没什么，在后现代的魔都高校里，男女之间的纠葛本就是再正常不过的事情。就算那两个家伙不见面，她自己也已经有些厌倦了。只不过让她郁闷的是，获悉真相之后这两个渣男居然同时背叛了她。这除了让她陷入尴尬的空窗期外，也给她的现实生活带来了不大不小的麻烦。毕竟，很多问题都不是一个人能够解决的。最可恨的是，其中一个家伙居然在第二天就搂着一个年轻狐媚的小妖精在校园里散步，碰到自己，还做出一副悲天悯人的表情，仿佛原谅了自己多大过错似的。而当姚菁和他说话的时候，旁边那个小妖精就一直像只树袋熊一样挂在他身上，一张堆满化学物品的脸上除了妖媚便是风骚，摆明了向她示威。她自然不肯罢休，极有技巧地揭露了那个男人生活上的种种恶习和不足之后，才在男人的尴尬错愕和女人的惶惑惊疑中扬长而去。这虽然略略消解了她一些心头之恨，却还是不能让她的心情有根本性的好转，毕竟，现实中的种种问题依然没有解决。

今天见到刘识丁，她一颗烦闷的心又重新活跃了起来。最近交往的几任男友都是身经百战的情场老手，交往过程中方法多样，目的鲜明。从 H 大后门的花店到女娲河边的长凳，再到博士楼

第十七章 有艳淑女在闺房

的木板床，一套套路下来最多也不过一两周的时间。这样的速度虽然符合了时代的节拍，却也少了很多追逐的乐趣。这明显地有悖于她享受过程的生活哲学。

自从那晚之后，姚菁当然判断出了他还是个不识情味的在室男，估计连恋爱也没有谈过。根据她多年的经验来看，这样的类型虽然经验上或许有些不足，但却肯定洋溢着巨大的激情。科学研究早已表明，一座火山压抑得越久，其喷发时释放的能量就越是巨大。这道理放在人类身上也同样适用。虽然她更喜欢成熟类型的男人，但眼前这个小男生实在单纯得可爱，她甚至已经回忆起了刘识丁因为过于激动而喘息颤抖的样子。而刘识丁那晚在酒精作用下压抑了二十几年的生物本能爆发后产生的巨大冲击力，也给她留下了深刻的印象。这不禁让她回想起了自己的第一任男友。那也是一个可爱的家伙，可惜缘分不够，在她考上大学之后就分手了。人在失意时，总是会有些怀旧情结。我国伟大的地主阶级政治家曹操先生不是早就说过："人在难中思故友。"

姚菁虽然和李如意合称"泰岳双姝"，但两人的行事风格却大不相同。李如意为人谦和，在老师同学间口碑极好，而姚菁则专走上层路线，和学校里一些当权派人物大多交好，对刘识丁这样的民间才子却极少眷顾。因此两人虽然曾经春风一度，以后却再没什么交集。然而今天机缘巧合，刘识丁恰巧在姚菁情场失意时又闯入了她的视界，于是便结下了一段震古烁今的旷世奇缘。

只见姚菁嫣然笑道："看什么看，不认识啊。"

刘识丁又是一阵眩晕，嗫嚅道："认识，当然认识。"

姚菁愈发觉得有趣，嗔道："那你怎么不理人家啊？"

刘识丁这才发现问题的严重性，原来自己一直在"不理人家"，急忙说道："哪有，我……没有。"又突然想起一个重要的问题，问道："你在这干吗？"

姚菁怎么也没想到他和自己说的第一句完整的汉语会是讨论这个问题，怔了一下道："我来组织会场啊。怎么了？"

"哦，没，没什么。"刘识丁有些失望，暗暗对自己的痴心妄想感到羞惭和愧疚。他还以为姚菁是在这里等他的呢。

姚菁看他说了一句又没动静了，只好说道："喂，我要走啦，你走不走？"

刘识丁这次反应过来了，说道："哦，好，我也走。"说完低着头和姚菁一起向后面的办公室走去。

接下来的一段时间里，刘识丁走在姚菁旁边，脑海中两个念头进行着激烈地交锋，直到眼看着姚菁就要离去，他终于做出了有生以来最为大胆的一次提议："你晚上……有事吗？"

姚菁停下脚步，说道："没有啊，怎么了？"

"啊，没，没什么。要不，晚上一起吃饭怎么样？"

姚菁"扑哧"一笑道："好啊，去吃什么呢？"

"对啊，吃什么呢？"刘识丁又犯了难。

他本意是说和姚菁一起去食堂吃饭，没想到姚菁误会成刘识丁要请自己吃饭，随口这么一问，却把刘识丁难住了。这时候再说去食堂吃显然不行，可不去食堂去哪儿呢？他每个月仅有学校和导师发给的 800 元生活补贴，除了日常花销之外，还要攒下来一些寄回家去。因此平时吃饭都在食堂，上次和冯诺去的凉皮店已经是他改善生活才去的地方了，这时说到吃饭，还真不知道该到哪里才好。

刘识丁心里飞速地盘算着。H 大附近的就餐场所基本可以分成上中下三个等级：前门的几家高档饭店是上等，因为地段繁华，所以价格也就比较昂贵，只有陈哥那些事业有成的教授级博士和孔方这样的富家子弟才会涉足。刘识丁只在导师宴请新入学的研究生时去过一次。食堂二楼的菁华园和后门几家规模稍大一点的饭店算是中等的，学生们得了奖学金或者有什么庆祝活动时，请客吃饭通常都选在这里。虽然价格上比前门要便宜一点儿，可是两个人一顿晚餐起码也要 200 元左右，对刘识丁来说也是笔不小的数目。后门外巷子里的小饭馆消费水平略低一些，然而环境较差，就餐者以小商贩和体力劳动者居多，显然不适合今天这样意义重大的场合。站在原地踌躇了好一会儿之后，刘识丁终于有了决定——去后门的西餐厅。他虽然没去过，却听人说过那家东西挺好价钱却不贵，正好适合今天的情形。

这是刘识丁吃过的最好而又最坏，最漫长而又最短暂，最浪漫而又最现实的一餐。此刻的他正感受着前所未有的幸福和激动。

仿佛置身梦里，又或者进入了某位艺术修养极高的大魔法师所创造的童话世界。

姚菁坐在对面，一双水汪汪的妙目不时向他望来。刘识丁被她看得很不自然，一颗心"扑通扑通"地跳个不停。偶尔一次目光相接，立刻就低头避了开去，脸上随即一阵潮红。面对这位似乎曾和自己有过合体之缘的同乡，刘识丁一动也不敢稍动，只是战战兢兢地坐在那里，唯恐一时不慎，惊扰了这位曾经让自己无数次午夜梦回的妩媚女性，让这梦幻般美妙的感觉化为乌有。

他硕士阶段做的是魏晋时期文献研究，加之勤奋好学，本科时就在神话典籍上下了相当大的功夫，是以对《搜神记》《幽明录》《列异传》之类的作品极为熟稔。这一类作品看得多了，难免会受到唯心主义有神论的影响。因而在相当程度上，他是相信有实用科学无法解释的超自然现象存在的。但毕竟眼前的事实实在太过诡异，其荒诞程度已经远远超出了他接受能力的极限。他曾经无数次幻想过，自己如果有一天能够和姚菁一起共进晚餐会是什么样的情形，但当这位梦中情人就这样坐在对面时，他还是无法确信这就是真实的客观存在。只是姚菁身上淡淡的香水味儿不时刺激着他敏感的嗅觉神经，使他在意乱情迷的同时觉得有些口渴。

姚菁看着眼里，心中暗暗好笑。男人她见得多了，但刘识丁这样自己稍加挑逗就失魂落魄的，却还是第一次碰到。一时间不禁为自己的人格魅力暗自得意，表面上却丝毫不动声色，仿佛根本没有注意到刘识丁的局促。姚菁只觉得这个男生实在腼腆得可爱。新世纪都这么多年了，魔都居然还有和异性说话会脸红的男人存在。研究他人心理本来就是她的专长，现在这一现象更加引起了她对刘识丁的兴趣。

只听姚菁道："你是山东哪里的啊？"

"高密的。我祖籍是河北涿州，后来才搬到山东的。"刘识丁传递了一个非常惊人的信息，他知道姚菁学的是历史专业，对河北涿州姓刘的肯定非常熟悉。

果然，姚菁立刻意识到了这一点："哦，涿州，那你和昭烈皇帝是同乡了？"

刘识丁立刻非常自豪地说道："不仅是同乡，我就是他老人家的后人。"

"'汉帝玄孙一脉留'，原来是天潢贵胄啊，失敬失敬。那你是哪一支的啊？"

刘识丁本来很有些得意，他向来为自己的高贵血统感到自豪。可是见姚菁语气中并没有什么异样，又提了这样一个问题，不仅有些意外，略有些尴尬地说道："听家里人说，是正宗的嫡传。"

"哦，原来是安乐公之后，那你应该有两位非常著名的祖先了。"

"好像是这样的。"

这一场充满人文气息的谈话让两人彼此之间都有了进一步了解。在姚菁看来，眼前的男生思想之单纯，品格之质朴，在现实社会中绝对可以归入珍稀物种的行列。而在刘识丁眼里，眼前的

这个女子无论是谈吐还是举止，处处都透出让人心醉的成熟和智慧。其轻嗔薄怒，一笑一颦，无不与自己理想中的女性暗合。最难得的是，姚菁虽然优秀，却没有时下高校中一般世俗女子那样故意做出的高傲和冷漠。这一点让内心极为矜持骄傲的刘识丁大为赞赏。于是他竭尽所能地展示着自己的卓绝才智，希望能够以自己精深的文字学功底和独到的专业见解赢得佳人的青睐。

虽然有些时候姚菁并不完全知道刘识丁在说什么，但她看起来还是非常开心。毕竟，肯定他人的努力是确保个体能够在人类社会顺利生存的基本素质和美德。而且在她看来，刘识丁简直就是封建社会和社会主义初级阶段思想完美结合的产物。她实在想不通，在后信息时代怎么还会有这样的人存在。

一顿饭看看吃到 8 点多钟，姚菁似乎有些意犹未尽地看了看手机。以极纯熟的面部技巧给了刘识丁一个微笑，说道："太晚了，我要回去了。"

听到身边的女神和自己说话，刘识丁只觉得头脑一阵眩晕，险些昏了过去。他酒量本就甚浅，刚才喝了一杯红酒，加之心情激荡，根本就没听清楚姚菁说的什么，当然也就无法作答。

姚菁见他呆呆地看着自己，只好略略提高了些声音，强叫道："喂！"

这次刘识丁总算隐约听到了有个声音在叫自己，本能地答应了一声："啊？"说完之后便深深懊悔自己的唐突和造次，生怕这一声毫无准备的回答破坏了自己在女神心中的形象。

　　第十七章　有艳淑女在闺房

"跟你说话呢。"又是一个甜美的微笑。

"哦。"刘识丁只觉得自己再一次被一道巨大的闪电击中，头脑一阵眩晕，又不知道该说什么了。

姚菁以手氅额，作出一副不胜酒力的样子，道："太晚了，我要回去了。"说罢眼波流转，凝望着刘识丁。

刘识丁正自怔忪不定，不知道该如何与对面的女神进一步接触，这时见姚菁要走，急忙接口道："还早呢……要不，再坐会儿吧。"

姚菁没想到他会这么说，一时间只觉得对面这人实在是好玩儿。只好说道："好吧，那就再坐会儿。"

可是坐了一会儿，刘识丁又不知道该说什么了，想了想道："要不，咱们还是走吧。"

姚菁终于忍不住白了他一眼，无奈地道："什么都是你说的，走吧。"

结账时虽然两百多块花得有些肉痛，但能够和梦中神女再度相会并共进晚餐，刘识丁觉得还是值得的。

两人出了西餐厅，从 H 大后门沿着河畔幽静曲折的小路蜿蜒前行，姚菁见刘识丁两只眼睛始终聚焦在自己身上，开口问道："你老看着我干什么啊？"

刘识丁看着身旁的佳人粉面含春，轻嗔薄怒，不禁又想起了昨晚刚刚欣赏过的影音文件。心中又是一阵悸动，终于鼓足勇气问道："你从前……演过电影吗？"

姚菁道："当然没有啊，怎么了？"

刘识丁脸上一红，道："没什么。我觉得你应该去演电影的。"

姚菁奇道："为什么啊？"

刘识丁道："没什么，就是有个明星和你长得很像。"

平心而论，姚菁的容貌就算是在女博士中也不能算是好看的，但却与一位在中国大学校园里享有极高知名度的东洋某岛国女星有几分神似。而恰恰是这几分神似，让刘识丁觉得眼前的仙女就算是在世界小姐当中也是最美的。事实上，每个人的审美眼光本就不同。人们常说"情人眼里出西施"，好像是人们总觉得自己的意中人很美。其实只有先觉得顺眼，然后才会中意。也就是说，多数人都是先觉得这个人像西施，然后才会把她当成自己的情人。这句话的民间版本即所谓的"王七的弟弟看绿豆"是也。而此刻的刘识丁，就正巧是那只发现了一颗双子叶被子植物种子的甲鱼。而他最后那句说的倒却是真话，只不过他印象中见到对方的场合是在快播上而已。

姚菁一听倒是颇为高兴，说道："那你觉得哪个演员长得像我？"

刘识丁当然不敢说实话，登时张口结舌，过了半晌才道："嗯……这个……其实……我是觉得，你很有艺术气质。"

这句话他倒也不是信口胡说的，姚菁的艺术天分确实早已得到公众认可。17 岁那年她就曾报考 D 大表演专业，并以优异的成绩顺利通过笔试。面试时一位担任评委的演艺界资深人士认为无论是气质方面还是性格方面，她都具备成为一名优秀演艺明星的所有潜质。但另一位只注重外在条件的评委却认为她的戏路过窄，而且考虑到其他学员的心理承受能力，像她这样的学员似乎不宜多招。两种截然不同的观点在评委内部引起了长达半小时的激烈争论，最后终因有人提出"限制级影片在相当时间内不会成为中国电影主流"的观点，而使后一种意见占了上风，也使她失却了成为一名优秀演员的绝好机会。为此她曾于 D 大正门绝食三日，以表达对该校部分教师以貌取人恶劣工作作风的强烈不满和抗议，并扬言要将那位断送她大好演艺前程的评委的脸变得和自己一样。据说那位可怜的女教师获悉之后第二天就去为自己的面部购买了总价值 1600 万元人民币的意外伤害保险，并专程从川藏边界聘请了两名曾经单独执行过追踪雪人任务的转业军人，作为自己的私人保镖。

从那以后，姚菁虽然远离了演艺事业，但本能中的表演天分却仍然保留了下来。是以很多认识她的人，都对她有过这样的评价。而她自己也常常以此自矜，这时听到刘识丁这么说，忍不住笑了出来，说道："算你会说话！"

刘识丁听到女神夸奖自己，急忙说道："哪里，我说的可都是实话。"心中对自己刚才的那句话大感得意。

两人边走边说，刘识丁一颗心只在身旁女神的身上，踩住了姚菁松开的鞋带却浑然不觉。姚菁抬腿前行，却觉得脚下一紧，

一个重心不稳向旁边踉跄过去。刘识丁本能地伸手一拦，将她抱了个满怀。自从离开母亲怀抱以后，他还是第一次如此近距离地接触成年女性。此刻温香软玉在抱，只觉得手足无措，完全不知道该怎么办才好。一阵混着脂粉气的女性体香刺激得他内分泌系统异常亢奋，猛然间鼻子一痒，一连打了两个大大的喷嚏。

姚菁也是一阵尴尬。站稳了身子，忽然说道："我的包呢？"她刚才被刘识丁抱住，虽然人没摔倒，但拿着的手包却飞了出去，不知道落在了哪里。

刘识丁被吓了一跳，忙问道："怎么了？"

姚菁道："我的包掉了。"

刘识丁这才反应过来，问道："掉在哪儿了？"

姚菁道："不知道，应该就在这旁边。"

说着想要到旁边去看看，一抬脚却差点又摔倒了。这才发现刘识丁踩着她的鞋带，到现在还没松开。刘识丁这时也才发现，忙走到一边，让姚菁把鞋带系好，又和她一起去找手包。

此时天色已晚，这一段灯光又不甚明亮，一个黑色的小包掉在地上着实不易分辨。两人弯腰找了好一会儿，姚菁才看到夹在路旁一排小树中间的小包。嘴里说道："找到了，在这里。"

因为相隔较远，她只好站在外面弯腰去拿。她俯下身去的时候低胸礼服的衣领自然下垂，微微露出两颗形状宛然的半球和中间一道深远幽邃的沟壑，沟壑正中还有一颗黄豆粒大小的朱砂痣。

刘识丁听她说找到了，抬头向这边一望。不经意地目光所触，

第十七章　有艳淑女在闺房

却正好看见一片耀目欲盲的白光中闪烁着一点如血殷红，一时间不禁魂飞魄散，神思万里，脑海中各种念头如惊涛骇浪般汹涌澎湃。"绝代有佳人，肌肤若冰雪。随风潜入夜，欲辩已忘言，常恨春归无觅处，花开堪折直须折。良将劲弩守要害之处。朝闻道，昔死可矣。玄之又玄。非礼勿视。阿弥陀佛，天下归仁，罪过罪过。"明明大脑严重缺氧，却又下意识地拼命压抑呼吸。生怕惊扰了眼前的美人，从而毁灭了这人间仙境般的绝美景致。木雕泥塑般站在原地，一双眼睛看也不是，不看又不行，内心深处激烈地挣扎徘徊，一边暗骂自己糊涂混蛋、色胆包天、昏庸怯懦、颟顸懵懂，另一方面似乎又希望姚菁不要那么快就站起身来。

姚菁拿出手包，站直身子，看刘识丁若有所思地站在那里，两人目光一触，却发现刘识丁一下子满脸通红，心念电转间顿时知道发生了什么，嗔道："你在干嘛啊？"

刘识丁霎时间手足无措，俨然做了坏事被当场逮住般无地自容。口中期期艾艾地道："那个……我……我……"

"无聊！"姚菁转身就走，看也不看刘识丁一眼。

刘识丁急忙追上去道："哎，等等我啊。"

姚菁向前快步疾走，刘识丁则跟在后面亦步亦趋，战战兢兢地一句话也不敢多说。姚菁听见他跟来，心中一阵快意。脚下却加快步伐，头也不回地笔直前行。刘识丁一路小跑，好不容易才赶了上去，却又不知道说什么好，只是寸步不离地跟着姚菁。

姚菁忽然回过头来道："你跟着我干什么？"

"我送你回去啊。"刘识丁一脸委屈和无奈。

"不用了，谢谢。"姚菁说着停下脚步，在河畔找了一条长凳坐了下来。

刘识丁又跟了过去，在姚菁旁边坐下，一颗心如受惊的鹿麂般跳动不已。他已经隐隐感觉到了姚菁的态度，只是从未有过此类经验，实在不知道该怎么样迈出那关键性的一步，是以显得有些手足无措。只痴痴地看着旁边的姚菁，连话也不知道该怎么说。

此时夜色渐深，校园里已经冷清了下来，女娲河畔除了那些正品味着甜蜜爱情的年轻人之外，已经没什么行人。两人坐的这条长椅所在颇为偏僻，旁边的树木遮住了路灯射来的大部分光线。微风过处，几棵法国梧桐枝叶摇缀，与两岸交相辉映的橘黄色路灯共同编织出一片和谐的光影旋律，就如"梵阿玲上奏着的名曲"一般。

姚菁见他不说话，只好问道："你刚才在看什么？"

听她又提起这件事，刘识丁急忙道："对不起，我真不是有意的……"

姚菁白了他一眼道："那你看到了嘛？"

刘识丁讷讷地低头不语，双手不停地摆弄着衣角。他看当然是看了，可是实在谈不上看到了什么东西。这时姚菁问他，他是真不知道该怎么回答。想了半天才颇为无奈地"嗯"了一声。

"那你说，我好不好看？"虽然早已知道了唯一可能的答案，但对女人来讲，这种话无论听多少次都是绝对不会嫌多的。

第十七章　有艳淑女在闺房

刘识丁却会错了意，以为姚菁还要追究自己刚才的无礼。嗫嚅着说道："我真的……没看清。"在他的印象中，未造成严重后果的犯罪行为在量刑时处罚要相对从轻一些。

可惜他坚实的法律基础知识并不适用于此时的情况。

"气死我了，大傻瓜！"姚菁这次是真的生气了。

刘识丁却还不知道自己错在哪里，呆呆地看着姚菁说不出话来。

姚菁见他一脸质朴纯真，实在是一种前所未见的奇趣，于是哂道："傻瓜，什么也不懂得。"

刘识丁虽然不解风情，但对年轻女性的习惯用语到也有一定程度的了解，知道"你是个好人"就等于拒绝，而如果用到"傻"字就表示对你有一定程度的好感。

于是小声嘟囔道："我喜欢你。"

姚菁有些诧异地问道："你说什么？"

她虽然久历风月，却还是给这突如其来的表白吓了一跳。她没想到这个看起来木讷得无以复加的单纯男生，会突然冒出这么一句话来。要知道那些情场老手是极少说这样的话的，在有些人的眼中，行动的意义要远大于语言。而且就算要说，也肯定用"爱"来代替"喜欢"。只有恋爱经验欠缺的小男生，才会用这两个字。因此姚菁虽然阅人无数，但这几个汉字组合却还真听得不多。

"我说……"刘识丁鼓足勇气，"我……"嗫嚅了半天，下面两个字却又不敢说了。

"你什么呀？你你的。"姚菁嘴角一撇，语气和表情中都流露出一丝轻蔑。

刘识丁忽然感到了一种前所未有的屈辱。作为一个男人，一个二十几年品学兼优的男人，居然会被人如此轻视，这让他实在难以忍受。"辣块妈妈！"他忽然想起了大清鹿鼎公韦先生的那句名言，"二十年后又是一条好汉！"关键时刻，终于展示出了男人应有的血性。

只见他双目之中蓦地精光大盛，身形慢慢拔起，宛如一只吃满了风的船帆。姚菁见他神态狰狞，不禁有几分害怕，问道："你……你干什么？"

刘识丁鼓足了勇气，开口说道："我喜欢你。"不等姚菁说话，又接着道："自从上次以后，我心里就一直想着你，一刻也没有忘记过。我想做你男朋友，和你像上次那样。每天都那样。"他今天自从见到姚菁以后，就一直在纠结着这句话，所以才一副魂不守舍的样子。这时话一说出口，终于又活了过来。只是心情忐忑，仿佛一个囚犯正在等待判决。

姚菁这才知道，刘识丁原来只是看起来木讷，其实一点儿也不傻。想了想道："你要做我男朋友，那得看你的表现才行。"

刘识丁道："你放心，我就算粉身碎骨，也要让你幸福。"其神态之慷慨激昂，颇有几分凛然赴死的大义。

姚菁忍不住"扑哧"一声笑了出来，骂道："又不是让你去炸碉堡，和我在一起就那么悲壮啊？"

刘识丁也觉得好笑，讪讪地道："不是，我是说，我一定会对你好的。"

姚菁忽然想起一事，说道："害我喝了你的漱口水，还没找你算账呢。你说，该怎么办？"

刘识丁想了半天，也没想出什么好主意来，只好说道："要不，你也吐一口让我喝了吧。"

"讨厌，你还敢取笑人家。"姚菁气得红晕上脸，轻挥粉拳，作势欲打。却不知怎么一个重心不稳，整个上身都向刘识丁怀中倒去，惊叫声中，左手无巧不巧地撑在了一处所在，瞬间便感受到了刘识丁血液的加速流动和汇集。

刘识丁霎时间只觉得眼前一黑，似乎被一股强大的电流击中，浑身不由自主地一阵颤栗。他实在不知道，自己应该有什么样的反应才对。感受着姚菁的一双柔荑，二十几年的无产阶级革命教育告诉他，一个党性纯粹的共产党员在面对外来诱惑时，应该具有坚定的革命立场。但雄性生物的本能，却要驱使他做出完全相反的举动。一时间脑子里好像灌满了糨糊，无数个稀奇古怪的念头混杂在一起。不知怎么糊里糊涂地左臂一圈，搂住了姚菁柔若无骨的纤巧肩膀。姚菁似乎完全没有准备，身子一倾，结结实实地躺在了刘识丁怀里。

从这天开始，刘识丁便正式脱离了单身行列。而他肯定不可能知道，自己和姚菁的恋爱关系会对整个 H 大，乃至全中国的政坛格局，造成什么样的影响。所谓风起于青萍之末，混沌学理

论认为，初始条件的微小变化能引起整个系统长期巨大的连锁反应。从这一点上来看，确实是有道理的。

　　终于找到了女朋友的刘识丁，整个人都焕发出了无限的活力。一时间研究工作做得风生水起，连张导都对他的表现感到满意。办公室里包括李如意在内的众人都觉得好奇，不知道是什么原因使得他如此勇猛精进。而与他的春风得意形成鲜明对比的，则是远在 Y 城的段枫。

　　　第十七章　有艳淑女在闺房

第十八章　室迩人远毒我肠

段枫又摊上了事儿，更大的事儿。

由于这一阶段项目进行得比较顺利，工厂里已经正式开始生产，营销人员也按照预期进度向外寻求订单。只是谁都没想到，销售部门开工不到一个月，就从英国一家公司拿到了一笔订单。但那边的合同条款定得相当苛刻，且丝毫不肯退让，所以销售部门的人都做不了主。无奈之下，萧涵只好亲自前去会谈。于是渝珠集团下发文件，聘请段枫为现场总指挥，全权负责整个项目的运营工作。规定所有项目人员必须积极配合总指挥工作，不得以任何形式推诿拖拉，否则后果自负。萧涵又从自己的股份中拿出百分之十奖励给段枫。为了便于他管理，还特意开了个现场会，正式宣布公司董事会决议。因为两人的关系早已不是什么秘密，而在前面处理财务危机时，段枫又帮着萧涵树立了足够高的威信，所以这次集团内的人倒没再找什么麻烦。

麻烦来自于集团外部。

萧涵前脚刚走，段枫就接到所在开发区通知：过两天区里领导要来视察，望做好接待工作。刚接到通知的时候，段枫根本没当回事。他本来就烦这类东西，心想："你愿意来，让你看就是了，反正又没有犯法的。"可项目办公室的秘书黄茜却在旁边小心翼翼地提醒道："听说这次来的是市里专门派下来，考察指导各开发区工作的开发办胡副主任，点名要看咱们的项目，或许是要重点考察也说不定。而且据说这位胡副主任行事颇为辣手，所到之处项目多有停产整改者，在 Y 城企业界素有'冷面胡一刀'之称，这种情况下小心点儿总没什么不好。"

听她这么一说，又是在这么个时间点上，段枫觉得倒是有必要认真准备一下。别万一真是来找麻烦的，刚刚度过危机的项目再停产了，自己的责任可就大了。于是开会通知现场，环保、消防安全、生产各部门严格自查，有问题即刻解决，责任落实到人。谁出了问题，除个人承担责任外，追究三级领导责任。严令一出，整个厂区上下一片肃然，人人忙着自查。连那几位平时一直坐在办公室里的厂长也驾临现场，生怕自己分管的部分出了差错，给段枫抓住把柄，来个杀鸡儆猴立威。这么一来，整个厂区的风气为之一振，呈现出一片奋发向上的气氛。任谁也没想到，那位胡副主任人还没来，倒先帮段枫提振了一下士气。

眼看到了通知来视察的日子，这天上午天阴沉沉的，隐隐还下着蒙蒙细雨。段枫正在现场查看生产情况，项目办公室的秘书黄茜过来说视察的人到了。段枫只好先放下手头的事，一边跟着她往厂区大门那边走，一边问她其他几位副总都通知了没。黄茜说那几位在办公楼里都一起通知了，就他自己在现场，所以特意跑过来的。

　　两人走到办公大楼门口，看见其他几位副总都已经在楼下了。段枫和他们打个招呼，自从有了现场总指挥的身份，其他几位副总虽然心里颇不以为然，但表面上却客气了不少。老梁厂长则更是高兴，见到他总是拍拍肩膀以示嘉许。

　　没等多久，就见一辆中巴车从大门直开到大楼前的停车场。停稳后下来了一行十几个人，众星捧月般簇拥着一个年轻的劲装女子缓缓走来。段枫和几位副总忙降阶相迎。走到近前，陪同在当先那名女子身旁的开发区主任郑岩，指着段枫道："这位是渝珠集团纳米中药项目的负责人段枫博士。"又对段枫道："这位是市开发办胡主任。"

　　段枫没想到名震Y城企业界的"冷面胡一刀"居然是个年轻女子，不禁有些诧异，忍不住多看了两眼。但见对面的女子肌肤呈小麦色，大约二十六七岁的年纪，一米七出头的身材，高颧骨、方下巴，脸上棱角颇为分明。身上遮盖不住的青春活力，仿佛要从衣服下面迸发出来一般。就是这么站在原地不动，便已让人觉得生机盎然，一股英武之气扑面而至。

　　"你好。"胡菲伸出手来。

　　"胡主任好。"段枫忙伸手握了一下。虽然触手之处一阵柔软滑润，但段枫却颇有些胆战心惊之感。又和后面陪同的人见过礼，寒暄过后，段枫把各位领导让到了会议室。

简单介绍过后，胡菲大概问了问目前进展，市场前景，预期效益。点了点头道："我想到现场看看，请段博士带我们到现场参观参观。"

听说要去现场，段枫不禁一阵踌躇。他总觉得胡菲这次不像是一般的调研，似乎是有什么特殊目的。虽然看她年纪可能比自己还小，但言谈举止之间却显得颇为干练老成，到了现场别再看出什么毛病来。于是嘴上推辞道："现场正在施工，环境和安全性都不太好，别再冲撞了胡主任贵体。有什么问题还是让我在这里汇报吧。"

胡菲笑道："你们天天在都不怕，我去看这一会儿怎么就冲撞了。我这次来的任务就是现场调研，你不让我去，我回去怎么交差啊。"

段枫看她态度坚决，只好答应了。叫人准备了安全帽，陪着胡菲来到车间。

车间里工人们正热火朝天地干活，见他们来了，纷纷举手示意。

胡菲看在眼里，说道："段总很受群众欢迎啊！"

段枫笑道："哪里，他们是看到胡主任亲临现场视察，特地欢迎你的。"

在车间转了一圈，段枫陪着介绍些基本情况。看胡菲没生出什么事端，提着的心才暗暗放下了一些。

可还没等他把气喘匀，就听胡菲说道："这项目的环评报告有吗？"

闻听此言，段枫不禁脊背一阵发凉。

环评报告当然有，但实际情况却与报告中所说有些差距。当初的环评是这边找人做的，为了能顺利开工，在评估方的指导下对部分设备进行了修订，但实际安装时却不是按照报告的规格买的。这本来也没什么，只要不造成重大影响，有关部门对这种事通常连查都不会查。毕竟发展是硬道理，经济指标才是首要的考核标准。但今天胡菲看完现场后，突然问了这么一句，不由得段枫不紧张。这个时候问环评，估计混是混不过去了。段枫只好硬着头皮说道："有。"

"嗯。"胡菲点了点头。虽然她没再说什么，但段枫心里却打起鼓来。他知道胡菲本来就是干这行的，对个中曲折自然知道得一清二楚。要是诚心想找麻烦的话，肯定是一抓一个准。

果不其然，胡菲走后第二天，环保局就派了人来。一番调查后正式下达通知，项目因为噪声及粉尘污染超标，责令停产整改。

刚开工的项目就停产了，最要命的是当天晚上萧涵发来视频邀请，告诉段枫合同已经基本谈妥，价格比预期的还高了一成。但对方对交货日期卡得很紧，要求合同签订后三个月内必须交货，否则视为违约。段枫知道，停工的事就算自己不说，她也肯定得知道。别人告诉她还不一定说些什么，与其让她徒增担心，还不如从自己这儿知道来得好。于是，把事情原原本本地告诉了萧涵。

萧涵听完先是一呆，然后告诉段枫说她在英国还有点儿事，要过一段时间才能回来。

本来段枫负责技术，这种事用不着他操心。但现在项目在他手上停产了，萧涵一时又回不来。如果不能赶紧复工，以致耽误了交货日期，这样的损失任谁也不能接受。所以不管他愿不愿意，这个锅是一定要背了。

只是这件事却和做技术完全不一样。技术难题只要花时间，总能够找到办法解决，这个事却需要找人才行。他就是个在读的博士，在 Y 城能说上话的人一共也不超过五个。碰到这么个事还能找谁？给陈老大打了个电话，回复说先找找人看，过了两天也不见动静，估计是没找到。指望那几位副总？人家等着看笑话还来不及呢。想请客吃饭，人家根本不给机会，去了两次环保局，连管事的人都没见到。正没辙的时候，还是老梁厂长指点了他——当初的环评是谁负责的，自然还去找谁。

段枫恍然大悟，急忙找来当初负责环评的那位姓孙的副厂长商议。孙副厂长办事效率倒是很高，和环保局那边沟通过后，没几天就拿出了方案：增设尾气处理和降噪装置。万般无奈之下，也只好如此了。只是连买东西再送过来安装，这期间没个一两个月肯定弄不完。等都弄好了再生产，是无论如何也不能按期交货了。但没有环保局正式批准就不能生产，在已经收到明确通知的前提下，再敢明目张胆地违规生产显然是自寻死路。不说环保局那边查不查，就是内部人告密也是可以预见的事。

这下段枫真上火了。项目停了一个多星期，他嘴上的泡破了两茬，却还是没想出办法。也难怪，和政府打交道这种事，本就不是他擅长的。所幸办公室里还有两个肯出力的，愿意跟着他四处奔走。坚持不懈地在各相关部门折返跑了二十几趟之后，那边终于良心发现，给了一句话："兄弟，看在你跑这么多趟的份上，我告诉你句实话。你这个事是市开发办胡副主任亲自督办的，我这边实在无能为力。不去找正主儿，你往我这儿跑多少次也没用。"

　　果然是她！段枫心中不禁有数百万只羊驼呼啸而过。事情出了之后，他就隐隐觉得应该是胡菲找的麻烦。不过一来只是他自己猜测，没有确切依据，就算去找人家也没什么可说的；二者他对胡菲有着一种本能的恐惧，实在不愿意去面对这个棘手的人物，所以他才一直没去拜望这尊瘟神。现在有了这句话，就算想骗自己也骗不了了。

　　即便如此，他还是抱着一丝侥幸心理。想看看能不能通过其他关系把这个问题解决了。于是，又开始了新一轮的请客吃饭，求人送礼，找门路，托关系。几经周折，还真找到了发改委的一位领导。结果那边一听："谁？胡菲？呵呵，这个，真管不了。她办的案子，别说是我，你找市委常委都没用。"段枫听完之后不禁又是一阵歉歔："这位胡副主任到底是何方神圣啊，居然有这么大能耐。"

　　曲线救国行不通了，只好真刀实枪地赤膊上阵吧。让别人去，一者怕人家不尽心；二来怕能力不足，办不明白。段枫特意派了

精明能干的黄茜去找胡菲，结果一句话就被打发回来了："这是你们区环保局的事，不是我的职责范围。"

可环保局那边已经明确告知了："这事儿是胡副主任督办的，我做不了主。"无奈之下，黄茜只好又去找胡菲，回来后终于忍不住说了一句话："这么大的事我们办不了啊。人家说了，项目负责人连面都不露，根本不是解决问题的态度。"

人家点名了。事已至此，躲是躲不过去了。可段枫是真不愿意去。他觉得见到胡菲就好像见到天敌一样。优秀女性他见得不少，李如意、萧涵，甚至文淑、毕月，她们个个都算得上是人中龙凤，女中极品。可不管跟谁相处，他都能在心理上保有着相当程度的自信，以萧涵那种风度气场，他第一次见面也一样能够挥洒自如。然而，自从见到胡菲那一刻起，他心里就生出了一丝深深的怯意，并且生平第一次有了被人压制的感觉。不知道为什么，他觉得这个女人对自己有着全方位的压制。这种压制是属于他们这种同类之间的，就好比小巫见到大巫、小流氓见到大流氓一样。一直以来，他都觉得中国的公务员里虽然不乏优秀人才，但必然都是些思想正统的主流人士。然而那天见到胡菲的第一眼，他就知道虽然表面上看起来她比谁都正常，但实际上这是个和自己一样的异类。

从她看别人的眼神里，段枫总能读出一丝"我知道你想什么，可你不知道我想什么，还觉得我很不可理喻"的悲悯和无奈。那是一种对长期不能与主流世界观融合而产生的孤独的习以为常。

虽然表面上却看不出任何异常，完全是一个正常得不能再正常的人民公仆加社会精英。但骨子里，却肯定是一个比他更加另类的另类，一个另类中的极品。段枫知道，对于这种人，只要她自己不愿意，别人说什么都没有用。这也正是他为什么如此焦虑的原因，他不知道怎样才能让胡菲改变主意。这时听说胡菲点名要自己去见她，心下不由得一阵紧张。

紧张归紧张，去还是得去。得到通知后的第二天，段枫便单枪匹马，一个人来找胡菲。他怕去晚了胡菲有事出去，8∶30准时来到市府大院。按照黄茜告诉他的方位，找到了胡菲的办公室，却发现门是关着的。看看时间，胡菲应该是还没来。

等了一会儿，还没见到胡菲。段枫放眼一望，见这一排足有二十几间办公室。这么长的走廊，人来人往地自己站在门口等总不是个事儿。无奈之下，只好又坐电梯下了楼。他在大门口的楼层分布指示牌前站了半天，深入了解了各位领导都在哪里办公。沿着一楼的走廊转了一圈儿，看看各个房间的门牌儿，路过洗手间是还顺便方便了一下。又坐在大厅的椅子上等了一会儿，看看手表已经快到九点钟了，却还没见到胡菲进门。心想怎么九点钟了还不上班，可能是刚才自己走开的时候错过了，再上去看看。

又坐电梯上了八楼，走到胡菲的办公室一看门还是关着的。看到不远处有一间门开着的，段枫走过去，探头看了看，只见里面一排三个办公桌，前后两个都空着，中间的一张桌子后面坐着

个二十多岁的小姑娘。

段枫敲了敲门，问道："你好，请问胡菲是在这里办公吧？"

那小姑娘抬头看了看他，说道："胡主任在803。"语音颇为清脆悦耳。

段枫点了点头，道："哦，谢谢啊。她今天来上班了吗？"

"这个，不知道。"

"哦，好的，谢谢！"段枫说完退了出来，站在走廊想了想，觉得还是到楼下大厅去等比较好。

可是又等了四十多分钟，上来下去了两次，还是没见到人。刚好见到隔壁一间副主任室门前，有个中年男子在开门，段枫走过去问道："你好，请问胡菲今天来上班了吗？"

那人看了看他，说道："她今天下去检查了。"

"哦，好的，谢谢！"段枫心中叹了口气，暗想检查还叫我来干什么。他忘了人家只是说让他自己来，却没说让他什么时候来。看来今天是见不到了，只好回去了。

第二天又去，胡菲倒是上班了，不过市里开大会，处级以上的干部都不在。段枫又白跑了一趟。

第三天去，还是没见到人。等到中午吃饭的时间，段枫只好又回去了。

"老这么见不到人也不是个办法啊。"他一边往外走一边想。出了主楼，正沿着石子路往大门口走到一半的时候，忽然看见远处围楼门口的一个灯箱上写着"机关超市"四个大字。

段枫灵机一动，快步向那边走了过去。来到近前推门进去，只见柜台后面坐着个四十多岁的女收银员，容貌颇为清秀。段枫在里面转了一圈，买了一堆水果零食巧克力什么的。付了钱，特意让她找了两个全透明的大塑料袋装好，提着东西又回到了办公主楼。

　　上到八楼，直接走到头一天打听消息的那间 811 室。探头一看，那个小姑娘还在里面。段枫提着东西，走进去轻轻掩上门。

　　那小姑娘见他进来吓了一跳，问道："喂，你干什么？"

　　段枫走到她桌子旁边，把东西放下。说道："有件事想请你个帮忙。我和胡主任前两天闹了点儿小矛盾，想找她赔礼道歉，可她一直不接我电话。没办法了，只好到单位来找她。今天来找她又不在，这是给她买的零食，都是她爱吃的，麻烦你见到了替我交给她。另外这袋是给你的，算是劳务费。你看可以吗？"

　　那小姑娘看了看桌子旁边的两个大口袋，又上下打量了段枫几眼，抿嘴笑道："好吧，那谢谢你了。你叫什么啊？"

　　段枫忙道："我应该谢你才对，等她不生气了，我请你吃饭。不过她脾气大得很，要是知道了说不定连你的气都会生，所以这事你千万别跟别人说起，就当什么都不知道。谢谢了！"

　　那小姑娘一脸"我懂"的表情，笑道："没想到胡主任的脾气还这么大。好吧，我帮你给她。"

　　段枫又千恩万谢一通，想了想又道："你交给她之后，能不能告诉我一声，让我心里也好踏实点儿？"

那小姑娘点头道："可以啊，不过我怎么告诉你啊？"

段枫道："这是我电话，到时候你给我发个消息就行，太感谢了。"说完留了电话，转身出门走了。

第二天一早，段枫的电话就响了。是那个小姑娘打来的："东西送去了，不过胡主任怎么说不认识你啊？"

段枫在电话里道："没事，她说气话呢。你东西已经给她了，是吧？"

那小姑娘道："是的啊，我刚给她的。"

段枫道："好的，谢谢了。我自己去跟她说，等她不生气了我们一起请你吃饭。"挂断了电话，又直接打给萧涵的专车司机老霍，让他马上把车开到楼下，送自己去市府大院。上了车，段枫心想："这次你总跑不了了吧。"

开到市府大院，在门口登了记。老霍把段枫送到办公大楼下面后，自己开车去了停车场。段枫这次却不着急了，慢慢地往办公大楼走，心中暗暗好笑。他知道，胡菲肯定坐在办公室里生气呢。来到门口，只见门开着，胡菲坐在大办公桌后面。段枫敲门进去，来到胡菲对面坐下。

胡菲果然在生气。见他进来了，一句话也不说，只是冷冷地看着他。她当然知道东西是段枫送的，这行为本身没什么，但造成的不良后果却相当严重。现在几乎整层楼的人都知道了胡菲爱吃什么零食，原因是有个年轻英俊戴眼镜的小伙子，为了赔礼道歉给她买了一口袋。至于两人什么关系，虽然没人敢说，但这种事还不是显而易见的嘛。尤其是发生在胡菲这个一向不食人间烟火的高冷女神身上，这样的新闻简直就是爆炸性的。现在每个人看她的眼神都有些闪烁，这让向来在精神层面凌驾于众生之上的她怎么能不生气。可是要想据此就给段枫治个罪，好像还真找不到什么适用的条款。所以，见到段枫自投罗网，她一时也没想好该说什么。

段枫也不说话，只是在她清冷目光的关注下静静地坐着。两个人无言对坐了好一会儿，胡菲终于开口了："那些东西是你送的？"

"嗯。"段枫点头道，"怎么样，还合口味吗？"

胡菲虽然知道这个时候不该动气，却还是忍不住道："谁让你送的？"

"没人，我自己送的。"不等胡菲说话，段枫又接着道："我连着来了三天，都没见到你。看你实在太忙了，就想着聊表寸心慰问一下。早知道你今天在，我就不用花那个冤枉钱了。"

胡菲看了看他，说道："你来找我有事吗？"

终于说到正题了，段枫出了口气，说道："当然有了。自从你上次去检查过后，项目被环保局责令停产整改，到现在还没得到批准生产。"

胡菲道："那你该去找你们区环保局，来我这儿干什么？"

段枫道："我去了。不过他们说这案子是你亲自督办的，没

有你的批示，他们不敢擅自做主。"

胡菲道："他们要是说需要总理批示，你是不是就往国务院送零食了啊？"

段枫想了想道："我要是连着三天见不到人，应该有这个可能。不过也可能会送点儿别的，毕竟年龄段不一样。"

他这句话一出口，胡菲的气倒是消了一些。平心而论，这两天她确实有故意不见的成分在里面。她知道自己说完段枫就会来，头一天故意出去检查。第二天开会就知道段枫来了，心想找不到人我看你还怎么办，所以第三天又出去了。可是却怎么也没想到，这混蛋居然会想出往办公室送零食这种损招儿。

想到这里，胡菲点头道："好，那我告诉你，我同意了，你回去吧。以后不用再来了，把那袋东西也带走。"说完指了指门口纸篓旁边的，满满一大塑料袋零食。

段枫摇头道："你告诉我没用，得告诉他们才行。工厂里不能生产，我只好来这儿求你。"

胡菲道："如果是我的工作范畴，我会尽力解决。现在你反映的问题不归我管，所以你应该去找你们区环保局。如果没有别的事了，我还有工作要做。"

话说到这个份儿上，段枫想再坐着也不行了，只好起身出来。走到门口的时候胡菲又说了一遍："把东西带走。"

段枫伸手提起袋子，出了胡菲的办公室。他本来也没指望胡菲能要，买两份儿只是为了让那小姑娘好收下。回到工厂，把零

　　第十八章　室遏人远毒我肠

食给交黄茜，说是她这几天辛苦了，自己代表项目部表示一下慰问。然后便一头扎进了办公室。

这一次段枫的斗志算是彻底被点燃了，心想：小丫头片子，我就不信我摆不平你。他把自己关在办公室里，对胡菲进行了全方位、立体式、综合性整体调查研究，把网上所有能找到的资料都看了一遍，甚至连胡菲的博士论文都让李如意帮忙下载下来看了。反正项目停产，厂里也没别的事好做。

如此过了一周，段枫终于做足了功课。带着制定好的周密行动计划和预备方案，又叫老霍开着车，再次来到了市政府大院。

这次他到快下班的时候才来，没去胡菲办公室，而是直接到停车场找到胡菲的车，然后在相距不远的地方停下来等着。他三天前就打听清楚了，胡菲开一辆红色的英菲尼迪，车牌号后四位是1988。

段枫和老霍坐在车里等着，外面的天渐渐阴了下来，风刮得一阵比一阵大。两人闲着没事儿，有一搭没一搭地聊天。老霍是特种兵出身，退伍后本来分配到国企工作。因为看不惯单位里的腐败风气，所以自己出来另谋出路。因为车技好，被人推荐给老萧总做司机，顺便也兼了保镖的工作。算起来是萧涵这一派的嫡系，所以和段枫的关系自然也就比较融洽。

俩人正坐着聊天，旁边又开过来一辆银色帕加尼跑车，在胡菲车旁边停了下来。老霍给董事长开了近十年车，好车见得多了。

然而一见这车却也忍不住多看两眼。他知道段枫对车不熟，告诉他说："就这车，少说也得三四千万，顶得上咱们半条生产线的了。"

正说着话，却见车上下来个人，鬼鬼祟祟地走到胡菲的车旁边。看看左右没人，便蹲下身子开始鼓捣。老霍是这里的行家，稍微看了看就明白了。对段枫说道："他在动排气管子，等会儿肯定打不着火。我现在下去逮个正着，一会儿胡主任下来你跟他说，也算立了一功。"

段枫道："先不着急。看他们这意思不像一时半会儿就走的样，先看看再说。"说着拿出手机录了段视频。没过多久那人弄完走了，那辆银色帕加尼却一直停在那没动。

老霍看段枫录了视频，知道他已经有了安排，也就没再说什么。又过了一会儿，开始陆续有下班的人来开车离开。段枫坐在车里，一抬头正好看见胡菲背着包，昂首阔步朝这边走来。她一双长腿，本来步幅就大，加上走得又疾，整个停车场就数她行进得最快。从段枫看见她，到走到车旁，50米的距离一共超过了七波12个人。

胡菲开门上了车，发动了几下都没打着火。只好又开门下来，站在当地看着爱车疑惑不解。这时那辆帕加尼车门一开，走下来一个人。

"韩隗！"老霍捅了捅段枫。

"啊？"段枫心中一惊。他自从上次资金危机之后就牢牢记住了这个名字，一直小心在意地提防着，没想到今天在这儿见到了。仔细打量一下，这位名满川渝的韩总大概三十几岁年纪，穿一身银灰色西装，头上和脚下一样的光可鉴人。身形结实矫健，一看就是经常健身的。手里抱着一大束鲜花朝胡菲走过去，那香味儿段枫在车里都能闻到。

胡菲看见他走过来，却不理会，只是皱眉看着自己的车。韩隗满脸堆笑，走到近前说了几句什么，又把手里的花递给胡菲。胡菲的反应却颇为冷淡，连看也不看一眼。两人又说了几句，段枫坐在车里，听不见两人说什么，不过看那意思应该是韩隗想让胡菲上自己的车，胡菲却不答应。

段枫对老霍道："你等一下，我下去看看。"说着开门下了车。

走到近前，对胡菲道："胡主任，怎么还在这儿啊，司机在那边等着呢。"说着朝停车的地方指了指。

胡菲看了看段枫，又看了看韩隗，打开车门拔下钥匙，对段枫说了句："走。"说完抬腿就要走。

韩隗见她要走，急忙拦住道："哎，去哪儿啊？"

胡菲道："企业调研，你管得着吗？"

韩隗道："这时候了还调什么研啊。"又看了看段枫道："下班了，你明天再来吧。"

段枫道："我都来了四趟了，好不容易才约上。工厂里人都等着呢，不信你问胡主任。"

胡菲道："嗯，是。"

韩隗没想到冒出来个搅局的，看看不认识，一时摸不清状况，

又怕得罪了胡菲，只好说道："那你把花收下。"

胡菲想了想道："好。"对段枫道："帮我拿着，走吧。"

"欸，好嘞。"段枫一边答应着，一边把手伸到一半，貌似尴尬地看着韩隗，心里却对胡菲这个决定佩服得五体投地。

韩隗也没想到胡菲会有这么个安排，又不能不给，只好把花交给段枫。说道："小心点儿，别弄坏了。"

段枫道："放心，保证没事儿。胡主任，这边。"说完抱着花，陪着胡菲走过去上了车，留下韩隗一个人站在当地错愕愤懑。

老霍把车开出政府大院儿，问道："咱们怎么走？"

胡菲道："靠边把我放下来就行。"

段枫道："刚才那人肯定还没走呢。你现在下车，等会儿说不定又碰上了。"

听他这么一说，胡菲果然不说话了。

段枫对老霍道："先往前开，前面红绿灯右转。"

车子刚转过弯，胡菲道："好了，就在这停吧。"

段枫道："再往前开点儿，这里不让停车。警察正看着呢。"

老霍又往前开了一段，胡菲道："好了，停吧。"

段枫笑道："不是说好了企业调研吗？那边的人都等着呢。"

胡菲道："我有事，今天不去了。"

段枫道："那好吧。那咱们找个地方，坐下聊聊。"

胡菲道："有什么事，明天到我办公室说。"

段枫道："别啊，好不容易才有机会请到胡主任，今天还希

　　第十八章　室遐人远毒我肠

望能跟胡主任深入地沟通一下。"

胡菲冷着脸道："停车。"

段枫无奈，只好让老霍停下车。胡菲下了车，正要关门，段枫道："你花还没拿呢。"

胡菲道："送你了，拿走吧。"说完转身便走。

谁知没走出两步忽然一阵豆粒儿大的雨点儿毫无征兆地倾泻而落，"哗"地一下淋了她满头满身的水。胡菲本能地往回一退，又伸手拉开门坐回到了车上，随即关上了门。身手之敏捷，当真行动如疾风，举止若闪电，来如雷霆收震怒，罢如江海凝清光。眼看着她满脸水珠惊慌狼狈地坐回车上，却还努力维持着一副凛然不可侵犯的高冷神态，段枫强忍住笑，拿出纸巾递给了她。

"谢谢！"胡菲看了他一眼，接过纸巾擦干了脸。

段枫道："霍师傅，走吧。"

这雨来得快，去得也快。开出没多远，雨慢慢停了。

胡菲道："就这停吧，我下去。"

段枫道："这个点儿不好叫车。一会儿我们走了，万一再下雨，你连躲的地方都没有。"

胡菲想想也是，就没再坚持。

段枫道："胡主任，我有个问题想和你探讨一下。"

胡菲道："什么问题？"

段枫道："你说一辆好好的车，为什么会突然就开不了了呢？"

胡菲看着他道："你弄的？"

段枫道："我哪有这个胆子。"

胡菲道："混蛋。"

段枫奇道："说得好好的怎么骂上人了？"

胡菲道："我不是说你。"

段枫道："我知道。不过就这么没凭没据的，骂谁也不合适啊。"

胡菲道："你有？"

段枫道："有没有的先不说。不过个中缘由，我倒略知一二。"

胡菲道："说。"

段枫道："此事说来话长，一句两句的说不清楚。要不咱们找个地方，我慢慢跟你说？"

　　　　第十八章　室迩人远毒我肠

第十九章　密云不雨

　　胡菲白了段枫一眼，却没反对。她对段枫的不满主要源于上次的送零食事件，除此之外并没有什么不良印象，甚至与韩隗相比，她倒更愿意和段枫相处些。故而如果能借此抓住把柄，摆脱韩隗的纠缠，和段枫吃点儿东西当然算不上什么大事。

　　段枫看她默许了，对老霍道："无咎小筑。"

　　老霍答应一声，一脚油门踩了下去。车子左转右转，没过多久便把两人送到了地方。

　　胡菲见这无咎小筑是一幢二层起脊小楼，外面看起来雕梁画栋，走得是复古风。周围一片竹林，颇为宁谧幽静。两块木板门上挂着一副对联："雨疏风色暮，云淡酒旗香。"横额上挂着一块匾，上书"无咎小筑"四个大字。这时刚下过雨，天高云淡，竹翠承珠，正好应了景。

　　二人进店，段枫报了预订时留的电话，服务员把两人领到了一间小小的包房里。这房间虽然不大，但桌椅器皿，却无不透着精巧。室内不知道是从哪儿发出来一股若有若无的淡淡幽香，叫人闻着觉得精神一爽。胡菲在窗边小桌旁的竹椅坐下，看着外面刚被雨洗的苍松翠竹，竟有些心旷神怡之感。

穿旗袍的服务员站在门口，问道："两位用点儿什么？"说着递给段枫一卷竹简模样的东西。

段枫接过来打开看了看，点了忘忧散、莫愁酥、欢喜饼和自在糕四样点心，青梅红豆和玉树琼枝化烟萝两样甜品，又要了两杯寒烟翠。

不大会儿的功夫，东西端了上来。段枫道："不知道这地方的东西合不合胃口，还请胡主任评点。"

胡菲一看盛点心的器皿颇为精致，心中先有了几分食欲。当下也不客气，随手叉了一块淡绿色的自在糕放进嘴里。但觉入口柔软滑润，略带几分清香。有些慕斯的感觉，却没有慕斯的甜腻。端的是美味可口，幽香沁人。喉咙一动，便咽了下去。

段枫道："怎么样，还将就着能吃吗？"

胡菲点头道："嗯，不错。"说着拿起那杯寒烟翠喝了一口，又点了点头。她一来看周围景色宜人，心情大好，二来也确实饿了。加之东西做得色香味俱全，所以胃口大开，不一会儿功夫就把四样点心和两样甜品吃了大半。段枫也陪着吃了几口。

胡菲吃得差不多了，抬头说道："你还没告诉我呢，谁把我车弄坏的？"

段枫道："这还用问么，我不说你也知道吧。"

胡菲道："你看见了？"

"空口无凭的，怎么敢乱说。"段枫说着拿出手机，又对胡菲道，"我发给你？"

胡菲加了他微信，段枫把刚才录的那段视频发了过去。

胡菲仔细看了一会儿，然后合上手机，拿着包起身就走。

段枫慌忙道："哎，怎么就走了？"

胡菲道："你让我跟你来，说告诉我是谁弄坏了我的车。现在我知道了，还不走干吗？"

段枫道："你这人也太没良心了吧？别的不说，单就这一下午我甘冒奇险救你于危难，又让你免遭暴雨淋身之厄，还请你吃了这么多好东西。你吃完了抬腿就走，连个谢字都不说，让人情何以堪啊？"

胡菲看了看段枫道："你眼看着有人弄坏我的车，不上前制止，却偷偷摸摸拍了这么段视频，就是想拿来向我市惠的吧？你这么做，跟他有什么区别，还好意思让我谢你？"

段枫道："我当时坐在车上，怎么能知道他在干什么？难道我要下去问他，你在这干什么呢？万一人家是你叫来修车的呢。我拍视频，就是为了留下证据，不然怎么知道是谁干的？后来看你车打不着火了，我才觉得应该是他弄的。你不感谢我也就算了，还问我跟他有什么区别。我告诉你，我跟他的区别就在于他是犯罪嫌疑人，而我是目击证人。"

胡菲停了一会儿，道："算你说得有理。那这顿我来结账好了，算是我请你吃的，这下可以了吧？"

段枫道："你来结账可以。不过这地方是我找的，你想谢我也应该自己找个地方吧？再说我让你知道了这么好的地方，就这件事你是不是也应该感谢我啊？"

胡菲想了想道："那倒也是。那你说怎么办？"

段枫道："我还能怎么办。不过不才斗胆，想跟胡主任打个赌。"

胡菲道："哦，赌什么，怎么个赌法？"

段枫道："念书的人，认字是基本功。久闻胡主任文字功底深厚，想跟你比认几个字。"

胡菲一听居然有人要和自己比认字，失笑道："好啊，怎么个认法？"

段枫道："咱俩一人写十个字，交给对方认，看谁认得多。认出来多的算赢，少的算输。怎么样？"

胡菲点头道："行，没问题。不过输赢怎么说呢？"

段枫道："我输了，今天的事算我白帮忙，咱们从此两不相欠；你输了，今天这顿还是我请，不过你得还我一顿，算是谢我仗义相救，然后再两不相欠。你看合理吗？另外认字不能光注音，这个算猜的。还得把出处意义说明白，这才算认识了。"

胡菲本以为他会说如果自己输了要答应让他企业复工，没想到却提了这么个条件，一时间有点儿意外，不禁踌躇了一下。

段枫道："你要是不敢咱们就比别的……"

胡菲哪能不知道他什么意思，笑道："我有什么不敢的，好，来吧。"

第十九章 密云不雨

一听胡菲答应了，段枫心中不禁一阵窃喜。暗想不管你多厉害，今天也是非输不可。他这几个字连中华字海里都没有，胡菲就是再厉害，也不可能认得任何现有公开资料里都不曾出现过的字吧。说道："好，愿赌服输，那就这么定了。"

于是两人又坐下，叫来服务员要了纸笔。段枫道："咱们每人一次写一个，免得后写的吃亏。你先来？"

胡菲道："不用那么麻烦，你先写吧。你把十个字都写出来，我认完了再写。"

段枫点头道："那好吧。"不知道为什么，虽然他确定自己已经稳操胜券，却对胡菲这种有恃无恐的态度隐隐有些不安之感。可事已至此，也只好先写再说了。于是执笔在一张便笺上工工整整地写了十个字，递给了胡菲。胡菲拿过来看了看，要过笔，逐个在后面注音，释义。不到三分钟的功夫，十个字都认完了。段枫拿过来一看，解释得比自己知道的还清楚。一时间不禁瞠目结舌，实在不知道说什么才好。

胡菲道："我还用写么？"

段枫道："当然，我要是也都认出来就打和了。"

胡菲点头道："那好吧。我写一个，你先认着，认出来了我再写。"说完提笔写了个字——"莰"。

段枫一看不认识，心中顿时一阵冰凉，只好摇了摇头，说道："不认识。"

本来如果只要注音他还能猜一猜，但他自己说的还要释义出处，这下算是作茧自缚，搬起石头砸了自己的脚。他这才知道胡菲说的不用那么麻烦是什么意思——是说她自己用不着写那么多，只要一个就够了。

他经过一周深入调查，发现胡菲出身 P 大中文系，文字功底极其深厚，于是就琢磨着在这上面引她入彀。他知道像胡菲这种专业出身的通常都瞧不起业余的，所以自己提出这个赌约她一定会接受。本来的计划是跟李如意要十个刚认出来还没公开发表过的异体字，这十个字胡菲肯定一个都没见过，自然也就认不出来。这样胡菲写的自己只要能认出一个就赢了，就算都不认识，至不济也是个和局，可以说是立于不败之地。可现在胡菲不光给自己写的这十个字都注了音，还做了解释，有几个连原文出处都给了。这简直是不可能的事情，他实在想不通胡菲是怎么做到的。只好目瞪口呆地看着胡菲道："你……这……"

胡菲见他失魂落魄的样子，心中暗暗好笑，说道："我什么啊我？"

段枫道："没什么。愿赌服输，我认输。"

胡菲道："这次我可以走了吧？"

段枫艰难地点了点头，说道："嗯，可以。"想了想又道："我承认输了，不过你能不能让我输个明白？"

胡菲道："还有什么不明白的？"

段枫道："我就想知道，你是怎么认得那几个字的。"

胡菲大获全胜之际，心情大好，抿嘴道："我要是不告诉你，

第十九章　密云不雨

你是不是连觉都睡不着啊？"

段枫道："所以啊，还望你大发慈悲，救我一救。"这次他是真心诚意地请教，因为对一个轻微强迫症患者来说，没有什么比好奇心更能折磨人的了。

胡菲道："可以。不过你先告诉我，你这几个字从哪儿来的？"

段枫道："从做古文字识别工作的人那里学来的。"

胡菲道："嗯，那你这应该是从石刻上拓下来的。有一样东西叫古籍你知道吗？"

段枫点头道："知道啊，怎么了？"

胡菲道："没怎么。"然后就不说话了。

说实话，刚看到这些字的时候，胡菲也吓了一跳。她没想到段枫能写出这么多即便在业内也没什么人见过的字。这十个字都是李如意他们刚从头几年出土的石刻拓片上识别出的异体字，现存的任何字典里都不曾收录。所以段枫有恃无恐，以为胡菲肯定不会认识。但他怎么也想不到，胡菲是从原本古籍里认识的。胡菲的妈妈出身文学世家，家里的藏书用楼装，连"文革"时都没受过冲击。所以胡菲从小就在书堆里长大，12岁起就开始看原本的古籍。恰好又对魏晋南北朝感兴趣，所以段枫写的这几个字别人不认识，她却在十几年前就见过了。只不过那时候不知道写论文，否则的话这几个字早就公之于众，也省得李如意他们再费劲去认了。

段枫呆呆地坐在椅子上，反应了几秒钟，才小心翼翼地问道：

"你是说，古籍上有这些字？"

胡菲点头道："聪明。"这次她是真心在夸奖段枫，她还没见过几个人，能在这么短的时间内就反应过来的。

段枫听胡菲肯定了自己的猜测，不由得叹了口气，终于知道了出身有多重要，甚至怀疑自己这些年是不是都白活了。剩下的话不用问了，肯定是胡菲看过那些古籍呗。

胡菲眼看着这么个聪明人，几分钟内被打击得从踌躇满志到万念俱灰，心中到有了几分恻隐之意，说道："实话告诉你吧，这几个字都是魏晋时期的，碰巧我从前见过。你要是换几个别的字，我也不一定认识。"

段枫听她这么一说，慢慢恢复了几分精神，说道："技不如人，我输得心服口服。不过我还有个问题想请教。"

胡菲道："什么问题，说吧？"

段枫道："我想请教一下，你说诸葛亮演空城计的时候，司马懿到了城下为什么不派个侦察部队进去探探虚实？"

胡菲没想到他思维会跳跃得这么厉害，从异体字识别直接变到了明清小说研究。她知道段枫问这个问题肯定是有备而来，别自己随口一说被他钻了空子，所以想了半天也没找到个稳妥的答案。只好说道："你觉得呢？"

段枫就等着她问这句呢，说道："我信口胡说几句，说得不对你多指教。"

胡菲道："指教不敢当，我洗耳恭听。"

段枫道："因为他不傻。"

"啊？"虽然段枫每有惊人之语，但这句话还是让胡菲觉得困惑。她知道段枫肯定还有话说，所以也不着急追问，只是用略显好奇的目光看着他。

段枫果然接道："司马懿是曹家三世老臣，却从曹操开始就一直得不到绝对的信任，到后来甚至干脆回家养老了。如果不是诸葛亮打得太狠，曹魏这边实在没人能顶得住，他老人家搞不好就直接老死在家了。所以，诸葛亮的存在是他能够掌握兵权的唯一原因，也是他可能翻身唯一的希望，他怎么会在大局未定的时候就消灭了他呢？"

胡菲听罢愕然半晌，却越想越觉得有理，忍不住点了点头。

段枫道："要知道诸葛一生唯谨慎，守不住，跑还不会吗？以近妖之智怎么可能干出这样没把握的事？他敢这么干，就是算准了司马懿绝对不会傻到真进城来抓自己。实际上，空城计就是这两位联合起来唱的一出双簧，只不过骗了世人这么久而已。"

胡菲叹道："狡兔死，走狗烹，是这个道理。"

她身处公门，从毕业后就再没机会跟人讨论这些话题。虽然平时工作繁忙少有闲暇，但内心深处却仍不免隐隐有知音难觅之叹。此时被段枫这个行家处心积虑地轻轻撩拨几下，竟不知不觉地进入了状态。说道："照你这么说，当初诸葛亮让关羽守华容道也是这个道理了？"

段枫见她给自己引得开了口，自然不肯错失良机，赞道："当真聪明！诸葛亮之所以笃定泰山地知道，就是因为他自己干过同样的事。天底下能克曹操的只有诸葛亮和周瑜两个人，没有诸葛亮，刘备集团必败无疑。所以，曹操的存在，是诸葛亮在集团中具有不可动摇地位的客观保障，诸葛亮当然要确保他的绝对安全。不过我觉得除了这个原因之外，想顺便收拾一下关羽也是极有可能的……"

如此话题一开，便如黄河泛滥，一发不可收拾。两个人从关羽、张飞的武艺高低，到压龙山老奶奶的惊天背景；又从镇元子的赌约到无涯子的珍珑；再从桃谷六仙的师承到汗血宝马的寿命；从金蛇郎君到血刀老祖……一席话直聊到月上中天，还意犹未尽。

直到看看外面天色已晚，胡菲才猛然惊觉道："这么晚了，我要回去了。"

段枫也不强留。两人结了账出来，段枫下车的时候就已经让老霍开车回去给胡菲修车了，所以只好叫了出租车。先把胡菲送到小区门口，段枫眼看着她进门走远了才让司机离开。

此后连着几天，段枫没事就微信骚扰一下胡菲，发点儿刁钻古怪的问题。他和萧涵、李如意在一起那么久，这种思想上的火花不知碰撞出来多少，所以随便说点儿什么，都保证能让胡菲觉得新鲜有趣，甚至匪夷所思。胡菲虽然同样地思想深邃，却一直少了个可以共同研究相互促进的伴侣，此时碰到这么个人，不由

第十九章 密云不雨

得她不欣赏。期间两人还在胡菲常去的健身房碰见过一次，段枫却绝口不提企业的事。只是和胡菲一起做了几组平板支撑，顺便秀了秀人鱼线。

胡菲刚开始的时候还能沉得住气，心想我看你什么时候说。她知道不向自己汇报，环保局那边肯定不敢擅自做主同意恢复生产。不料又过了几天，段枫还是不提，胡菲自己却觉得有些过意不去了。这种事本来就可查可不查的，只是那天刚好天气不好，她又看段枫对自己的态度不像其他企业那么热情巴结，所以才一生气让环保局查了一下。没想到她这里一句话，下边却当成了圣旨，一查果真查出了问题。随着两人交往渐深，她越来越发现自己为难了一个不该为难的人，心中不禁有些后悔。可嘴上又不好明说，指望段枫先说吧，这混蛋却比谁都沉得住气，好像停产的是她的企业一样。

这天赶上周末，段枫又约了她一起喝下午茶。胡菲终于忍不住了，问道："你们是不打算复工了是吧？"

段枫道："我急得嘴上泡都破了几茬了，可你老不发话，我除了着急还能干什么呢？"

胡菲忽然灵光一闪，道："我可以答应你复工，不过有个条件。"

段枫急忙道："什么条件？"

胡菲道："你要让韩隗以后不能再纠缠我。"

"啊？"段枫没想到她能提这么个条件，奇道，"你这么大本事，还怕他啊？"他一直觉得奇怪，如果按照那位发改委领导

所说，在 Y 城应该没什么人敢惹胡菲。可她对韩隗似乎没什么办法，虽然不愿意，却还是任由他对自己纠缠。

胡菲突然发怒道："少说废话，你答不答应？"

段枫虽然不明所以，不过看这意思应该是戳到她痛处了。他知道，人们在面对自己无力解决的问题的时候通常容易生气，这实际上只是对自己能力不足的愤怒。于是说道："人家那么大的总裁，怎么肯听我的。就算我愿意干也没这个本事啊。"

胡菲道："不用谦虚，你肯定有的。"顿了一顿，又道："你都能帮着你那位美女总裁筹到 5 亿资金呢，这点事还能难住你吗。"

段枫蓦然惊道："你怎么知道的？"他这一惊吃得当真不小，要知道此事只有几位当事人知道，连渝珠集团内部的人都不清楚。今天胡菲突然提起，而且说得分毫不差，不由得他不心惊。因为连胡菲都知道的事显然已经不是什么秘密了，也就是说，肯定有参与其中的人泄了密。

胡菲道："连我都知道了，出处就不重要了吧。就说你答不答应吧？"

段枫自然懂得这个道理，点头道："好吧，不过我得回去想想怎么办。"

胡菲点头道："好，没问题。不过你最好尽快想出办法来。你们的合同好像挺紧的，万一再停产交不了货就不好了。"

段枫苦笑道："放心，你的事我哪敢怠慢，就算不吃不睡也得想出办法不是。"

　　　第十九章　密云不雨

胡菲微笑道:"不着急,你慢慢想,下周我再去你们厂里看看。"

段枫顿时一个呼吸不畅,半滴口水错进了气管,搜心刮肺地大咳了好一会儿才停下来。

和胡菲喝完了茶回来,段枫长长出了口气。总算在萧涵回来之前解决了停产的问题,虽然耽搁了几天,但加加班的话应该还是可以按期交货的。胡菲这关一过,剩下的事就好办了。段枫告诉那位姓孙的副厂长,让他直接去找环保局的领导。结果一下午的功夫手续就办好了,而且那边知道打通了胡菲的关节,连送的两盒铁观音都没敢收。

消息传开,渝珠集团上下自然又是一片交口称誉,都说董事长决策英明,段博士能力超群。然而停产的事虽然解决了,段枫却一点儿也高兴不起来。胡菲白天那两句话如巨石般死死压在他的胸口。他本能地觉得,这是个十分危险的信号。既然连胡菲都知道了筹款的事,那一直在暗处虎视眈眈的那些人肯定也都知道了。也就是说,自己的一举一动早已经毫无秘密可言地暴露在敌人面前,而他却连敌人是谁都还不知道。这让他一想起来就有些毛骨悚然之感,甚至已经隐约感觉到了一张大网正无声无息地悄悄袭来。

不过让他略略松了口气的是,走了一个多月的萧涵终于带着项目投产后的第一笔合同回来了。有道是小别胜新婚,加上国内国外双线告捷,萧涵自然情绪高涨,甫一见面便直接将段枫生吞活剥了一次。直至数番行云布雨之后，段枫才有机会把这一个多月来发生的事情择要告知萧涵。当然主要强调了因为前段时间停产整顿导致的工期延误，以及自己对目前潜在危险的担忧。至于给胡菲送零食，以及答应帮她摆脱纠缠作为交换条件这种事，自然是提也不提了。

两人相处越久，萧涵对段枫判断能力的评价就越高。这时听段枫说得严重，也觉得集团内部似乎存在着巨大隐患。两人经过袒裼相对的密切讨论，最终达成共识：这件事必须得和陈老大商量一下。然而陈老大却满不在乎，一副"知道就知道了，我看他能把老子怎么样"的豪迈气概。这也难怪，这次他做得本来就是正经投资生意，至于聚众赌博，相对于他一贯的所作所为应该算是违法情节最不严重的了。

段枫心里却更不踏实了。以他对生活的认知来看，越是这种看起来风平浪静的时候，越是容易出事，所谓阴沟里翻船就是这个道理。当前最麻烦的是连敌人在哪儿都不知道，自己就算想要防备，也不知道该从什么地方做起。而厂子里工期又紧，他每天夜以继日地在现场盯着干活，稍有闲暇，还得纠葛于萧涵和李如意之间。加之胡菲的限期摆脱纠缠方案正等着他去做，所以一时间也没有多余的时间和精力去考虑这个问题。

又过了两天，他越想越觉得担心，却又不知道什么地方不对。这让他感觉非常的不好。这天中午，他跟萧涵要了合同的复印件来看，想再确认一下是不是有什么问题。然而仔仔细细看了几遍

　　第十九章　密云不雨

合同，除了规定的时间比较紧之外，别的却看不出什么毛病——连专业团队都看不出来问题，他当然也看不出来。

他又查了一下对方的公司，不料这次却有了意外的收获。合同的甲方是一家叫布鲁托的贸易公司，注册地在开曼群岛，几个月前才刚刚成立。本来这也没什么，但段枫一时兴起，稍稍查了查对方的股东结构，结果却发现了问题。这家公司的控股股东是一家名为亨隆股份的香港公司，所持股份占整个布鲁托公司的百分之七十五，而亨隆股份是银龙集团的全资子公司。也就是说，布鲁托公司实际上是由银龙集团控制的。

这下段枫彻底确认了：银龙集团就是整个事件的主谋，而且从来都没放弃过入侵渝珠集团的打算。自从上次韩隗意图主动借钱开始，段枫就觉得他居心叵测。现在进一步确证了自己从前的判断，心中反倒踏实了一些——起码知道了对手是谁。现在段枫确信，这份合同肯定有问题，而且极有可能是个早有计划的阴谋。可是会出什么问题呢？因为已经先付了一半儿订金，剩下的规定了货到付款，所以骗货的可能性可以排除了，再不济到时候收不到钱再运回来损失点儿运费呗，订金可比那多多了。

现在最麻烦的就是不知道对方要干什么，所以，当务之急应该是摸清对手的动向。怎么办呢？他慢慢整理着思路，把最近发生的事情在头脑中一件件地梳理，却丝毫找不出头绪。只是当想到胡菲提出的条件时，段枫隐隐觉得自己好像抓到了点儿什么。

一晃过了一个多月，在项目部全体成员上下一心的共同努力

之下，第一批纳米中药原料终于按期完成生产。算算日子，预约了渝新欧铁路发货正好来得及。又过了几天，货发走了，然而在收款的人选问题上段枫却颇为踌躇。正常情况下，这种事交给销售部门去办就行了。但这次明知道对方不怀好意，万一有个什么差池，说不定会出大乱子。随便叫个什么人去，段枫还真不放心。有心自己去吧，厂子里一大堆事不说，胡菲这尊瘟神布置的任务还没完成呢。一个多月的功夫，胡菲催了他四次，而且最后一次已经明确告知他，如果再想不出办法，一切后果自负。段枫心想："你那么大本事都拿他没辙，我能有什么办法。"可嘴上还不敢说，每次都是哀求胡主任再宽限几天，顺便搭上一顿无咎小筑或者别的什么美食。而且这事他一直没敢跟萧涵说，主要怕引起什么不必要的误会。如果这次他敢不管不顾地就这么走了，万一在那边耽搁了回不来，胡菲不把工厂查个底朝天才怪，到时候麻烦可就不只是生意层面的了。万般无奈之下，只好又向老梁厂长问计。

　　他本来是希望老梁能推荐个合适的人选，没想到把实际困难和自己的顾虑一说，老头子挺身而出，主动请缨前往。段枫觉得他去虽然确实能让自己放心，但一把年纪了还让人家办这种事，心里实在有些过意不去。

　　老梁的回答却很干脆："我去，钱不到手，货肯定能拉回来。换别人，可就不知道了。再说了，别人去能不能放心另说，就光办签证也不是这几天就能办好的吧？"

　　段枫想想也实在找不到更合适的人，只好答应了。又让办公室一个负责外事的小伙子陪着一起去，路上也有个照应。临走时又再次叮嘱："交货时一定小心谨慎，余款不到账，哪怕再运回来也绝对不能交货。"自从知道对方是银龙集团后，他心里就没踏实过。

老梁拍着他肩膀，呵呵笑道："放心，老头子别的本事没有，看个东西还行。"

送走了老梁，段枫的心就悬了起来，时刻关注着那边的动向。所幸这两天韩隗不知道在忙什么，一直没再去骚扰胡菲，胡菲也就没催段枫。让他暂时缓了口气。出乎意料的是老梁那边结账办得异常顺利，人家根本没有留难的意思，货到之后直接就打了款，而且是当天到账的。结果老梁机票还没买，只好一边订票，一边住在那儿等。好在事情办完了，正好带着小伙子在当地转了转，也算游了一趟欧洲。

再三确认到款之后，段枫不禁对自己从前的判断产生了怀疑。难道人家真的就是正经做生意，上次主动借款也只是正常的商业行为，自己多虑了？那薛融和另外几家投资人的态度又怎么解释呢？还是说这两件事根本就没什么联系？虽然他向来相信自己的判断，但毋庸置疑的事实让他不得不重新审视这个问题。

就在他大惑不解之际，老梁传来的另一则消息让他陷入了更深的困惑当中——经过两天测试，布鲁托公司认为产品质量良好，希望能够追加订单。正好他们还没回来，随时都可以签合同。只是这次因为订货量大，所以对方要求只付百分之三十的预付款，

货到之后再付百分之五十，剩下的百分之二十半年之内付清。这让段枫本来已经开始动摇的信念又坚定了起来，他坚信布鲁托公司肯定有问题。能做出这样决定的企业管理层，要么是白痴，要么就是故意的。如果真有需要，那第一批就不该只要这么多；如果不需要，那就不应该这么快就要第二批货。所以，这里面一定有问题。但是他肯定归肯定，却显然不能用这个理由来拒绝一个付款记录良好的需求方的订单。或许人家真的就是白痴，又怎么样呢？所以，虽然明知道这订单很可能有问题，却还是不得不接。他能做的，也不过就是多加小心而已。

又过了两天，老梁厂长和那小伙子带着盖好章的合同回来了，段枫特意摆酒给两人接风。老梁顺利完成了任务，那小伙子无故地游了两天欧洲，还意外带回了一大笔订单，所以席间一片喜乐和谐，人人都觉得新产品发展势头良好，公司前景一片光明。

第二天段枫特意到老梁厂长的办公室，关上门详细了解了此行的经过和老梁厂长对此事的看法。老梁虽然说不出哪里不对，却也觉得这家公司的行为明显不合常理。用他的话说："做了一辈子买卖，这么爽快的上家也没见过几个。"感觉好像是一切都准备好了，就等着他们去看的。所以根本看不出什么毛病。可是总不能因为看不出问题，就说人家有问题吧？这样就陷入了典型的精神病悖论：承认的肯定有病，有病的都不承认。所以，只要到医院的都是病人。两人讨论了半天，最后也只得出一个结论：提高警惕，静观其变。别的也就真没什么好干的了。

第十九章 密云不雨

第二十章　损则有孚

　　看看生产上一切正常，段枫心想终于可以喘口气了。可惜还没等他这口气喘匀，胡菲的微信语音就来了："今天再想不出办法，就准备停产。"段枫一听头都大了，他现在最怕的就是胡菲。可是怕也没用，该面对的还得面对。正好这两天没什么事，萧涵又出门了，于是他约了胡菲共商反纠缠大计。

　　等胡菲下了班，两人来到无咎小筑。点过东西，胡菲道："段总，想出办法来没啊？"

　　段枫道："办法是想了不少，可不知道能不能管用啊！"

　　胡菲道："你先说出来我听听。"

　　段枫试探着道："你看……报警怎么样？"

　　胡菲看了看他道："你是准备好不干了？"

　　段枫道："怎么了啊，不是你让我说的吗？"

　　胡菲道："这种办法用你想吗？"

　　段枫道："报警都不行的事，我能有什么本事啊？"

　　胡菲道："行。那你就回去准备停产吧。"说完起身欲走。

段枫忙拉住她道："哎，别别，别啊，报警不行我还有别的办法呢。"他知道，胡菲一生气什么事都能干出来。

胡菲道："你最好说点儿有用的。"

段枫道："你让我想办法，起码得提供必要的条件吧。我什么都不知道，能想出什么办法来，这不是强人所难吗？"

胡菲道："你想要知道什么，问吧。"

段枫道："我得知道这其中的来龙去脉，他怎么看上的你，你又为什么拿他没办法。按理说他应该怕你才对啊！"

胡菲犹豫了很久，终于叹了口气，说道："生我的那个男人在 Y 城。"

"啊？"段枫一时没反应过来。又仔细端详了一会儿胡菲的容貌，忽然明白了，失声道："啊？！！你……你……"他终于明白了为什么胡菲年纪轻轻就能官至正处级——她是"西南王"的女儿。有如此强大的出身背景，怪不得那位领导说她办的案子谁都撤不了。他怎么也没想到，自己随口一问居然问出来这么大一桩惊天秘闻。稳定了一会儿情绪后才道："那你就更不用怕了啊，直接告诉姓韩的走远点儿不就行了。"

胡菲怒道："你是不是傻啊？"

段枫被她骂得莫名其妙，说道："怎么了啊？"

胡菲道："就是他让他追的，你还不明白吗？"

段枫这才恍然大悟，怪不得胡菲拿韩隗没辙。有了"生她的那个男人"的许可，那等于是父母之命再加上最高行政长官的支持。韩隗自然可以肆无忌惮地为所欲为了。这下他终于知道自己要解决的是个什么样的问题了——他得对抗或者改变 Y 城最有权势的人的意旨。

"这……这……"他"这"了半天也没"这"出点儿什么东西来。

胡菲道："你这什么呀，这这的。"

段枫道："你这事儿真不太好办。"

胡菲道："废话，好办还用着你嘛。"

段枫道："你让我好好想想啊，这里边儿信息量有点儿大。"忽然想起来一件事，问道："那你妈妈同意吗？"

胡菲道："我妈说他年轻有为，人也斯文。"说着看了段枫一眼。

段枫道："那你为什么不愿意啊？"

胡菲突然发怒道："不愿意就是不愿意，还有什么为什么？你到底能不能行？"

段枫看她眼神闪烁，猛然间冒出一个念头，问道："你是不是有主意了啊？"

胡菲脸上一红，怒道："我能有什么主意，有主意还找你干吗？"

段枫道："你看你怎么说说又生气了。你没主意，我这儿倒有一个，不过不知道合不合适。"

胡菲道："说啊！"

段枫吸了口气，却欲言又止。

胡菲道："快点儿啊。"

段枫又吸了口气，道："我还是不说了吧。"

胡菲俏脸一寒，道："你说不说？"

段枫见她着急，心里更有了几分把握。说道："我怕我说了你又生气。"

胡菲道："说！"

段枫道："天机不可泄露，说出来就不灵了。要不这样，咱们俩都写在手机上。"

胡菲道："写什么啊？"

段枫道："你猜我写什么，我猜你想什么，看咱们俩想得是不是一样。不过你不能耍赖故意乱写。"

两人从前也玩过这游戏，胡菲想了想道："好吧。"

说完两人各自写了几个字。放到一起一看，段枫的是四个字：李代桃僵，胡菲的手机上也是四个字：鸠占鹊巢。

段枫道："看来我猜对了。"忽然看着手机大笑起来。

胡菲道："你笑什么？"

段枫笑道："我说的是两棵树，你说的却是两只鸟。"

胡菲蓦地红晕上脸，怒道："你胡说什么啊？"她本来也想写李代桃僵，转念一想，那岂不是说他替别人顶了雷，好像自己是什么灾星一样。鸠占鹊巢却是说他抢了别人的东西，这样才更合适一点儿。却没想到这混蛋一张损嘴无孔不入，自己反而被他调戏了。越想越气，忍不住踢了他一脚。

"啊！"这一脚力道相当之大。段枫被踢得龇牙咧嘴，好一会儿才缓过来。说道："好吧，说说具体计划，要我干什么？"

胡菲犹豫了一会儿，道："这事我妈说了算。"

段枫道："所以，我要去说服令堂大人？"

胡菲道："我不管你怎么办，反正你要让我妈告诉那个男人，让姓韩的以后别再来烦我。"

段枫道："好吧，我去试试。不过，咱们这是假的对吧？"

胡菲道："废话，你还想真赖上啊？"

段枫点头道："嗯，那就好。你看什么时候合适？"

胡菲道："我看今天合适。"

段枫诧道："你是说……现在就去？"

胡菲道："不用你去，我让她过来。她正好在 Y 城。"

段枫道："要不要准备准备啊。这角色转换得太快，我一时适应不过来。别到时候出了纰漏，她老人家再看不上我。"

"她老人家？"胡菲似乎有些诧异，随即说道，"我妈跟我眼光差不多，你只要正常发挥就行了。不过她要是看不上，你明天就准备停产吧。你们那降噪的设备还没安好吧？"

段枫叹道："你就不能换个手段威胁吗？利用公权力解决个人问题是不被允许的。"

胡菲道："好，那就算她看上了，你们明天也停产，这样行不？"

段枫忙道："别，是我说错了。这行了吧。"在和胡菲斗争中，他好像从来就没获胜过。

胡菲点头道："那我叫她来了。"想了想又道："我妈是个美女。"

"那当然了，看你不就知道了。"段枫嘴上奉承着，心里却想是不是美女关我什么事，脾气别像你这样才好。

然而等胡菲的妈妈摘下面纱，显露真容之后，段枫却被强烈地震撼到了。他本以为见过萧涵之后自己对美女不会再有什么过激反应，可是胡菲的妈妈再一次刷新了他对人类女性的认知。

胡毓秀胡大小姐看起来不过二十八九岁年纪，似乎比萧涵还要年轻一点。神态雍容，举止端庄，一眼望去便如神仙中人。单是这样本来也没什么，重要的是以段枫词汇之丰富，竟不知道该怎么来形容她的外表。什么桃腮杏眼，檀口蛾眉；什么沉鱼落雁，闭月羞花；什么加一分嫌肥，减一分嫌瘦；什么冠绝三界，颠倒乾坤。这些说得都对，但却加起来也不足以用来描述其万一。真正能用的，似乎只有一个字——美！真美，就是美，绝对的美！看哪哪都美。无与伦比的美，惊天地泣鬼神的美。

除了美还是美。

见到她，段枫终于知道了什么叫惊为天人。什么风韵气度、妖媚妖娆，这些在绝对的美貌面前根本就不堪一击。胡大小姐的美丽，足以摧毁地球上任何生物的心理防线。总算段枫有初见萧涵的经验在前，是以虽然震惊，却没表现失态。只是心里不停地

第二十章　损则有孚

在想：妖精，肯定是妖精！百分之百的妖精！！正常人绝对不会五十多岁了还这个样子。

胡菲道："妈，这是段枫。"又对段枫道："这是我妈妈。"

段枫张了张嘴，却问了句："我……叫什么合适啊？"

胡菲白了他一眼，道："废话，你说叫什么？"

胡大小姐嫣然一笑，说道："叫阿姨，坐吧。这是我听过的最好的恭维。"声音之清丽悦耳，直如黄莺出谷、凤鸣岐山。

"啊，阿姨好。"段枫费了好大的劲，才喊出来这么一声。又叫来服务员，点了一杯"艳玉红霞"，双手捧着呈给胡大小姐道："您喝这个，您喝这个最合适。"

胡大小姐见他举止从容，言语流利，微觉有些意外。心想看来女儿的眼光不差，这小伙子果然有些道行。不过兹事体大，还得慎重考察一番。于是又了解了段枫的基本情况，拉了几句家常后问道："你喜欢菲儿吗？"

段枫点头道："喜欢，当然喜欢。"

胡大小姐道："那你为什么喜欢她？"说完双目炯炯，注视着段枫。

段枫道："这得问您啊。"

胡大小姐一怔，道："问我？"

段枫道："那当然。您把她生得这么好，谁见了会不喜欢呢？"

胡大小姐展颜笑道："看来你常来这儿啊？"

段枫道："我说的可是实话。"

胡大小姐道："我说的应该也是实话。"

几句话一过，她发现段枫不光言语老成，见解也相当不凡。而段枫因为刚刚被胡菲严重打击过一次，所以这次压根儿没敢显露自己的语言文字天赋，只是老老实实地陪着胡大小姐聊些家常。不过即便这样，也已倍感艰难。看容貌总觉得她比自己大不了几岁，但一想到她是胡菲的妈妈，说话就得毕恭毕敬的。这种严重的反差让段枫应付得相当辛苦。每次看着胡大小姐叫阿姨的时候都会产生一种错觉，似乎是来到了另外一个世界。两人又聊了一会儿，段枫着意奉承，只拣好听的说，哄得胡大小姐喜笑颜开。实践再一次证明，不管什么样的女人，在甜言蜜语面前同样没有抵抗能力。

胡大小姐看似随意地又问了个问题："你觉得两个人在一起最重要的是什么呢？"

段枫知道，这差不多是最后一题了。虽然心中早有标准答案，却丝毫不敢怠慢，恭恭敬敬地答道："我觉得，应该是初见时的互相欣赏和相处时的忍让包容吧。"

胡大小姐闻听此言，忽然神色一黯，说道："你是好孩子，但愿你们能做到这一点。"说完又聊了几句，然后放下面纱，站起身道："我先回去了，你们慢慢坐吧。"

段枫也忙站起来，和胡菲一起恭送胡大小姐离开。两人把胡大小姐送出无咎小筑，眼看着她上车走了才回到包间里。

段枫道："怎么说说就不高兴了？"

胡菲道："没什么，你说到她痛处了。"

段枫道："啊，那还能过关吗？"

胡菲道："没事，你刚才表现不错，应该是过了。"

段枫长出了口气，道："那就好。我得缓缓。"说完瘫坐在了椅子上。

刚才的面试让他颇有心力交瘁之感。胡大小姐虽然言语和气，但实际上却处处暗藏杀机。段枫应对稍有不周，立时便有出局之虞。不过他此次的成功之处在于，虽然从见面开始就没对胡大小姐的容貌做过任何一句评价，然而言语中表露出的亲近之心却是显而易见的。而他的言谈举止刚好符合了胡大小姐的评判标准，从这一点上来说，他倒真是胡大小姐心目中的理想人选。

在椅子上呆坐了大约十分钟后，段枫终于长长吐了口气，问道："她真是你妈啊？"

胡菲看了他一眼，连话都没接。

段枫道："跟你说话呢，怎么不理我啊？"

胡菲道："你能问点儿人话不？谁闲着没事找人冒充自己亲妈，又不是开家长会！"

"这倒也是"，段枫想想道："那你们家祖籍哪里啊？"

胡菲道："安徽绩溪啊，怎么了？"

段枫道："没什么，你确定不是辽宁本溪？"

"啊？"胡菲怔了一下，随即明白了他说的是"胡三太爷"一系。嗔道："你胡说什么呢！"

段枫道："没啥，不管怎么样，我的任务算完成了。"说完多少有些窃喜，心想：韩老板，后院起火，这下有的忙了，估计一时半会儿顾不上找我们麻烦了吧。不料没过几天，韩隗随即就给他找了一个——比他这个更大的麻烦。

见完胡大小姐后的半个月里，段枫过得颇为自在。胡菲不找麻烦了，工厂的生产也慢慢上了轨道，他每天就在现场看看就行了。正好毕业时间也快到了，抽空写写论文，工作这边现成的也不用找，所以过得很是悠闲。偶尔想起订单的事，但第一批货已经发走了，又没见什么动静，所以也就没太当回事，心想可能是自己太多虑了也未可知。他从到 Y 城来就没消停过，这时好不容易有了点儿闲暇时光，当然不希望再生事端。

这天他刚从车间里巡视回来，却接到胡菲的消息："下午 5点到人民路曼谷咖啡。"

"什么事啊？"看到是胡菲，段枫不觉有些头大。心想刚消停两天，怎么又有事了。

胡菲回复道："姓韩的不死心，非要见见你。"

"好，我准时到。"一听说是要见韩隗，段枫连想都没想就答应了。自从上次出纳携款失联事件开始，他就把韩隗当成了死敌，而且认定了此事与他必有关联。因此凡是能打击到韩隗的，段枫都一定会不遗余力地积极参与。

正好下午没什么事，他早早就到了曼谷咖啡。找个包间坐下，

　　　　　第二十章　损则有孚

微信告诉胡菲说自己到了。不一会儿功夫，胡菲也来了。

段枫问道："我等会儿怎么说？"

胡菲道："该怎么说怎么说，这还用我教么？"

段枫道："好吧，你让我说的啊。"

他本来准备来一场激烈的全方位对抗，没想到韩隗见面后一共就问了他四句话。

第一句是："你就是段枫？"

"嗯。"

第二句："你是胡菲的男朋友？"

"当然。"

第三句："你再说一遍？"

这个时候，段枫当然不会示弱。朗声说道："你听好了，我是她男朋友。"

第四句："你是谁男朋友？"

段枫道："我是胡菲的男朋友。"

韩隗听完点点头，然后转身走了。

看他就这么走了，段枫反倒隐隐觉得有些不安。心想到底什么意思啊，叫我来就问这么两句。猛然间想到一件事，顿时大叫一声："坏了！"

胡菲道："怎么了啊？"

段枫道："他刚才肯定录了音。"

胡菲也反应过来了，看着段枫道："那怎么办？"

段枫道："完了完了，这下完蛋了。"他知道，韩隗下一步必定去找萧涵。本来这也没什么，跟萧涵说清楚就完了。问题就在他本以为这边解决了就算了，也怕萧涵误会，所以一直没跟萧涵说。没想到韩隗来了这么一招。这下黄泥掉进裤裆里——不是屎也是屎了。现在再去跟萧涵说，他自己都觉得可信度实在太低。而且萧涵知道他本来有女朋友，现在又来这么一出，这人品简直就是渣到极点了啊！

可是这边又还得装下去，不然就前功尽弃。一旦给"西南王"知道了他是假冒的，或者他跟萧涵还有什么关系，他自己怎么样不说，胡菲肯定得再陷困境。而他弄虚作假，欺瞒胡大小姐，就算不追究责任，但想再继续假装下去却显然是不可能的了。

"这可怎么办啊？"段枫有生以来第一次陷入了绝望。

胡菲歉疚地看着他道："对不起啊，我没想到他会这样。"

段枫摇头道："跟你没关系，是我自己没想到。"心想这下完了，明天就等着战火洗礼吧。

果不其然，萧涵第二天一早就来到了段枫的办公室，告诉正在给段枫倒水的黄茜出去一下，再把门关上。两人随即在办公室内展开了激烈的争论。开始时还只听得见萧涵一个人的声音忽高忽低，段枫相对平静地解释着什么。过一会儿段枫也开始激动起来，两个人吵了个不亦乐乎，差不多整层楼的人都被惊动了。

董事长和总指挥吵架，听内容似乎还牵扯到第三个女人，这可是核爆级的新闻。所以几乎整栋大楼的房门都敞开着，除了老梁厂长等有限的几个人暗暗担心之外，其他人都恨不得去把唯一关着的那扇门打开，或者伸个探头进去看看究竟。

吵到高潮时，只听到段枫喊道："我告诉你跟她没关系，你不信就别找我。"

萧涵厉声叫道："好，你说的。你的东西，还你，还你！"

只听得"嘭嘭"两声，接着啪嚓、哗啦、噼里啪啦一阵混乱，屋子里似乎打成了一片，最后又是"啪"的一声脆响。站在自己门口张望的人们只见段枫的办公室门一开，萧涵怒气冲冲地走了出来，又"嘭"地一声重重把门关上。紧接着里面又是"哗"的一声，这次似乎是一堆什么东西被扔在了地上。

又过了一会儿，看萧涵的车已经走了，老梁厂长从自己的办公室出来，敲了敲段枫房间的门。

"进来。"里面叫了一声。

老梁厂长推门一看，只见地上一片狼藉，段枫的办公桌上倒很干净，除了一台显示器什么也没有，文件茶杯什么的全在地上。段枫坐在椅子上，白皙的面颊上指痕宛然。看来刚才萧涵这一掌打得着实不轻。

见他进来了，段枫坐在椅子上点了点头，却没说话。

老梁道："闹别扭了？"

段枫道："没什么，闹点儿小矛盾。"

老梁道："因为什么啊？"

段枫道："她不相信我。"

老梁道："老头子多活了几年，攀个大说，涵丫头是我看着长大的。小时候常带她出去玩，后来她读书出国，才见得少了。但逢年过节，还会给我寄东西。我知道，她不是小心眼儿的人。男人犯了错不怕，老头子年轻时也犯过错，没什么大不了的。女人嘛，哄哄就好了。她和你吵，说明心里还是有你，给她认个错，赔个不是。多说几句好话，过两天就没事了。现在像你们俩这么般配的不多了。"

段枫听他话里话外认定了自己有错，心中有气，说道："嗯，我知道了。"

老梁见他这个态度，也不好再多说什么，只好叹了口气走了。

段枫坐了一会儿，锁上门回了住处，紧接着一连几天都没上班。又过了几天，布鲁托公司打来电话——前些日子发走的那批货出了问题。一个砝码夹在了中药粉体中，导致布鲁托公司加工厂的整条生产线全部损毁，造成直接经济损失至少两千万元。停工等间接经济损失暂时未能全部统计，保守估计在亿元以上。希望渝珠集团能够给予妥善解决，否则必然述诸法律。工厂里接到电话一查，生产线上确实有一个砝码不见了。这下坐实了，就是这边的责任，想赖也赖不掉了。

萧涵听说之后立刻赶到了现场，一看段枫不在，不由得火往上撞。本来个人关系上出了问题也就算了，毕竟两人之间也没什么明确的说法，念及他曾在危难之际力挽狂澜，救自己于水深火热，也就不跟他计较了。没想到现在居然连工作也不干了，看来是真不想好了。一连打了几个电话，开始是不接，后来终于接通了发现在陈老大家喝酒。等陈老大派人把他送回来时，这边已经开了一个多小时的会了。

萧涵一看段枫喝得醉眼乜斜，连话都说不清楚，更是怒火中烧。当场宣布会议决定：本次事故为集团一级安全事故（暂定）。成立事故调查小组，对现场生产和质检人员进行全面彻查，追究各级人员相关责任，直接责任人停职审查。并向公安机关报案，申请查看是否为人为故意破坏。段枫作为现场总指挥工作期间擅离职守，对本次安全事故具有不可推卸的责任。经研究决定立即撤销段枫总指挥职务，收回赠予股份，责令其一周之内做出情况说明。其他人员待事故详情查清后再行处理。老梁厂长本来还想劝几句，一看段枫那个样子，觉得也没什么好说的了。

段枫倒是毫不在意，依旧每天到陈老大家里，两人不是喝酒就是打牌，十几天下来陈老大的牌技倒是提高了不少。他在这里不管不顾地醉生梦死，萧涵那边却已到了崩溃的边缘。她本来就把宝押在这个项目上，现在产品刚卖出去一批，布鲁托公司就追着要赔钱，账面上根本就没钱可赔。而且出了这么大的事，早已闹得满城风雨，加之有上次事件在先，任谁也不敢这个时候借钱给她。出了这么大的事，集团董事会那帮老家伙当然不会袖手旁观，一周之内已经连续三次逼她辞职。一时间真可谓内忧外患，风雨飘摇。

这天下午吴良又来找她，这次倒是规规矩矩的，只是说银龙集团韩总有意出手相助，帮咱们渡过眼前难关。萧涵前几天刚从韩隗那儿得到段枫自称胡菲男朋友的那段录音，因为同属受害一方，所以不免有几分同病相怜之意。这时听说他肯出手相助，自然没有拒绝的理由。让吴良约了时间，当天晚上两人就见了面。

这次会见，韩隗执意做东，盛情邀请萧涵在银龙集团旗下 Y 城最高级的盛世王朝酒店用餐。萧涵到了地方，韩隗已经在包厢门口等着了。只见韩老板今天一身纯白色西装，金色碎花蚕丝领带，白衬衫，脚下皮鞋光可鉴人。端的是器宇轩昂，一表人才。加上大事将成，春风得意，愈发显得光彩照人。见到萧涵，连忙迎上前来，致意道："萧总大驾光临，有失远迎，还请恕罪。"

萧涵道："韩总太客气了。危难之际能得仗义援手，萧涵这里先行谢过了。"

韩隗道："哪里哪里，快请进，快请进。"说着把萧涵让进了包厢。

两人坐下，早有人上来东西，两人边吃边聊。

寒暄几句后，韩隗道："听说贵集团旗下的造化科技公司经营碰到了点问题？"

萧涵道："不是一点儿问题，是很大问题。"

韩隗放下筷子道："什么问题，说来听听。"

萧涵道："想必你也听说了，我们的一批产品出了问题，把客户的生产线打坏了。人家现在正追着索赔。"

　　　　　第二十章　损则有孚

韩隗道："那赔给他就是了。"

萧涵道："你说得容易，这项目前后一共投入了七个多亿，两个月前才刚刚投产。一共就做了一笔订单，哪来的钱赔。"

韩隗道："问集团公司先借点儿呢？"

萧涵道："这项目本来就是我坚持要搞的，当初上马的时候董事会的人就不同意，现在出了事，他们拆台还来不及，谁还肯借钱出来。再说就算他们想借，一时也拿不出这么多。"

韩隗道："布鲁托公司跟我们有点儿业务上的往来，要么我来和他们谈谈，看看能不能少赔一点？"

萧涵道："非亲非故的，怎么敢劳动韩总大驾呢。"

韩隗道："那有什么关系。大家都是 Y 城一块地上的，亲不亲乡中人。这时候帮忙本来就是应该的。"

萧涵摇头道："这么大的事，哪能是几句话就解决了的。再说就算他们同意少要一点也还是没用，实不相瞒，我现在是真拿不出钱来。"

韩隗道："你要是实在过意不去，这次需要多少我来赔付，就算是我入了一股。你看这样行吗？"

萧涵道："就算你这次摆平了布鲁托，还会有别的事。韩总不介意，我们总不好意思每次都麻烦你吧？"

韩隗皱眉道："那萧总希望我做点儿什么呢？"

萧涵叹了口气，道："一个人操持这么大一摊子，实在太累了。"

韩隗道："萧总的意思是……"

萧涵道："如果韩总有意，我想把渝珠集团造化科技有限公司的全部股权转让给你。"

韩隗闻听此言，心内不禁一阵狂喜。他早就看中了这款高科技产品，也接触了不少相关领域的专家，对整个行业背景做了深入的调查研究。最终认定这将是个颠覆整个传统材料行业的项目，发展前景之巨大简直不可估量。于是便想占为己有。不过原本的计划是先以投资或借贷的形式获得一部分股权，然后再逐渐蚕食，最后取得控制权。上次银行挤兑事件时，他本以为可以一举成功，没想到最后被段枫坏了好事。这次萧涵居然这么痛快就要把自己觊觎已久的控制权全部转让出来，这个惊喜来得实在太过突然，让他一时间有些难以接受。不过他城府极深，心里虽然欣喜若狂，表面上看起来却只是淡淡地"嗯"了一声，道："韩某对萧总仰慕已久，只是一直没有机会效劳。这次如能得尽绵薄之力，那自是不胜荣幸之事。只是兹事体大，咱们还得从长计议。"

萧涵道："好，那就拜托韩总了。不过那边催得很紧，还请尽快决定，最好能在那边提起诉讼之前解决。否则一旦打起官司，恐怕操作起来就没这么容易了。"

韩隗点头道："这个自然。我回去就让人来办，不过有些流程还是要走，毕竟不是我一个人的事，这一点还请萧总多多谅解。"

萧涵道："你肯帮忙，我就不胜感激了，哪还谈得上什么谅解。"

正事说完，又聊了几句闲话。两人年纪相仿，又都有多年的海外经历，所以谈起来颇有些共同话题。说起些在国外时的辛酸苦辣，到最后竟有得遇知音之感。临别时韩隗拉住萧涵的手，一吐衷心仰慕之情，说道："来日方长，后会有期，还希望以后能跟萧总多多地沟通交流。"萧涵欣然应允："如果能得韩总襄助渡此难关，日后结草衔环，必定报此大恩。"

韩隗手下的人效率果然够高，第二天一早就带着拟好的股权转让协议来找萧涵。可是心也确实够黑，本来估值20亿的项目只同意作价6亿。说是来的时候得到韩总指示，他们也只是经手办事。萧涵一算照这个估值拿到手还完银行就不剩什么东西了，当然不肯答应。对方没办法，只好说回去再请示一下。如此几番周折，最后双方终于以8.5亿的估值成交。

拿到了萧涵手里造化科技有限公司百分之七十股权的韩隗春风得意，第二天亲自到工厂视察，以集团公司总裁身份主持召开全体高层会议。除了安抚人心，描绘公司美好前景之外，会上还进行了人事调整。空降银龙集团副总经理谭瀛洲兼任公司总经理，主持公司工作；晋升原生产经理吴易为常务副总经理，协助总经理工作；聘请Y城大学材料学院资深教授王寿亭先生为技术顾问兼总工程师。老梁厂长提前退居二线，不再担任领导职务。因为与H大的合作已经完成，所以不再需要段枫常驻，公司也不再负担其在渝期间食宿。车间里也都进行了相应调整，重要岗位除了少数人留用之外，其余的大多都换了人。原车间质检员潘大庆提升为副主任，班长贾聪撤职，技术员马驰被贬为工人，整个

公司发生了天翻地覆的变化。

　　谭瀛洲因为情况不熟，相对还比较稳重。吴易副总经理却是新官上任铆足了干劲儿，力图给新东家留下良好印象。他每天早上都第一个到，然后便是从副总经理开始，一直到生产车间挨个部门检查、训话。责令人事部门制定了新的考核标准，规定工人每天上班要喊口号，以示对公司忠诚。每天两次例会，三天一次大会，由吴副总经理训话。要求全体人员都要参加，否则以旷工论处。还聘请了专业的心理测评公司，对公司员工进行心理测评，凡不达标者一律予以辞退。弄得公司上下一片鸡飞狗跳，一时间人心惶惶，不少人都做好了到期不被续聘的准备，还有几个已经悄悄开始联系下家。

　　吴易却毫不在乎，挂在嘴上的两句话就是："革命就像沙里淘金，有走的自然还有来的。"每天干劲十足地下厂、检查、开会、总结，尤其下班前的工作例会，是他最享受的时刻，每次都能口沫横飞地讲上个把小时。然而只威风了不到十个工作日，就不得不低下了高昂的头颅。因为碰到了一个他想尽办法都解决不了的问题——产品质量不合格，平均粒度不达标。

　　这问题他上任第二天质检部门就发现并向他反映了，但他觉得应该不是什么大事，想先解决了再公开，这样才能凸显出他吴总的价值。可是连宿合夜弄了几天，又是调试又是分析，却还是没弄好，最后才不得不向技术顾问王寿亭教授请教。王教授开始也没当回事，心想本来好好的设备，怎么会说不行就不行了，肯定是操作的问题。结果没想到搞了几天也没调好，最后连韩隗都惊动了。下令组织全部技术力量集体公关，于是开了十几次现场办公会、技术研讨会、专家意见会，换了七八套方案，调试了各种参数，却就是达不到指标。

这下韩隗也傻了。他开出重奖，能调试好设备的当场奖励现金50万元，并直接聘任为公司副总工程师。王教授心里虽然不是滋味，但自己真没辙了，也只好咬牙同意。可惜就算这样，却还是没人能解决。

费尽心思花几个亿买回来的东西，本来是想赚钱的。结果人家做得好好的，到自己手上就报废了。韩隗现在的心情是要多郁闷有多郁闷。多少钱还是次要的，传出去自己在川渝企业界的脸就算丢尽了。万般无奈之下，韩总只好下令，将原来三班制改为一班制，车间以最低产量正常生产，并严密封锁消息，对外只说是产能不足，暂时不接新订单。可是总这样也不是个办法，算上机关近千人的工厂，每天除了工人工资日常费用之外还得赔上原材料费，算下来一天就亏进去一辆奥迪A4，就这么一直赔着谁也受不了。

韩隗越想越觉得不对，怎么头一天还出得好好的，交到自己手上马上就出问题了，而且连是什么问题都找不到。他隐隐觉得可能是被人摆了一道，只是现在连问题在哪儿都不知道，指控谁呢？就在所有人都一筹莫展之际，谭瀛洲跟韩隗汇报了自己的发现。

从知道是接收那天出的事开始，多年的商场经验就告诉谭瀛洲这很可能是人为造成的破坏。于是他调取了车间里全部探头的监控视频来看。因为问题出在 11 月 5 日接收以后，所以他开始只看了 11 月 5 日后的视频，结果翻来覆去看了几天也没看出毛病。后来实在没办法了，又一天一天地往前翻，这次却刚翻了一天就发现了问题。就在双方签订合同的前一天晚上，有人曾悄悄进过车间。

　　韩隗听说之后马上调了视频来看，结果一眼就认出来了——段枫。果然是他！韩隗想都没想，直接给 Y 城市公安局长王铁崖打了电话，告诉他有人在自己的工厂里搞破坏。因为共事一主的缘故，两人平时关系还算不错。王局长听说有人胆敢在自己的地盘上搞这种事，将其抓捕归案自然责无旁贷。不一会儿功夫就查清楚了，段枫被驱逐出厂后并没回魔都，一直住在陈老大家。于是王局长亲自带了四名干警前去抓捕。到了陈府，段枫正和陈老大喝下午茶。见到王铁崖他们来了，二话没说站起身就和他们走。只不过临走时嘱咐陈老大："告诉胡菲我被请去协助调查了，如果过了时间还没回来，就让她找王局长要男朋友。"

　　到了警局，段枫承认得相当干脆，不错，那天晚上他是去了工厂。理由也足够充分："我虽然现场总指挥职务被免了，却还是公司的技术顾问，对项目充满了感情。到现场看看设备运行情况，不行吗？再说我去那天公司的法人还是萧涵，就算要打官司，也是她来告我，跟姓韩的有什么关系？"王铁崖一听确实是这么回事，又听说他是胡菲的男朋友，一时倒不能把他怎么样。只好给韩隗打了电话。这下韩隗彻底明白了——就是他搞的。可知道了也没用，拿他没办法啊。白道不行，黑道更不行。眼看着挖空心思弄到手的工厂一天赔一辆奥迪，韩隗恨不得把生产线砸了。如此又过了几天，就在韩隗实在坚持不住准备停产的时候，萧涵来了。

见到萧涵，韩隗脸色虽然不怎么好看，却还保持了应有的风度，颔首道："萧总大驾光临，有失远迎。不知有什么指教？"

萧涵道："我哪有什么能指教的。就是多日不见，来看看韩总工厂的生产情况。"

韩隗道："有劳萧总挂怀，生产情况尚可。"

萧涵点头道："那就好。不过我听外面谣传说公司的产品出了问题，粒度一直达不到标准，也不知道是真是假。"

韩隗道："你也说了是谣传，自然是假的。"

萧涵道："好吧，那就算是假的。只是这么大的厂，每天只一班生产，又不接订单，亏损应该不少。这么一直亏下去，就算韩总家大业大，恐怕也很难承受吧。"

韩隗道："萧总有什么解决的方案吗？"

萧涵笑道："诗云：'投我以木桃，报之以琼瑶。'先父在世的时候，经常教育我，生意场上的人，要懂得知恩图报。前些日子蒙韩总仗义援手，救我于困境。现在听说韩总遇到了困难，我当然不能坐视不理。"

韩隗道："那萧总的意思是……"

萧涵道："我的意思，如果韩总觉得这个厂运作起来有难度，我倒是愿意接管。"

韩隗道："多谢萧总美意，目前还不需要。"

萧涵点了点头，道："好吧，那是我多事了。韩总如果有需要，随时可以联系我。"说完起身走了。

她人虽离开了，但这次会谈却在韩隗的心里掀起了惊涛骇浪。韩隗心里很清楚，萧涵既然已经知道了，那如果她想要扩散出去是拦也拦不住的。一旦她把消息扩散出去，不用半天的时间全Y城企业界就都会知道这件事。到时候可能就真的不可收拾了。可是费了九牛二虎之力才拿到手的绝好项目就这么交出去，又实在觉得心有不甘。绝望之际，他甚至想到了一个歇后语：手捧刺猬——抓抓不得，放放不得。思来想去，最终决定无论如何也要再试一次。

他找来包括王寿亭在内的全体技术人员，告诉他们今天是最后一次机会。希望大家能够全力以赴找到问题所在，否则就关停机组，大家集体下岗吧。一众技术人员虽然无奈，却也只得硬着头皮上场，从总阀开始挨个管路调试，按照规范流程又重新走了一遍。新官上任的吴易副总经理尤其卖力，督促着各位技术人员按着标准流程一个一个参数地对照、调试。因为已经试过多次，所以谁都没抱什么希望。没想到皇天不负苦心人，这一试还真发现了问题——一个进料的参数在电脑上被改过了，和从前记录的不一样。吴易简直如获至宝，兴奋得差点儿没跳起来。也顾不上别人什么感受了，立刻拿着数据向韩隗汇报，告诉他哪个是原来的，哪个是改动过的，其间相差了多少，改动后会有什么后果。自己现在把它改过来了，再生产保准没问题。韩隗一听也是喜出望外，立刻吩咐准备开机试验。王寿亭虽然觉得事情没那么简单，但也没理由反对，只好在一旁看着。

吴易站在中控室中间，环目四顾，只见人人都看着自己，一时间不禁豪情万丈。对着韩隗道："报告韩总，生产车间已经准备完毕，请总裁指示。"

韩隗也是一阵激动，点了点头，道："启动吧。"

"是，启动！"随着吴易一声令下，各控制单元逐一启动设备。整条生产线如苏醒的巨龙般轰鸣着运作起来。吴易看着紧张地盯着显示器的几位技术人员，心中暗自得意。心想："什么教授、博士，关键时刻还不得看我老吴的。这次生产成功了，头功非我莫属。到时候能奖励我点儿什么呢？副总工程师是用不着了，五十万说多不少的也将就吧。嗯，最好能把谭瀛洲调走，让我当总经理。"

然而第一批产品的检测报告出来后，却惊得他下巴都差点脱臼了。本来还只是粒度不合格，现在连成分都不对了。也就是说，在他的努力修正之下，产品被彻底做坏了。吴易看着检测报告，整个人像泄了气的皮球一样瘫在了椅子上。

这下是彻底没治了。

第二天上午，韩隗又接到了萧涵的电话。

　　"韩总考虑得怎么样了？"

　　萧涵的声音还是那么悦耳，但在韩隗听来却说不出的别扭。虽然一万个不愿意，却还是说道："我们谈谈公司的事吧。"

　　"好啊。"电话里，萧涵的声音听不出一丝情绪波动。

　　韩隗等了一会儿，看萧涵没什么反应，只好说道："鉴于目前的生产条件，我们想将造化科技股权整体转让，不知道萧总是否有意接手。"

　　萧涵道："接手我是愿意的，只是不知道价格方面是不是能够承受啊？"

　　韩隗道："萧总觉得多少合适呢？"

　　萧涵道："做生意从来都是漫天要价，着地还钱。还请韩总先开价才是。"

　　韩隗道："那就按我们上次议定的价格？"

　　萧涵道："我记得上次我们议定的估值是 8.5 亿？"

　　韩隗道："好像是的。"

　　萧涵道："我给出去的时候是好的，现在拿回来却不能正常生产。怎么也得打个折扣吧？"

　　韩隗道："那就 8 亿？"

　　萧涵道："这个时候还能保持幽默，韩总这份豁达随性当真让人敬服。"

　　韩隗道："那萧总认为多少合适？"

萧涵道："我20亿的估值你只给了8.5亿，照这个比例我说5亿不过分吧。"

韩隗道："前后不过一个多月，你就打了六折，这太狠了点儿吧？"

萧涵道："这不都是受韩总的启发嘛。做生意讲究个你情我愿，韩总觉得不妥，可以再找别人问问。不过鉴于您两次仗义援手，我觉得有义务提醒一句。现在外面还都不知道成分不对的事，可是纸里包不住火，您一旦对外公开走漏了消息，到时候再想脱手，怕就不是这么容易了。生意场上经济损失事小，个人能力遭受质疑可是巨大的无形损失啊！"

韩隗终于明白，萧涵算是彻底捏住了自己的死穴。这厂子萧涵不买，肯定就得烂在自己手里。因为就算真有人想买，萧涵也会让他知道产品不合格的事。她之所以还没把消息散布出去，就是留了转圜的余地。如果自己再执迷不悟，她一旦丧失耐心把消息公布出去，到时候别人不说，西南王对自己的评价肯定会大打折扣。那样的话，损失就不是能用钱来衡量的了。也就是说，这个钱其实等于是自己出的封口费。他本来就是聪明人，想通了这一节，随即说道："好，就算5个亿。"

萧涵赞道："韩总当机立断，决策英明，实在让人佩服。只是我这里还有一样困难。你也知道，造化科技还欠着布鲁托公司的官司，当初我就是因为这件事才放弃的。现在接回来可以，只是这件事要处理好才行。不然我还是没本事解决这个难题。"

韩隗沉默良久，终于狠了很心，说道："布鲁托公司的事我会处理，这个你放心。"

萧涵笑道："那就好，我等着。"

银龙集团办事人员的效率一如既往地高，两天就办好了全部手续。只不过上次是满面春风，这次却是垂头丧气。萧涵签好字，重新取得了造化科技有限公司的控制权。这么一进一出，躲了一场官司，还净赚了两个亿，这样的结果只能用大获全胜来形容了。

重新入主造化公司，萧涵进行了一系列大刀阔斧的拨乱反正工作。首先是调副总经理吴易回集团公司总部重新安排工作，并嘉奖 50 万元。重新聘任老梁厂长为公司副总经理。其余被吴易撤换人员一律复职，吴易提拔的人员根据实际情况酌情安排，至此公司上下一片欢歌笑语。

就在造化科技有限公司上下同心欢庆胜利的同时，吴易却在韩隗的办公室里吓得屁滚尿流。一见到吴易，韩隗就忍不住恨得咬牙切齿。这跟头栽得实在是窝火，而且还栽在了这么一个人身上。韩隗一直想不通为什么吴易收了钱还会跟萧涵他们串通坑骗自己。在他的评价体系中，这显然是个唯利是图根本不讲道义的小人。然而不可否认的事实是，萧涵重新取得造化公司控制权后不但没对他进行任何惩处，还奖励了他 50 万元，并晋升为集团公司采购部经理。那可是个实实在在的肥差。因此韩隗的愤怒除了因他造成经济损失之外，更多的还来自于对自己判断失误的不满。他不相信自己会错得这么厉害，因此决定把吴易找来亲自问个究竟。

见到韩隗，吴易吓得浑身颤抖，冷汗顺着额角往下流。站在当地，费了好大的劲才喊出来一声："韩……韩……韩总。"

韩隗坐在椅子上，看着他道："吴经理，恭喜高升啊。"

吴易哆哆嗦嗦地道："不不……不是的，韩总，真的不是你想的那样啊。"

韩隗道："哦，什么样儿？"

吴易道："我……我……我也不知道她为……为什么升我职，还……还给我奖励。"

韩隗道："是吗？"

吴易道："是的。真……真的韩总，我和我哥对你可是一片忠心。你要不信，我可以把你给我的和她奖励我的，都……都拿出来。"

韩隗看他吓得这个样子，实在不相信他有胆子拿了钱还敢出卖自己。皱着眉头对吴易研究了半天，点了点头，道："我信，你回去吧。"

吴易如蒙大赦般松了口气，忙不迭地说道："谢谢，谢谢韩总。我回去就把钱送来。"

韩隗道："不用了，你先拿着吧。"

从韩隗的办公室出来后，吴易怎么想怎么觉得不踏实。韩隗虽然嘴上不说，但这种事任谁也不会相信自己确实是无辜的，尤

其最后一次的事故还是在他手上弄出来的。于是他暗下决心，说什么也要为韩隗做点儿贡献，以证自己清白令名。

　　功夫不负有心人，没过多久吴易就等来了一个机会。他从集团内部绝密会议上获悉公司本年度中报同比上涨百分之六百，预期股价即将暴涨。他第一时间就把这一消息通报给了韩隗。韩隗通过多方求证，确认了可靠性之后在二级市场上大笔吃进渝珠集团股票。不料两周后渝珠集团发布消息，称作为集团主要业务支撑的全资子公司造化科技有限公司因产品质量问题暂时停产，接受有关部门检查。结果渝珠股票应声大跌，韩老板保守估计又亏了六千多万。

　　于是，吴易就开始接二连三地遭遇意外。先是到便利店买东西差点儿被广告牌砸到，又是过马路的时候差点儿被车撞。家附近还经常出现一些陌生人，上中学的女儿也莫名其妙地被人跟踪。如此过了几天，吴易的精神几近崩溃边缘。他决定向公安机关坦白事实，并申请得到保护。然而就在他驱车前去报案的途中却出了车祸，躺在医院里成了植物人。身为集团公司总裁，萧涵获悉之后在第一时间赶到了医院，代表集团对其家属进行了诚挚的慰问。吴易的嫡亲哥哥吴良在病房里哭得呼天抢地，顿足捶胸痛骂有人加害于他，发誓要找出真凶，为弟弟报仇。

　　萧涵陪着他一起到公安局报了案。回到住处，不禁欢喜得一颗心春光荡漾。她推门进了屋子，只见一名男子跷着二郎腿面朝窗外坐着，听见有人进来，也不回头。她悄悄走到那人身后，说道："事情办妥了。"

那男子道："恭喜。"

萧涵道："这次顺利拿回了造化公司，还得记你的头功。"

那男子笑道："头功不用，只是你下次打我的时候出手别那么重就好了。"说着转过身来，正是造化公司现场总指挥兼技术总监段枫博士。

萧涵死盯着他道："谁让你去勾搭那个小狐狸精，打你是轻的。"

段枫道："说话得凭良心。你不在，我费了多少劲才让项目复工。你不该奖励我点儿什么吗？"

萧涵道："那你告诉我，你是怎么把这东西弄坏的？他们又为什么修不好？"

段枫微笑道："天机不可泄露。佛曰：不可说，不可说。"

萧涵又从后面搂住他，下巴搭在他肩头，贴着他耳边道："你背着我去私会那个小狐狸精，还没跟你算账呢。再敢不说，信不信我吃了你。"

段枫叹了口气，他发现除了胡菲，自己在萧涵面前同样没有反抗能力。只好说道："好吧，我说。"

"快点儿。"

段枫道："这可是技术机密，你不能告诉别人。"

萧涵道："好，我知道了。快说吧。"

段枫道："我把一个调节流量的控制阀拆开，手动调了一下

阀芯，然后又装回去了。"

萧涵道："然后呢？"

段枫道："然后，他们再开的时候阀门的实际开度和显示的值就对不上了。"

萧涵道："所以粒度就不对了？"

段枫点头道："聪明。"

萧涵道："那他们那么多人就不知道？"

段枫道："第一，他们开始以为我已经被赶走了，所以想不到是我弄的。第二，就算想到了也找不到原因，因为阀门看起来好好的，总不能一个一个拆开来看。再说这种阀门不说拆完还能不能装上，就是拆他们都不见拆得开。第三，最主要的一点，他们的技术人员都是雇的，谁都怕弄不好惹祸上身，没人愿意当成自己的事来做。真愿意全心全意投入的，又没这个本事。所以我断定他们一定找不到问题。"

萧涵道："那后来怎么成分又不对了？"

段枫道："那是我故意留给他们的。开度小了，如果物料参数不变会导致产品成分变化，这样太容易看出来了。所以我故意把参数也调了。等他们发现后调回来的时候，整个产品就都不对了。其实这个时候是最容易发现问题的。所以我才让你去找韩隗，给他施加压力。等他们乱了阵脚之后，投降就只是个时间问题了。"

萧涵道："坑了人家还要人家出封口费，又让韩隗收拾了吴易，原来你才是心最黑的。"

第二十章 损则有孚

段枫道："这里最关键的是，他们认定你跟我翻脸了，不然还不会动手。我估计他们本来是想嫁祸到我身上的，却没想到给你听了录音，你居然还会相信我。"

萧涵贴着他耳边说道："你这么厉害，我不信你还能信谁呢。"说完含住他的耳垂，用舌头轻轻拨弄着。

段枫顿觉浑身一阵酥软，呻吟道："妖孽，你要干什么啊？"

萧涵只说了一个字："你。"

然后段枫就连人带椅子一起向后翻了过去。

又不知过了几世几劫，两人都累得筋疲力尽。段枫抬头看了一眼墙上的挂钟，忽然道："坏了，快起来。"

萧涵依旧没了骨头似的偎在他身上，懒洋洋地道："怎么了啊？"

段枫道："秦家少爷约了晚上吃饭。"

因为萧涵和银龙集团的这两次交易都是在 Y 城银行进行的，所以秦星这个月的业绩一下子增长了百分之二十。为此秦总当晚特意在盛世王朝酒店设宴为段枫和萧涵庆功，兼表答谢之情。

席间众人谈笑风生，陈老大显得尤为兴奋。拍着段枫的肩膀道："兄弟，你这一手可真够绝的。姓韩的小子吃了哑巴亏，还不敢对外张扬，想想我就痛快。"

段枫笑道："当初若不是你老哥仗义相助，我们哪能走得到今天。就是这次你不收留我，我也不免要流落街头了。还得多谢老哥，来，我敬你一个。"

陈老大举杯一饮而尽，说道："你住在我这儿，每天陪着我打牌喝酒，我不付你工资就算占便宜了，哪还用着你谢。"

相比之下，秦星却更加持重，说道："打人一拳，需防人一脚。韩隗吃了亏，必然不肯善罢甘休，咱们还是小心在意得好。"

段枫和萧涵也表示同意。陈老大却意气风发，昂然道："怕什么，老子等着他，看他能把我怎么样。"

　　　　　　第二十章　损则有孚

第二十一章　假载南亩

　　春天是万物复苏的季节。博士楼里的居民经过了一个短暂的寒假之后，又开始了自己崭新而愉快的生活。今年的春天来得很早，女娲河畔的垂柳早已抽了芽，路旁的草地也露出了嫩绿。午后煦暖的阳光温柔地洒在大地上。微风过处，几丛翠竹摇曳生姿，在空气中播洒着阵阵生机。一只花猫眯着眼趴在博士楼门口的阴凉处，懒懒地打了个哈欠，翘起的尾尖微微晃动。

　　李如意这个寒假一共休息了十天，正月初七就回到了学校。没办法，几方面的事情都要做。她虽然没有明确答复，但颜书记那边显然已经当她同意了，有什么事情都是直接通知她去开会。而张导这边的事情自然还是得做。加上得蒙颜书记关照才拿到的项目，即便她每天起早贪黑地工作超过十四个小时，却也还是忙得焦头烂额。

　　这天中午，李如意实在累得不行了，吃过饭决定回寝室休息一下。刚走到博士楼门口，就看见楼道最里面一间寝室前围了一小堆人。她想起来，那间本来是分给自己的，后来李苃希主动和她交换了，只有她一个人在住。想起那间恶劣的生存环境，李如意生怕她出了什么事，急忙快步走过去看个究竟。

走到近前探头一看，寝室门开着，门外站着两个人。一个手里拿着蓝色硬皮本，正是宿管科那位"霸王龙"老师，另一个则是博士楼的宿舍管理员。

"霸王龙"老师一脸怒色，声色俱厉地说道："赶紧扔掉，竟敢在寝室里养老鼠，太不像话了！"

李如意听她说有老鼠，探头往寝室里一看，不禁吓了一跳。只见里面靠墙摆了一排笼子，地上五六只灰毛大老鼠，个个膘肥体壮，溜光水滑，最大的一只差不多有小猪崽儿大小，看着实在有些吓人。这么多人围观，它们却理也不理，看来应该是养熟了的。

李苨希坐在一张靠背椅上，冷冷地看着"霸王龙"，却一句话也不说。

"霸王龙"看她不说话，更是恼怒，厉声道："听到没有，赶紧拿走！"

李苨希终于开口道："为什么要拿走？"

"霸王龙"道："宿舍里不准养老鼠！"

李苨希道："宿舍管理条例哪条规定的，你拿来我看看。"

"霸王龙"张口结舌，却拿不出东西来。一来《宿舍管理条例》是建校时定的，后来虽有修订，但新世纪以来却根本就没动过，里面压根儿就没有关于养宠物的规定。二来她根本就没看过管理条例，就算是真有她也不知道。而且从前也一直都有学生养宠物，不过人家养的都是金鱼、乌龟、荷兰猪、金丝熊之类的，顶多也就养个兔子，又没什么不良影响，宿管科也都是睁一只眼闭一只眼。可今天李蒂希养的是一群老鼠，正赶上"霸王龙"新官上任，没事还要立立威风，碰到了自然要管。这时当着围观众人，更不能折了面子，只好硬着头皮说道："我说不行就不行，赶紧搬走！"

李蒂希哂道："你说不行就不行，你是谁啊？！"

"霸王龙"厉声道："你到底搬不搬？"

李蒂希这次连理都懒得理她，直接从桌上抽出本书来看。

"霸王龙"给她气得不轻，对着旁边那个宿舍管理员道："你去捉出来。"

那管理员答应了一声，却不上前。她在这儿看了十几年楼，知道这里面住的都是博士，个个前途不可限量。现在自身虽然没什么了不起，但导师却都是各自领域的权威。再过个几年，这些博士能自有什么建树也未可知。这样的人，说不定哪天有什么用，自然要尽量搞好关系。今天看霸王龙新官上任抖威风，虽然嘴上不说，心里却颇不以为然，不拆台已经是给面子了，哪里肯上前帮忙得罪人。

"霸王龙"见她不动，只好亲自动手。她嘴上说是说，可真要对这些毛茸茸的家伙下手心里却实在有些发毛。她走到一只老鼠跟前，鼓足了勇气刚要伸手，只听李蒂希嘴里发出一声轻啸，那几只本来安静的大老鼠突然全身绷紧，一对对圆溜溜的小眼睛

一齐盯着"霸王龙",似乎只要李苊希一声号令,就要奋勇出击。

吓得"霸王龙"赶忙把伸出去的手又缩回来,不由自主地向后退了两步。李苊希冷哼一声,侧头看着她,目光中满是轻蔑。

"霸王龙"站在当地进退两难,想了想指着李苊希道:"你等着。"说完转身走了出去。没多久就抱了只猫回来,脸上洋洋得意,心想这下总该怕了吧。没想到李苊希根本就不在乎,就坐在那里看着她。

霸王龙弯腰把猫放在地上,本以为老鼠见了会直接吓得落荒而逃,不料那猫蹲在地上,并没有如她所料的那样直接扑上去,而是颇为警觉地看着那几只老鼠,似乎有些畏惧之意。而那几只老鼠见到了猫却也不害怕,反而龇牙咧嘴地向它示威。"霸王龙"万没想到会碰到这种事,只好踢了踢那只猫,道:"去啊。"

李苊希鼻子里"嗤"了一声,又吹了声口哨。那几只老鼠冲过去,围住了那只猫,却不立刻进攻,似乎还在等待命令。那只被围住的花猫一下子全身绷紧,尾巴高高竖起,紧张地盯着那几只老鼠。

如此一来,包括李如意在内的众人都吓了一跳。谁也没想到,世界上居然真有敢跟猫叫板的老鼠。

双方对峙了几秒钟,"霸王龙"抱来的那只花猫刚一稍动,只见它身前两只老鼠忽然交错换了个位置,身后的一只老鼠蹿过去照着后腿就是一口。只听一声惨叫,那只猫"嗖"地一下蹦了起来,钻出人群,夺路而逃。一只后腿却已受了伤,在地上留下几滴血渍。而那只咬猫的老鼠则带着其他几只，又慢悠悠地爬了回去。原来人家不仅有组织，而且还有战术。前面两个负责吸引火力，后面的那个才是主攻。

围观众人目睹了这样一场明显打破生物学普遍规律的战斗，几只老鼠获胜之后在众人注视下若无其事地闲庭信步，再看看李芾希的容貌气质、穿着打扮，心头无不生出一阵寒意，不约而同地冒出一个念头——老鼠精。李如意想的却是四个字：地涌夫人。

"霸王龙"脸上青一阵红一阵，虽然心中栗栗，但上任第一天这个面子栽得实在太大。想了半晌还是不肯死心，拿出电话，听着是叫了学校安全部门的人来。

不一会儿功夫，来了两个穿制服的，应该是 H 大派出所的民警。问了事情的经过，告诉李芾希这些老鼠有危害公共安全之嫌，需要她配合协助解决。

李芾希道："第一，我搬到这间宿舍时就有老鼠，如果说养，应该是宿管科养的，不能说是我养的。"

这时候那些老鼠好像听懂了什么，对着两个民警"吱吱"一阵乱叫，那意思好像是说李芾希说得对。

李芾希喝道："别吵，都回去。"几只老鼠果真乖乖地回到了笼子里。

"霸王龙"趁机道："看，这些老鼠连你说话都能听懂，还说不是你养的。"

李芾希冷笑道："笑话，能听懂我说话就是我养的？你也能

听懂我说话，你也是我养的？"

"霸王龙"涨红了脸道："你……你胡说什么，谁是你养的？"

李苈希不再理她，冲着派出所的人道："第二，学校对宿舍内养宠物没有禁止规定，这些也不是宠物，是我科学研究的实验对象。谁敢动它们，出了问题自己负责。第三，如果宿舍内不允许有老鼠，我可以把它们都清理走。不过有一样，现在它们的活动范围仅限于我的宿舍，放走了之后会到哪儿去，我就管不了了。到时候校长、书记的办公室里遭受鼠患，你们自己负责。"

两位保卫工作者一看这个阵势，眼前的这位显然是个养鼠的行家。万一惹恼了她，搞得学校里鼠患成灾还真不好办。当下不敢轻举妄动，只好推说要回去请示领导再做决定。"霸王龙"无奈，也只好借口沟通工作，跟着他们一起走了。

眼看着"霸王龙"落荒而逃，李如意心里说不出的高兴，也终于明白了当初李苈希主动和自己换寝室的真正目的。等众人都散去了，她才走近屋去，说道："没想到啊，你这么厉害。"

李苈希看到是她，多少有点儿不好意思。急忙站起来道："哪有的事，你可别乱说。"

李如意道："我都看见了，你这本事很了不起啊。"

李苈希恨恨地道："有什么了不起的，都怪那个蠢货多事，这下好了，所有人都知道了。"

李如意道："又不是什么坏事，有什么好怕的。"

李苈希道："怕是不怕，不过给人知道总归不好，弄得我跟妖怪似的。"

李如意心想还真是这样，不过嘴上又不能说，只好安慰道："这有什么的，有养猫养狗的，养个老鼠又有什么大惊小怪的。"

李苩希叹道："要是别人都像你这么想就好了。"

李如意笑道："不过我猜，你们家是不是连粮食都没买过啊。"

李苩希道："哪有的事，你可别乱说。我们有规矩的，不能用老鼠偷东西。"

李如意道："开玩笑的，现在谁家也不缺粮。不打扰了，我得去睡一会儿，困得不行了，有空再聊。还得谢谢你当初和我换了寝室，那间可比这间舒服多了。"

李苩希也不好说什么，把她送到门口，等她走远后才关门进了房间。

李如意回到寝室，躺在床上迷迷糊糊刚要睡着，忽然听到电话响了起来。她闭着眼睛没起身，本以为没人接那边就该挂了，没想到却响个没完。李如意叹了口气，爬起来拿过手机一看，是Y城的号码。心中更是有气，心想早不来晚不来，偏偏这个时候来。拿起电话正没好气，却听段枫在那边压低了声音道："什么都别问，听我说。把陈哥的电话号码给我，我找他有事。"

李如意一下子就清醒了，说道："好，你等一下啊。"说着打开手机通讯录，找到陈哥的电话报给段枫。她刚才看到打进来的是个座机号码，以为是段枫没带电话，急着找陈哥才跟自己要的。可是随即就反应过来不对，问道："怎么回事，出什么事了？"

段枫道："一句两句说不清楚，没什么事儿，不用担心。我先挂了，晚点儿再和你说。"说完就挂断了电话。

接下来一连两天都没有段枫的消息，李如意隐隐觉得有些不祥的预感，却不知道出了什么事。想去找陈哥问问，没想到竟然连陈哥也找不到了。这下她断定，肯定是出大事儿了。

李如意一点儿都没猜错，段枫正经历着有生以来最严重的一次危机。三天以前，陈小错来找萧涵，告诉她和段枫：陈老大不见了。开始的时候，萧涵和段枫都没当回事。心想以陈老大在 Y 城的影响力，就算家里丢了条狗都能上头条。谁想神不知鬼不觉地动他，基本上是不可能的事情。可是过了一天还没有消息，而且又有两个和陈老大有生意往来的人失联，最后竟然连秦星也联系不上了。段枫联想到最近的一些风吹草动，隐隐觉得事情有些不妙。他怕自己手机也被监视，于是找了个电话亭向李如意要了陈哥电话，告诉他陈老大很可能被抓起来了，让他赶紧来商议对策。

陈钟教授和陈老大这兄弟俩当初因为琐事闹翻，这么多年早就后悔当时太过冲动，都有重归于好的念头。只是碍于面子，谁也不肯先服软。段枫误打误撞，让他们俩通了电话，二人心里都有些激动。这时听说哥哥出事了，陈钟教授当天晚上就到了 Y 城。

见到段枫和萧涵，又听陈小错说了事情经过，陈钟教授和段枫的判断一样，应该是白道的人干的。而且就在陈哥到达 Y 城后不久，段枫他们得到消息：陈老大名下多家公司资产也被没收，公司账面上六千多万现金居然作为非法所得被追缴了。这下段枫他们顿时紧张起来，被抓本来也没什么，但未经审判就直接把财产没收就不对了。依现在的法律制度，如果没有确切犯罪证据，24 小时就得放人。现在不光没放人，连人在哪儿都不知道，这明摆着是不按规则办事的。面对这样的执法机构，谁也不知道到底会发生什么。几个人一合计，都觉得干等不是办法。当务之急，一定要先见到陈老大才行。

陈哥道："能干这种事的，多半是市刑警队。如果能找到熟人问问，应该会有消息。"当时他还不知道，Y 城是专案组办案，直接局领导负责，根本不通过刑警队。

段枫和萧涵都觉得有理，但两人都是才到 Y 城不久，公安系统里也不认识什么人，因此目光都投向陈小错。这些日子接触下来，段枫和萧涵都发现陈小错虽然有时候说话没大没小，但其实心智相当成熟。而且四个人里只有她是本地人，若论在当地的社会关系，另外三人还真不如她。

陈小错想了想道："我来找人问问吧。"说着拿出手机，拨了个号码，那边马上就接通了。虽说是求人帮忙，但陈小错一共只说了三句话："喂？""我爸好像让公安带走了。""不知道关在哪儿了，你帮我问问。"语气相当生硬。电话那边却显得颇为兴奋，好像得到了什么天大的恩宠，忙不迭地答应着，让她等着，保证一会儿就有消息。

萧涵觉得事情有点怪异，问道："谁啊？"

陈小错道："一个白痴。"

萧涵笑道："你怎么找个白痴办事啊？"

不料陈小错口中的这个白痴，办事效率还真不是一般的高，不到半个小时，电话就回来了。陈老大确实是被市局的人带走的，但没关在看守所，具体在什么地方还不清楚。不是在摩崖岭，就是在云雾山。

就在段枫诧异这人居然能在这么短的时间里，就把众人两天都打听不到的事弄清楚的时候，却听陈小错嗔道："到底在哪儿啊，不清楚你打电话来干什么？"

那边急忙说道："我不是怕你着急么，先和你说一声。你等着我这就去看看到底在哪儿。"

陈小错道："那还不去。"说完又挂了电话。

又大约过了一个多小时，那边又打来电话，这次确定了陈老大被关在云雾山，不过没见到人。听那边的人说陈老大被抓后什么都不说，还破口大骂了一个审问的人员，照这个样子估计一时半会儿出不来。

陈小错问到底为什么抓人，那边居然说具体原因不详，就是因为涉黑。因为刚才萧涵劝过，陈小错这次倒没发火，还夸了对面一句，告诉他先等自己消息，需要干什么再联系他。那个"白痴"高兴得差点从手机里蹦出来，一迭声地答应着，让陈小错放心，说自己已经打过招呼了，让他们尽量照顾点儿。

众人一商量，都觉得现在这个情况陈老大这么死扛着肯定不是办法，不如先认了罪，等到了审判阶段再找律师想办法。不管怎么样，总之要先见到人才行。

　　陈哥对陈小错道："要不再给你那朋友打个电话，就说让你进去劝劝你爸，兴许他就承认了。"

　　陈小错又给那个"白痴"打了个电话，让他跟专案组的人说说，自己进去劝劝老爸，或许能有点儿用。专案组负责人正愁拿不到口供没法交差呢，一听说陈小错要来劝降，正好还能卖那人个面子，痛痛快快就答应了。

　　四个人一辆车开到云雾山，离导航终点老远的地方就被拦下了。站岗的和里面通过话后，只让陈小错一个人进去，也不许开车。众人无奈，只好在车里等着。不一会儿功夫，里面开出来一辆车，把陈小错接了进去。

　　那车七拐八拐，绕得陈小错快晕车了才到。下车一看是一处农家乐，一个警察带着陈小错来到一个独门独院的小楼儿。走到一楼第一间，推开门，只见一个人戴着手铐坐在凳子上，后面站着两个警察。那人见到陈小错，"霍"地一下站了起来，正是失踪多日的 Y 城"及时雨"陈奇龙。

　　见到陈老大，陈小错刚叫了声"爸"眼圈儿就红了。几天功夫，平时结实硬朗的陈老大连站都站不直了，佝偻着腰，脸上胡子老长，衣服皱皱巴巴的不成样子。本来全黑的头发白了一小半儿，脚上被戴着死刑犯才用的镣子。

陈老大也当真硬气，无论怎么审问，就是什么都不说。这一点连专案组的警察都佩服。他们忘了一件事，陈老大年过半百，刀头舔血这么多年，什么风浪没见过，早不把生死当回事了。这次自己本来就没事，无缘无故被抓进来，心里自然底气十足。见到女儿，心里虽然难过，却还是努力挤出一丝笑容道："乖娃儿，莫哭，莫哭。他们拿老子莫得办法。"

陈小错强忍着眼泪，对那两个警察道："我要跟我爸说话，你们出去。"

左边一个瘦高的警察道："不行。"

陈小错道："你们在这儿站着，我们怎么说话？"

那两个警察也不说话，就是站着不走。

陈小错道："你们让我劝他，现在却站着不走。他见到你们抵抗情绪这么大，让我怎么劝。不然你跟他说，我回去了。"说着转身要走。

二人知道她是被安排进来劝降的，也怕她真走了自己担责任。可就这么出去了又没面子，于是说道："好吧，十分钟啊。"说完又对陈老大道："照顾你，才让你女儿来看你。好好听你女儿的话。"

没想到陈老大破口大骂道："放你妈的屁！龟儿子，你们要是有得法子还用得着她来么！还不快滚出去！"

那警察估计被他骂习惯了，也不说什么，迈步走了出去。

眼看着人都出去了，陈小错第一句话是："我二叔从魔都来了，和我师父、涵姐姐他们一起在外面。"陈老大自从上次通过电话后，有事没事总和女儿提起这个弟弟。所以陈小错对这个二叔并不陌生，也知道父亲一直在记挂着他。

陈老大皱眉道："他来干什么。"话虽这么说，却掩饰不住内心深处的一丝期待。

陈小错接道："二叔和我师父他们都让你先认了罪。"

陈老大脸色一变，道："啥子？老子又莫得罪，认啥子罪？"

陈小错道："你不认，他们就这么一直关着你。到时候身体弄坏了怎么办？"

陈老大道："我就不信，他们能一直这么关着我，还莫得王法了？"

陈小错道："你在这里，连天日都见不到，哪来的王法？出去之后见了光，才能找地方说理啊。"又做着口型道："翻供。"

连说了几遍，陈老大终于看明白了。露出笑容道："对，还是我娃儿聪明。"

两人又说了几句，陈小错这才来得及问事情的原委。原来是一位区长打电话向陈老大要一块八十亩的地建市民广场，可这块地整个 700 亩的规划都已经做好了，现在划出去 80 亩，剩下的全得重做。就算这样，陈老大也答应了。临了的时候问了句，价钱怎么算？那边一听："啊，还要钱，那好吧。"当天下午陈老大在没有任何手续的情况下就被带走了，公司也被查封了，全部资产包括那块 700 亩的地一并作为非法所得没收。

陈小错怒道："要钱就抓人，这什么世道啊？"

陈老大摇头道："这还算好的。听说江北的一个兄弟没有原因就被抓起来，判了十年，没收全部财产。"

陈小错大吃一惊道："那不是明抢吗？"

两人正说着，门外的人进来催促道："时间到了。"

"好的。"陈小错正事已经说完了，站起来对陈老大道，"你好好配合审查，我先回去了。"

陈老大点头道："好，我明白了。"

因为配合得好，后来的几天陈老大倒没再受什么折磨，待遇也明显好转了。没几天功夫，口供做完就转到了看守所。在那里条件就好多了，陈小错那位白痴朋友找到看守所的所长让陈小错和陈哥偷偷进去见了一面，看陈老大没受什么委屈，也就放心了。哥俩一别二十余载，谁也没想到会在这样的情形下重逢，心里都是一阵酸楚。陈哥再三叮嘱："在里面好好休养，外面的事有我们，你就不用操心了。"陈老大哈哈一笑："正好休息几天，出去了再找龟儿子算账。"

从看守所回来后，陈哥和段枫他们一分钟也没休息，立刻开始四处联系，问这件事下一步该怎么办。几乎所有的答复都是一样的，如果真是这样，那法律上根本就判不了。但就目前 Y 城的形势来看，这已经不是法律层面的问题了。所以，单纯地依靠法律途径恐怕很难解决，最好聘请一位有着深厚政治资源的代理律师，这样或许会有帮助，但具体怎么样，却是谁也说不清楚。

第二十一章 载南亩

眼看着开庭日期将近，在各路朋友的热心指点下，陈哥亲赴帝都，几经波折，终于请出了刑律界最著名的大律师——顾桢。顾律师也当真敬业，上午到的 Y 城，当天下午就去法院调阅卷宗。

　　去法院的路上，顾桢大致了解了一下陈老大的情况。因为做口供的时候有关自己的事全部承认，让怎么说就怎么说，但只要牵扯到其他人的却一概不认。找不到证人，所以最常用的组织领导黑社会性质组织罪这一条实在没法定，于是可能成立的主要指控就剩下两条：一、组织赌博。这条是逃不掉的，全 Y 城一半以上的亿万富豪都在陈老大家打过牌，想不认也不行。不过这虽然是事实，但陈老大却从没收过钱。严格说起来只不过提供个场地，自己参与一下，和法律界定的以营利为目的的组织赌博有本质区别。二、组织卖淫罪。可全 Y 城公认陈老大经营的娱乐场所是最干净的，如果说有，也只是提供了一个结识的场所。至于其他的非法交易，一律请到别处去进行。所以，这条也定不上。听完之后，顾桢心里有了底。

　　到了法院，拿到卷宗不到五分钟，顾桢就发现了一大堆问题：两份笔录中一份一问一答配合得非常好，几乎就是想让说什么就说什么。第二份笔录除了时间和讯问、记录人员不一样，内容和第一份一模一样，连错别字、标点符号、地方方言都一致。明显就是抄的，看来连必要的掩饰工作都懒得做了。另外说陈老大涉嫌与另一黑社会组织成员死亡有关，但口供中有两处明显前后矛盾，一看就是有问题的。顾桢想不通这样的口供怎么能拿出来，不禁开始怀疑 Y 城警方的专业水平了。

其实专案组的人也不是不知道，不过一来陈老大顶得实在太厉害，要不是陈小错去劝了一下，连这份口供也没有。能拿到就不错了，谁还管什么真假。二来这事本来就是假的，压根儿就没有的事到哪里去弄真口供。另外专案组里的警察也并非全部丧尽天良，不少人觉得这种搞法实在与道德良知有违，只是迫于形势，不得已而为之。就算发现了也是睁一眼闭一眼，心里甚至还偷偷盼着有人能闹出些事来。

看完了卷宗，顾桢提出要见见陈老大。到了看守所，会见时专案组的警察还在旁边看着。顾律师深谙法律，哪里能容许这样的事发生。明确告诉那两个警察："《刑事诉讼法》规定，律师会见不被监听。"但人家根本连睬都不睬，就在旁边站着。打电话到法院，那边的态度比他还无奈："老顾，我们也知道这是违法的，但这案子是市领导亲自督办的，我们也管不了啊。"顾大律师虽然厉害，但在人家地盘上，一听这话也不得不妥协了。只好在专案组的监视下见了陈老大。

会见当中，顾桢大律师明显地发现了刑讯逼供的痕迹，于是告诉陈老大："按照起诉书所说，你死一次都是轻的。要想不死，只有一个办法，那就是充分证明你被刑讯逼供了。开庭的时候，我会申请鉴定，不鉴定，这个庭就不能开。"

陈老大疑惑道："他们能听你的？"

顾桢道："根据法律，可能被判处死刑的案件必须有律师辩护，否则无法开庭。如果不鉴定，我就罢庭。另外你给我写个字，就写'拒绝法院指定其他律师'。这样这官司就非我不可了。"

陈老大点头道："好，那就交给你了。"说完写好了字交给顾桢。

从看守所出来后，顾桢和陈哥、段枫他们碰了个头，说了会见的情况。告诉陈哥，这案子从目前的证据来看，打下来应该没什么问题。只是听法院的人说，这案子是市里一把手督办的，而且看来是真的，这样的话可能会有些麻烦。自己还要再和 Y 城法院沟通一下。

段枫听完却隐隐觉得有些不对，按说陈老大的事情应该不至于惊动这么大的人物，连公安局长来办都嫌大了。现在由"西南王"这样的"封疆大吏"亲自督办，应该不只是表面上看来的那么简单。

就在他心存疑虑，等着看顾桢在法庭上伸张正义的时候，却得到了一个让他目瞪口呆的消息——顾桢被抓了，另外陈哥和陈小错也都被请去喝茶。

事情坏在顾桢和 Y 城法院的第二次沟通上。本来顾桢的意思是先和法院沟通一下，这么拙劣的卷宗你们也好意思拿出来，最好能事先达成个协议，否则到时候法庭上难看了别怨我。因为政治背景深厚，所以顾大律师并没拿 Y 城法院怎么当回事。

没想到见面直接谈崩了。那边因为有领导指示，所以告知顾

桢，这个案子必须办成铁案，让他配合一下。顾桢一听，我配合了委托人就得死。可拿人钱财，替人消灾，配合了你们，我以后的案子还怎么接，这个当然不能答应。而且还顺便指出了法院办案过程中的若干程序性错误，搞得人家很没面子。

送走了顾桢之后，法院向市委做了汇报，这样搞不了了。Y城市政法联席会议连夜开会一研究，最后得出结论，不拿下顾桢，陈老大的案子就办不下去。于是"西南王"亲自拍板，抓捕顾桢，来个釜底抽薪之计。

Y城公安局的局长王铁崖亲自带队奔赴北京，先向有关部门打了招呼，然后对顾桢大律师实施了抓捕，理由是会见期间教唆陈老大做伪证。顺便把包括陈哥和陈小错在内的案件相关人员都请了过去，作为证人接受特殊培训。段枫因为从陈老大被抓开始就一直没露过面，连和陈哥通话用的都是座机，而且身份也只是渝珠集团一个项目的外聘技术人员，所以没人注意到他，不然连他也一起抓了。

人抓齐了，专案组给了陈老大一个立功的机会：退还部分财产，但必须指认顾桢教唆他作伪证。陈老大连犹豫都没犹豫，就一口答应下来。接下来一连十几天，专案组带着陈老大在Y城最好的度假村里享受生活。一天两盒硬包黄天子，想吃什么点什么，任务只有一个：背台词——按照写好的剧本回答问题。陈老大高兴了就哼哼哈哈地答应着，不高兴了就眉头一皱记不得那么多。几天下来什么也没教明白。最后搞得专案组实在没办法，只好告诉他出庭的时候什么都不要说，不管问什么就说不记得了、脑壳疼。

开庭前一天，来了一位副局长。告诉陈老大："明天就要开庭了，让你见两个人，免得打错了算盘。"见到陈哥和陈小错，知道弟弟和女儿也都被控制了，陈老大这下傻了眼。他没想到 Y 城的公安居然连祸不及家人这条底线也破了。

第二天的庭审上只好按照事先安排好的剧本，不管法官问什么都说不知道、不记得了，再问多了就脑壳疼，对顾桢不利的话却一句也不肯说。

给自己打官司，顾大律师自然尽心竭力。根据事先充分准备的材料，在庭上慷慨陈词，所述事实不可谓不清楚，法理依据不可谓不充分。然而并没有什么卵用，人家根本就不按套路来。

不管他提什么申请，法律依据多么充分，庭上就是两个字：驳回。顾律师提出本案为陈奇龙案衍生案件，与 Y 城市江北区法院存在利害关系，申请法院法官集体回避。按规定这类申请不管理由成不成立，必须休庭后合议驳回，结果人家审判长连屁股都没抬，直接就给驳回了。多年的庭审经验告诉顾桢，这次审讯根本就是走程序，只要走完立刻就会宣判，很可能连刑期都订好了。

果然如他所料，审判后当庭宣判：顾桢犯教唆伪证罪判处有期徒刑二年。

审判结束，作为证人兼人质的陈哥和陈小错也就被放了出来。陈哥去探望了一下顾桢，表达了歉意。那边倒是通情达理，告诉

陈哥，这件事现在已经是自己和 Y 城之间的事了，与你们无关。他的事自有人来处理，只是这种情况下不能再代理案件了，费用退回，你们自求多福吧。

萧涵和段枫眼看着请来的救星在这样的审判下身陷囹圄，心底不约而同地冒出森森寒气，在新中国法治社会，居然还有这样的事发生。两人对望一眼，点了点头，同时做出一个决定——走。

Y 城肯定是待不下去了，再待下去谁也不知道会出什么事。离开之前四人又开了个会，确定了几条结论：第一，因为陈老大案子未结，所以必须有人在 Y 城驻守，随时保持联络。这任务理所当然地落在了段枫头上，因为他现在的一个公开身份是胡菲的男朋友。第二，在顾桢案中，陈小错已经被作为人质来要挟陈老大就范。为避免此类情况再次发生，并确保人身安全，陈小错必须立即撤离 Y 城，当天就走。经那位白痴朋友安排，藏身地点为 R 城市区某大院。第三，也是众人最不愿面对的一条：不扳倒"西南王"，陈老大必死无疑。这一条其实不是他们几个人想出来的，是顾桢在会见时对陈哥说的。虽然众人都对成功不抱什么希望，但事实如此，想不承认也不行。与会者一共四个人，两个已经有了安排，最后这一条就只能落在陈哥身上。而存在扳倒"西南王"可能性最大的地方只有一个——帝都。所以陈哥的任务就是奔赴帝都联合各方势力，为自己的亲哥哥申冤。有了陈老大前车之鉴，其他三人一致认为萧涵必须离开 Y 城，否则下一个被抓的极有可能就是她。到时候一个还没捞出来又再搭进去一个，麻烦可就更大了。另外一个大家心知肚明的原因是，有她在，段枫和胡菲的关系不好处理。萧涵也清楚这一点，虽然有点儿不情愿，但紧要关头她自然能分得出轻重缓急。所以在众人的一致坚持下，萧涵同意暂时离开 Y 城，回英国小住。

四人都很清楚，以目前的力量想成功扳倒"西南王"无异于痴人说梦。不过好在换届临近，大位之争已近白热化。依目前 Y 城这样急功近利倒行逆施的做法，敌对势力肯定不会少。而这次又把顾桢大律师也卷了进来，那么他背后帝都方面的巨大势力显然不会袖手旁观。如果能联合顾桢大律师方面，冲在明处当炮灰，或许会有希望也说不定。混沌理论研究已经证实，初始条件的微小变化能够引起整个系统长期巨大的连锁反应，并产生不可预知的随机性后果。只是当时谁也没有想到，日后在整个事件中起到决定性作用的，却是段枫这个看起来实实在在的业余龙套。

第二十二章　升阶纳陛

　　把吴易送进了医院，又拿下了陈老大，韩隗心中一口恶气算是出了大半。唯一美中不足的是萧涵走得太快，一时半会儿是抓不到了。不过这也无关紧要，现在政府已经把造化公司作为陈老大涉案项目查封，只要法院一宣判，象征性出点儿钱买下来就是顺理成章的事了。于是，他把目标转移到了段枫身上。

　　韩老板14岁入中国K大少年班，20岁进哥伦比亚大学读博。23岁成为华尔街最年轻的高级副总裁，30岁回国创立银龙集团。搭上"西南王"后更是叱咤川渝政商两界，人生头半段说得上顺风顺水，青云得志。然而这些日子却接二连三地触霉头，仿佛多年的好运戛然而止。尤其是追求胡菲受挫之后，"西南王"并没有像从前一样明确表态支持他，而只是不置可否地"嗯"了一声，这让习惯了春风得意的他多少有些不适应。独自在银龙大厦顶楼的办公室坐了半天，他终于找到了给自己造成这种不安的真正来源——段枫，这个他周密计划之外的变数。

　　他第一次听到这个名字是从吴易那里，知道好像有个在读的博士一晚上修好了一台压缩机。当时在他看来，段枫只不过是萧涵公司里外聘的一个技术人员。这种人只要给他应得的那份，给谁干都是一样的，根本不需要浪费时间去考虑。直到他商场情场接连失利，才猛然发现好像自己三次大事都是坏在他的手里。这家伙是个什么来头呢？韩隗有些纳闷。表面上来看，段枫的经历简单得不能再简单了，H大的本科、硕士、博士，连硕士和博士阶段的导师都是同一个。如果非要说有什么值得一提的，就是博士在读期间进了魔都的工程师协会。再看他导师是国内流体机械领域的知名权威，那博士阶段能有这样的机会也就不足为奇了。另外就是从高中到大学之间有一年时间的空白，看情形可能是复读了一年。这样的简历，银龙集团每年的招聘季起码能收到几百个。就这么个人，怎么能给自己造成这么大损失，韩隗越想越觉得不对劲。他决定，要好好研究一下段枫。

　　然而段枫自己却对韩总的这一决定一无所知，还在专心致志地研究着怎么能让陈老大得脱囹圄。在他看来，陈老大的入狱和自己有着直接的关系，因此救他出狱是义不容辞的事情。好在自从见过胡大小姐之后，段枫便正式以官方认可的胡菲男朋友身份在Y城活动。有了这一重身份，他的营救工作开展得容易了不少，没用几天就和Y城几位当权人物打得火热。

　　这天段枫约了王铁崖一起吃饭，顺便打听陈老大的案子。有了胡菲这层关系，加上不管怎么说也是抓过段枫，所以王局自然不能不给这个面子。席间段枫问起陈老大的案子，王铁崖道："兄

弟，我劝你别蹚这趟浑水。他这事是'王爷'亲自定的铁案，别人想帮都帮不了。"

段枫道："有那么严重啊。那怎么想起来办他了呢？"

王铁崖道："不是想起来办他，是都得办……哎，不说了，这个跟你没关系，喝酒。反正你离远点儿就行了。"

段枫道："老哥你可能也知道，他是因为我才进去的。这当口儿我不闻不问置身事外，于情于理都说不过去啊！"

王铁崖伸出食指，摇了摇道："这官司你用不着往自己身上揽，没有你他一样得进去。"

"啊？"段枫道，"这么说这事跟我没关系了？"

王铁崖道："当然，你以为你那点儿破事能惊动得了'王爷'？"

"哦。"段枫舒了口气，道，"那我就放心了。"接着又问道："那他为什么进去啊？"

王铁崖道："我看你是条汉子，此事跟你说也无妨。还能因为什么，因为不听话呗！"

"啊？"段枫这次是真惊讶了，"不听话就抓人？"

王铁崖道："当然！不听话还不抓你，留着干什么？"

"啊。"段枫似乎恍然大悟一般，"那也得有个官方的理由吧，不然开庭的时候怎么说啊。"

王铁崖道："像他们这些买卖人，有哪个能没毛病，尤其陈老大还是混过黑道的。只要你想查，还不是一查一个准。就是你们那个美女总裁本来也是要抓的，不过后来考虑到国际影响，她又跑得快，才算躲过去了。你要是能劝劝你朋友，让他痛快儿把钱都拿出来，或许还能留他一条命。"

段枫奇道："'王爷'还会缺钱？"

王铁崖道："'王爷'自己当然不缺钱。可这么大一摊子，哪里不用钱。手下的兄弟吃喝要用钱吧？竞逐大位，摆平关系各界得用钱吧？造福百姓买口碑更要用钱吧？你看看 Y 城，这些年搞了这么多基础设施建设，老百姓谁不说好，可这些钱从哪里来？财政收入就那么多，干了这个就干不了那个，你说怎么办？"

段枫点了点头道："也是哦。要这么说那些有钱的是应该拿出来点儿。那怎么还有办的，有不办的，这里面有什么说法吧？"

王铁崖道："识相的、老实配合的，就饶了他。像陈老大这种死硬的，必须严厉打击。不然以后还有谁愿意乖乖拿钱出来。你是个对朋友尽心的人，劝劝他，配合点儿没坏处。"

段枫这才知道，原来帮自己固然是原因之一，但就陈老大的性格而言，这次历史巨变估计怎么样都是在劫难逃的。点头道："明白了。多谢老哥指教，来，我敬你一个。"

说完又想起件事，问道："上次渝珠老吴开车被撞，案子结了吧？"

王铁崖道："早结了。你问这干吗？"

段枫道："没什么。我听说他哥吴良这些日子在到处找人查证，而且已经把事情捅到帝都去了。万一真给他找到了什么证据，老哥你这个时候手上出了错案可不好。"

王铁崖道："本来就是简单的交通肇事，有什么好查的。他愿意查，让他去查就是了。"

段枫笑道："那就好。"

他们两人在这里喝酒，却不知道韩隗就在这栋建筑的顶层密切关注着他们的一举一动。两人喝个酒本来没什么，可坏就坏在段枫这地方选得不好，正好是银龙集团的产业。不过这也难怪，银龙集团在Y城的产业实在太多，这两年号称"买下半个Y城"。段枫不管在哪儿请客，都难免会有碰上的时候。因为韩隗已经吩咐下去，要严密监视段枫，所以下面的人一见到段枫和这么大的人物吃饭自然要及时汇报。

韩隗一听，心里不禁又是一惊。在他看来，这是一个非常危险的信号。他知道王铁崖是"西南王"的心腹重臣，外界把他和自己合称为"西南王"的哼哈二将。这时听说王铁崖和段枫一起吃饭，那显然是在"王爷"的授意之下了。如果真是这样的话，那"西南王"对自己的态度就值得深思了。又想到自己上次曾在段枫手里吃了个大亏，韩老板愈发坚定了这个判断，他觉得自己必须要做点儿什么才行。

韩隗在这边焦虑不安，另一个人的心情却比他还要烦躁。

作为"西南王"的心腹秘书兼办公室副主任，程佺十几年来还是第一次碰到这么棘手的事情。到现在他才发现，与智力有关的问题是最能让人崩溃的。几天前，"西南王"安排给他一个任务，准确地说，是一条消息："问鼎逐鹿伊骖騑，三台入命合紫微。建除金水卧龙背，明珠出土彩云归。"据说这四句话是"西南王"花了大力气才从一位神秘高人处求来的，事关神州大陆近期将要发生的重大变故，其价值之巨大不可估量。他能有幸得见实在是天大的造化。但问题是他看了之后不知道该干什么，而且不光他不知道，"西南王"也不知道，所以才让他来研究。自从看到这四句话后，他几乎无时无刻不在捉摸其中深意，但却怎么也参悟不透。

　　四句话中的头两句并不难理解。第一句就不用说了，换届将近，谁都知道是什么意思，"伊骖騑"就是说已经整装待发了呗。第二句"三台入命合紫微"，从紫微斗数上可以解为得诸吉守照，主贵显可期，这也说得通。可是第三句和第四句就不这么好解释了。"金水"是五行，或是方位，"建除"则是日子，这个没什么说的。可是"卧龙背"又是什么？天文命理上都没这么个名词。按照正常人的思维方式，看到卧龙第一个想到的就是指诸葛亮，但是联系不上啊。如果不是指诸葛亮，那就是地名。不是四川卧龙，就是河南卧龙，另外甘肃也有个卧龙乡，虽然可能性不大，但也不能直接排除。不管怎么样，第三句说的应该是个场景，或时间，或地点，但具体是什么却不能确定。最后一句看起来最简单，但却最不好解释。"明珠出土"是一卦，按现在的形势来看应该指谋望有成，这是好事。但"彩云归"是什么意思，就完全不知道了。不过程佺想到，最近 Y 城街巷间流传两句童谣："欲

得真龙位，须伴彩云归。"应该是和这个有关，但具体指什么却任凭他想破了头也猜不出来。

万般无奈之下，程佺只好拿着初步得出的结论来向"西南王"汇报。心想"王爷"圣明，或许能指点一二也未可知。"西南王"皱着眉听完，沉吟了一会儿告诉他最后一句不用管了，关键是第三句要尽快确定下来到底是什么意思。

回来之后程佺把自己一个人关在房间里，对着最后两句话冥思苦想。他跟了"西南王"十几年，从最初的通信员到现在的高级秘书兼大管家，大事小事不知道经历了多少，却从来没有交不了差的。这次这么大的事，他决定不管怎么样都得弄明白这两句到底是什么意思。

这样又过了两天，程佺吃住都在办公室里，一天只睡几个小时，睁开眼睛就对着这两句话琢磨。整个人累得形容枯槁，身心俱疲，却还是找不着头绪。有几次一冲动差点儿准备到那三个叫卧龙的地方去看看，可是又一想去了也不知道干什么，还是研究明白再去吧。

这天中午，他觉得头痛得不行，实在熬不住了就躺在沙发上眯了一会儿。迷迷糊糊地做了个梦，梦到李老君把金刚镯砸到了自己头上，不禁又是一阵剧痛。他猛地一动，"扑通"一声从沙发上掉到地下，站起身来却隐隐觉得好像明白到了什么。

于是走到电脑前面，小心翼翼地打开地图，调到了 R 城市，再把地图放大。仔细看了几分钟，突然一下子从椅子上跳起来，猛地拍了自己一巴掌。他知道，自己应该是找对了。再看看万年历，这天刚好是建日。

向"西南王"汇报过后，程佺带了几个人，直奔 R 城青羊宫。开到青羊宫，已经是下午 4 点多钟。程佺急急地叫人买了票，进山门，直接来到混元殿前。点着了香，恭恭敬敬地进殿跪在老君像前"咚、咚、咚"连磕三个响头，然后跪直了身子，双手持香心中默祝，跟他来的几个人站在殿外看着，谁也不知道他要干什么。程佺跪了一会儿，站起身上了香，带着手下的人过了八卦亭、三清殿，一路向后走去。又穿过斗姆殿，转过照壁，在后苑三台下面转了一大圈，却什么也没发现。他又带着人在旁边的乾道院、坤道院、二仙庵加上茶园都转了一遍，眼看着要关门了，还是什么也没找着。兜了一大圈，又回到玉皇殿前面。来的时候开车的那人平时和程佺关系不错，今天一下午开了四个小时的车，又跟着他走了一个多小时，累得实在有点儿受不了了，凑到他近前小声问了句："程哥，咱找的是什么啊？"

"啊。"程佺答应一声，站在当地，心想：对啊，找什么呢？

正焦虑间，忽然听见玉皇殿门里有人说道："明珠出土。主谋望有成……"

程佺听在耳里，不啻晴天霹雳、当头棒喝。急忙快步抢到殿前，向里一望，只见门内一张长桌，一个年轻人坐在外面，桌后一个道士正在解签。他上前一把抓住那个年轻人，生怕一眨眼他就消失不见了。

殿内两人都被他吓了一跳。桌子后面的道士还好，只是往后躲了一下，外面那个年轻人被程佺一把抓住手臂，着实吓得不轻。本能地左手一搭，右手一圈一转，站起身手肘向外一送，把程佺推得向后退了好几步，多亏后面的人扶了一把，才没跌到台阶下面去。

跟着程佺来的几个人刚要动手，程佺急忙大叫一声，喝住众人。走上前道："兄弟，刚才冒昧了啊，不好意思。请问怎么称呼？"

那年轻人警觉地看着他们，问道："干吗？"

程佺道："没什么，交个朋友。"

那年轻人道："你们干什么的？"

程佺道："这里说话不方便，咱们换个地方？"

那年轻人道："有事儿就在这说吧，我还解卦呢。"

程佺想了想，点头道："好吧，我在外边等你。"说完带着人退出了大殿，站在殿门外面等着。

等年轻人解完了签，程佺走上前道："兄弟，咱们换个地方说话吧。"

年轻人看了看他，问道："去哪儿，说什么啊？"

程佺刚才就看好了地方，一指旁边的茶园道："喝杯茶，交个朋友。"

年轻人又上下看了看他们，可能是觉得他们不像坏人，茶园里也不是危险的地方，就跟着他们去了。

到了茶园，其他的人都在外面，只有程佺陪着年轻人进了订好的雅间。两人落了座，点了茶水、干果、点心。程佺道："兄弟，还没请教你怎么称呼？"

"不敢当，我叫段枫。"年轻人道，"老哥怎么称呼？"

"程佺。"程佺道，"你刚才那两下身手不错啊！"

段枫笑道："你上来一把就把我抓住了，我能没点儿反应吗？"

正说着，茶水上来了。程佺给段枫倒了杯茶，两人边喝边聊。

程佺道："兄弟是 R 城本地人？还是来旅游？"

段枫道："我本来是在 Y 城的。这两天闲着没事，就来 R 城转转。到玉皇殿抽了个签，还没等解呢就让你抓住了。"

程佺一听，笑道："巧了，我也回 Y 城。正好，等会儿你坐我们车，一起回去。"

段枫道："那感情好，我先谢过了。"

程佺道："自己兄弟，谢什么。"

段枫忽然想起一事，问道："你们来 R 城干什么啊？"

程佺道："啊，我来办点儿事，办完了正好来青羊宫逛逛。"

段枫道："那你抓我干什么？"

程佺道："啊，这个……说来话长，等回到 Y 城慢慢跟你说。"

段枫也没多问。两人又聊了一会儿，程佺觉得这个年轻人果然吐属不凡，自己应该是找对了。于是说道："时候不早了，咱们往回赶吧。你还有东西要拿吗？"

段枫道："没有了，走吧。"

回去一路车子开得飞快，不到四个小时就到了 Y 城。程佺

又在 Y 城最好的丽景大酒店请段枫吃饭，两人一顿酒直喝到快十一点钟，程佺道："兄弟，你今天晚上就住这儿，都给你安排好了，有什么需要只管跟他们说，明天我来找你。"

段枫道："这……不合适吧？"

程佺道："有什么不合适的，踏实待着，等我。"

第二天一天也没见到程佺，早饭午饭直接送上来的。段枫想出去走走，却被门口两个站岗的拦住了，说："程主任吩咐，有什么需要跟我们说就行，一定帮您办到。"

直到晚饭时间程佺才匆匆赶过来，对段枫道："哎，忙了一天，招呼不周，你多担待。晚上喝两杯，跟你赔个罪。"

段枫道："那怎么好意思，还是我请你吧。"

程佺道："咱哥俩还客气什么，走吧，车在下面等着呢。"

段枫无奈，只好跟他下楼上了车。车子里面拉着帘子，七拐八拐，约莫走了有十几分钟，最后停了下来。段枫下了车，眼前是一条黑黢黢的小巷子，一眼望不到底。跟着程佺一直走到巷子尽头，向右一拐，没走几步左右竟闪出两簇竹林，脚下也变成了一条弯弯曲曲的鹅卵石小径。沿着小径穿过竹林，忽然看见一座欧式风格的二层小楼矗立在眼前。这么一栋小楼和周围的建筑一相对照，不禁让人生出世外桃源之感，一眼望去便觉精神一爽。

段枫进了小楼，见里面虽然装饰得富丽堂皇，人气却不怎么旺，门口站着的人见到他们也只是略一点头，算打过了招呼。程佺带着段枫直接上了二楼，走进楼梯右手边的一个包间。这包间虽然不大，但物件精巧，布置得错落有致，一看便知是出自专业人士手笔。两人刚坐下，便有人进来问吃什么。

程佺道："两人餐，看着上吧。"

那人答应一声出去了，又过了一会儿，开始有人往上端菜——上的居然是一桌鲍翅席。段枫虽然世面见得也不算少，但做得如此精致的菜肴却还是第一次见到，让人一见之下便觉食欲大增。一边上菜，一边又有服务员来把醒好的红酒给两人倒上。

程佺端起酒杯，道："来，兄弟，这两天招呼不周，你多担待。"

段枫忙举起酒杯，说道："哪里，这两天吃得好，睡得香，我该多谢老哥招待才是。"

说完两人一碰酒杯干了。

程佺一边招呼段枫吃菜，一边有一搭没一搭地闲聊。结果没聊几句就发现对面这个小伙子谈吐不凡，对很多事情都有着超乎常人的见解，而且于文史一道尤为深刻。程佺是中文系出身，又给"西南王"做了这么多年的秘书，《资治通鉴》也翻了几遍，文史知识自然也是相当的丰富。他本来还是抱着试探考察的目的，想看看段枫到底几斤几两。结果一聊之下竟不知不觉地被段枫带了节奏，跟着他一起指点江山，激扬文字，一顿酒越喝越是兴奋。

眼花耳热之后，程佺道："兄弟，你去 R 城玩儿，武侯祠去了吧？"

段枫道："去了，去 R 城哪能不去武侯祠呢。"

程佺叹道："以中国之大，死后能得君臣合祀的，从古到今

也只此一人而已。诸葛亮这份殊荣，也算得上是旷古烁今了。"

段枫道："不过在我看来，诸葛亮虽然权智英略，却还未能尽善尽美。"

程佺闻言一怔，说道："哦，说来听听，怎么未能尽善尽美？"他平日里素爱三国，今天听到段枫秉持异论，自然想听个究竟。

段枫端起杯子喝了一口，道："我胡说几句，说得不好你多担待。"

程佺道："咱哥俩还客气什么，老哥我恭聆高论。"

段枫道："好，那我就说了。先说识人吧，诸葛亮选择刘备集团始终是个有争议的决定，起码使得中国晚统一了几十年。只是这一点早已有过无数次争辩，咱们就先不说了，姑且算他做得对。但是刘备死后选择了刘禅作为接班人，如果诸葛亮真的有知人之智，就绝对不应该继续辅佐这么个人。跟着他，明摆着就是往火坑里跳，害了自己不说，还害了整个集团。这是大方向性的错误，一旦定下来，就已经注定了失败的结局。

"而且刘备可能也早就发现了刘禅的问题，并曾经就此事明确询问过诸葛亮。他却做出了一个最不负责任的回答——'此家事，问关张可也'。领导人是整个集团最重要的组成部分，关乎整个集团几十万弟兄未来的命运，怎么可以是家事？明明你的意见对此具有最重大的影响作用，你却说这事儿跟我没关系，问别人吧。单从表面来看，这就是明显的逃避和推托。再回头看看他推荐的那两个人，一个关羽，连基本方针政策都搞不清的人，哪里还谈得上什么政治头脑。另一个张飞，一天到晚除了喝酒就是打人，打完了还让人家继续在身边待着。刘备早就跟他说过这叫'取死之道'，就是找死的意思。他就是不听，结果到底叫人家把脑袋割去了。问这样的人，能问出什么结果来。这两个人的意见，无论选择哪一个，都不是出于政治原因，而是出于个人喜好。对一个政治集团来讲，这是最危险的事情。而且当初不是没有别的选择，除了刘禅之外还有梁王、鲁王。诸葛亮身为集团首席智囊，面对这样重要的一个命题却给出这么个意见，实在让人有些不能理解。

"如果做个比较的话，贾诩干得就漂亮多了。面对同样的问题，人家贾诩回答得是那么的立场鲜明又有说服力。要知道曹操向贾诩咨询这个问题的时候，心里显然是倾向于曹植的。因为如果是选曹丕，那是顺理成章天经地义的事，根本就不需要问别人。既然问了，就说明他是有想法的。但人家贾诩就是说了，而且回答得极富技巧性，并让曹操最终下定了选择继承人的决心。曹操那么多疑的一个人，就继承人人选这么敏感的话题进行咨询，个中凶险不言而喻。但贾诩不但明确地阐述了自己的态度，还成功地说服领袖采纳了自己的意见。单就这一点上来说，诸葛亮似乎比贾诩稍差了那么一点儿。"

程佺听他上来就长篇大论说了这么大一堆，而且事实清楚，逻辑严谨，听起来句句在理，不禁点头道："嗯，说得有理，还有吗？"

段枫道："这只是一个方面的一部分，再说小的，刘备活着的时候对魏延是相当的器重。当初刘备进位汉中王的时候要把首都迁到成都，那个时候关羽在荆州，整个集团上下都以为肯定要让张飞镇守本来的首府所在地——军事重镇汉川，连张飞自己都是这么想的。结果刘备断然选择了魏延，还让他'并领汉中太守'，《三国志》上说结果是'一军皆惊'。也就是出乎所有人的意料之外，包括张飞和魏延本人，极有可能也包括了军师诸葛亮。从这样的分工来看，刘备是要魏延独当一面的，责任甚至高过了赵云和张飞这样的绝对核心主力。而且魏延做得也确实不错，后来还把曹魏陇西第一人郭淮打得落花流水。这说明魏延的个人能力是可以肯定的。但在他和杨仪之间的内部斗争问题上，诸葛亮的处理方法却让人很有些费解。"

程仵问道："怎么让人费解了？"

段枫见程仵神态专注，愈发抖擞精神道："从《三国志》的记载来看，两人产生矛盾唯一可见的原因就是魏延嚣张，杨仪不买他账。那么这种争斗其实就是标准的个人恩怨，甚至仅仅是意气之争，连利益冲突都算不上。而书上说诸葛亮对这个问题的态度是'爱杨仪之才，凭魏延之勇''不忍有所偏废'。表面来看好像很公正，但事实上从'爱'和'凭'这两个字就可以看出基本的感情倾向了。也就是说对杨仪是喜欢，对魏延是依靠。要是用不着的话，也就无所谓了。诸葛亮身为集团精神领袖，不努力消弭这种根本不应该存在的内部矛盾，还在感情上对一方有所倾向，这实在让人有些难以理解。再说当时刘备活着的时候魏延就那么牛了，杨仪一个文官，凭什么敢跟魏延叫板。当初他跟刘巴不合，结果就直接被调走了。所以绝对有理由认为，诸葛亮是在有意纵容杨仪，用以牵制和打压魏延。

"再从最后临终的安排来看，诸葛亮选择的果然也是杨仪。而从杨仪见到魏延脑袋的反应来看，杨仪其实水平不怎么样。诸葛亮对他的评价是'性狷狭'，就是心胸狭隘，一般有点才能的文人都有这个毛病。蜀国当时关、张、赵、马、黄凋零之后，最缺的就是能够独当一面的军事将领。所以才会有'廖化为先锋'这样的事情发生。但像杨仪这样的人却有的是，费祎、蒋琬都比他强。在这样的情况下，诸葛亮在死后的安排是放弃魏延，选择杨仪。我实在不知道他是出于什么样的考虑。

"再看看他自己选的人。文的是杨仪，武的是马谡。这两个一个不如一个。而且刘备活着的时候就告诉他马谡'言过其实'，他还是把那么重要的任务交给了马谡，从而丧失了最接近成功的一次机会。所以，说诸葛亮有知人之智，我是持保留态度的。"

程佺点头道："嗯，说得有理。还有吗？"

段枫道："诸葛亮在决策方面同样存在着严重的问题。脍炙人口的隆中对，一直都被认为是诸葛亮表现出敏锐政治洞察力的一个标志性事件。可是他当初制定出的这个争霸天下的方针，是基于集团占有全部荆益两州的前提下的。然而后来关羽丢了荆州之后，西蜀政权就只剩下了益州一州和西部的部分地区。这样的

物质基础已经不能够维系战争需要的供给。他却还是一味地穷兵黩武，以西蜀不足百万的人口，养活着十万以上的军队。结果弄得民间贫苦，国力衰微。所谓'不审势则宽严皆误'，实际上批评的就是他多次挑起侵略战争的不智决定。发现了这一点，就会发现所谓的'六出祁山''九伐中原'其实在理论上根本就是行不通的。

　　"战争一旦转入相持阶段，人力、物力、财力等客观因素便起着越来越重要的决定性作用。在两军实力相当的情况下，单纯的正面进攻取得胜利的可能性几乎没有，就算最后真的胜利了，也肯定是惨胜。更何况西蜀的军力远远比不上曹魏那一边。而且旁边还有江东六郡加上荆湘九郡的孙权集团虎视眈眈。这边一旦形势明朗，那边肯定要动手。所以诸葛亮发动战争成功的概率几乎是零。这样来看，魏延提议的大军佯动加小股精锐部队奇袭的'子午谷'方案，几乎是唯一可行的战术手段。从前的韩信，后来的钟会和邓艾，都用事实证明了这种做法的可行性。甚至到了四百年后，韩擒虎也还是用同样的方法拿下了南朝。可是诸葛亮硬是毅然决然地以一个无比荒唐的理由，否决了这个提案。我不相信以武侯之智会不如我看得清楚，那么个中原委，就不得而知了。

　　"说到这里，再来详细地分析一下历史上著名的'兵出子午谷'悬案。这确实是招险棋，但显然没有任何人敢肯定地说这样做不能成功。而且如果一旦真的取得成功，书上说叫'咸阳以西可以定矣'。就算是失败了，实质上最多也就是损失一万人的军队，其中还包括五千战斗力可以忽略不计的运粮队。这样的风险跟收益简直是不成正比的划算。诸葛亮不可能不知道这一点，可就是不同意。那我们就绝对有理由怀疑，他不同意魏延的意见是有其他想法的。

"那么他的想法是什么呢？现在分析下来可能有两层顾忌。最可能的一个是怕魏延成功后造反。可是魏延带去的只能是小股部队，就算一个都不死也只有 10000 人，还有 5000 人是运粮的。这样的部队只能做奇袭用，却不能全面控制领地。因此根本不用怕魏延造反。而且以魏延的智商来看，就算真要造反也不会这么心急。再说就算他真的头脑发热宣布独立，灭掉立足不稳的魏延和灭掉根深蒂固的曹魏集团，显然不是一个难度级别的事。"

程佺道："那他要是叛逃了呢？"

段枫笑道："你这是考我啊。从前打仗的时候家属都是要接到都城管制的。所以不到万不得已，前线将领绝对不会叛变。因为那很可能意味着整个家族的覆灭。再说魏延根本就没有叛变的理由，在这边干得好好的，而且甚至有希望在诸葛亮百年之后取代他的位置。这样的大好前程不要，非得带着一万人撇家舍业地跑到曹魏那边去投诚。这样的行为，我很难想象有什么人能干得出来。"

"嗯。"程佺点头道，"那你说是为什么？"

段枫道："那也就只有可能是第二个原因，怕他功高震主。

诸葛亮当然知道刘禅是个垃圾，一旦自己没了，估计他也就没人镇得住了。所以他坚持不给魏延这个机会。再看诸葛亮否决这个提议的理由，翻译成白话文就是'担心失败了被人家笑话'，这样的理由本身就是个笑话。以武侯之智居然能说出这样的话，基本上就是明确告诉魏延，我连瞎话就是懒得编，就是不让你去。我活着一天，你就给我老实待着。还有一句潜台词，是没告诉魏延的——就算我死了，也得拉你给我垫背。而以后的事实，也确实证明了这一点。诸葛亮担心的后事不是曹魏的追击，而是魏延不服从命令，还特意留下密令，交代如何处理。身为一国精神领袖，在关键时刻算计的不是敌人，而是跟着自己出生入死的弟兄，实在是让人有些齿冷。或许所有的政治家都是这样的吧，但我却无论如何也不能将这种思维和头脑联系在一起。"

"另外，诸葛亮定下了'北拒东和'的政治方针，却把荆州交给关羽在前，不能劝阻刘备兴兵于后。这两件事直接导致了刘备集团的盛极而衰。司马徽说他'得其主，不得其时'是非常客观的。各中情形就好像周瑜说的'既生瑜，何生亮'。其实，只要有曹操存在，诸葛亮统一中国的理想是永远不可能实现的。而曹操又生了个好儿子，干得一点也不比他差，所以，诸葛亮失败的结局是早就注定了的。一个失败的政治家，再有头脑我也不认为他有多厉害。因为他从一开始就选择了一个错误的方向。"

"而且他最大的问题还在于不知道爱惜自己身体，当一个人的存亡关乎整个集团命运的时候，他的生命便已经不再属于自己了。他一身的安危实在是政权能否稳定存在的关键，可他却好像跟自己有仇似的，拼命把事情往身上揽。本来身体就弱，衣服重了都受不了，每天还不好好休息，这不是明摆着往死里累么。一个明智的人，绝对不会做这样的事。"段枫说了半天，终于下了结论。

程佺鼓掌赞道："厉害，果然高见。来，老哥敬你一个。"

段枫道："胡扯几句，让老哥见笑了。"

程佺道："那依你之见谁是第一？"

段枫道："法正。"

有了刚才的一番高论，程佺对这个名字却并不怎么意外，只是说道："愿闻其详。"

段枫点了点头，道："诸葛亮一眼就看中了刘备，这份眼力当时只有曹操能与之抗衡。其实还有很多人都看好刘备的，法正就是其中的一个。后来在张松的推荐下受命联结刘备，自此加入刘备集团，并以其特殊的身份地位直接参与了刘备集团夺取益州的整个决策过程。

"刘备进军到雒城的时候，有人给刘璋出了个坚壁清野的损招，把刘备和诸葛亮吓得不轻。法正当时就说：'此计虽毒，刘璋必不用也。'果然被他言重。说明他很了解刘璋，这可以作为他知人的一个证据。后来得了益州，法正做蜀郡太守，受此重任，除了献川有功之外，政治才能显然是一个重要原因。定汉中的时候，法正也是表现最活跃的一个，几乎每场都能看见他的名字。

黄忠斩夏侯渊，法正也发挥了重要作用。这样来看，他显然是集团里除了诸葛亮之外的头号文官。

"而最能体现法正集团内部地位和政治才能的一句话，是诸葛亮在劝阻刘备东征失败后说的：'法孝直若在，必能制主上东行也。'也就是说，诸葛亮都劝不了的事儿，法正活着就行。可见在集团首领心中，法正有时是比诸葛亮还有说服力的。这可以和当初曹操赤壁大败之后的话做个对比，'若郭奉孝在，决不致使我有如此大失也'——连句式都是一样的。因此可以认为法正在刘备集团的作用，和当初郭嘉在曹操那里相仿。郭嘉是什么人，曹操集团的第一号谋士。曹操对他不说言听计从，却也从来没有驳回他意见的记载。当初在对待刘备的问题上，程昱和荀彧都劝曹操直接干掉刘备，而曹操自己一直犹豫，结果郭嘉一句话曹操就立刻有了决定。可见郭嘉一个人，比那两个加起来还管用。而且就算是两人见解不同时，也都是曹操听郭嘉的。而法正只是个半路入伙的文官，在刘备集团根本谈不上什么基础。所以这种领袖的信赖，全是靠着平时准确的判断逐渐积累的。能让领袖如此信赖，当然是集团最有头脑的了。"

程佺点头道："嗯，说得有理，再喝一个。我看老弟你见识卓著，器宇不凡，不如找个机会从政，也不枉了这一身的学识。"

段枫摇头道："朝里无人莫做官。像我这样的草根，还是做个平头百姓的好。"

看看时间差不多了，说道："连续叨扰了老哥两日，今天兄弟要告辞了。"

程佺也不挽留，说道："你住哪里，我叫人送你回去。"

段枫推辞几句，见程佺态度恳切，也就不再坚持。程佺一直把他送到大门口，又叫司机把段枫送回住处。送走了段枫，程佺又回到吃饭的那个包间，伸手在一面墙壁上一推，竟然出现了一个暗门。

程佺走进去，来到一张紫檀木大桌旁边，垂手问道："'王爷'，您看这小子怎么办？"

那桌子后面坐着的老者眯着眼睛，手指轻轻敲着身前的桌沿，思忖片刻道："居然是他。这小子来路很是古怪，盯住了，随时汇报动向。"

程佺点头道："好的，明白了。"

那老者微阖双目，又过了半晌，缓缓说道："谋事在人，成事在天。看来此事多半要着落在这小子身上了。"

第二十三章　履道坦坦

　　"去的只管去着，来得只管来着。"然而在这去来的中间，却存在着一个奇妙的世界。对很多地球人来说，在经历了所在行星的一个自转周期之后，唯一的收获可能只是增加了些许年纪。而对于 H 大的博士，还有一点便是距离获取学位的日期，更近了一步。此外深的意义，无论对己还是对人，便显得很有些了了。

　　不过造化也并不总是为庸人所设计，尤其是当你似乎已经有些习惯了目前的生存状态的时候，却经常会有一些人或事，无端地闯入你古井无波的生活。就好比一片波澜不惊的湖面，偶尔有一个路过的顽童投入一颗石子，击起阵阵涟漪，从而打破了那原有的平静和安逸。他们来的是那么自然合理而又出人意料，你甚至不知道那是一个偶然的意外，还是造物主早已设计好了的程序。

　　这段日子里，H 大又发生了天翻地覆的巨变。在颜书记的正确领导下，新学院终于宣告成立。为了能够凸显新学院的学术影响力，颜书记亲自出面动员各个独立院所，将在研项目及已有研究成果归属于新学院名下。尤其是文字所去年才申请的教育部重点项目，更是书记点名要求移交的。她自己不方便出面，便将说服张导的光荣任务交给了文学院许院长。所以许院长费尽九牛二虎之力，苦口婆心地劝说了不知道多少次，说明新学院的成立是H大历史上里程碑式的大事，对学校未来发展有着空前绝后的重大意义。谁要是不支持新学院的发展，就影响了整个H大的发展，甚至迟滞了全人类的发展速度。张导作为H大终身教授，为了整个学校及全人类的未来考虑，还是应当舍弃小我，顾全大局，积极配合学校发展大计才是。

虽说文字所直接受教育部领导，张导也是教育部直接任命的所长，但毕竟组织关系还是隶属于H大。人在矮檐下，怎敢不低头。到最后张导实在没办法，只好答应将项目归属转至新学院颜书记名下。并说明既然总负责人已经变更，自己便不再承担任何责任，心想没有人做看你怎么办。

这么一来，矛盾的焦点就集中到了李如意身上。身受颜书记垂青，又承蒙书记照拂得到了青年社科基金，按照常理来讲，自然不能悖逆美意。但如果转投颜书记门下，就等于在背后捅了张导一刀。不说公然背叛师门的恶名，就是硕士博士一共四年半的师生感情，也不是说放下就能放下的。然而颜如玉已经一连催了两次，估计不表态是不行了。因此，她这两天的心情异常烦躁。

而身为同门的刘识丁，却经历着另外一种痛苦。他前些天一直被魔都高昂的物价折磨着，经常愁眉苦脸地看着面前的一堆发票，心中充满了浓浓的怅惘。如果问他世界上最痛苦的事是什么，

他会毫不犹豫地告诉你，是逛街；如果再问他比逛街更痛苦的是什么，他则会犹豫很久之后告诉你，是结账。本来每月800元的学校补贴加上600元的代课费，供他自己生活是足够的。有时有了结余还能寄回家一点儿。但自从幸运地成为姚菁小姐的第六任初恋男友之后，他本来并不紧张的财政状况就出现了严重的赤字现象。

每当姚菁提着一堆"欧莱雅""香奈儿"走向柜台的时候，刘识丁都会对化妆品生产商生出发自肺腑的刻骨仇恨。恨过之后便自觉地摸出钱包，慢慢取出一张中国农业银行发行的借记卡或者是几张中国人民银行发行的纸币，颤抖着双手递将过去，换回一张三公分宽窄的收银条。虽然心中偶尔也会闪过一丝犹豫，但与姚菁的欢心相比，自己的困境自然算不了什么。有情饮水饱，身处热恋之中的男人，少吃一两顿饭又有什么关系呢。

只是这个世界终究还是物质的，再浪漫的爱情也不能完全替代食物对人体的功用。虽说"有情饮水饱"，但那是只有神仙才能够做到的事情。而且事实上神仙本来就是餐风饮露的，就算没有情也是"饮水饱"。在眼看着剩余的资金已不足以支付本月的生活费用之后，刘识丁终于不得不含羞带愧地给家里写了封信，问候二老日常起居之后委婉地说明了近来魔都物价指数攀升，纸张成本加大，是以发表论文的版面费有所增加，因此这个月的生活费略有不足，希望家中能够临时补贴一些，等到下月开工资时定当一并寄回。

　　　　　　　第二十三章　履道坦坦

两位老人虽然没搞清楚纸张涨价对儿子生活到底有多大影响，但却看懂了信中请款之意。于是老爸连夜走了三家亲戚，说明在魔都纸张价格上涨的严峻形势下，刘识丁博士的生活遭遇到了一些困难，希望能够从家乡得到一些帮助。虽然当地民间并不富裕，但老区人民对知识人才还是相当重视的。一众亲友听说博士有难，立即纷纷解囊相助，不到两天便凑齐了 500 大元，并委托一位德高望重的长者到镇上的农业银行汇进了刘识丁的账户。家里的汇款虽然使他暂时渡过了难关，但几次震撼人心的经历却使他在后来相当长的一段时间里都对收银台怀有着一种特殊的恐惧心理。

　　这天傍晚，刘识丁正目不转睛地凝视着面前一个淡棕色封皮的小本儿，双眼中闪烁着异样的光芒。10000 元 "优青" 项目第一期研究经费的到账，意味着他得到了有生以来最大的一笔巨额财富。

　　"终于到手了！" 他轻轻伸出右手，温柔地在 "优青" 项目经费簿的封面上摩挲着，脸上露出温柔的神情，仿佛指尖所触的不是一张薄纸，而是姚菁那柔嫩的肌肤。他看得是如此投入，浑然没有察觉一丝晶莹的液体正从他的嘴角悄然垂下。以至于越积越多的口水在液体张力及黏性的作用下结成球体，"啪" 地一声打湿了经费簿的封皮。就在此刻只听屋门一响，刘识丁急忙拿过一本书盖在经费簿上，警觉地朝四周瞭望了一番，却什么也没发

现。他松了口气，又悄悄拿出经费簿，仔细端详起来。

这两天他一直周密地计算着科研经费的使用问题。试图能够找出一个最优化的分配方案，以最大程度的发挥这笔巨款的作用。可是两万元的科研经费一旦与目前魔都的实际物价指数相比，就显得不是那么充足了。经费总额的百分之五的管理费下发时就已经被学校按规定扣留。这样经费总数就只剩下了 9500 元。800块的开题费也有一半已经换成食物，为办公室的一干博士硕士补充了营养。

占经费总数百分之三十的科研津贴也被他分配了出去。不管是从过去还是未来的角度考虑，张导那里都是一定要表示的。自己也得买两件衣服，毕竟是个博士，穿得太寒酸了也让人笑话。这两样加起来怎么也要五六百块。剩下的部分他打算寄回家去，以缓解家里一向拮据的经济状况。上次走的时候弟弟的学费还没有着落，肯定又是借的，这次得想法还上；妹妹虽然不用学费，但好像已经两年没买过衣服了，差不多也到了谈恋爱的年龄，怎么也得添几件；还有老爸的腰，前几天打电话说疼得又厉害了，一直拖着也不是办法，这次得去看看了。一算下来，3000 元都寄回去也不见得够用。不过也没办法，只好先寄这么多了。

至于剩下的部分，文科的项目虽然没有什么硬成本，但花销还是要的。尤其是发文章，不知从什么时候起，发表科研论文不但没有了稿酬，反而要交纳一定金额的版面费。这笔钱是一定要留下的，否则到时候文章不能发表，麻烦就大了。按照现在的普遍价格，一篇核心期刊最少也要1000多元，这样算下来，发表论文起码需要3000元才行。还剩下2000多元，已经不足以支付参加学术会议的会务费了。

刘识丁一遍又一遍的构算着，却怎么也无法在开支和总额之间构建一个左右平衡的等式。就在他为如何分配这笔款项殚精竭虑的时候，一通电话帮他解决了这个难题。

电话是老二知文打来的："哥，俺出事了。"

"什么事？你在哪？"刘识丁心里一阵慌乱。他知道老二从小就内向，不到万不得已不会给自己打电话。这时候一张嘴就说出事了，肯定是大事儿。

"俺被警察抓了，现在在派出所呢。"

刘识丁有些意外，自己这个弟弟向来本分，虽然成绩一般，但从来没给家里惹过是非，怎么会一下子被警察抓了。

"你干什么了他们抓你？"

"咱妈的病又重了，我想给家里多挣点儿钱。"

"挣钱你去做家教啊，怎么又让警察抓了？"

"做了，一小时12块。学校一周就给安排两小时。"

"唉，我没问你一个小时多少钱，我问你怎么被警察抓的。"

"昨天下午我在教室里自修，辅导员打电话说让我去一趟学校派出所。我到了派出所，有两个警察问我是不是叫刘知文，我说是，他们就说自己是区公安局的，让我跟他们走一趟。就把我带到这里来了。"

"我问你警察为什么抓你！！"此刻的刘识丁也不禁有些着急。虽然他一向以行事冷静著称，但那只是相对于普通人而言的，而刘知文同学的沉稳实是远胜其兄。曾经有人做过对比，如果对刘识丁的界定是沉稳，那刘知文就是稳如泰山。如果把人类的性格也像军衔那样来划分等级，普通人是列兵，那么刘识丁的沉稳可能是上校级的，而知文的沉稳则至少是元帅以上。这一次，刘知文又向他的嫡亲兄长充分展示了自己的沉着和冷静。

"前两天学校组织了一次产学合作讲座，学校辅导员通知的，我们好多同学都去了。"

"听讲座也不犯法啊。"

"听完了我觉得他们说得挺好的，就和他们联系了一下。"

"然后呢？"刘识丁非常了解自己的同胞弟弟，知道这时候急死了也没有用，因此只好继续耐着性子往下听。

"他们就让我去公司里听课。"知文说到这里的时候，刘识丁隐约听见电话那端传来催促的声音。

刘知文同学的陈述依旧有条不紊："他们说松花粉是国宝，营养价值很高的，在世界各国都供不应求。尤其是在东南亚和日本，卖得好的一年就能开宝马。"

刘识丁皱眉道："你就说，他们因为什么抓的你？"

"哦。"知文依旧不紧不慢地道，"他们说我参与传销组织。"

"果然是传销。"刘识丁心头一震。但转念一想，学生参与传销顶多是上当受骗。再说那么多人呢，应该问题不大。于是问道："你不是说你们很多人都去了吗？"

"是啊。"

"那些人也被抓了吗？"

"没有。"

"那怎么单抓你了？"刘识丁终于有点着急了。

"后来他们又都走了。"

"OMG！"刘识丁在内心深处用英文呼唤了一次上帝。想了一想，觉得还是应该进一步了解一下情况。又问道："你帮他们卖东西了么？"

"没有啊。"

"那他们抓你干吗？"

"他们说我参与传销组织。"

"你加入他们了？"

"没有，我就给寝室的几个同学打了电话。"

刘识丁终于忍不住了，怒道："那干吗抓你？"

刘知文道："他们说是我介绍的，警察就说我等级高，要罚款。"

"要罚多少？"

"5000。"刘知文的声音细弱蚊蚋般从电话彼端传来。

"5000？！"刘识丁只觉得一阵眩晕，这对他目前来说绝对是笔巨款。

"什么时候要？"

"明天，就是这个账号。"刘知文说完念了一个账号。

几乎和所有的好学生一样，刘识丁因为从小成绩优异，一直都是父母的骄傲和弟妹的榜样。上了大学以后，家里有了什么大事，都是他拿主意。无形之中，他早已经成了家里的精神支柱。他清楚地知道，这件事绝对不能告诉家里。一来他们对外界了解得不多，听说儿子被警察抓走了，不知道出了多大的事，搞不好一下子着急上火中了风也是有可能的；二来家里根本拿不出钱来，告诉了也只是徒然让他们担心。基于以上两点，他决定自己解决这个问题。他告诉老二，一定要积极配合政府，争取立功赎罪。钱的事他来想办法，明天一定汇到。

　　可是话虽这么说，一天之间，却到哪里去筹这么多钱？他手头上的现金只有两百多块，明天一早到财务处去，可以把项目中3000元的科研津贴领出来。加在一起，也不过3200块，还差1800元到哪里去弄？犹豫了一会儿，刘识丁终于决定去找孔方。他和孔方中学就是同学，关系一直还算是不错的。这时自己有了困难，想来他不会不管。

　　有道是上山擒虎易，开口告人难，在电话里求人就更是难上加难。刘识丁打通了孔方的电话，犹豫了半天，却没说老二知文的事——他怕孔方以为自己要找他老爷子走后门，那样人情就大了——只说是自己要用钱，一时不凑手，能不能先借两千，下个月就还。孔方倒是爽快得很，二话没说，让他明天一早到食堂见面拿钱。刘识丁放下电话，心里总算踏实了点儿，却又开始咒骂弟弟没事找事，干什么不好偏去听传销的讲座。

　　　　　　　　第二十三章　履道坦坦

第二天一早，刘识丁到食堂和孔方见了面，接过钱后千恩万谢了一番，便拿着项目经费簿直奔学校财务处。结果去得早了，人家还没办公。他看到门口牌子上写着报销时间是上午9点到下午3点，看看时间还早，想先到办公室去，又着急取钱，想来想去还是决定在这边等着。

　　在门口徘徊了一个多小时，好不容易捱到了9点钟，看里面有人开了门，他拿着经费簿走到那高大的柜台前面。探头向里面问道："请问领津贴是在这里吗？"

　　"什么津贴？"

　　"科研津贴。哦，'优青'项目的。"

　　"那边审核。"里面的人说着伸手向旁边一指。

　　"谢谢。"刘识丁道了谢，来到一块写有"审核"字样的牌子前面，又向里面问道："请问'优青'项目的科研津贴是在这里领吗？"

　　"经费簿。"里面一位小姐一脸冰清玉洁，便如我国领土和主权般神圣不可侵犯。

　　"哦。"H大财务处的柜台虽不像过去当铺里那样高不可攀，但以刘识丁的身高却也只能露出胸口以上的部分。他扒着柜台，努力踮起脚试图看清里面的情况，右手举着经费簿递了上去。一只纤纤素手接过经费簿，打开翻了一下，便又"啪"地一声丢了出来，就此不再理他。

　　刘识丁等了半天，见里面依旧悄无声息，只好又怯生生地问

道："请问，可以了吗？"

"签名。"财务处这两位工作人员的语言风格都是异乎寻常的简洁，仿佛自己说的每一个字都有着极高的市场价值，多说一个便要承担相应损失似的。

无奈刘识丁资质鲁钝，又是初涉此道，根本不能明白他说的"签名"是什么意思，只好又硬着头皮问道："请问，能告诉我签在哪里吗？"

"负责人，经手人。"

"哦。"刘识丁终于知道了问题所在，经费簿下面有项目负责人和经手人两项需要签名。所幸旁边就放着水笔，连忙拿过来签上自己的大名，又重新递了过去。

没想到这次却又失败了。那位纤纤素手的主人似乎怕他再问，这次终于主动说了一个含有主谓宾三种成分的句子："负责人和经手人不能一样。"

刘识丁心想你又不早说，却又不敢发作，只好继续赔着小心问道："请问那要谁来签啊？"

里面的人仿佛上句说得多了，超出了预期的总量，因此这次便不再回答。刘识丁等了一会，眼看着得不到答案，也只好忍气吞声，回去向明白人请教了再说。

回到办公室，见除了李如意外别的人都在，心想正合我意。因为已经请过了他们吃饭，所以这次问得理直气壮："你们谁知道这个科研经费怎么领？

众人闻听，都抬起头来，却没一个人搭腔——他们都没做过项目。于剑亭眼珠一转，道："你去问师姐，平时经费都是她去办的。"

　　刘识丁"嗯"了一声，心中却想："我去问她，不是找不自在么。"见没人理他，便转身出去了。他当然知道，这边多耽误一刻，老二那边就得多待上一会儿。从办公室出来了又打电话问了几个人，终于弄明白了原来项目负责人是他自己，经手人随便签哪个人的名字都可以，只要不是他就行了。刘识丁心下愤恨，暗骂财务处那个审核心理变态，为了这么点事让自己多跑了一趟。他签好了名字，又拿着经费簿去财务处。

　　没想到再来时柜台前面却已经挤满了人。原来临近年末，各部门都忙着来报销清账。用内行的话说，正好是抢钱的时候。刘识丁眼看着前面"乱纷纷如蜂酿蜜，密匝匝如蚁排兵"，无奈之下，只好又排在后面等着。好不容易又排到了前面，却见一只纤纤素手将柜台上的牌子一转，露出"午休暂停"四个大字。刘识丁心中大急，急忙抢上前去，赔笑道："不好意思，这里还有一个。"

　　里面的人却并不答话，只是自顾自地收拾东西。过了一会儿见他还不肯走，说道："吃饭了，下午再来吧。"说完便径自离开了。刘识丁彻底崩溃了。虽然心中焦急万分，却只能呆呆地站在那里，眼睁睁地看着那位"审核"如天外飞鸿般翩然而去。

　　因为怕去得晚了又要排队，他午饭只胡乱塞了几口，便又回到财务处等着。然而下午的"审核"过程却出乎意料的顺利。他

把经费簿递了进去，那一双纤纤素手撕下他填了数字的那一张，"噼噼啪啪"飞快地敲了一通键盘，打印机中便毫无滞涩地吐出了一张单据。"嗵嗵"盖了几个章后，便扔了出来。刘识丁怎么也想不明白，为什么明明只要不到两分钟的事情，却一定要他多等一个小时。

"取款。"他来到取款处，小心翼翼地把单据递了过去，心中祈祷千万不要再出什么差错了。

可惜事实总不如预想得那般顺利。

"没有。"

刘识丁闻听此言，不由得倒吸了一口凉气，问道："没有……钱？"

"1000块以上要提前预约。"

刘识丁急道："我有急用，您看能不能帮个忙。"

"你有急用也得我们有钱才行啊！"如果说刚才的那位是冷若冰霜，那么眼前的这位就是绝对零度。

刘识丁虽然心中恨不得将她大辟凌迟车裂腰斩，然而脸上还要赔着笑容，带着哭腔哀求道："我弟弟……真的急等着用钱，我今天一定要给他汇过去，您看，能不能帮帮忙？"

里面那位"绝对零度"似乎被他这番话打动了一些，看了他一眼，问道："你卡有吗？"

"请问什么卡啊？"

"银行卡，工行的。"

第二十三章 履道坦坦

刘识丁想了半天，嗫嚅道："我只有农行的，别人的可以吗？"里面那位看了他一眼，这次连话都懒得说了。刘识丁猛然想起，姚菁是有工行卡的。二话不说，一阵风似的便冲了出去。他每天早上坚持长跑的运动效果这次终于显现出来，不到 10 分钟就从行政大楼跑到了研究生院。姚菁却不在办公室。刘识丁满头大汗地掏出手机，拨通了姚菁的电话。

"喂，什么事啊？"姚菁虽然压低了声音，但还是显现出有些不耐烦。

"你在哪里？急事，借你的工行卡用用。"刘识丁第一次没用委婉的语气和姚菁说话。

然而姚菁却根本不理会他的急迫心情："我在开会，现在没空。"说完就直接挂断了电话。

刘识丁大声"喂"了两声，却得不到任何回应，气得他险些把手机扔到地上。可是生气归生气，那张能救刘知文于缧绁之中的工行卡，却还是没有着落。这个时候，什么也顾不得了。他把手机电话簿翻到同学那栏，按着上面的名字一个个打过去，又打了不知道多少个电话，才终于从一位住在校外的同学那里找到了所需的工行卡。等他拿着借到的工行卡赶到财务处时，已是下午 2：30。这次转账比审核还痛快，只用了不到一分钟时间，卡片在一个小小的凹槽中划过之后，电脑"嘀"的一声吐出一张小纸条，刘识丁签过了字，就算是大功告成了。刘识丁忽然领悟到，领取科研经费和制造生命的过程是一样的——努力的过程消耗了

大量的时间和体力，但决定结果的却只是几秒钟的时间。他又赶到工行汇了款，确认到账之后心里才稍稍踏实了一些。心想：总算可以休息一下了。

晚饭见到姚菁，刘识丁虽然对她挂自己电话的事感到愤怒，但因为并没造成什么恶果，所以也就算了。倒是姚菁主动说道："今天校庆筹备会我看到李如意了。"

"哦。"刘识丁却并没有什么反应，只是平淡地答应了一声。

自从到了 H 大之后，他始终有一种辱没身份的感觉。总是不自觉地拿着 H 大和从前的学校相比。如此比较的结果，自然只能是愈发增加他内心的失落感。是以他从心眼里瞧不上现在的学校。就拿这次校庆来说吧，F 大百年校庆的时候，来得可都是中央级的大官儿，连总理都有贺电发来。可这次 H 大的校庆呢，市里才来了两个领导，还因为是校友的关系。自己二十年坚持不懈的努力，硕士阶段勤勤恳恳、战战兢兢，最后还是不得已来到这么个地方，想想就觉得郁闷。来到之后，又碰到了同门李如意，几乎承担了全部的日常工作的和导师的信任。自己这个 F 大的优秀毕业生，在这个得不到国家领导人重视的地方，居然还是得不到重视，这不禁使他潜意识里对 H 大充满了抵制和排斥。多数怀才不遇或者自觉怀才不遇之人，通常都会抱有这种心态。

姚菁怒道："你怎么一点儿反应都没有啊？"

"要有什么反应啊，跟我又没关系。"刘识丁依旧一副云淡风轻的样子。

姚菁道："怎么没关系，这样的事不是该让你去的吗？"

刘识丁道："又不是什么好事，谁去不一样。"

姚菁道："谁说不是好事，当初张玉凤不就是做接待被毛主席选中的么。"姚菁对私生活方面的研究堪称是宗师级的。

刘识丁对这件事的来龙去脉并不清楚。听姚菁这么说，也就顺口答道："看中什么呀，这次毛主席又不来的。"

"你怎么这么不上进啊？"姚菁对他这种态度非常不满意。

刘识丁道："人家是颜书记钦点的，我上进还能怎么样？"

姚菁道："书记钦点的，你怎么知道？"

刘识丁道："地球人都知道了。"

姚菁奇道："书记怎么会看上她的？"她和李如意之间的分歧是根本观念上的，所以她是真的想不通书记为什么会看上李如意这样的人。不过说到颜如玉，却想起一件事来，说道："哎，听说，你们老板的项目被书记要走了？"

刘识丁道："是啊，怎么了？"

姚菁道："那谁来做啊？"

刘识丁道："我怎么知道，都已经变更完了，肯定是找人做呗。"

姚菁道："还有人能做不？"

刘识丁道："当然，F 大好多老师都能做……"提起前母校，刘识丁的心情相当复杂。

姚菁道："我没问你别的学校，就说 H 大。"

刘识丁道："那没有了，别的老师都不是搞这个方向的。"

姚菁道："那你说书记为什么会这么看重李如意？"

刘识丁道："那谁知道啊，肯定是觉得她好呗。"

姚菁皱眉道："你是不是傻啊，怎么这么不开窍？！"

刘识丁道："怎么不开窍了啊？"

姚菁道："你觉得书记为什么点名让她去参加校庆筹备？"

刘识丁道："不知道啊，为什么？"

姚菁道："这不明摆着的吗？新学院刚成立，正是缺人的时候。项目拿过去了没人做，能做的就你们这边，这还用说吗？"

刘识丁道："你是说，想让她来做？"

姚菁道："这还用说吗？"

刘识丁道："不会，张导肯定不会让她去做的。"

姚菁顿足道："气死我了，你是真傻啊。"

刘识丁道："又怎么了啊？"

姚菁气得都快要喊出来了，说道："她不会换到颜书记名下啊！到时候不归张导管了，还有什么让不让的！"

刘识丁这才反应过来，说道："你是说换导师？"

姚菁道："当然啊，这不是废话嘛！"

刘识丁道："这，行吗？"

姚菁道："有什么不行的！我告诉你，要是等她换完了你到时候什么都没有。"

刘识丁道："不然能有什么啊？"

姚菁道："你想想，你们俩毕业的时候肯定是要竞争吧？到时候就算有留校名额，顶多也就是一个。"

刘识丁点头道："这是肯定的。"

姚菁道："她要是跟了颜书记，眼看着新成立的学院，到时候留校名额肯定就是她的了，你还怎么办？"

刘识丁道："我再找呗，反正我也不想留这儿。"

姚菁愠道："这么好的地方不待，你还想找到哪儿去啊？你能回你们 F 大？"

刘识丁道："那倒不能。"

姚菁道："那你说你能去哪儿，比这儿好？"

刘识丁道："那怎么办？"

姚菁道："这好事不能给她。我去找人跟颜书记说，让你去跟她读博，然后帮她做项目。"

刘识丁道："你别乱来啊，我换了，张导那里怎么交代。"

姚菁道："交代什么啊。你想一想，自从到了这里，什么好事都是她的，哪样轮到你了。报项目费了那么大劲，还是先给了他。要不是后来有人举报，还轮不到你呢。你们老板这么偏心眼儿，你还跟着他干吗？"

刘识丁道："那也不行，反正我不能干这种事。"

姚菁道："你不去，人家换过去了怎么办？"

刘识丁道："谁爱换谁换，反正我不去。"

姚菁道："不行，我要去跟颜书记说，把你要过去。"

刘识丁正色道："我告诉你，你说了你自己去，反正我是不去。"

姚菁被他气得几近崩溃，怒道："你是不是有毛病啊，说这么清楚了还不明白。你到底去不去？"

"不去。"面对大是大非，刘识丁的立场还是相当坚定的。

姚菁没想到他居然敢否定自己的提议，自从两人恋爱以来这还是第一次。一时间没什么准备，也不知道该拿他怎么办才好。只好恨恨地骂了句："蠢货。"并伸出食指在他额角狠狠地戳了一下。

拒绝了姚菁更换导师的建议，刘识丁觉得自己做出了一个的正确决定。同时也为自己不因功名富贵而背弃师门感到自豪。然而生活就像人类女性的情绪，你永远无法预料下一刻会发生什么样的变化。有时候连续发生的几件事的反差之大，足以使一个接受了二十几年文明教育，在国内外权威期刊上发表过多篇学术论文的优秀文学博士，瞬间就背弃了自己的初衷。

李如意吃过晚饭回到办公室，却发现电脑不知怎么关机了，连开了几下都没成功。

"剑亭，帮我看看电脑。"虽然身为文字所掌门师姐，但她的电脑知识却和其他文学女博士一样贫乏。

于剑亭是中心的硕士，和李如意是山东老乡。两人平时关系不错，因此也不需要客气。

"怎么啦？"

"不知道，你看看吧。"

第二十三章 履道坦坦

于剑亭低头看了看显示器，屏幕是黑的。

"启动不了？"

"嗯，刚才还好好的，吃过饭回来就关了。"

于剑亭随手按了一下主机电源开关，没有反应。

"可能是电源的问题，那边插好了吗？"

李如意转到桌子后面看了一看："插着的。"

"那可能是机器电源的问题，拆下来看看吧。"

虽然学的是中文，但于剑亭的动手能力却相当之强。一台计算机不到十分钟就拆完了。电源、主板、显卡、硬盘挨个拿到其他机器上测试，都是好的。重新装好之后，却仍然不能启动。

"各部件都是好的，装到一起却不能启动，很有可能是接触问题。"于剑亭凭着多年的电脑维修经验推断。于是他认真地将各个电源接头重新安插了一遍，结果还是不行。半个小时过后，于剑亭终于看着那台电脑废然长叹一声，无奈地摇了摇头。

"什么都是好的，怎么会点不亮。总不能是机箱的问题吧。"于剑亭小声嘟囔着。忽然发现机箱不亮也就算了，怎么显示器也不亮。伸手按了下显示器开关，同样没有反应，不由得大感奇怪。又向李如意问道："你电源插好了吗？"

李如意答道："好的啊，我刚看过。"又过去看了看，确实是好的。

"那什么原因呢？"于剑亭百思不得其解。

李如意忽然说道："你等一等。"说完跑到旁边刘识丁的桌

子后面，俯身看了一眼。哪知不看便罢，一看之下，不由得气炸肝肺，搓碎口中牙。大叫一声："刘识丁，你干的好事！"

于剑亭过来一看，只见李如意电脑接线板的插头直挺挺的躺在地上，而原来的插孔上则赫然插着一个三相充电器。

"真是伟大啊！"于剑亭对这一壮举发出了由衷的赞叹。

李如意此时早已被怒火冲昏了头脑，问道："刘识丁呢？"

"不知道，吃饭还没回来吧。"

"哼，等他回来再说。"李如意恨恨地道。

不一会儿功夫，刘识丁也回来了。总算把弟弟救了出来，他心情相当不错。

"我回来了！"他觉得室内的气氛有点沉闷，因此提高声音说了一句，以便引起众人的注意。

众人转过头来，却都不说话。只有李如意一个人笑容可掬地问道："你回来啦？"

"是的，我回来了。"刘识丁一副志得意满的样子。

"喏。"李如意递过来一盒"绿箭"口香糖。

"哦，谢谢。"自从上次报项目之后，刘识丁对李如意就多少有些愧疚之情。这时见她给自己东西，伸手便抽了一只出来。哪料到"放下时万事皆休，一拿起灾祸立至"。只听"哒"的一声轻响，一只身长约十公分左右的深棕色蜚蠊目生物从糖盒中弹了出来，正伏到刘识丁右手拇指之上。

赫然是一只巨大的美洲蟑螂！

"啊……"一声响彻寰宇的惨叫回荡在文字所的办公室内，许久方才散去。刘识丁只觉得头皮一阵发麻，周身上下 36000 个毛孔同时收缩。紧跟着软腭一紧，几滴清泪汩汩流出，在他润泽白皙的面颊上留下两道蜿蜒曲折的美丽痕迹之后，潸然洒落红尘。

刘识丁用手指着李如意，却一句话也说不出来。他对蟑螂的先天性恐惧是文字所尽人皆知的事情。但为何平素一向娴雅的李如意做出如此过火的举动，却让他一时颇为不解。

"对不起，开玩笑的。"李如意说着从地下捡起那只蟑螂，送到他跟前，说道，"塑料玩具。他们都说你胆子小，我还不相信。没想到真把你吓着了，实在不好意思。"口中道歉，脸上却一点抱歉的意思也没有，反而一副幸灾乐祸的样子。

这让刘识丁觉得非常愤怒。

他定睛一看，才发现原来是一只塑料制成的仿真昆虫，用弹簧固定在一个口香糖样子的塑料板上，正是魔都顽童恶作剧时常用的玩具。

李如意见他这副惨象，早已笑得花枝乱颤，一口恶气出得干干净净，心情自然也就好了起来。说道："本来应该跟你道歉的，不过鉴于你拔了我的电源，咱们就算扯平了。"

刘识丁听得一头雾水："什么电源？"

"还装糊涂，我电脑的电源不是你拔的？"

"李如意同学，虽然我们国家的法律还不足够完善，但公民同样需要对自己的言论负责。"刘识丁经过刚才连续两次惊吓的刺激，情绪已经接近了歇斯底里的边缘。这时听李如意诬蔑自己拔了她电脑插座的电源，而且言下之意好像她作弄自己正是因为这件子虚乌有的事情。当下再也抑制不住内心的愤怒，义正词严地对李如意的荒谬言论进行了反驳。

李如意一怔，从刘识丁义愤填膺的语气来看，不像是伪装出来的。但自从和段枫交往之后，她已深深地知道人类的外在表现具有多大的迷惑性。是以她将信将疑地问道："插座放在你那里，不是你还能有谁？"

"笑话，放在我这儿就是我拔的。那如果有人在寝室里怀孕了，她是应该找楼层管理员，还是该找后勤处啊？"

"不是你是谁？"李如意的语气中明显地有了一丝疑惑。

"我怎么知道！"刘识丁说完就头也不回地开门走了出去。

"我想起来了。"于剑亭忽然说道，"刚才李蒂希来找过你，说她们那边锁门了，借个插座用一下……我就让她自己插了。"

李如意张大了嘴，呆呆地坐在椅子上，一句话也说不出来。

出了办公室，刘识丁兀自余怒未息。又想起李如意平时对自己的种种欺凌，加上这些时日遭遇的种种轻蔑和慢待，一时间新仇旧恨一齐涌上心头。他拿出手机，拨通了姚菁的电话。

"喂，什么事？"因为刘识丁不识好歹地否定了自己的提案，所以姚菁到现在都没给他好脸色看。

刘识丁道："你在哪儿，有事跟你说。"

姚菁道："什么事，说吧。"

刘识丁道："我去找你，见面说。"

姚菁道："你先说什么事。"

刘识丁道："电话里说不清楚，见了面再说。"

姚菁一直盼着他能回心转意了，这次听说他有事要说，想了想还是和刘识丁见了面。

刘识丁道："你上次说让我换到颜书记名下去。"

姚菁道："对啊。怎么，想通了？"

"嗯。"刘识丁点了点头，说道，"你去帮我问问，看看人家愿不愿意要我。"

姚菁闻言大喜。刘识丁以后的发展倒还是次要的，关键是她为颜书记找到了做项目的人，怎么说也算是立了一功。她第二天一早就去找了颜书记。说明来意之后，又介绍了刘识丁学术背景和目前工作情况。颜如玉一听文字所的博士主动愿意投怀送抱，自然是求之不得，直接让姚菁把人带来让她见见。同刘识丁聊了一会儿，颜书记对他的专业功底相当认可，直接拍板决定，同意刘识丁转入自己门下，并告诉刘识丁今天就回去办手续。

然而当他拿着填好的申请表让导师签字时，张虚怀教授却被这一行径深深震惊了。他丝毫没有料到，自己的学生中会有人提出变更导师这样的要求。可是学校确有规定，在各方自愿的情况下研究生可以变更导师。身为一名高傲的学者，面对刘识丁的这一申请张教授自然不会有什么异议，于是大笔一挥，便将刘识丁逐出了门墙。

第二十四章　大战乾元

　　初夏时节，正是谈情说爱的佳季。很多情侣都喜欢坐在女娲河畔的垂柳下观赏风景，品味生活。于是河边的长凳就成了H大所有基础设施中最具实用价值的一项，不过因为来的人太多，所以想找一个合适的位置就有些困难。这晚刘识丁和姚菁在河畔徘徊了良久，却始终未能找到一个空位。

　　"招那么多人干吗！"刘识丁这时对政府的高校扩招政策产生了严重的不满情绪。人在自己利益受到损害的时候，总是容易思考一些问题。

　　两人苦苦寻觅了好一会儿，才发现秋泓岛上一张石桌空着，上面还留着几块新剥的果皮和少半瓶绿茶。

　　"就坐这儿吧。"刘识丁拉着姚菁一起坐到了一个石凳上面。准确地说，是他坐到了石凳上，姚菁坐在了他身上。

　　不知从什么时候开始，高校里的情侣中流行起女上男下的重叠式坐法。这样的姿势远远看去好像是一个人，当然身材就显得异常高大。姚菁面对着刘识丁，双腿分开坐在他身上，这样的相对位置，各方面的交流都比较方便。两人一边低声私语，一边进行着情侣之间的各种亲密举动。姚菁因为保荐刘识丁有功，被颜书记着实夸奖了几句。所以今天兴致极高，眼角眉梢都是风情。低吟浅笑间撩拨得刘识丁口干舌燥，血脉贲张，小资产阶级的狂热性渐渐凸显出来。

"我们回去吧。"刘识丁在姚菁耳边低声说道。

"回去干吗，这不挺好么。"姚菁似乎并没有察觉到刘识丁身体上的反应。

"好吧。"女友的命令神圣不可违背，刘识丁只好无奈地答应着。可是欲望这东西实在是古怪得厉害，你越是拼命压抑它，它就越是像帝国主义反对派一样蠢蠢欲动。刘识丁实在难以承受这生命中最原始的冲击，只好试图借其他形式的接触稍以慰藉内心的渴求。虽然不能解决根本问题，却也聊胜于无。

然而甜点终究不能代替正餐。不管如何努力地与姚菁做着全方位的身体接触，刘识丁却始终无法平息自己需要获得挤压的冲动。如隔靴搔痒般的触碰反而使他愈发觉得难过。就好比对一个饥饿的人来说，眼看着白面馒头，却只能舔一点儿菜汤，其实是比见不到任何食物更加残酷的折磨。

两人又温存了一会儿，感觉到姚菁鼻息渐重，刘识丁再次提议道："我们回去吧。"

"不要。"姚菁的回答却出乎他的意料。

"啊？"刘识丁有些不解。

姚菁却并不说话，只是轻咬下唇看着他。刘识丁但觉体内能量暴涨，一时间急得眼中出火，却又找不到地方宣泄。正彷徨无计间，姚菁狠狠捏了他一下，怒道："傻瓜。"

她这一下下手甚重，刘识丁却并不觉得如何疼痛，只是轻轻"啊"了一声。姚菁看他还没反应，只好又说道："回去干吗？"

"那……你……"刘识丁终于恍然大悟，却又不禁大吃了一惊，失声道，"这里？！"又嗫嚅道："……不好吧。"

姚菁还是不说话，一排洁白的皓齿轻轻咬着下唇，呼吸声却比刚才更加粗重了一些。

"好吧。"在女友的指令和世俗观念之间，刘识丁显然要选择前者。

然而没过多久，他就知道了前面一对情侣离开的原因。原来时逢夏季，秋水池中多有水产，于是就经常有人在这一带捕捞龙虾。不一会儿功夫，就已经过去了两三拨人。这时听得脚步声又近，眼看着就要走到跟前，撞破两人的好事。刘识丁毕竟经验不足，吓得将头埋在姚菁胸前，一动也不敢动。

姚菁心中愤恨，却也无法可想。她虽然并不害怕，但如果给熟人撞到却也不是什么光彩的事。情急之下解开发髻，将一头青丝披散下来，挡住了多半片脸。想要起身从刘识丁身上下来，却已经来不及了。一道亮光从旁边射来，晃得两人都闭上了眼睛。

"啊！"刘识丁心中正自咒骂，却听得河边不远处一前一后传来两声撕心裂肺的哀号，声音中透着无比的惊慌和恐惧，接着便是一阵连滚带爬急促远去的脚步声和"扑通""哗啦"的响动。

"真是倒霉！"两人虽然都长长出了口气，但却再也没有了继续温存的心情，只好意兴阑珊地回了住处。

没想到第二天，H大便流传起秋水池畔有阴性灵异生物出没的谣言。使得相当长的一段时间里，没有人愿意在日落之后从这里经过，有些胆小的学生更是白天也宁愿从别处绕行。而一些在寝室内安装了电视的学生则在午夜十一点之后坚决地拒绝接听任何电话，有些甚至直接拔掉了电话线。

虽然学校党组严厉指示各学院政治思想工作者必须抓紧调查，弄清真相，尽快消除影响。甚至专门组织几位专家学者对这一荒谬言论进行了有力的驳斥，但两名目击者严重的精神障碍，已经用不可否认的事实证明了言论的真实性。以致有一位可怜的年轻辅导员，因为不能按照组织要求做好学生的思想工作，而不得不含恨引咎辞职。

后来，据说那两名倒霉的龙虾捕捞者中运气相对较好的一个，因为所处较远，看得并不十分真切，因此只是受了些惊吓，大病一场之后休养几个月也就没事了。而距离较近的一个因为正当其锋，所受刺激极大，兼之逃跑时又掉到水里着了凉，虽然当时凭着一股求生本能跑回了住处，但当天晚上就一病不起——据说是吓破了胆——求医问药均不见效，后来虽经多方治疗有所好转，但终于落下了天黑不敢出门的毛病，以至于连独立生活都成了问题。

而刘识丁和姚菁因为事关重大，此后也再没到过那个地方。如此过了一个多月，直到建校一百周年活动拉开序幕，这起闹得沸沸扬扬的H大秋水湖灵异事件才逐渐告一段落。当然也有一说，认为是校领导为了借节日的喜庆气氛来冲淡此事的影响，或者转移人们的注意力。此事的真假已经无从考证，不过校庆活动的开始时间比原计划提前了近半个月，倒是一个不争的事实。

　　在后信息时代的魔都，过得最快的就是日子。仿佛高度发达的信息技术不仅拉近了空间的距离，也加快了时间的速度，从而使得地球的自转周期有所缩短。就在人们还在谈论秋水湖灵异生物事件的时候，万众瞩目的"H大喜迎一百华诞庆典"活动以迅雷不及掩耳盗铃之势倏然而至。其速度之快，甚至让人有些突如其来的感觉。

　　段枫作为优秀应届毕业博士代表，被学院指定参加此次盛会。又因为要进行毕业论文答辩的缘故，所以他提前几天就赶了回来。见到李如意，两人暌违经年，各自都经历了不少波折，少不得互诉离情。段枫因为跟人发生了不可描述之事，所以很多事都是语焉不详，尽量说些项目上的问题。李如意却事无巨细，这一年来的经历都向段枫做了详尽的汇报。尤其说到李苊希如何纵鼠伤猫，当众让"霸王龙"折了面子时更是眉飞色舞，相当地解恨。又说起李苊希训老鼠的种种神奇之处，段枫听得目瞪口呆，没想到世界上还真有这样的事，心想有机会一定要见识见识。只是两人虽

　　第二十四章　大哉乾元

然分别一年，却一如既往地发乎情止乎礼，谈着纯洁的柏拉图式恋爱。

一晃儿到了校庆这天。

此次盛典声势极其浩大。校领导为树立本校社会声誉不惜痛下血本，除了加大基础设施建设投入之外，全体校庆工作人员人人发放专项津贴，数目按革命分工确定。庆典当天代表学校形象的礼仪工作者每人发校庆礼服一套，男性为"八匹马"西装，女性则为传统苏绣旗袍。社会宣传工作也做得相当出色，学校派专人负责同各地校友会理事密切联系，并于国内外各大网站面向世界发布校庆消息，务求让全体校友都得悉此事。魔都著名平面媒体教育版为此专门开设特别专栏，于世界范围内邀请 H 大知名校友撰文怀念母校；中国教育电视台亦于庆典当天派人现场拍摄，制作特别节目挑选黄金时段播出。

H 大历史悠久，人才辈出，各届校友中高官巨富所在多有。这次听说母校举办如此规格的庆典活动，自然群起响应，积极参与。尤其一干成功人士更是希望能够在校史上书下属于自己的浓重一笔。是以庆典这天校园内车水马龙，人流熙攘，一派热闹繁华的升平景象。为保证庆典活动的顺利、有序进行，后勤保障部门在校园内各主要道路上每个路口都竖立起一块醒目路牌，并配有专门人员负责指挥、疏散交通。不知道是学校刻意安排还是车主自觉停放，停车场正面整整齐齐的赫然停放着两排奥迪 A6 轿车，更加彰显出这次庆典的非凡气势。一干宝马、奔驰虽然也有分庭抗礼之意，但终因敌不过那"魔X"后面三四个零的车牌而停在了两边。而马自达、帕萨特之类的，就只能畏畏缩缩地停在后排，或是其他不当眼的地方。

上午9点整，H大建校一百周年庆典大会正式开始。大会主会场设于刚刚建成的千人大礼堂，另外各教学楼多媒体教室均设有分会场，以大屏幕投影设备同步直播庆典进程。在中国，几乎所有的这类庆祝活动都必然包含主办方领导讲话、上级领导讲话、来宾致辞、群众代表发言等几个环节，讲话内容自然是众口一词的盛赞风调雨顺，社会和谐，祖国繁荣昌盛，主办单位顺天应人。抚今追昔，感慨非常。最后无一例外的，从主观主义角度预言H大这所综合性大学，必然会在未来的岁月里再创辉煌，为现代化建设培养出更多的优秀人才。各方面的代表讲话结束之后，便是各系统的颁奖仪式。先是由校长亲自向几位为学校发展和本次校庆做出突出贡献的杰出校友，授予证书和勋章，以表彰他们在H大发展中发挥的重要作用。然后是本校全国教学名师获得者颁奖仪式、全国优秀大学生获得者颁奖仪式、全国优秀教育工作者颁奖仪式、全国优秀科研工作者颁奖仪式……凡此种种，不一而足。整个过程持续了两个多小时才宣告结束。

中午的免费正餐彻底推翻了"没有不要钱的午餐"这句阿拉伯名言。两荤两素的标准工作餐，吃得当天全体在学校食堂内进餐的莘莘学子眉飞色舞，喜笑颜开。食堂烹饪人员早已得到后勤领导最高指示，校庆期间必须严格保证饭菜质量，所有食物必须符合国家食品卫生规定。饭菜内严禁有铁丝、石块、生物毛发等不易消化物品，以及所有蜚蠊目、双翅目昆虫出现。一经发现，必定严厉追究全体相关人员责任。从前每人一碗的免费汤亦不得限量供应，而且必须保证每碗汤内都有肉眼可见的猪肉和冬瓜才算合格。除正餐外，还免费提供酸奶一盒、水果一枚，以助饭后消化之功。这一顿饭使得进餐者终于感受到了，社会主义制度的优越性和校庆活动的重要意义。甚至有人提议全体学生联名呼吁，将校庆活动改为每月举行一次为宜。事实证明，只要领导者有坚定的革命决心，中国高校的伙食条件是完全有可能得到改善的。

李如意虽然不必再转投颜书记门下，但已经安排好的讲解工作还是要做。按照惯例，这类工作通常会找一些相对年轻的漂亮本科生来担任。这次因为涉及不少科研项目，对专业知识要求颇高，因此学校决定全体接待人员都从在读研究生当中选拔。李如意虽然不大愿意，但当身为共产党员，组织分配的任务是必须要完成的。

这类解说因为每个项目成果都配有相当详尽的文字说明，又不需要什么专业基础，所以基本上不需要做什么解释。只是当某些参观者对解说人员本身特别感兴趣时，才会向李如意咨询一些诸如"你是几年级的""研究的是什么方向"等，与项目无关且不需要任何技术含量的问题。因此，李如意的解说工作做得相当轻松。只是因为现场没有座位，所以不得不一直保持着标准站姿。高跟鞋加紧身旗袍的装束累得她腰酸背痛，好不容易捱到结束，

才算是逃出生天。

晚上的正餐在校内五星级标准的"国际会议中心"举办，李如意作为优秀学生代表兼工作人员亦在受邀之列，而段枫却无此殊荣。李如意她们这桌正好是五男五女，女生除了李如意外，还有另外三个学院和她做同样工作的硕士，以及那位身兼校学生会副主席和研究生院学工部干事两大要职，与李如意合称"泰岳双姝"的姚菁女士。而另外五位男士则都是这次为校庆或学校发展做出特殊贡献的杰出校友代表。她们隔壁便是主桌，除了校领导便是政府要员。其中最令人瞩目的，却是近来风头正盛，号称"新中国警界传奇"的 H 大 84 届校友，Y 城公安局王铁崖局长。

坐在李如意左手边上的是一位著名企业家。李如意只知道他姓淳，因为这姓氏很怪，所以便记住了，名字却不知道叫什么。这位知名校友年轻时应该长得不错，但年纪大了之后全身都在发福，而颈项上方的部分显得尤其明显。脸上堆起的肌肉和脂肪将五官挤得紧挨在了一起，又似乎颅腔内部也已经被过剩的营养塞满，于是将一对横波挤得几乎要突出眼眶之外，当中的黑色又格外地少，就好像两只雪面豆沙上用筷子戳了个洞。最引人注目的还是他高高隆起的腹部，仿佛怀了三胞胎的孕妇。远远望去，整个人便好似几个肉块堆在了一起。他一进门，李如意就觉得大厅中的可移动空间有明显减小的趋势。于是心中暗自打定主意，待会儿如果一旦有火灾之类的险情发生，无论什么人发出"让领导先走"这样的号召，自己也一定要赶在这个人之前跑出大厅。否则以他的最大横截面积计算，极有可能会卡在安全通道的出口并将其完全阻塞，如果那样，房间里的人便断然没有了生存的可能。

所幸直到开席李如意的担忧也没有变成现实，自然也就不必"先校友之逃而逃"。颜书记宣布过宴会开始之后，各种佳肴便流水般端了上来。逢此大庆，学校自然不会吝惜经费，因此接待晚宴规模之隆盛，较之李如意收到博士录取通知书那次，自是不可同日而语。只是与会之人除了像李如意这样的学生之外，大多数都不在乎这顿饭吃的是什么。因此席间众人都是吃得少，说得多，都希望能够借此机会多结交些朋友，或者同本来认识的多沟通些感情。

坐在李如意旁边的那位知名校友的情绪更是亢奋。他早年家境贫寒，读书时体验了不少人情冷暖。此次躬逢百年建校大庆，他运足了劲要一雪前耻。今天一次性预付十年费用，在 H 大设立了专项奖学金。又和学校签订战略合作协议，约定他名下企业每年在 H 大应届毕业生中招聘优秀人才若干，并无偿为学校提供基础设施建设。因为投资数额巨大，所以受到了母校领导的极高规格礼遇，这让他颇有些衣锦还乡的感觉。得意之下，不免有些忘形。于席间口沫横飞地大讲荤段子，全然没有顾及桌上几位未婚女性的感受。

他又问了几位女生的姓名，然后便开始以在座的几位女士的姓名为例，论证起自己的姓名学理论。他知道迷信几乎是全体人

类女性的通病，以这一话题打开局面是他在社交活动中的常用手段。然而他却不知道，在青年女性中，传统的算命看手相等预言方法，已远不如西洋星座理论受人追捧。因此他话题一开口，就没能引起桌上几位女同胞多少兴趣。只不过凡是能到这个场合的女生，平时必然都是绝对服从组织安排的优秀传统教育产物。十几年好学生做下来，组织性、纪律性、忍耐力、上进心都是无与伦比的强大。对他这些目的性明显的言行，也就没有什么太大的反应。那位知名校友却误以为这是众女接受自己的一个开端，于是便更加肆无忌惮起来。言语之间，渐渐地越来越是轻佻。

在座的几位女士当中，姚菁早就知道他家资钜富，又是颜书记的同班同学，因此一上来就存了亲近之心。凭着过人的表演天分，没几句话就已经和他打得火热。没想到排座位的时候居然把李如意排到了他的旁边，这时又见到他一对横波不住地向李如意身上投射，心中不禁大为愤恨。眼珠一转，便有了主意。盈盈笑道：“你不是说你会测姓名么，那你帮我们如意算算啊？”

知名校友道：“如意，嗯，如意这个名字好，万事如意嘛。还有一本书叫《如意君传》，也是非常有名的。”

李如意听他把自己的名字和色情小说联系在一起，心下甚是不快，实在不能理解 H 大中文系怎么会培养出如此庸俗不堪的人物。没想到他居然还不知死活地主动惹上门来，问道：“如意，我说的对吧？”

李如意本来不想理他，可是一见到对面姚菁一副幸灾乐祸的神情，心中大是恼怒，说道："人生在世，一命二运三风水，四积功德五读书。读书之后才是姓名。姓名之学，源出《易》理。须得配合四柱八字、命理运势才有作用。一样的名字，不同的人取了，显然效果不同。否则人人把自己改成领袖的名字，难道就都能当领袖了？华夏卜筮之术，有据可查的历史就有四千多年，那时候恐怕连日本国也没有呢。而自秦汉以来，历朝历代均兴数术占卜之学，奇人异士不可胜数。袁李合著的《推背图》、邵康节的《梅花易数》、万明英的《三命通会》都是参透造化的旷古奇书，就是后来流落江湖的测字、算命、看相，也不知道要高出所谓的姓名学多少。只是后来玄学日渐衰败，这些旁门左道才得以伸张。然而较之中华五千年文化积淀相比，这实在只能算是细枝末节。即便是在民间，也早就有用名字来补自己五行的做法。鲁迅笔下的'闰土'就是因为五行缺土，所以才起了这么个名字。单从这一点看来，就可知中国人对姓名的认知远早于倭国。只是因为姓名之学较之命理运势，实在微不足道，所以才没有什么人专门去研究。"

那位知名校友听她一番长篇大论说得入情入理、有根有据，把自己刚才的言论驳斥得一无是处，一时想不出什么话来反驳，然而多年在商界打滚儿，自然不是省油的灯，一转念间便有了主意。只听他笑呵呵地问道："照这个说法，人的名字应该根据五行需要来取？"

李如意点头道："有可能，但不一定。"

知名校友道:"也就是说,如果命里缺金,就应该取名叫鑫;命里缺水,就取名淼;命里缺木,就叫森。是这个意思吧?"

李如意点头道:"是的。"

知名校友道:"嗯,那你名字里有个意字,缺的是哪样呢?"

此言一出,其他几位不免一齐摇头,暗怪那位知名校友太过粗俗,唯恐李如意做出什么过激举动,连带自己遭受池鱼之殃。而姚菁恰到好处的几声浅笑,明显起到了火上浇油的作用。只有那两个女生对李如意的光辉事迹有所耳闻,知道她必然不甘受此调戏,却也想看看她到底会如何应对。

不料李如意眉梢一挑,正色道:"我五行缺土,小时候家里不懂这些,所以名字跟这个也没什么关系。不过名字起得好不好,和前途发展还是有一定关系的。所以演艺界多有改名走红者。其实不光是名字,就是姓什么也很有讲究呢。"

席间众人听李如意这么说,都以为她接受了知名校友的调戏。那位知名校友说完之后,也一直注意着李如意的反应,心中盘算着各种突发情况的对策。这时一看她不但没生气,还有和自己深入交流的意思,不禁暗自欣喜,说道:"哦,是吗?这我倒不知道,你给我们讲讲……"

李如意点头道:"我们那边重男轻女的风气十分严重。谁家生了男孩,接生的大夫起码有500、1000的红包,全家上下像得了宝贝似的。要是生了女孩,给一百块就算了不起了,甚至公婆当场就给脸色看的也很多。为这个事离婚的也有。"

第二十四章 大哉乾元

那位知名校友大是不平，愤然道："嗯，内陆地区就是落后！新世纪都过了这么多年了，思想还这么不开化。女孩子有什么不好，要是没有女孩子，那男的还不都得打光棍儿，人类早就绝种了。像我这个人就喜欢女孩，尤其是漂亮又有学问的女孩子。"说完又对着李如意直勾勾地凝望。

李如意道："谁说不是呢。不过也没办法，风气就是那样子的。在我们那边，谁家要是没有男孩，就算是绝后了，一家人都在村里都抬不起头。像我们邻村的书记就是，五十多了，家里就两个姑娘，做梦都想要个儿子。可是政策不允许啊，想要离婚又怕老婆闹，自己工作受影响。只好背着老婆，在外面跟镇上一个开发廊的女人勾勾搭搭的。"

在中国，不管什么样的消息，只要一牵扯到两性关系，在民众心中的可信度和吸引力就有明显增加的趋势。席间众人一听李如意所说内容涉及婚外恋范畴，都不由自主地精神一振，想听听她下面说些什么。

知名校友问道："后来怎么样，要到男孩了吗？"

李如意道："后来生倒是生了，还真的是个男孩。可是问题也就出来了。"

知名校友连忙道："什么问题呢？"

李如意道："原来那女人和她老公结婚好几年了，也没有孩子。心中着急，生怕婆家怪自己光吃饭不干活，便偷偷地找了本村的一个后生帮忙。偏巧那个后生的老婆自己生了一对双胞胎女

孩，这时一见女人生了个男孩，自然认为是自己的功劳。于是就想把这个孩子认过来。可是女人的合法丈夫当然不同意啊，好不容易有了挺直腰板做人的资本，哪有给别人的道理。于是两家便起了争执。书记听说以后，也以为是自己这么多年的努力终于有了结果，也去争这个孩子。这样的事情法院又不管，所以一时间闹得沸沸扬扬，全镇上下都知道了这件事情。"

知名校友道："这个不难，去做个亲子鉴定不就行了？"

李如意道："当时没有这项技术，就算有了他们也不肯。三个人都没有把握这孩子是自己的，因此谁也不肯出钱。万一做了鉴定，孩子不是自己的，那不是人财两空。反正现在谁也不确定，只要自己把孩子抢过来不就行了。"

知名校友搔了搔头，道："可是这也不是个办法啊。"

李如意道："是啊。闹了好久，谁也争不去。后来实在没办法了，还是请了镇上一位德高望重的长辈出来评判。"

知名校友越听越奇，问道："那他是怎么判的？"

李如意道："老人家就是厉害。他听完了之后说，你们三个都说孩子是自己的，又都拿不出证据，这就不好办了。不过既然你们看得起我老头子，请我出来解决这件事，我就给你们出个主意。行不行的你们自己看。如果不行，你们再另请高明，我就这么大本事了。三个人都说好，请他提出个解决的办法。老头子说，既然这孩子你们都想要，又都拿不出证据，那索性就算你们三个的。反正他小的时候你们三个一起抚养，等你们老了也给你们养老送终就是了。三个人想想这倒也行，可是孩子姓什么呢？户口总是要上的呀。无论姓谁的姓，另外两个都不会同意，又不能让他姓三个姓。一时间又陷入了僵局。"

知名校友道："那后来怎么办的呢？"

李如意道："后来还是老先生出的主意。他说，书记姓高，又是干部，高高在上，就取你这个姓的上半部分；后生姓李，年纪最小，还是个娃娃，就取你姓的下半部分，刚好是个孩子的'子'；孩子的名誉父亲呢，你姓池，考虑到你的合法性，就取你姓的一半，左半边三点水好了。"

说到这里，李如意向着知名校友嫣然一笑，说道："大师，我考考你。你猜这孩子最后姓什么？"

她说到书记姓高的时候，知名校友就知道不好了，可是又不好说什么，这时见她问自己，只好笑道："乱说，哪里会有这样的事。"

李如意却睁圆了双眼，一本正经地道："你不相信？就是我们隔壁镇上的。那个姓李的后生是我一个远房的堂侄，那孩子论起来还得管我叫姑奶奶呢。"此言一出，席间众人都忍不住笑了出来。

出完这口恶气，李如意心情好了不少，顿觉晚宴也不是那么无聊了。没过一会儿场上便开始敬酒，她们这一桌五位女同学排成冲锋阵型，从主桌开始一路杀将过去。敬到王铁崖时这位蒙古好汉酒到杯干，着实给李如意留下了异常深刻的印象。但不知为什么，李如意总觉得他们这一桌似乎有点儿不对劲，具体什么地方却又说不出来。

　　散了席见到段枫，说起王铁崖喝酒的事，李如意还是赞不绝口。

　　"谁？"段枫开始没在意，又过了一会儿才回过神来。问道："你说谁？"

　　李如意道："王铁崖啊，就是最近总上新闻那个。"

　　"他也来了？"段枫的情绪显得有些亢奋。

　　"对啊，你连这都不知道啊？"李如意语气中明显透着鄙夷。

　　段枫却顾不上她这些揶揄，问道："你走的时候他走了吗？"

　　李如意道："好像还没有。"

　　段枫道："那你知道他来了住在哪儿吗？"

　　李如意道："这次来的都住会议中心啊，怎么了？"

　　段枫道："没事，就问问。"

　　李如意道："什么意思啊？"

　　段枫道："我先去办点事，等下给你电话，你千万要接。"语气颇为急促。

　　李如意道："什么事啊？"

　　段枫道："几句话说不清楚，总之事关重大，一定等我电话。"又想了想道："你先联系一下那位养老鼠的同学，看她在哪儿，可能要她帮忙。"

"好吧。"李如意虽然不知道他要干什么，但看他这么紧张，应该不是开玩笑。

段枫拿出电话，找到个号码拨出去，一边等着接通，一边嘴里嘟囔着："快点儿，快点儿。"

电话响了几声接通了，段枫道："喂，你在学校吧？在哪儿，我过去找你。马上到。"说完收了电话直奔电子学院大楼。

来到三楼一间办公室前敲了敲门，过了一会儿看里面没什么动静，只好推门进去。只见屋内地下乱七八糟地堆着不少电脑元件，认识了十年的铁哥们儿陶唐正坐在一张摆了三个显示器的桌子后面，神情专注地紧盯着屏幕。

段枫走到近前，陶唐连头都没抬，问道："有事？"

段枫道："有事找你帮忙。"

陶唐盯着屏幕道："说。"

段枫道："你能不能看到会议中心今天的入住记录。"

"啊？"陶唐这才抬头看了他一眼，问道，"被绿了？"

段枫道："不是，正经事。"

"我说的就是正经事啊。"陶唐说完敲了几下键盘，左边一台显示器上弹出了 H 大国际会议中心入住记录后台界面。

段枫道："看看王铁崖住几号。"

陶唐查了查，道："1106。"

段枫道："帮我看下十一楼的监控。"

陶唐一边敲键盘一边说道："我听说你女朋友今天被找去陪

酒了。"

他这句话问得段枫怎么回答都不对,只好说道:"告诉你不是了,有正经事。"

陶唐又敲了几下键盘了,调出了 H 大国际会议中心 11 楼的监控画面。说道:"你自己看,我回避一下?"

段枫道:"别,还要你帮忙呢。"

段枫和陶唐看了一会儿,只见王铁崖一个人回了房间。陶唐看了看段枫道:"没有。"

段枫摇头道:"别急,再等一会儿。"

又过了一会儿,还是没有动静。陶唐道:"这回放心了吧?"

段枫道:"再等等。"

陶唐道:"老大,你到底什么事啊。人家明天跟我要东西呢。"

段枫道:"你先干别的,这台等一会儿再用不行吗?"

两人正说话间,只见王铁崖又出来了。段枫道:"他要出去,你能不能盯住他?"

陶唐看着他道:"你要干什么?"

段枫急道:"你先帮我盯着他,等会儿告诉你。一定盯住他去哪儿了,拜托!"

陶唐无奈道:"好吧,我试试看。"

段枫又给李如意打了个电话,获悉李茜希正好在寝室。

段枫道:"你在寝室等着我,我马上过去。"又对陶唐道:"你做的那个摄像头借我用用。"

陶唐道："你到底要干什么啊？"

段枫道："几句话说不明白，一会儿你就知道了，快给我。你等我电话，等下还得要你帮忙。快点儿，快点儿，一会儿来不及了。"段枫急得快要跺脚了。

陶唐认识了他十年，印象中就没见过他着急。知道这次可能真的事态严重，也就不再开玩笑了。转身从墙边的柜子里拿出个小塑料袋，里面装着一个纽扣大小的摄像头。说道："直连手机，等会儿我传给你个 APP，直接安装上就行。两百米有效距离，有红外夜视功能。"

段枫问道："防水吗？"

陶唐道："密封的，应该没问题。"

段枫道："我想装到老鼠身上，怎么装？"

陶唐道："哪儿？"

段枫道："老鼠身上。"

陶唐想了想，又从柜子里拿出个手表一样的塑料框架。说道："摄像头放方框里，套在身上应该能行。"

段枫大喜，接过来道："多谢，你真不是一般地牛逼。"

陶唐道："哪有你牛逼呀，追踪警界雄鹰。"

段枫道："你以为我愿意啊。千万等我电话，拜托。"说完拿着摄像头跑了出去。

在博士楼门口见到李如意，段枫直接问道："那位养老鼠的同学呢？"

李如意道："在寝室，干吗？"

"快带我去找她。"

李如意道："什么事啊，这么急？"

段枫道："急事，得请她帮个忙。"

两人到了李苈希寝室门前，李如意敲了敲门。

"谁啊？"里面问了一声。

李如意道："我，李如意。"

"等等啊。"

自从上次"霸王龙"来过之后，她这间寝室的房门已经很久没人敲过了。李苈希打开门，看着李如意和段枫，目光中有些疑惑。

"这是段枫，说有事找你。"李如意道。

"你好。"李苈希冲段枫点了点头。

"你好。有事情想请你帮个忙。"时间紧迫，段枫也顾不得客气，直接就开门见山了。

"什么事啊？"李苈希有点儿意外。

"能进去说吗？"

"好吧。"李苈希犹豫了一下，还是让两人进了屋。

段枫关了门，说道："有件事想请你帮个忙。"

李苈希道："什么事，说吧。"

段枫道："我一个朋友被抓了，想收集些证据，看能不能救他出来。"

李苈希道："需要我干什么呢？"

段枫指了指墙边儿的笼子道："知道你这些宝贝很神奇，想请它们一起帮个忙。"

李苪希道："怎么个帮法？"

段枫道："见不到的情况下，你能指挥它们行动吗？"

李苪希道："具体干什么？"

段枫道："让它们藏到一个合适的位置，偷听人家说话不被发现。"

李苪希道："要离多远？"

段枫道："一两百米吧。"

李苪希道："应该没问题。"

段枫道："那就拜托了。"说着拿出摄像头，道："还得请它们带上这个。"他还没等人家表态，就默认李苪希同意了。

李苪希道："这个不违法的吧？"

段枫道："只收集证据，别的什么都不干。"

李苪希想了想，点头道："好吧。"她当初主动和李如意换寝室，却没说出真实原因，心中却一直觉得有些不好意思。这时见她求到自己，也就乐得帮忙，反正也不是什么违法的事，也算是自己隐瞒事实真相的一点儿补偿。

段枫见她同意了，稍稍松了口气，说道："多谢！事态紧急，咱们这就出发吧。"

李苪希走到墙边的笼子前蹲下，伸手从里面抱出一大一小两只老鼠，大的那只跟小猫差不多，小的那个却只有一点点大。跟

着又把两只老鼠放到一个小笼子里面。段枫这才发现，原来她这些笼子门都是开着的。

三人出了博士楼，段枫又给陶唐打电话。电话里，陶唐的声音显得有些意外："门口有辆车接他，已经走了一会儿了。出门后兜了个圈子，然后应该是往星河湾去了，不过没等到地方他就下来了。"顿了一顿，又道："你猜谁住在星河湾？"

段枫道："谁啊？"

陶唐道："到时候你就知道了。20号，独栋别墅，自己过去看吧。不过那地方小区也有门禁的，你得找个人一起进去。"隐约猜到段枫要干什么后，他也来了兴趣。

从H大到星河湾不过几公里路，滴滴叫了辆车，十分钟后就到了。段枫他们在门口没等多久就有人出来，趁门开的功夫，三个人一起挤了进去。按照陶唐指点的方位找到了20号别墅，段枫找个隐蔽的地方遥遥一望，只见二亩地大小的院子中间坐落着一幢二层别墅。二楼的两扇窗户隐隐透出灯光，看来人应该是在那里了。

段枫对李苨希道："应该是在上面了，你看能进去不？"

李苨希把笼子里那只小老鼠拿出来，捧在手里对它说了几句话，段枫却一句也听不懂。然后那只小老鼠就"嗖"地一下从李苨希手里跳了下来，直奔那栋别墅而去。

段枫眼看着它跑远了，想喊又不敢喊，只好问李苨希道："进去了？"

李芾希点头道："是啊。"

段枫急道："这个还没带呢。"说着举了举手里的微型无线红外夜视摄像头。

"哦，我忘了。不好意思啊。"李芾希说着又从笼子里拿出那只大老鼠，对着它说道："叫它快回来。"

那只老鼠"吱"了一声，显然是听懂了。不一会儿功夫，那只小老鼠又跑回来了。

段枫奇道："它们是怎么联系的？"说着伸手想去抓那只小老鼠。没想到人家"倏"地一下躲开了，顺着李芾希的裤子爬了上去。

李芾希道："给我吧，它有点儿认生。"

段枫把摄像头递给她，李芾希接过来套到那只小老鼠身上扣好。段枫拿出手机，打开APP看了看，测试了一下后对李芾希道："可以了。"

李芾希又把那只小老鼠放了出去，小家伙这次轻车熟路，跑得更快了。段枫开始的时候只看到手机上的画面不断后退，然后便陷入了一片黑暗，只隐隐有水流的声音。又过了一会儿，似乎从什么地方钻了出来。虽然还看不到什么东西，但却有了些光亮，不像刚才那样就是一块纯黑的背景了。继续前行了一会儿，前面露出了灯光，看来是到了那间有人的房间外。李芾希聚精会神地看着屏幕，把手放在那只老鼠身上慢慢移动着，就好像平时用鼠标一样，有时还用拇指和食指捏捏那只老鼠的爪子。手机屏幕上的画面慢慢移动着，走廊、门口、柜子、床腿，然后光线又是一暗，应该是躲到了床下。

只听一个女人的声音道："活该，谁让你不早点儿。"语气中略带娇嗔，让人听着便能想到脸上的媚态。

又一个男声道："天地良心，我接到你召唤连一分钟都没耽搁，直接就来了。"

女人道："信你才怪，就会胡说八道哄人。"

李如意几乎立刻就辨识出来：女的是颜如玉，男的是王铁崖。然后也就明白了自己晚上吃饭的时候为什么觉得他们那桌不对——两个人的目光一直在刻意回避着对方。本来同桌吃饭，目光接触是正常的事，但两人吃饭时却极力避免这一点。只是当时不明就里，所以觉得有些奇怪，却不知道原因。现在才明白了，原来他们俩是故意的。

却听王铁崖道："真不是哄你，告诉你个好消息。"

颜如玉道："什么消息。"

王铁崖道："目前来看形势比较乐观，据说已经争取到了一半以上的支持。山东的、河北的，还有军内的，都联系好了。"

颜如玉哂道："这算什么好消息。就算是，也是你们的，跟我有什么关系。"

王铁崖道："怎么没关系。王爷说了，如果这次竞逐成功，教育部长的位置非你莫属。"

颜如玉道："他真这么说的？"

王铁崖道："我还能骗你吗？到时候全中国的教育系统都听你的，你的思想理念将会在全国，甚至全世界范围内得到贯彻实施，颜如玉的大名必将永载史册，受后世景仰。"

颜如玉道："有什么好的，我才不稀罕呢。"话虽这么说，声音中却透着期待和得意。

王铁崖道："要不是我向王爷力荐，哪有这样的好事，你说是不是该谢谢我？"

颜如玉道："谢你个大头鬼啊，死洋鬼子……"

话未说完，只听她"唔"的一声，仿佛被什么东西堵住了嘴。紧接着"噔噔"几声脚步声后床垫"呼"地一响，似乎有重物摔到了上面。

然后便是一阵阵不可描述的声音。

王铁崖今天的情绪无与伦比的高亢。他和颜如玉大学时本是一对恋人，只是分配工作时颜如玉留在了学校，而他却被发配到了千里之外的四川。从而使一段本来可能修成正果的美好爱情就此夭折。后来他在当地娶妻生子，年轻时为了生计四处奔波，温饱尚且不得，自然也就没有心思去想那些陈年旧事。然而近年来功成名就，事业越做越顺，心中对当年女娲河畔那段荡气回肠的怀念也就有了与日俱增之势。要知道对于他这个年龄的成功人士来讲，财富和社会地位都不足以让他心动，而年轻时留下的遗憾却始终困扰着他。世人都以为女子恋旧，却不知道其实男人对生

命中第一个异性的刻骨铭心，远远超过女性。只要一有机会，很多男人面对自己的初恋情人时，都会表现出无可理喻的偏激与执着。

今日终于得偿所愿，自然兴高采烈，一路披荆斩棘，高歌猛进。加上他本就身强体壮，因此竟给颜如玉带来了前所未有的快乐。可能是对自家房子的隔音效果比较放心，颜书记纵情宣泄着自己的感受。一时间撞击声、摩擦声、拍打声、喘息声、叫喊声、床榻动摇声……组合成一部扣人心弦的华彩乐章。直听得李如意面红耳赤、目瞪口呆，而李苪希则早就自己躲到一边儿去了。三人谁都没想到，一向不苟言笑的颜如玉居然有如此奔放的一面。而事实也充分证明，只要保养得当，年过半百之人内分泌依旧可以十分旺盛。

李如意实在忍不住了，问段枫道："你听够了没？"

段枫知道王铁崖生性风流，找陶唐监视他本来也就是寄希望于万一，想看看他会不会带个女学生回去什么的，好抓个把柄作为救陈老大的筹码。后来见他深夜出门，自然没有不跟的道理，没想到居然有了如此重大而令人尴尬的发现。好在过了一会儿各种声音都停了下来，段枫松了口气道："再等等吧，看他们会不会再说点儿什么。"

他本想看看王铁崖能不能透露些关于"西南王"竞逐大位的内部机密，没想到两人激情过后尽絮絮叨叨地说些私密情话，要么便是当初读书时的陈年旧事，听了半天也没什么有用的。

第二十四章　大哉乾元

段枫估计听不到什么有价值的东西了，对李苪希道："请它回来吧。"

李苪希答应一声，又对着手里那只大老鼠下了指令，结果等了半天也不见那只小老鼠回来。李苪希又催了一遍，手里那只老鼠却冲她吱吱叫了两声。

段枫问道："怎么了？"

李苪希一脸尴尬地道："它说那家伙失控了，不愿意回来，还要在那儿待一会儿。"

段枫听了想笑又不好意思，想了想道："要不你跟它说今天的演出结束了，明天再来试试？"

不知道是不是这个主意奏效了，又过了好一会儿那只有幸亲临现场的小老鼠才终于慢腾腾地爬了回来，看意思似乎还有点儿不情不愿。李苪希一把抓住它扔进了笼子里。

三人回到博士楼天色已晚，李苪希自己先回了寝室。

李如意问段枫道："你打算怎么办？"

段枫道："事关重大，还得从长计议。不过李苪希也知道了，你明天得先问问她什么意见才行。"

第二十五章　载欣载奔

第二天见面一问，李苨希态度非常明确："关于昨晚的事我什么都不知道，也什么都不想知道，出了事也别牵扯到我就好。"段枫听说她这般表态，略略放心了些，开始专心筹划下一步怎么办。他把自己关在寝室里，一连三天足不出户，终于想好了整个方案。

第一件事，他要去找文淑算一卦。

第二天一早，通过电话后段枫直接到了文淑在 H 大艺术楼的工作室。H 大鼓励学生创业，把所有大楼一楼楼梯下面的地方统统封闭起来，作为营业场所交给学生使用。文淑她们几个申请了艺术楼的这间，在校内接些摆件饰品书画定制一类的业务，不为赚钱，只当是个业余爱好。昨天接到段枫电话，文淑当晚斋戒沐浴，早早就寝。今天一早在门口挂上暂停营业的牌子，只等着段枫到来。

两人一见面，文淑问道："找我什么事？"

段枫道："求卦。"

文淑道："不动不占，不因事不占，心不诚不占。"

段枫道："我从 Y 城赶回来，现在又要走，来这儿就为卜这一卦。"

"问什么？"

"问此行吉凶。"

"那好。"文淑点了点头，点燃了三支香，在摆好的文王像前敬拜。然后闭目凝神，存思片刻后合掌潜心默祝。

段枫见她神光内敛，妙相庄严，俨然是个有道之士，心里不禁又升起几分希望。老老实实地站在一旁，生怕弄出响动，分了文淑的心。他本来什么都无所谓，觉得天塌下来也能找个柱子顶着。但这次事关重大，而且成功的概率几乎为零，所以才寄希望于卜筮，看看是否会有奇迹出现。

过了一会儿，文淑睁开眼睛，拿过文王像前的一捆蓍草，打开绳结，取出一根放到一旁，这叫虚一不用。又把剩下的一分为二，左手一把，右手一把。再从左手取出一根，夹在小指和无名指之间。然后把两只手里剩下的蓍草四根一束四根一束的取出来，最后左手剩下三根，右手剩下一根。加上前面左手夹的一根，一共是五根，行业内部叫五策。段枫在一旁看着，知道这叫分二，挂一，揲四，归奇，四营而成一易。文淑又把手上的五策蓍草放到一边，拿着剩下的蓍草再次分二，挂一，揲四，归奇，如是三次，叫三易而成一爻。初爻出来，是个老阴之数。文淑把蓍草归在一起，再算第二爻，又是个老阴之数。第三爻还是老阴之数。如此十八变后，六爻皆成。本卦是个坤下乾上的"否"卦，只是六爻皆变，最后成了乾下坤上的"泰"卦。

文淑正心诚意，聚精会神地算了半天，额角已微微见汗。这时见卦象已成，轻轻松了口气。问道："否之泰，不用解了吧？"

段枫知道，这个结果有个现成的成语，叫否极泰来。按照朱熹的说法，"六爻皆变，乾坤占两用，余占之卦象辞。"《易经》泰卦象辞讲："泰，小往大来，吉，亨。天地交而万物通，上下交而其志同。"段枫这次看意思不仅能找对门路，而且还能得到强力支持，"小往大来"么。段枫心下高兴，他向来对文淑的预测能力怀有坚定无比的信心，这次看结果大吉，更加没有不信的道理。喜道："不用了，多谢！"

他知道像这样全神贯注地占卜一次极耗心血，据说如果真的泄露了天机，连寿元都会有损伤。所以自己能看懂的，就不愿文淑再多说。又拿过一个盒子，双手拿着送到文淑面前，说道："让你受累了。这是一个朋友送的，说是能美容养颜，我又用不上，正好给你拿来补补身体。"

文淑一看是盒燕窝，也不客气，顺手接过来放在一旁。两人又说了几句闲话，文淑问段枫到底出了什么事，段枫大略说了一下，文淑却好像并不怎么担心，听完只是"噢"了一声。想了一想，转身走到里间。不一会儿手上拿着一个香包出来，递给段枫道："你把这个带在身上，或许会有用。"

段枫知道这个是她随身带的，心想大男人带这么个东西实在有些别扭，再说让萧涵和李如意知道了总归不好。有心不要吧，又怕文淑不高兴，毕竟人家刚刚尽心竭力地帮自己卜了一卦，马上拒绝人家有点儿说不过去。转念一想，文淑行事向来稳重，这个时候给自己这么个东西应该不是随性而为，或许会有深意也未可知。于是伸手接过来，但觉有一股说不出的香味慢慢地从手上传到鼻腔，而后进到前额，又从头部扩散到全身，四肢百骸五脏六腑无不随之一阵舒泰。顿时整个人精神一振，忍不住又用力吸了口气，把那香包珍而重之地收好。

文淑见他收得仔细，脸上露出一丝喜色，却没再说什么。

从文淑那里告辞出来，段枫简单收拾了一下东西，乘坐当天的高铁直奔 Y 城。李如意因为正好有事，也就没送他。

下车后给胡菲打了个电话，告诉她自己回来了，约好一起吃晚饭。晚上胡菲几乎一进包厢就发现了味道不对，问道："你带了什么东西？"她一闻就知道，应该是个香包，而且是高档货。

段枫也不隐瞒，说道："香包，一个朋友给的。"

胡菲看了段枫一眼道："女的吧？"

段枫笑道："你希望是男的？"

胡菲白了他一眼，道："关我什么事？"

段枫笑道："你不介意就好。"

两人越是深入接触，段枫就越是害怕。他觉得胡菲那双杏核眼似乎能够洞悉自己的一切内心活动，以至于自己无论做什么甚至想什么都逃不出她的判断。通常两个人之间能出现这种关系的，要么是多年的知己，要么是一生的宿敌。而自从他和胡菲第一次

见面后就生出了这种感觉，这使得他的潜意识里一直回荡着一个念头——前世的冤家。他甚至觉得自己上辈子可能做了什么对不起她的事，所以这辈子老天爷才生出这么个人来专门克制他。这次回来救陈老大，他自己也不知道到底会捅出多大的娄子。但可以肯定的是，胡菲一定不会赞同他的做法，而他又不得不面对胡菲。在这样的情况下，段枫难免有些心虚。

胡菲似乎对香包这个问题并不怎么在意，问道："你的事办完了？"

段枫道："答辩通过了，毕业证还没发呢。"

胡菲道："那你怎么又回来了？"

段枫道："我不是担心你么，所以就急着赶回来了。"

胡菲道："担心我什么啊？"

段枫道："我怕我不在，有人乘虚而入又来骚扰你。"

胡菲"哼"了一声，道："算你有良心。"

段枫道："我当然有良心了，这点你比谁都清楚对吧？不过现在公司被接管了，我总这么干耗着也不是个事儿。"

胡菲道："那你想怎么样？"

段枫道："要不，你帮我介绍个工作？"

胡菲道："建安公司下边有个工地招搬砖的，包吃包住一天一百五，你去不？"

段枫道："我这体力估计人家看不上，再说一天一百五也太少了点儿。"

胡菲道："那你想要多少？"

段枫道："跟我原来的差不多就行吧。"

胡菲白了他一眼，道："全Y城除了你那个女老板，估计没人能给你这么多吧？"

段枫道："那怎么办啊？要不，你帮我问问，看能把公司发还回来不？"

胡菲道："问谁啊？"

段枫道："还能有谁啊，能做主的呗。"

胡菲忽然脸色一沉，说道："不问。"

段枫道："不问算了，我自己想办法吧。吃菜，这芹菜炒得不错。不过我一直这么待着，姓韩的肯定知道。到时候你妈就算不起疑心，也不会同意你找个没工作的吧？"

胡菲道："那你说怎么办？"

段枫道："我说啊，你赶紧找个合适的嫁了，到时候木已成舟，生米煮成熟饭，谁反对也没用了。"

胡菲怒道："你胡说什么呢？"

段枫一脸无奈地道："我这不替你着想么。女大不中留，你也老大不小的了，我总不能跟你一辈子啊！"

胡菲给他气得哭笑不得，骂道："你能说句人话不？"

段枫道："那你说怎么办？"

胡菲道："我怎么知道！"

段枫道："你总这么拖着也不是个了局啊！"

胡菲道："你拖不起了？"

段枫哂道："我把我看成什么人了！大丈夫一诺千金，哪有反悔的道理。我既然已经答应你了，别说才这么几天，就是你一辈子不嫁我也能陪得起。"

胡菲道："你说的？"

段枫道："那当然！也不是今天才说的，你不早就知道了嘛。"

胡菲点头道："那好，我这辈子不嫁人了。"

段枫斩钉截铁地道："你敢不嫁，我就能不娶。"想了想又道："你这么好个人，一辈子不嫁太可惜了。"

胡菲面露鄙夷之色，说道："你是怕耽误你吧？"

段枫道："你想什么呢。我是说，你要是实在找不着了我就舍'身'取义一把，也算为人类造福了。"

胡菲停下筷子，盯着他道："你什么意思？"

段枫回看着她，道："就是你想的那个意思。"

胡菲忽然双眼中放出奇异的光芒，说道："你说真的？"

段枫点点头，神情严肃地道："当然。"

胡菲道："那你那个美女董事长怎么办？"

段枫叹道："有了你，哪还顾得上别的。"

胡菲道："敢骗我，你知道会有什么后果。"

段枫皱眉道："怎么这么浪漫个事儿让你弄得跟政治斗争似的。你就说你愿不愿意吧，不愿意就当我没说。"说完目不转睛地看着胡菲。

他这问题提得实在太过突然，胡菲一时间竟没了主意，低下头连看他一眼也不敢。

段枫等了半天，也没得到个反馈，只好说道："到底愿不愿意啊？"

胡菲忽然发怒道："蠢货，这种事还要问那么明白吗？"

段枫突然起身坐到她旁边，慢慢欺过去盯着她道："我就是要你亲口说出来。"

胡菲忽然一阵口干舌燥，连呼吸也变得粗重起来。张了张嘴，说道："我不……"

段枫却根本没给她机会，干脆利落地奉上了一记法式湿吻。胡菲眼前一黑，只觉得自己好像一下儿炸成了无数碎片，漂浮在宇宙当中，身体一动也动不了了。这色狼吻住她双唇，一双魔爪还得寸进尺地到处攻城略地，弄得她又羞又急，浑身说不出的难过。她浑身酸软，感觉却比平时倍加敏锐，段枫的每一个无礼之举她都能异常清楚地感觉得到，但却提不起一丝气力去阻止，心中似乎还隐隐有些期待。胡菲闭着眼睛，心想干脆把一切都交给他，任由他胡作非为去算了。段枫恣意蹂躏，只弄得她意乱情迷，俏脸生春。这一番光景当真非比寻常，有宋人杨万里《小池》诗赞曰：

泉眼无声惜细流，树阴照水爱晴柔。小荷才露尖尖角，早有蜻蜓立上头。

段枫肆虐了半天，弄得自己也是热血沸腾。只是场合不对，无法进一步亲密接触。只好抱着胡菲，在她耳边道："从今以后，

你是我的人。"

"嗯。"胡菲仿佛一下子整个人都变了，再没有了从前的凶强霸道，只是小鸟依人般躺在段枫怀里，懒懒的连眼睛都不爱睁。

段枫插了一块哈密瓜喂到她嘴里，胡菲闭着眼睛吃了。两人有一搭没一搭地聊些相识以来的点滴琐事，说起送零食的那段，段枫仍然颇为自得。胡菲想到他明知道自己心思，却一直装傻充愣，害得自己苦等了这么久，一时间不禁气愤难消。这时刚好看到段枫的胳膊横在胸前，忍不住低下头狠狠咬了一口。

"啊！"段枫给他咬得痛彻心扉，脱口道，"怎么你们都愿意咬人啊？"

胡菲当时就清醒了，身子一挺，坐起来问道："你还让谁咬过？"

段枫心中暗叫"不好"，可是话已出口，想收也收不回来了。所幸他颇有急智，说道："我侄女啊，上次带她出去玩，要东西不买，直接抱起手就咬。"

"算你识相。"胡菲听他说完，直接又躺了回去。

第二天一早，段枫给王铁崖打了个电话，说有要事相商。王铁崖开始还有些推脱，但听他口气不善，又提到校庆和颜如玉，心里不禁有些发毛。心想这小子地位特殊，别是真知道了什么，万一传到"西南王"耳朵里对自己影响不好。于是只好答应了下午办公室面谈。

两人见了面，段枫一如既往地温文尔雅、笑容可掬地寒暄着，王铁崖因为摸不清他来意，也只好陪着他哼哼哈哈，心中暗自揣测他到底要干什么。

段枫聊了一阵闲话，才慢条斯理地说道："这次来找老哥，还是想请老哥帮个忙。"

王铁崖听他转入了正题，提了提精神道："什么事，尽管说。"

段枫道："还是上次陈老大的事，这几天也不知道怎么样了，还想请老哥帮忙过问过问。"

王铁崖道："兄弟，我佩服你对朋友尽的这份心。可是你也知道，这个事现在已经转到公诉程序，不归我管了。再说这是'王爷'亲自督办的，你要问也应该让你们家胡主任找'王爷'问去，比在我这儿瞎耽误工夫强多了。"

段枫笑了笑道："好吧，那这个事就不麻烦了。不过还有件事，却非老哥不可。"

王铁崖道："说来听听。"

段枫道："渝珠集团的生产经理吴易前些天因为车祸入院，当时报了案，不知道处理得怎么样了？"

王铁崖道："那案子早就结了，本来就是个正常的交通意外，有什么好处理的。"

段枫道："是不是意外老哥你最清楚了，所以我这才来请老哥帮忙不是吗？"

王铁崖道："你想让我怎么帮？"

段枫道："据吴易他哥吴良说，是有人要害他弟弟。而且吴

易前面已经出过好几次事故了，只是运气好躲过去了。"

王铁崖道："办案讲的是证据，没有证据，只能说是他们自己乱猜的。"

段枫道："所以啊，我想请老哥提供证据。"

王铁崖道："什么证据？"

段枫道："吴易被人谋害的证据。"

王铁崖笑道："本来就没有的事，我哪来的什么证据。"

段枫道："老哥你肯定听说了吴良认为是谁干的吧？"

王铁崖道："嗯，我知道。"

段枫道："我跟那人之间的恩怨，你想必也有耳闻。"

王铁崖道："听过一些。"

段枫道："因为他，我公司的股份没了，朋友现在还在里面关着。他还准备抢我女朋友，两个都想抢，换了你是我，你会怎么样？"

王铁崖道："你打算怎么样？"

段枫道："我打算请王局长秉公执法，不冤枉一个好人，也不放过一个坏人。"

王铁崖道："那是当然，只要有证据，我立刻就抓人。"

段枫道："我就是想请老哥找出证据。"

王铁崖沉吟道："这就难了……"

段枫道："我也知道，这事儿有点儿强人所难。不过前几天校庆，无意间听到了一段对话。觉得挺有意思，就给录了下来。要不你先听听？"

王铁崖道："什么对话？"

段枫打开手机，刚听了几句，王铁崖顿时脸色一变。

段枫关了手机道："以你们现在的技术手段，能分辨出这段的真假吗？"

王铁崖看着段枫，心中闪过无数个念头，但却都被否定了。他知道段枫既然敢来，那就肯定是备份过了，毁了这段也没用。另外段枫的身份敏感，一时拿不准他到底什么底牌，所以也只好先听听他怎么说了。

段枫接道："把这么机密的事随意泄露出去，那位知道了怕是不会高兴吧？另外在这个当口，这种事传出去了影响可是相当不好。就算是他，恐怕也只有舍小求大一途了。"

王铁崖道："你想怎么样？"

段枫道："姓韩的干过什么你我都知道。我跟他势不两立，还想请老哥将他绳之以法。"

王铁崖道："韩隗是'王爷'跟前的红人。先不说这件事能不能牵扯到他，就算最后真查到他那儿了，要动他还得'王爷'答应才行。"

段枫道："那你肯定知道怎么才能让王爷答应吧？"

王铁崖道："他知道的事太多，'王爷'不会不保他的。"

段枫道："如果'王爷'也压不住他呢？"

王铁崖摇头道："当前的局势错综复杂，牵一发而动全身。王爷就算同意动他，也肯定不会是这个时候。"

段枫道："这个应该怎么办你比我清楚吧？"

王铁崖点了根烟，又陷入了沉默。

段枫道："你也知道，姓韩的是'王爷'自己选的郡马。我现在一介白丁，连个工作都没有，两相比较'王爷'哪里会看得上我。只要姓韩的不倒，我跟胡菲的事总是不成。弄倒了韩隗，他名下那么多企业自然要人来接手，这个差事总归交给自己女婿比较放心。到时候兄弟财色兼收，自然不会忘了老哥的好处。"

王铁崖侧头看着段枫道："你胃口不小啊？"

段枫"嘿"了一声道："男子汉大丈夫，谁不想要建功立业。只不过是苦于没个出身背景。现在有了机会，怎么能平白错过。此事若成，以后咱们哥俩通力合作，共同辅助'王爷'成就一番轰轰烈烈的大事，也落个青史留名，如此岂不快哉。"

王铁崖沉思良久，终于吐了口烟，说道："好，咱们君子一言。"

段枫道："快马一鞭。那我就恭候佳音了。事成之后，我和胡菲同感老哥大德。不过事不宜迟，还要尽快才好。"

第二天一早，吴良再次报案。王铁崖果然不愧为警界奇才，不到一周时间，便将吴易被撞一案的来龙去脉调查得一清二楚。

肇事司机复姓司马，双名长贵，本是嘉陵开发区一名两劳释放人员，平时以偷鸡摸狗为生。案发当天看见一名货车司机停车后忘了拔钥匙，便心生贪念开走了货车。不料因为心里紧张，在转弯处撞上了迎面开来的小汽车，导致对面开车的吴易撞成重伤。

　　　第二十五章　载欣载奔

这案子表面上看来就是再普通不过的交通意外。但王铁崖是何等样人，这么拙劣的手法岂能瞒得过他。各种手段一招呼，不到半宿的时间就让司马长贵说了实话——自己这么做确实是受人指使。指使之人名叫诸葛双龙，是银龙集团旗下一个汽车修理厂的工头。正是他给了司马长贵十万块钱，让他开车去撞吴易，那辆汽车也是别人放在汽修厂维修的。不过该犯目前已经逃离 Y 城，不知所踪。王铁崖举全城之警力，联系兄弟单位耗时三天四夜终于在河南信阳将其抓捕归案。连夜突审之下，诸葛双龙当晚便交代了自己也是受人指使。如此顺藤摸瓜，终于查到了韩隗身边之人——银龙集团副总经理赵铁柱。这下应该离正主不远了。然而随着案情深入，就在王铁崖以为即将水落石出之际，却意外发现了一个让他大吃一惊的事实：这位赵铁柱经理竟然是"西南王福晋"欧阳牧云的亲外甥女婿。

王铁崖怎么也没料到事情会发展到这个地步。他开始只道韩隗是"西南王"的亲信，心想失去利用价值之后，"西南王"自然会丢车保帅，这样的抉择并不是什么难事。再说有段枫这样现成的人选顶班，"西南王"说不定还乐得如此一举两得。可现在追查到了"福晋"的外甥，事情便没那么简单了。再查下去搞不好连"福晋"都牵扯进来了，到时候别说破案，自己能不能脱身都不好说。看着自己昼夜奋战拿到的口供，王铁崖再一次陷入了进退两难之境。

就在他首鼠两端之际，段枫又来了："听说老哥昼夜攻坚，

案件已经取得突破性进展，兄弟特来慰问。"

王铁崖看了看他，"哼"了一声。

段枫也不以为意，自顾自地坐下道："此事牵连甚广，不大好办了吧？"

王铁崖皱眉道："你又知道什么了？"

段枫道："应该是'福晋'吧？"

王铁崖一惊道："你怎么知道？"心想此事除了当事人，只有自己和两个心腹警员知道，他怎么这么快就知道了。

段枫道："没什么，我是猜的。如果不是碰到了麻烦，依你王局长雷厉风行的作风，这时候应该会有结果出来了才对。而眼下整个Y城能让你有所顾忌的，不是'王爷'便是'福晋'。'王爷'本来打算把胡菲许配给韩隗，所以应该不是王爷的亲戚，那就是'福晋'的了。"

王铁崖道："你猜得不错。"

段枫道："那你打算怎么办呢？"

王铁崖心想不如先听听他怎么说，于是说道："你说该怎么办？"

段枫道："处理这种事我哪里能比得上老哥你。再说我只想要个结果，怎么办还是你老哥说了算啊！"

王铁崖道："这个人仗着是'福晋'的亲戚，一口咬定没这么回事。又不能对他动刑，你说怎么办？"

段枫笑道："这么简单的事还能难得住老哥你吗？兄弟不才，

倒有这么个主意，也不知道行不行。"

王铁崖道："说来听听。"

段枫道："我听说这位赵经理虽然畏妻如虎，却贪花好色。你关他三天，饮食里多放些枸杞、生蚝、蚁力神、袋鼠精，然后再向他赔罪，好吃好喝招待一顿。你说他吃完之后再碰到个美女，会干什么？"

王铁崖越来越看不清这小子到底什么路数，但想想他这办法倒也似乎可行。加之有把柄在他手上，无奈之下也只好先这么办了。赵铁柱果然中了圈套，面对视频，想想山妻，犹豫再三终于还是招认了犯罪事实，承认自己所为确系韩隗指使。

眼看着拿到了证据，段枫对王铁崖道："老哥若是不想得罪'福晋'，不妨装作什么都不知道，交给一个尽忠职守的人去查。这样不管查出什么，都和你老哥无关。"

于是王铁崖指示抽调精干警力成立专案组，指定素来以刚直不阿著称的嘉陵区公安分局副局长余干城任组长，全面主持侦破工作。余干城速来嫉恶如仇，碰到这样的事情自然不会手软。接手后没两天便查到了韩隗头上。

这下"西南王"也坐不住了，亲自打电话来责问怎么查到了自己人头上。王铁崖将准备好的口供全盘呈上，同时请示"王爷"如何处置。据说"西南王"看过证据之后脸色铁青，却还是指示王铁崖先将此事压下，详加审问后再说。段枫听说之后，知道该自己上场了。

第二十六章　虽千万人吾往矣

段枫先给程佺打了个电话，告诉他自己要见"西南王"，有机密要事相告。因为"西南王"早吩咐过要密切关注段枫的一举一动，程佺自然不敢怠慢，直接报告给了"西南王"。

"西南王"听罢沉吟了一会儿，说道："你安排吧，让他尽快来见我。"

当天下午段枫就见到了这位传说中的Y城最高长官。只见他一张国字脸，狮鼻阔口，双耳有轮，一双虎目顾盼间威势十足，果然是久居高位之人。

见段枫来了，"西南王"道："你要见我？"

段枫点头道："是的。"

"西南王"道："什么事，说吧。"

段枫道："特来为天下苍生请命。"

"西南王""哦"了一声，道："请什么命？"

段枫道："大命之年将至，眼下众议哓哓，群雄纷起，不知'王爷'有什么打算。"

"西南王"道："你来见我，想必是有话要说了。"

　　段枫道："伟大领袖有言：'谁是敌人，谁是朋友，是革命的首要问题。'不知王爷钧意，眼下敌友关系如何？"

　　"西南王"道："你说呢？"

　　段枫道："以我看来，王爷眼下虽然朋友遍地，但真正能够和衷共济、结成攻守同盟的却未见得有，而最大的敌人自然莫过于自己。"

　　"哦？""西南王"眉梢一挑，问道，"怎么讲？"

　　段枫道："眼下局势不明，虽然暗地里波诡云谲，但表面看来却是风平浪静。究其原因，不过是各方势力虽有觊觎之心，却都不敢贸然伸手，唯恐一招不慎，成了出头的椽子。想必'王爷'也是存的这个念头，打算等有人先动了手，形势明朗之后再坐收渔翁之利？"

　　"西南王"道："你觉得呢？"

　　段枫摇头道："貌似稳妥，实则大谬不然。"

　　"嗯。""西南王"抬眼看了看段枫。

　　段枫接道："王爷深通谋略，岂不闻先发制人，后发制于人。方此各方观望之际，却不能当机立断。如此内怀狐疑之心，外现犹豫之形。一旦给人抢占先机，岂不前功尽弃，追悔莫及。"

　　"西南王"道："那依你之见，该怎么办？"

　　段枫道："眼下之势，何不用驱虎吞狼之计。目前虽然局势纷扰，但真正有力竞争者，不过三数人尔。其余不过选边站队，

趋炎附势之徒。'王爷'身承家族余荫，本是当今政界的翘楚，自该联合各方力量，以成千秋大业。只是顾桢一案得罪了帝都，现在看来，再无转圜余地。听说帝魔二都已有联合之意，因此帝都一派已必是死敌无疑。然而敌人的敌人即是朋友，既然与帝都势力已成水火之势，何不联合各方，共抗帝魔之都。中西部地区虽在朝中力量不强，但票数却并不少，如能联合实属强援。如能取得这两方面支持，再联合军方、'御史台'、'督查院'，届时则振臂一呼而大事可成矣……"

他这辈子也没机会在这么大的问题上发表意见，这时能在"西南王"面前慷慨陈词，不禁越说越是兴奋。没想到还没等他说完，就听"西南王"喝道："来人。"话音未落，开门跑进来两个勤务兵。

"西南王"道："把这个胡说八道的疯子关起来，叫国安局的人带回去审查。"

勤务兵答应一声，走到段枫跟前就要抓人。段枫轻轻哂笑了一声，起身跟着他们就走。

"西南王"正要说话，程佺忽然敲门进来，在"西南王"耳边说了句什么。

"真的？""西南王"似乎颇感意外，问道，"到哪了？"

程佺道："到门口了。"

"西南王"忙道："快请。"想了想又道："不，我亲自去接。"似乎颇为焦急，又有些喜不自胜。又吩咐那两个勤务兵道：

"先押下去，等我回来再处理。"

段枫由勤务兵押着，出门没多远就看到一个像花讽院和仲一样的小老头儿正往这边走。那人目测身高不过一米六，首如飞蓬，穿一身米黄色西装。一副山羊胡，残缺不全的牙齿被烟熏得焦黄，段枫离他七八米外就闻到了一股极其浓烈的烟草气息。段枫和他擦身而过时，隐隐听见他似乎"唔"了一声。段枫给他熏得忍不住一阵咳嗽，急忙加快脚步朝前走去。下了楼，走到一扇小门前面，一个勤务兵开了门，让段枫进去。又在外面把门锁了。段枫一看，这是一间小小的空房，连窗户都没有。里面靠墙有两把椅子，棚上一盏吊灯，看样子应该是间储藏间。

段枫在里面待了一个多小时，门又从外面开了。刚才押着他的一个勤务兵进来道："出来。"

段枫坐在椅子上问道："干吗？"

那个勤务兵甲道："'王爷'要见你。"

段枫只好跟着他又回到了"西南王"的办公室。

"西南王"坐在宽大的真皮转椅里面，看着他道："你还有什么要说的吗？"

段枫道："没了。"

"西南王"道："你到这里来胡说八道，是什么居心？"

段枫哂道："我看你当局者迷，想来帮你分析分析形势，没想到看错了人。就你这样的，我看还是消停点儿算了。"

"西南王"双眉竖起，问道："你说什么？"

段枫放大了声音，像生怕他听不清似的，慢慢说道："我说啊，你这水平不行，还是趁早别打这主意的好。"

"西南王"道："我打什么主意？"

段枫双眼一翻，道："你不要抓我么，还问这干什么？"

"西南王"道："这番话你自己想不出来，是谁教你的，还不从实招来。"

段枫道："我告诉你，士可杀不可辱。怎么办随你，说不说却在我。你既无待贤之礼，还问我这么多干什么。"

"西南王"阴沉着脸道："你干得这些勾当，以为瞒得了我吗？"

段枫道："我干了什么勾当，又瞒你什么了？"

"西南王"道："是谁指使你来的？"

段枫道："没人指使，我自己来的。"

"西南王"道："好。就算你自己要来的，那你说，你为什么要来和我说这些？"

段枫想了想，点头道："告诉你也好，省得你自己欠了人家情还不知道。这几天胡大小姐每天牵肠挂肚，愁眉不展。胡菲心疼她妈，也跟着发愁。我是看她每天愁得吃不下饭，睡不着觉，所以才来给你出个主意。你不领情也就算了，竟然还无端猜忌。如此胸襟见识，还想着要面南背北，当真让人好笑。"

"西南王"脸色大变，问道："你怎么知道她睡不着觉？"

段枫道："你睡着了能发微信聊天不？"

"西南王"略略松了口气，问道："你说的是真的？"

段枫一脸不屑道："当然真的，这骗你干嘛。要不给你看看聊天记录？"

"西南王"道："我不是问你这个，我是问你彩云真的每天记挂着我？"

段枫奇道："彩云是谁？"

"西南王"道："胡菲的妈妈。"

段枫道："这个我就不知道了，我也是听胡菲说的。你自己问问她不就知道了。"

"西南王"心想：我要是能跟她说上话还用着问你么。可这话又不好跟段枫明说，只好问道："你认识黄大仙吗？"

段枫道："黄大仙，什么黄大仙？"心想不是姓胡么，怎么又出来个黄大仙。

原来段枫被押出去时见到的那小老头正是传说中的首席智囊黄天望。据说他一张铁口定生死，判阴阳，直有逆料未来之能。人称诸葛亮再世，刘伯温重生。"西南王"早就想拉拢他，只是一直没找到机会。没想到今天居然自己上门来了，自然是又惊又喜。一问来意，黄大仙说自己夜观天象，觉得这里有事将生，因此特意来看看。"西南王"逢此良机自然不肯错过，执意恳求黄大仙为自己指点迷津，看看未来前景如何。然而黄大仙却模棱两可，语焉不详。一直说什么天机不可泄露，一切自有定数。临走时顺口问了句："刚才进来时碰到个小伙子，不知道是何方人物？""西南王"想了想，说："是小女一个朋友，黄主任觉得怎么样？"黄大仙潜心默算半晌，这次倒是说了四个字——柳毅传书。然后便告辞走了。

"西南王"一听说柳毅传书，正好段枫这次又是来给送信的，心想黄大仙果然道法通玄。只是没想到段枫居然有这么大面子，自己苦求半天，一句实话也没听着，这小子半路碰上的，黄大仙竟然特意为他算了一卦。越想越觉得不对劲，决意叫他来问个究竟。这时听段枫连黄大仙是谁都不知道，心中不禁愈发地惊疑不定。

却听段枫问道："谁是黄大仙？"

"西南王"道："就是刚才你出去时碰上的那个。"

段枫道："怎么了？"

"西南王"道："没什么，我还想再听听你的高见。"

段枫道："我哪有什么高见。"

"西南王"改颜道："刚才是我一时不察，屈枉了你。还请你不计前嫌，一吐为快才是。"

段枫点头道："好吧，那我就再胡说几句。您犹豫不决，无非是怕公开之后失败了下场不好。可这么等着别人就不知道了吗？等到人家大势已定，换了你你会怎么办？历朝历代，有哪个内部斗争的失败者能全身而退的？"

这句话一下点醒了"西南王"。他之所以犹豫不决，除了没有把握之外，主要还是顾忌一旦公然决裂之后失败了后果不堪设想。段枫这句话却说得明白，无论斗争是否公开，只要输了后果几乎是一样的。

"西南王"顿时恍然大悟，一拍桌子道："对啊！好，说得好，说下去！"

段枫道："目前来看，各方力量对比基本是个均势。如此则中原方面意见至关重要，如能取得支持，则大事可定矣。"

"西南王"得他破解了一直困扰自己的难题，一时间心情大好。点头道："嗯，说得有理。大事若成，少不了你头功一件，想要什么尽管开口。"

段枫道："我为黎民苍生计，不求功名富贵。只是大事若成，但求王爷以胡菲相许。"

"西南王"哈哈大笑道："看不出来，你还是个情种。好，咱们一言为定。"

段枫躬身道："那我先行谢过了。"

又说了几句，段枫起身告辞，"西南王"特意让程佺送他出去。程佺一看"西南王"对他如此看重，自然着意加倍亲切。接下来的几天，段枫没事就和程佺通个电话，要不就微信上打个招呼，两人关系越处越是亲近。这天赶上程佺加班，弄完材料已经快八点钟了，眼看着错过了饭点儿。段枫正好赶上，直接拉了他去喝酒，并说明必须自己来结账，以答谢程主任照拂之义。两人酒至半酣，段枫无意间说起明天胡菲和胡大小姐会到无咎小筑吃甜品。程佺散了席后第一时间就把这消息汇报给了"西南王"，他知道"王爷"这几天正在为这件事烦恼。

自从听完段枫的一席话之后，"西南王"就一直筹划着怎么能够争取各方力量的支持。然而这里面却有一个不可逾越的鸿沟，原来胡大小姐家族在中原地区有着举足轻重的地位。而"西南王"年轻时和胡大小姐原是一对郎才女貌的神仙眷侣，后来却因为性格不合分开。最终"西南王"迎娶了现在的"福晋"，胡大小姐却因此终身未嫁。这一事件当初在整个胡氏家族内引起轩然大波，而"西南王"也一直对胡大小姐心怀歉疚。后来获悉自己和胡大小姐还有一个女儿，更加因为未能尽责而愧疚。因此知道胡菲毕业之后，便竭尽所能为她安排好一切。然而胡大小姐虽然劝胡菲接受了"西南王"的安排，自己却坚决不与他发生任何联系，甚至连电话都不肯接。"西南王"虽然有心重修旧好，但碍于"福晋"雌威，也只好听之任之了。是以"西南王"自然不会不知道中原派的意见至关重要，只是碍于胡大小姐这个死结无论如何也回避不了，每念及此，便只能废然长叹。那天获悉胡大小姐心里还在记挂着自己，这时又听程佟说胡大小姐第二天会在无咎小筑，内心不禁一阵波澜壮阔。

　　五月十三日。星期四。小吉。
　　无咎小筑下午两点就清了场。一位身穿西装的中年男子直接给付了包场费用，告诉老板今天有人要在这里进行重要会谈。要求一切工作人员照常工作，只是店里不能再接待其他顾客。老板有钱赚，自然没有异议。以致胡菲来的时候还觉得奇怪，怎么今天一个客人都没有。这里平常虽然人也不多，但却绝不至于如此冷清。

眼看着胡菲和胡大小姐进了包厢，在场的工作人员急忙向程佺通报。程佺又报告给"西南王"。于是没过多久，一辆政府牌照的奥迪 A8 轿车便驶进了无咎小筑的院子。工作人员被要求提前下班后，一位身材挺拔的老者走下轿车，在几个人的簇拥下进了无咎小筑。进门之后，那老者旁边的中年男子一挥手，余人都等在门口。那老者上楼来到二楼一间包厢门口，推门走了进去。

胡大小姐正和女儿品茶聊天，抬头一看，不由得百感交集。但见来人一头黑发，身穿中山装，神采奕奕，相貌堂堂，虽然年近花甲，却依然显得英俊潇洒，风流倜傥。正是让自己二十余年刻骨铭心、咬牙切齿的那人。

看见"西南王"进来，胡菲和胡大小姐都站了起来，却谁都没说话。

"西南王"看看胡菲，说道："让我们说几句话好吗？"

胡菲看了看胡大小姐，见她没反对，就推门出去了。

"西南王"见胡菲走了，叹了口气，对胡大小姐道："你还是那么漂亮。"隔了一会儿才道："当年的事，是我不对的多。这些年你过得还好吗？"

胡大小姐刚要说话，却忍不住鼻尖一酸，泪珠滚滚而落。"西南王"拿出手绢递过去，挽住了她，轻拍肩头道："坐下慢慢说。"

他们两人在这儿互诉离情不说，却说王铁崖从不同渠道得知段枫已得到了"西南王"的认可后，几天功夫就把韩隗查了个六

博士楼·下

门到底。连渝珠集团出纳携款失联的事，也查明系他指使。只是碍于"西南王"严令，此事目前不得对外宣扬。所以只是找了个酒店秘密关押韩隗，却没有公开查办。不过不管怎么说，段枫这边也算是有个交代了。处理完毕，他给段枫打了个电话，告诉他自己的事办妥了，问他怎么个打算。段枫随即约他，明天下午3点无咎小筑见面做个了结。

王铁崖按照约定时间到了无咎小筑，离得老远就觉得气氛不对。多年的刑侦经验告诉他，前方必有危险。然而他并不担心，在Y城地界上，能威胁到他安全的人怕是还没生出来呢。他慢慢把车开了进去，却越来越觉得不对，里面几辆车似乎看着很是眼熟。开到院门口时收到了一条短信，只有三个字："'王爷'在。"他仔细一看，院子中间那辆奥迪果然是"西南王"车队的。吓得他出了一身冷汗，急忙调转车头原路开了回去，却怎么也想不明白为什么"西南王"也会在这儿。他一边开车一边纳罕，坐在无咎小筑二楼正对着外面的程佺也想不明白，王铁崖的车怎么会到了门口不进院儿就走了。

这天注定是个不寻常的日子。

王铁崖的车走了不到十分钟，无咎小筑门口又来了一辆奥迪。程佺一看不禁大吃一惊，急忙跑出去相迎。等他到得楼下，车上的人正好也走到门口。程佺急忙赔着笑脸问道："'福晋'，您怎么来了？"

来人面如严霜，一句话不说径直往里走。

程佺不敢阻拦，只好在后面跟着，心中却盼着哪个机灵的赶紧给里面的"西南王"送个信。然而事实却并未如他所愿，"西南王"身边人人都知道这位"福晋"出手极其狠辣，惹恼了她，怕是身家性命都有危险。是以旁边的人不知道是不是真吓傻了，反正连一个敢动的也没有。欧阳牧云走到大堂中央，停住脚步问道："他在哪儿？"

　　这回轮到程佺为难了，他比别人更了解这位"福晋"，知道这个当口不说是肯定不行了。得罪了"西南王"，或许还能有救；但如果得罪了这位"福晋"，自己估计连怎么死的都不知道。事已至此，自己不说人家都肯定能找到，所以只好假做紧张地用眼睛向二楼的一扇门望了望。欧阳牧云哼了一声，三步并做两步上了二楼。来到那间包厢门口，推开了屋门。

　　屋内"西南王"和胡大小姐追忆往事，正说到情深之处却听见门响。两人都是一惊。"西南王"好不容易刚说得胡大小姐开了口，却不料关键时刻有人来搅局。心想是哪个死不开眼的这时候进来，坏了大事你百死莫赎。正要呵斥，却看见娇妻站在门口。不由得宛如一盆冷水当头泼落，满腔怒火瞬间化作了惊慌。

　　欧阳牧云站在门口，看着两人道："身为一城之主，工作时间却偷偷摸摸地跑出来私会情人，'督查院'知道了，怕是要上内参的吧？"

　　"西南王"看看她，又看看胡大小姐，饶是久历世事却也不知道该如何是好。他千算万算什么都筹划好了，却怎么也没想到

自己的夫人这个时候会来。心中暗自愤恨，心想我要是知道了是谁走漏的消息，非把他碎尸万段不可。然而追究责任的事可以慢慢来，但眼前的问题却必须马上解决。

"西南王"不愧是政坛耆宿，心念电转间便定下了方略。只见他快步走到欧阳牧云身边，小声道："你怎么来了？"他知道自己这位"福晋"素来行事辣手且独占欲极强，眼下这个情形自己肯定是解释不清了，只好尽量先安抚住她再作打算。

欧阳牧云道："你怎么来了？"

"西南王"道："几句话说不清楚，回去慢慢跟你解释。"

欧阳牧云道："在这说不是挺好的么，回去干什么？"说完走到桌子旁边，拉开椅子坐了下来。

"西南王"无奈，只好又跟着她回到屋内。

欧阳牧云道："早就听说姐姐美若天仙，今天一见果然不假。怪不得有人迷得神魂颠倒，连工作都不干了。"

胡大小姐嫣然笑道："妹妹你虽然容貌不佳，但行事果敢，精明干练，他娶了你才是修来的福分啊。"

其实欧阳牧云虽然没有胡大小姐惊世骇俗的容貌，但也绝对算得上是美女。听胡大小姐这么说，不禁气往上撞，随即说道："那又有什么用。女人还是容貌最重要，有一张好脸，到哪儿都不愁吃穿。不过像姐姐你这般秀外慧中的，要想找个合适的人却实在不易。"

胡大小姐叹道："妹妹高见，确实如此。不过这么多年过来了，一个人也没什么不好。如果用尽手段勉强找到了，却同床异梦，貌合神离，那还真不如不找。"

欧阳牧云道："姐姐睿智。今日难得相见，小妹有件事一直想不明白，正好向姐姐请教。"

胡大小姐道："请教不敢当，一起探讨吧。"

欧阳牧云道："怎么有人光天化日之下勾引有妇之夫，还能如此心安理得？"

胡大小姐道："还有这样的人么，不知道你说的是谁？"

欧阳牧云道："当然就是你了。"

胡大小姐道："诽谤罪早就纳入了刑法，你这么无凭无据地信口胡说可是要负法律责任的。"

欧阳牧云道："这个自然。捉奸拿双，拿住了双还不算证据吗？"

胡大小姐道："不知道你拿住了谁呢？"

欧阳牧云道："当然就是你们俩了。"

"西南王"道："你别胡说。"

胡大小姐道："我们干什么了？我和女儿好好地在这儿喝茶，你们夫妻俩一先一后的闯进来，连门都不敲，是来捉奸的吗？"

"西南王"一听扯上了自己，知道眼前这两位一个比一个难缠，如果任由局势发展下去不知道会出多大的乱子。他怕欧阳牧云说出更离谱的话，忙碰了碰她道："走吧，回去再说。"

欧阳牧云一听，知道胡大小姐所言非虚。心想既然如此，那

就怪不着人家，等回家再和这老东西算账。于是说道："好吧。你们聊，我先回去了。不过我来的时候已经通知了媒体，估计过不了一会儿他们就能到了。"

"西南王"怒道："你要干什么？！"

欧阳牧云道："关键时刻了，帮你多提高一下曝光率嘛。"说完转身走了。

"西南王"看看胡大小姐，本想再说点儿什么，然而一看这形势，知道说什么也没用了。只好长长叹了口气。

胡大小姐等欧阳牧云走了一会儿，站起身也走了，却一句话也没跟"西南王"说。眼看着她出门而去，"西南王"知道，这下彻底完了。

回到官邸，"西南王"脸色铁青，问程佺道："我到那儿去的事，就你一个人知道吧？"

程佺道："是啊。"

"西南王"道："那她怎么去了？"

程佺道："这个，一定有人通风报信吧。"忽然灵光一闪，说道："对了，下午我看见王铁崖的车在门口转了一圈又走了。"

"西南王"道："他？"

程佺忙点头道："是啊，院子里的兄弟也有看见的。他的车到了门口，待一会儿掉头又走了。"

"西南王"道："他去那儿干什么？"

程佺道："不知道。不过好像他在那拿出手机来用过，然后没多久'福晋'就来了。"他知道，如果查不清楚，这罪名最后只能落到自己头上。这时好不容易找到个背锅的，自然要拼死了坐实。

"西南王"道："你去查，务必查清楚。"

"好！"程佺答应一声，暗自舒了口气。

两天之后，程佺向"西南王"汇报了调查结果："王铁崖一直跟'福晋'保持着密切联系。前几天还有人看见王铁崖和赵铁柱一起吃饭，两人勾肩搭背很是亲热。"另外还有一段从保密渠道得来的录音，显示王铁崖曾向一个关系暧昧的女人透露过内部机密。

"西南王"听罢再无犹豫，旋即召开常委会，研究决定免去王铁崖Y城公安局长职务，改任主管文教卫生工作的副市长。随后又对外宣布，王铁崖因身体原因进行治疗。

却说王铁崖那天在无咎小筑见到"西南王"的车，就知道事情不妙，只是没想到会这么严重。等到得悉"福晋"现场撞破王爷好事之后，才明白段枫那天约自己去根本就是个圈套。他终于知道了，原来段枫从一开始就已经制定好了全部计划来坑自己。追查韩隗只是个幌子，为的是取得自己信任，陷害他给"福晋"报信破坏"西南王"好事才是真正目的。这么一来，他就真的万劫不复了。想通了这一节，王铁崖不禁恨得咬牙切齿。只是他还有些想不明白，自己明明已经按段枫的要求办了，按理说手里拿着自己的把柄，段枫应该尽量保全自己，以便能够更多地为他做事才对，为什么还要如此将自己置于死地。然而窘迫的形势已经不允许他再思考这些问题，从目前来看，他的人身安全能不能保证都是个问题。自从组织宣布他进行休假式治疗开始，他就已经被实际上限制了人身自由。别说进行什么活动，连打个电话都有人监视着。他当然知道，再过几天等各方面条件成熟了，自己就应该因病医治无效与世长辞了。然而就在他一筹莫展之际，段枫却又让他看见了一线生机。

听说王铁崖被限制了人身自由后，段枫知道留给自己的时间不多了。王铁崖随时可能被宣布死亡，那样自己的一切行动就都前功尽弃了。他急忙给还在 R 城的陈小错打了个电话："你问问那位白痴朋友，看能不能再安排个人到 R 城。"

陈小错好久没收到段枫的消息了，接到电话不禁精神一振，问道："谁啊，出什么事了？"

段枫犹豫了一下，还是说道："王铁崖。"

"谁？"陈小错怀疑自己是不是听错了。

段枫道："王铁崖。"

陈小错略略停顿了几秒钟，然后说道："你是不是打赌输给人家了啊。"这是她和段枫当初约定好的暗号。如果段枫身不由己，就说"不是，哪有的事"；如果行动自由，就说"当然不是了，怎么可能呢"。

却听段枫"唉"了一声道："当然不是了，怎么可能呢。"

陈小错更加迷惑了："唉"一声到底是什么意思呢？想了想道："你能上视频吗？"

段枫知道，她既然已经起了疑心，自己越解释她就越怀疑。一个应答不对，陈小错很可能扔下手机就走，连电话都不接了。只好答应道："好吧。"

　　两人开了视频，段枫特意让陈小错看了看四周，证明确实只有自己一个人。可他越是这样，陈小错就越觉得不对。

　　只听陈小错说道："地振高冈，一派溪山千古秀。"

　　段枫只好接道："门朝大海，三河合水万年流。"

　　陈小错道："花谢花飞花满天。"

　　段枫道："江枫渔火对愁眠。"

　　陈小错道："两岸猿声啼不住。"

　　段枫道："各领风骚数百年。"

　　陈小错道："老鱼跳波瘦蛟舞。"

　　段枫道："云霞明灭或可睹。"

　　陈小错道："胡为乎遑遑欲何之。"

　　段枫一怔，道："没有这句啊？"

　　陈小错道："真是你，你真没事？"

　　段枫道："当然了，你不都看见了吗？"

　　"那你什么意思啊？"再三确认段枫神志清醒、行动自由之后，陈小错彻底糊涂了。

　　段枫道："你听我说，想救你爸就必须把他放走，而且要绝对保证他的安全。"

　　"啊？"陈小错虽然还是不大明白，但知道这是段枫自己的决定后她直接选择了相信，"那我问问他。"

"好，我等你电话。"

又过了好一会儿，陈小错才回来电话道："我跟他说了，他说看得很严，好像不大好弄。"

段枫道："记住，这可能是唯一一个能救你爸的机会。"

陈小错道："好吧，我再问问他。"

又过了一会儿，陈小错打回来道："我跟他说了，他说试试看。"

段枫道："好，你把他电话发给我，我跟他见面详细谈。"

"好的，你自己也小心。"陈小错叮嘱完挂了电话。

段枫和陈小错那位朋友见过面，两人商定好了行动计划，晚饭过后段枫便去了王铁崖的公馆。见到段枫，王铁崖虽然心里恨不得将他抽筋剥皮挫骨扬灰，但表面上却依旧淡淡地若无其事。

段枫道："老哥别来无恙啊？"

王铁崖道："托你的福，还好。"

段枫笑道："怕是没那么好吧？"

王铁崖"哼"了一声，却没说话。

段枫道："我来只问你一件事。"

王铁崖看了看他道："什么事？"

段枫道："你想不想死？"

王铁崖道："什么意思？"

段枫道："目前的处境你比我清楚。估计过不了几天，你就会抑郁症病发，自杀身亡了吧？"

王铁崖道："你想怎么样？"

段枫道："门口和我同来的朋友身材跟你差不多，等会儿天再黑一点儿你穿他的衣服，和我一起出去。会有车把你送出Y城。具体去哪儿你自己决定，一路上换的车、收费站的监控和通讯用的手机卡都给你准备好了。"

王铁崖愕然道："现在？"

段枫点头道："不错。走不走随你，不过如果今天不走，以后还能不能走得了我就不知道了。"

王铁崖自然知道局势有多危急，只是一来不相信段枫真会救自己，二来也不相信段枫能把自己救出去。他看着段枫，眼中露出疑虑的神色。问道："你到底要干什么？"

段枫道："这个就不用你管了。"

王铁崖道："我怎么知道这是不是圈套。"

段枫笑道："你没得选，不走就必死无疑，除非你自己有本事逃走。我要想让你死，根本用不着费这个劲。"

王铁崖知道段枫这话说得没错，自己再等下去肯定是死路一条。段枫如果想弄死自己，根本用不着费这么大劲。他二十余年警界生涯，生死关头不知经历过凡几，多次死里逃生靠的就是当机立断的能力。此时面临抉择，一眨眼间就做出了决定：反正最坏也不过是死，听他的或许还有一线生机。于是点了点头道："好，就这么办。"

不久天黑了下来，王铁崖换了衣服，和段枫一起出公馆上了车。中途段枫下了车，王铁崖一路上又换了四辆车，绕过了两个收费站，终于在凌晨时分抵达 R 城。藏匿好行踪之后，他先给自己在 Y 城的心腹死党打了几个电话，天亮后又给 Y 城办公厅副主任史畋打了电话，让他联系 R 城的 A 国领事馆，说自己有业务要和他们面谈。很快领馆回来消息：欢迎王副市长莅临。上午十点十五分，王铁崖顺利进入了 A 国领事馆。

收到消息，一宿没睡的段枫长长松了口气。心想：各位同胞，等着吧，不出两天就让你们看好戏。然后倒在床上一觉睡到下午两点，起来胡乱吃了口东西，又微信约了胡菲晚上见面，却不知道一场血光之灾正悄悄向他逼近。

段枫以为王铁崖权势已失，就算想报复自己也有心无力。再说他刚刚逃出生天，自保尚且不及，哪有闲心顾得上这些。没想到王铁崖逃到 Y 城之后，第一个电话就是打给自己的豢养多年的死士滕九，让他即刻取段枫性命，以报自己无辜被害之血海深仇。又在电话里再三叮嘱，段枫随时有离开 Y 城的可能，务必即刻动手。他知道自己出逃的事估计已经暴露了，一两天内就会举世皆知。如果不在这个时候下手，滕九再过两天会不会听自己的命令就难说了。

滕九早年混迹江湖，后来在一次黑帮火并中弄出了人命。王铁崖见他是个人才，便帮他洗脱了故意杀人的罪名，最后法院以正当防卫判决。两世为人，死里逃生，滕九就此对王铁崖感恩戴德忠心耿耿。这时听王铁崖要自己去杀一个手无缚鸡之力的书生，他想都没想就出门了。

　　Y城虽大，但有王铁崖的关系想找段枫这样一个人却并不难。下午段枫一露面就暴露了行踪。碍于和胡菲在一起不好动手，滕九悄悄跟在后面，想等到段枫晚上回家时下手。结果直等到晚上九点多钟，段枫终于回家了，情况却让滕九相当郁闷——是胡菲开车把段枫送回去的。两人在车里又腻歪了一会儿，胡菲才依依不舍地开车走了。

　　眼看着胡菲开车走后段枫进了院子。他怕再晚了没机会下手，紧走几步来到段枫身后举刀便刺。他本以为这一下段枫必死无疑，没想到段枫忽然向旁一闪，随即转过身来，和他站了个面对面。滕九手臂一伸，对着段枫又是一刀，段枫向后一退躲了过去。眼看着滕九手里明晃晃的匕首，段枫这才反应过来人家是来杀他的。顿时吓得魂飞魄散，撒腿就往外跑。滕九快步追了上去，看看就要追上了抬手又是一刀。眼看着段枫避无可避，却刚好脚下一绊，摔了个跟头，堪堪躲过了这一刀。段枫就地打了个滚儿，刚好发旁边有根手腕粗的树枝，顺手捡了起来，转身对着滕九。心里知道跑是跑不掉了，也只好硬着头皮拼死一搏。

　　滕九眼看着他慌不择路跑进了死胡同，反倒不着急了。缓步走到近前举刀便刺，准备两三下就结束战斗。没想到段枫手里的棍子居然颇有章法，滕九扎了几刀都给他挡了过去，急躁之下一不小心竟连刀都被他打掉了。滕九心下大怒，空着手迈步往前便闯，段枫兜头一棍，滕九左臂一搪，棍子结结实实打在小臂上。

滕九哼了一声，顺手夺过棍子扔了。段枫心中一慌，被滕九一脚蹬个正着，好在他中招前往后躲了一下，这一脚便没着实。饶是如此，还是"蹬蹬蹬"向后退了好几步，后背撞到了一株大树。滕九眼见段枫背靠大树，已无路可退，攻势反而缓了下来。然而手下力道却更是沉猛，拳脚中呼呼挂风，想要在数招之下就解决了段枫。他拳打脚踢，肘击膝撞，把段枫逼在死角里，连招架都十分困难。眼看着滕九一脚踢出，段枫已是无处闪避，只好双臂护住头面，硬碰硬地接了他一脚。滕九上步进身，一招"蛇驱壁虎"直取段枫的太阳穴，这一招段枫若挨得实了，当时就得毙命。

不料忽然破空风响，一根木棍直击滕九后脑要害。滕九知道有人偷袭，只好弯腰低头，先闪过这一棍。转头一看来人却是胡菲，不由得心下大怒。抢步上前两三下便将她打倒在地。他本就生性残暴，身上早已背了几条人命。此时怒火填膺，哪里还管什么胡菲乱飞，只想着把这两人统统打死方消心头之恨。

段枫见是胡菲，叫道："你怎么回来了？"

胡菲挣扎了两下，却觉得浑身剧痛爬不起来，只好坐在地上说道："我心里老觉得不踏实，就回来看看。"

段枫听她中气尚足，知道并无大碍，不禁精神陡然一振。虽然滕九身手了得，但没了刀他便并不如何畏惧。当下猛身而上，从后面直取滕九。滕九见这个眼看就要被自己打死的软蛋居然意图反抗，心下更是恼怒，转身一脚直蹬段枫胸口。

段枫却比刚才沉着了许多，身子一偏，避过了这一脚。滕九

　　第二十六章　虽千万人吾往矣

右腿凌空，膝盖一曲，脚跟砸向段枫颈侧。段枫弯腰低头，脚下移步，又躲过了他这一脚。右拳倏出，快速击向滕九小腹。

他知道自己多年不和人动手，体力和反应都比从前下降了很多。要想打赢对手，唯一的方法便是出其不意，一招制敌。因此一开始只是护住要害部位，左躲右闪，尽可能地和滕九缠斗。

少年时的无数次实战经验告诉他，这种徒手搏斗，最重要的是拼搏精神和抗击打能力。如果在五分钟内不能击倒对手，那就等着让对手击倒吧。同样地，如果对手不能在五分钟内把你击倒，那接下来就该轮到你打他的了。这个理论除了可以指导街头斗殴之外，和高手过招时也同样适用。

滕九却根本不理会这么多，在他看来，这样的对战根本就是单方面的殴打，哪里还用得着考虑什么战术。是以一上来就是重手，预期着三两下就解决了战斗。段枫却显得异常的溜滑，几下重击都给他避了过去。

然而这样的猛攻相当耗费体力，加上滕九今天早早就起床，昨晚在那俄罗斯大妞儿身上消耗的体力还没恢复。刚才又和段枫斗了一阵，几下一过，出手便略略慢了一些。段枫敏锐地察觉到了这一点，却仍然做出一副难以招架的样子。

滕九数击不中，心下焦躁起来。猛地腾身跃起，双肘下砸段枫头部。这一招有个名目，唤作"战象交齿"，乃是泰拳中的厉害家数。段枫知道厉害，急忙双臂一搂，护住了头部。不料滕九空中右膝一提，结结实实地撞在了段枫胸口。段枫退了几步，滕

九紧跟着上前，又是一个肘击，段枫只觉喉头发甜，眼前一黑，一口鲜血喷了出来。

滕九眼看着他瘦削的身材仿佛风中的竹竿一样摇晃不定，就算自己不打他，说不定一个站立不稳也会摔倒。可是在自己疾风暴雨般的拳脚之下，却硬撑了这么久，实在想不通是为什么。

当下无暇细思，一个"披挂腿"猛砸段枫头部。这一招本是中国散打王柳海龙的成名绝技，滕九结合了泰拳腿法中的"下劈"，使出来愈发显得刚猛绝伦。段枫硬挨了他两下重手，等的就是这么个机会。眼见这一腿下来，不闪不避，反而左肩一耸迎了上去。这一脚便结结实实地砸在了段枫肩头。滕九这一脚若是攻人头部，自然威力极大，踢得对手当场倒地也说不定。然而撞到肩上，却不能造成那么大的伤害，更何况段枫是运足了劲硬接他这一下的。

有道是"用腿须防摔"，当初三届散打王柳海龙坦承，最怵的就是蒙古族高手宝力高的"摔"。而段枫一度热衷格斗，恰好对这一招的防守研究颇有心得。这时眼见滕九一腿高挂，胸前门户大开。本能地右腿一蹬合身撞入，双臂从滕九肋下穿过，绕过肩头一环，从后面抱住了滕九的脑袋用力一扳。滕九一足着地，给他这么一撞登时便闹了个人仰马翻。带着段枫一起倒在了地上。此时两人滚在一起，便如街头寻常厮打一般。滕九手脚都给挡在外门，一应博击技法通通运用不上，惶急间忽然觉得颈下一痛，却是给段枫一口咬住了不放。

他平时和人对战，拳打脚踢肘击膝撞甚至头锤臀坐都碰到过，但是说什么也没想到段枫会张口咬人。这时给段枫压在身底下，却是半点也无法可想。这也难怪，习武之人对决时出到牙咬的，除了北宋怪杰西毒欧阳锋之外，段枫算是第二个会此绝技的了。然而此刻既非奥运会，亦非武林风，乃是生死悬于一线的紧要关头，哪里还顾得上这么多。段枫一招得逞，咬住之后便紧紧地不敢松口，只觉得口内鲜血涌出，无奈之下，只好都咽下肚去。两人一番纠缠，正好滚到了胡菲身前。胡菲剧痛之下虽然站不起来，但双腿却没受伤。眼看着滕九的脑袋就在脚边儿，当下憋住一口气蜷起右腿奋力蹬出，八厘米长的鞋跟儿整扎在滕九太阳穴上。遭此重击，滕九浑身猛地一抖之后便没了动静。

段枫和滕九抱在一起，过了许久还不敢动弹。他开始时只顾着和滕九缠斗，却忘了自己身受重伤。刚才被滕九打得震动了内脏，伤得着实不轻，是以口吐鲜血倒不是装的。只是这么一来更让滕九以为他毫无还手之力，只是个任自己大展拳脚的沙包。加之他的外表实在太具迷惑性，滕九又一向狂妄自大，怎么也没想到这个一脸斯文的书生会是身经百战的肉搏老手。终于被段枫行险而胜，断送了性命。

这一场生死搏杀说来话长，其时不过是两三分钟的功夫。胡菲见滕九已经死透了，段枫却还压在他身上不放，便蹭过去碰了碰段枫。问道："他死了。你没事吧？"

段枫这才松了口，一阵剧烈的咳嗽后接连吐了两口血，喘息道："没事儿，一切反动派都是纸老虎。"

终章　肆其靖之

　　接下来的事情，便是众所周知的了。滕九涉嫌持刀行凶导致胡菲锁骨、肋骨骨裂够轻伤，因此胡菲踢死滕九属正当防卫，免于追究刑事责任。加之涉事各人身份敏感，当地公安机关在没有进一步侦办要求的前提下便不了了之了。在各方面的共同努力之下，陈老大被判无罪，遭非法没收的财产也大半归还。开释这天，看守所外停了几十辆各类轿车。单以在场汽车的豪华程度来看，早已远超过Y城史上任何一次车展。

　　陈老大沉冤得雪，自然是喜出望外。当天中午包下王朝酒店宴请各位来宾，与会者足有五六百人。晚上举办家宴，这次却只有自家人和至好亲朋。萧涵获悉"西南王"倒台后便从英国飞了回来，晚上也和段枫一起来为陈老大接风洗尘。席间终于见到了陈小错的那位"白痴"朋友，只见他右耳打了三个耳钉，头发中间一道焗成白色，两边却是纯黑，看起来俨然是一只非洲蜜獾。经陈小错介绍，大家知道这位形貌清奇的小伙子姓黄名夬，乃是开国元勋之后，那位神机妙算的黄大仙的族孙。家里世代多人在

Y城为官，故而才能有这么大的能量。

陈老大虽然有些看不惯他外表，但自己经此变故能够得脱大难却多亏了人家。没有黄夬的多次襄助，不光是陈老大自己要身陷囹圄，连整个神州大陆都不知道会是什么样子。从这个角度来讲，他应该算是整个国家的功臣。陈老大自然也就不好再说什么。陈小错本来还有些担心，但一看老爹接受了，不禁乐得喜笑颜开。

陈老大知道自己这次死里逃生，虽然有一定运气的成分，但却显然离不开兄弟陈钟、段枫和黄夬的拼死相助。因此一连满饮了三杯白酒，以表自己答谢之心。说起这次能够扳倒"西南王"救出陈老大，众人都以为段枫筹划得当，又甘冒奇险深入虎穴，故此才能一举建功。然而段枫的强迫症却又犯了。他一直想不通黄大仙为什么恰好在那个时候赶到，又帮了自己这么一个大忙。这时听说黄夬是他的族孙，实在忍不住要打听几句。

一问之下才知道，黄大仙出山是陈哥在北京和顾桢律所的老板联合活动的结果，"西南王"那四句偈语也是出自他老人家。至于怎么认识段枫的却不得而知，或许他老人家就是真有未卜先知之能。段枫却总觉得事情没那么简单，忽然想起文淑也精于卜筮，莫非他们俩有什么关系不成？

当着众人不好多说，晚上回到住处段枫终于忍不住给文淑打了个电话，问她认不认识这位大仙。得到的答复却让他差点连下巴都掉了，黄大仙是文淑的亲师伯，而且从小就在湘潭文家长大。至于为什么能认出段枫，答案非常简单，文淑给他的香包乃是家传的物件，因此只那么擦身一过的功夫黄大仙就知道了段枫肯定与文家有关。他老人家屈指一算，再套了套"西南王"的口风，自然就大概明白了来龙去脉。只不过他当时对"西南王"说的"柳毅传书"是关帝灵签第三十签，"西南王"却以为是暗指段枫的身份和行为，所以犯了错误。

段枫终于解开了心中困惑已久的谜团，不禁一阵欣喜。然而还没等他来得及高兴，萧涵的一番话直接让他的笑容凝固在了脸上。

多日不见，萧涵整个人消瘦了好多，脸上也颇见风霜之色。段枫因为胡菲的关系，晚上和萧涵独处难免有些心虚。萧涵却并没有像以往一样地热情似火，而只是静静地看着段枫，目光中充满了眷恋。

段枫看她形容憔悴，皱眉道："你怎么瘦了这么多？"

萧涵道："没什么，有点儿累。"

段枫道："什么事累成这样？"

萧涵道："女儿生病了，这些日子我一直在照看她。"

"噢，好了吗？"段枫表面上若无其事地问了一句，心中却"咯噔"地一下。

他终于知道了为什么萧涵每隔一段儿时间就要回英国去待几天。萧涵的年纪，有孩子本来是很正常的事情。但因为萧涵从来没在他面前提起过，他也就没想过这件事情。男女之间一旦过了那道槛儿，心理上便有了本质的变化，似乎总有一种对方归自己

　　　　终章　肆其靖之

所有的感觉。他这几天一直在思考自己和三位红颜知己之间的事情，这时一听说萧涵还有个女儿，不由得阵脚大乱。又想到既然她累成这样，病得必然不轻，因此又有些担心。

"还没稳定。医生说需要留院观察。"萧涵一脸疲惫，叹了口气道："你说，人这一生追求的到底是什么？"

段枫想了想道："幸福和快乐吧。"

萧涵道："那你说到底怎么样才算幸福和快乐？"

段枫侧头想了一会儿，说道："有人牵挂自己，自己也有人牵挂，这便是幸福。知道自己是幸福的，便是快乐。"

萧涵靠在段枫肩头，望着窗外一轮皎洁的明月，幽幽地道："如果让你有机会许一个愿，你会要什么？"

段枫想了半晌，道："愿天下有情人终成眷属吧！"

萧涵一怔道："你不要幸福和快乐？"

段枫道："我的幸福和快乐可以自己努力去得到，但这个愿望却只有老天才能实现。"

萧涵叹了口气，道："我虽然生为女人，却和你一样坚信幸福和快乐可以通过努力去得到。年轻的时候争强好胜，什么也不肯服输，但却好像运气总是不好。这一年多来真的觉得好累。"

段枫道："这阵子你太辛苦了，休息一段儿就好了。"

萧涵叹道："唯苦事者，方知少事之为福。舒婷说，与其在悬崖上展览千年，不如在爱人肩头痛哭一晚。我从前总觉得她没出息，现在却终于明白了一个女人最大的幸福莫过于和自己喜欢的人过着平静的生活。有时候，真想什么都不管了，就这么撒手一走最好。"

段枫道："这里一大摊的事情，哪是说放下就能放下的？"

萧涵道："你说的是。别的不说，单是这一年多来，为它倾注的那么多心血，也不是说放下就能放下的。所以，我希望你能帮帮我。"

段枫道："我不是一直都在帮你吗？"

萧涵抬起头看着段枫，道："我说的不是这个。我是说，你来帮我打理生意吧！"

段枫道："我？"

萧涵道："只有交给你，我才放心。再说这厂子是你一手建起来的，没有人比你更合适了。"

段枫道："那你呢？"

萧涵道："我定了明天回英国的机票。"

段枫大惊道："明天就走？"

萧涵道："我这次回来，除了接陈老大，就是和你说清楚。女儿那边没人照顾我不放心，再说我怕和你一起再多待几天，自己就舍不得走了。工厂的事，我已经交代给律师，到时候你只要听他安排就行了。"

段枫听罢顿时觉得心里空了一块，呆呆地坐在那里，过了半晌才说道："你就这么走了？"

萧涵道："段枫，我不知道多少次偷偷在心里祈求老天，如果能让我和你在一起，我愿意去做任何事情。可现在女儿病了，我必须去照看她。至于你，我不敢奢求每天都陪着我。只要有空能来看看我，我便心满意足了。"

段枫知道她心意已决，虽然不舍，却也无法可想。心想工厂尚在，她总不能不管不顾，等到女儿病情稳定了，总还有见面的机会。这一晚，段枫抱着萧涵说了一晚上的话。两个人都知道，明日分别之后，就此便天各一方。

第二天上午，萧涵让老霍开车送他去机场，却执意不肯让段枫同去。段枫知道，她是不敢面对和自己分开的那一刻。只好默默提着东西把她送上车，又默默地站在路边看着她离开，直到载着她的那辆汽车消失在视野之中。他就这么一直站着，觉得累了，便在路边找了张椅子坐下，呆呆地看着马路出神。又这么坐了半晌，直到日影西移，他才终于慢慢站了起来，招手叫了辆出租车。

在 Y 城医院门口下了车，段枫想了想，还是先到马路对面的花店买了一大捧玫瑰加百合，然后双臂环抱着进了胡菲的病房。

胡菲被滕九打得两根肋骨和右肩锁骨骨折，直到现在还躺在单间病房的床上养伤。她知道胡大小姐肯定心里难过，所以也没敢告诉她自己受伤了。就自己一个人挺着。这时见到段枫来了，却连理都没理他。

段枫抱着花，来到病床旁边道："看看，配你刚合适。"

胡菲转过头去，却还是没说话。

段枫道："医生说休养时心情要好，这样才有利于康复。不能总是闷闷不乐的。"说着放好了花在床边坐下，又拉起胡菲的手道："在这儿两天好像瘦了，连手指头都细了。"

胡菲道："你别碰我。"

段枫见她终于说话了，松开手笑道："好吧，那我给你削个苹果。"说着站起身来去拿苹果。

胡菲道："不用，你坐下，我有话问你。"

段枫坐下道："好，问吧。"

胡菲看着他道："这一切都是你计划好的，对不对？"

段枫道："这一切都指的是什么啊？"

胡菲道："从你认识我，直到今天的这一切。"

段枫道："有的是，有的不是。"

胡菲点头道："好。那我问你，王铁崖查韩隗是不是你唆使的？"

段枫道："准确地说，应该算是胁迫。"

胡菲道："王铁崖为什么会听你的？"

段枫道："我手上有他的把柄。"

胡菲道："那他就什么都答应了？"

段枫道："这叫步步生莲。一旦他走了第一步，后面就由不得他了。两害相权取其轻。趋利避害是人的本性，每个人都会做出当时来看使自己损失最小的选择。只不过这些选择会让他一步步陷进一个更大的损失中去，等到他发现不对时，已经再没有回

终章　肆其靖之

头的机会了。这也就是为什么那么多人都会一直受人要挟。关键就在于开始提出一个让他能够接受的要求，后面的要求如果他不接受，那便是双重损失，所以他为了前面一个小的已经发生的损失，便不得不接受后面一个大的还没出现的损失，这样一步一步，最终以至于积重难返，便只好任人宰割了。"

胡菲道："据说案发前两天韩隗接到过一个不知从哪儿打来的电话，说吴易要去当地公安机关报案。"

段枫道："是我叫人打的。"

胡菲道："韩隗说开始时他并没有谋害吴易的念头，吴易前几次被盯梢和差点儿被车撞是怎么回事？"

段枫道："也是我叫人干的，不过这些都是法律允许的。我们根本没动他。"

胡菲道："那天无咎小筑的事也都是你设计的？"

段枫道："是的。'西南王'和'福晋'都是我通知的，后来王铁崖也是我放走的。"

胡菲道："你知不知道这么做会有什么后果？"

段枫道："我知道。"

胡菲皱眉道："你知道？"

"嗯。"段枫点了点头。

胡菲看着他。

段枫道："我知道这么做如果成功了，'西南王'一定会倒台，也知道你本来一片大好的前途肯定就彻底没有了，甚至可能

连工作都没了，以后这一生必然会处处碰壁，寸步难行。甚至连我自己也很可能会上黑名单。"

胡菲道："你这么做，是为了救你朋友？还是为了你那个美女董事长？"

段枫摇头道："都不是。"

胡菲道："是魔都那边派你来的？"

段枫摇头道："没人派我来，甚至没人知道我的存在。"

胡菲眼中露出迷惑不解的神色，问道："那你到底是为了什么呢？"

段枫道："你可能不知道，近一年时间里，整个 Y 城有无数个像陈老大这样的案子。成百上千的人被无故抓捕、抄家、判刑甚至枪毙。好多人的判决根本没有任何事实上的依据，就这么不明不白地冤沉海底。这几乎就是一场灾难。如果'西南王'这次问鼎成功，显然会在全国范围内推广他的理念和做法。那必将置神州大陆于万劫不复之地。我不能让整个国家因为我的不作为而陷入 Y 城这样的境地。所以，这一次，我是为家国计。"

听到他这一句话，胡菲忽然长长叹了口气，喃喃地道："为家国计，为家国计。"说了两遍，又看了看段枫道："看不出来，你还有这样的胸襟。"

段枫正色道："读书的人，怎么能没有一副匡扶济世的胸怀。"

胡菲道："好。那你回来那天找我也是计划好的了？"

段枫点头道："是的。"

终章　肆其靖之

胡菲又叹了口气，说道："你走吧，我不想再见到你。"

段枫道："你现在旁边连个人都没有，我走了，谁来照顾你呢？"

胡菲道："这个不劳你操心。就算我死了，也不用你管。"

段枫道："你是因为我才弄成这样的，我自然有责任照顾你。而且我说过的话当然要算数。我说过，你一天不嫁，我就一天不娶。"

胡菲闭上眼睛道："不用了，从今以后，我跟你再没有关系。"

段枫道："虽然这些都是计划好的，但我对你的感情却是真的。从今以后，无论天涯海角，我都陪着你。"

胡菲闭着眼睛道："你陪着我，那你学校里的女朋友怎么办？"

段枫道："我在回来的那天就决定了，如果这次过后我还能活着，就回去跟她说清楚。"

按下段枫在 Y 城出生入死，影响历史进程不说，李如意在 H 大同样面临着一次决定自己后半生命运的重大抉择。

这天上午，她和往常一样早早来到了办公室，却听说了一个让她大吃一惊的消息：导师进了医院。自从刘识丁改换门庭之后，颜如玉随即向张导要求将项目改换到自己名下。张导人在矮檐下，不得不低头。虽不情愿，也只好同意了。但心情却自然不会舒畅。加之连日里工作劳累，忧愤成疾，这天凌晨突然眩晕休克，送到医院确诊为缺血性脑卒中。抢救半宿虽然醒过来了，但行动却受到了影响，至今还下不了床。

导师入院，身为嫡传弟子自然要去探视。李如意组织了几位同门，集资购买了鲜花水果，一行人浩浩荡荡来到医院。病床上张导脸色蜡黄，看见弟子们来了虽然强打精神坐了起来，但吐字发音却还有些模糊。眼看着向来洒脱儒雅的导师一夜之间变成了这副模样，在场的几位硕士博士无不感到心酸。看到张导说话颇为吃力，李如意坐了一会儿便向另外几人使个眼色，准备起身告辞。不料张导却抬手示意让她先留一下。

等到另外几人都走了，李如意关上了门，问道："您叫我有什么吩咐？"

张导慢慢地说道："有一个出国工作的机会，你想不想去？"

"出国？"李如意一时没有准备，不禁怔了一下。

张导道："有个在联合国总部工作的朋友，想让我推荐一个做文字方面工作的博士。"

李如意道："具体做什么工作啊？"

张导道："主要是向各成员国推广规范的汉语表达，书面和口头的都要。因为我们从前做过这方面的工作，所以这次想让我们出一个人。试用期一年，待遇还可以，做得好了有机会留下，或者回来后也可以到语委会和语文所一类的相关部门去。"

李如意想了想道："我考虑一下再给您答复吧。"

张导微笑道："好，你考虑考虑。不过要尽快，那边要得很急。"

李如意站起身道："好的，您多保重身体，我这两天就给您

终章 肆其靖之

答复。"

　　告辞了出来，到外面却发觉天阴得吓人，一阵接一阵的大风刮得街道上飞沙走石，这才想起天气预报说过今天傍晚有台风登陆。

　　世博临近，这一带正在修路，遍地都是砂石。狂风过处，碎石将路边的广告牌打得"噼啪"作响，柳树仿佛像要从地下站起来一般拼命地摇晃着。一整块硕大的乌云随着狂风铺展而至，遮住了大气层以外的一切光明。所到之处，天地间便只剩下了黑压压的一片。现在是下午三点多钟，还没到路灯工作的时间。马路两旁的小店因为没有生意，多半也没开灯。大超市里的灯光又照不到路上，于是整个街道陷入了一团昏暗当中。

　　暴风雨马上就要到来。

　　李如意走在路上，眼看着街上的行人如鸟兽般四散奔逃，一眨眼功夫就再也见不到一个人影，心中不由得一阵恐慌。不自觉地夹紧了背包，脚下又加快了几分。忽然间一道闪电"刷"地照亮了整个宇宙，这突如其来的光明惊得人心中"倏"的一紧。就在这一紧刚刚完成，即将要放松的时候，"喀喇喇"一记响彻天地的惊雷仿佛就在李如意的头顶上炸响。吓得她立时呆立在当地，如木鸡般完全忘记了行动。过了半晌，方才回过神来。

　　骤雨如期而至。噼噼啪啪一阵疾响过后，水绳般的大雨将天地直接连在了一起。世间的一切都浸润在这巨大的瀑布当中。因为正在修路，这一带的排水系统并不畅通，没过多久积水就没过了脚背。李如意撑着伞在大雨中蹚水前行，眼看着周围一个人也没有，心中充满了无助和孤独。偶然间马路上一辆轿车风驰电掣般疾驶而过，溅起的污水泼了她一身。她不但没有生气，反而因为于这了无生机的空间里终于看到了一个活物，心中竟然感到了一丝温暖。一阵狂风迎面卷过，淡紫色的天堂伞直接被打成了一朵牵牛花，还险些将她拖离了地面。她费了好大的劲才稳住身形，雨水却早已将她洗了一遍。她隐约觉得后面有个黑影在跟着自己，想回头看个仔细，却又不敢，只好双手抱着雨伞低头狂奔。走了一段，偷偷回头一瞥，发现那人好像还跟在身后。此刻前面是一段幽静的小路，四下里一个人也没有。惊恐中她想起了前两天听说的，持刀歹徒行凶过程中获悉女受害人是博士后，吓得落荒而逃的传闻，以及国人潜意识里对高学历女性本能的恐惧这一事实，急忙侧头夹住那柄聊胜于无的雨伞，拉开手袋，翻出自己的学生证紧紧捏在手中。

　　她左手握着雨伞，右手死死地攥着学生证，双臂交叉贴在胸前。紧缩着双肩于暴雨中快步奔逃，没跑几步就觉得脚下"咔嚓"一响，身体重心立刻歪向了一旁，踉踉跄跄地走了好几步才勉强收住脚。却明显地感觉到左脚比右脚低了好多——鞋跟断了。虽然是百丽，也经不住这么折腾。李如意发自肺腑地诅咒着百丽鞋业的全体生产者和销售者，预言他们下一代的消化系统终端必将集体出现严重的功能性故障，从而不能顺利完成新陈代谢循环。她一边心中暗骂，一边一瘸一拐地走到一家台球社的门前，愤然飞起右脚，在台阶上磕飞了那个幸存的鞋跟。想了一想，又蹲下身子，把它从水里摸起来，手臂一振，远远地掷了出去。

天地间，仿佛只剩下了她一个人。

回到博士楼，李如意陷入了深深的纠结之中。就她本人来说，这无疑是一个绝佳的出人头地的机会，甚至可以说是可遇而不可求的。只是如果去了，那基本就意味着和段枫的分手。想到这一点，她不能不犹豫起来。虽然两人这段时间的联系越来越少，但这是她的第一次恋爱，心中如何都有些割舍不下。思来想去，她觉得唯一的办法只能是先问问段枫的意见。那个男人此刻到底在想什么，她心中实在不能确定。但女性的本能告诉她，段枫的情感生活应该是出了变化。因此她决定，无论怎样都要当面说个清楚。

就在她打算要和段枫摊牌的时候，段枫回来了。虽然回来之前就已经在心里做过无数次模拟，然而当真正面对李如意时，段枫却还是没办法开口。李如意是他的初恋。虽然两人都不知道该如何去爱，但这一段不带有任何功利色彩的感情在这个物欲统治一切的年代显得极为珍稀，他不敢，也不愿破坏这段圣洁的爱情。在他看来，这是他一生中最宝贵的财富之一。而且他知道，李如意也同样看重这段感情。所以，纵使聪明如他，也不知道该如何向李如意说明自己的决定。

两人沉默良久，还是李如意先开了口："有件事想跟你商量一下。"

段枫道："什么事，说吧。"心中打定主意无论她要自己干什么都答应。

却听李如意说道："有一个去联合国总部工作一年的机会，张导问我要不要去。"

"啊？"段枫愣了一下，他本来还在纠结该怎么跟她说两个人的事，没想到李如意却说了这么一句。

李如意道："我觉得这是个机会。"

段枫道："嗯，当然，是个好机会。"

李如意道："只是我这一去，或许就回不来了。"

"啊，也许回不来了。"段枫机械地重复了一遍。他当然知道李如意什么意思，但心里却并没有出现如释重负般的感觉，反而觉得好像又少了点儿什么。

过了一会才问道："什么时候走？"

李如意道："那边要尽快，或许这两天就走。"

段枫点头道："好吧，你去了好好工作，争取为国争光，让有人类的地方都写上汉字。时间定好了告诉我，我去送你。"

又过了几天，眼看已经到了月底，H 大的博士们又都有了自己的新生活。刘识丁顺理成章地参与筹建菁华学院，姚菁则在颜书记的关照下进入 H 大研究生院工作。只是出乎所有人意料的，她和刘识丁一同昭告天下，两人将于取得博士学位的当天举行婚礼。更让人意想不到的是，李芾希和陶唐因为那次间接性的合作之后发现了商机，共同成立了一家咨询公司，专门代理离婚案件获取证据业务。不久后又正式对外宣布订婚，并被多家媒体热评为 21 世纪最不可能出轨情侣。

李如意也终于确定了出行的日期。这天是个阴天，段枫一直把她送到安检口，两个人都不说话。

李如意停住脚步，说道："我该进去了。"声音哽咽，心中却想起了当初送段枫去 Y 城时的情形。

段枫凝立良久，终于说道："不管以后怎么样，你都是我一生中不可替代的部分。一个人在外面多多保重，此生路远，他朝再见。"

"嗯，你也保重。"李如意说完拖着箱子进了安检。

"总有一天，我还会回来的。"她一边向外走，一边幽幽地想。